Sarah Alderson

# EVERYTHING WE FEEL

D1664326

SARAH ALDERSON

# EVERY THING WE FEEL

Aus dem Englischen von Sarah Heidelberger

Ravensburger

**TRIGGERWARNUNG**
(Achtung: Spoiler!)
Dieses Buch enthält Themen, die potenziell triggern können.
Diese sind: häusliche Gewalt, Stalking, Waffengewalt.

3 5 4 2

Deutsche Erstausgabe
© dieser Ausgabe: 2021 Ravensburger Verlag GmbH,
Postfach 2460, D-88194 Ravensburg

Die englische Originalausgabe erschien erstmals 2019 unter dem Titel
»Watch Over Me« unter dem Pseudonym Mila Grey bei SIMON PULSE.
An imprint of Simon & Schuster Children's Publishing Division
1230 Avenue of the Americas, New York, New York 10020
Text copyright © 2019 by Mila Gray

Published by arrangement with Intercontinental Literary Agency.

Umschlaggestaltung: unter Verwendung von Motiven
von © Shutterstock.com (Iana Lisina und janniwet)

Übersetzung: Sarah Heidelberger (www.sarah-heidelberger.de)

Lektorat: Emily Brodtmann

Printed in Germany

ISBN 978-3-473-58588-5

www.ravensburger.de

*Für Karthi*

# ZOEY

In Las Vegas gibt es keine Dunkelheit. Es ist die hellste Stadt der Welt – so hell, dass man sie vom All aus erkennen kann. So hell, dass ich seit drei Jahren die Sterne nicht mehr gesehen habe.

Es gibt auch keine Stille in Las Vegas. Selbst hier draußen, meilenweit entfernt vom Strip und den Touristenmassen, herrscht ständiger Lärm. Ein andauerndes Hintergrundrauschen aus Verkehr, Sirengeheul und wummernder Musik. Streitereien, durchsetzt von gackerndem Lachen. Das unablässige Fernsehgeschnatter, das durch die geöffneten Fenster auf die Straßen hinausschwebt.

Die Stille vermisse ich. Die Dunkelheit nicht.

Ich erledige den Abwasch und verstaue Coles Schulsachen in seinem Rucksack. Die Heftumschläge sind mit bunten Comiczeichnungen bedeckt. Plötzlich halte ich inne. Nein, das sind keine Comiczeichnungen. Unter seinem Namen – COLE WARD, geschrieben in großen, unregelmäßigen Druckbuchstaben – hat er einen Mann mit einer Pistole gemalt. Meine Hände zittern, während ich die Zeichnung näher betrachte: Kugeln fliegen aus der Mündung, und um den Mann herum liegen in Blutlachen aus rotem Filzstift ein halbes Dutzend Strichmännchen mit heraushängenden Zungen und abgehackten Gliedmaßen.

Warum malt ein Achtjähriger so was? Machen das alle kleinen Jungs, die hin und wieder Videospiele spielen dürfen? Aber auch wenn ich nach Ausreden suche – tief in mir drin weiß ich ganz genau: Was Cole da gemalt hat, ist alles andere als normal.

Ich lasse mich auf einen verschrammten Küchenstuhl sinken und überlege, was ich tun soll. Mit Mom kann ich nicht darüber reden, so viel ist sicher. Das wäre zu viel für sie. Endlich hat sie ihr Leben wieder im Griff, da will ich nicht riskieren, dass sie in eins von ihren dunklen Löchern fällt.

Am besten, ich spreche direkt mit Cole. Vielleicht hängen seine Gewaltfantasien mit Will zusammen, schließlich ist unser älterer Bruder ein Marine, und Cole vergöttert ihn. Aber vielleicht kopiert er auch nur irgendwas, das er im Fernsehen oder Internet gesehen hat. Ich versuche, ein Auge darauf zu haben, wie viel Zeit er vor dem Bildschirm verbringt, aber ich bin nun mal nicht rund um die Uhr zu Hause, und Mom hat es nicht so mit Disziplin. Sie kann nicht mit Konflikten umgehen. Vielleicht sollte ich auch mit seiner Lehrerin sprechen, wobei sie bei meinem letzten Besuch mehr als deutlich gemacht hat, dass es eigentlich Moms Aufgabe wäre, die Verantwortung für Cole zu übernehmen, und nicht die seiner großen Schwester.

Ich stopfe das letzte Heft in Coles Rucksack und nehme mir vor, morgen früh vor der Schule mit ihm zu reden – falls ich trotz meiner Frühschicht überhaupt Zeit finde. Was mich daran erinnert, dass ich aufhören sollte zu trödeln, damit ich nicht zu spät ins Bett komme. Die Wäsche muss noch gemacht werden, und die Pausenbrote für morgen auch.

Ich spähe ins Kinderzimmer und stelle fest, dass Kate immer noch nicht schläft. Sie sitzt in dem Einhorn-Onesie, den ich ihr zu Weihnachten geschenkt habe, im Schneidersitz oben auf dem Stockbett und tippt auf ihrem Handy herum. Ihre Finger fliegen im Fünfhundert-Emojis-pro-Minute-Takt über die Tastatur. Das Handy ist wie ein Teil von Kate, manchmal glaube ich, man würde es nicht mal mit dem Stemmeisen von ihren Händen losbekommen.

»Hey, es ist schon spät«, sage ich, aber sie hat Kopfhörer drin. »Kate!«, füge ich etwas lauter hinzu, und sie blickt auf, wobei ihr Haar aufleuchtet wie ein flammender Sonnenuntergang. »Schlafenszeit.«

Sie verdreht die Augen, als sei ich ein Plagegeist, einzig auf die Erde entsendet, um ihrem Snapchat-Marathon ein unzeitiges Ende zu bereiten. Aber es geschehen noch Zeichen und Wunder, denn sie hört auf zu tippen, nimmt die Ohrstöpsel raus und sieht mich mit hochgezogenen Augenbrauen an.

»Gute Nacht«, murmelt sie schließlich und dreht am Horn der kleinen Einhorn-Leselampe an ihrem Bett, um die Helligkeit zu dimmen. Als wir hergezogen sind, habe ich versucht, es ihr so gemütlich zu machen wie möglich. Sie war unglücklich über unseren Umzug, vor allem, weil sie sich hier ein Zimmer mit Cole teilen muss. Aber auf den Büchern, die ich ihr ins Regal gestellt habe, sammelt sich der Staub, weil Kate inzwischen nur noch Chatnachrichten und Instagram-Storys liest.

Sie schiebt das Handy unter die Decke, und ich weiß, dass sie weitertexten wird, sobald ich den Raum verlasse. Ehe ich gehe, mache ich Coles Bett in der unteren Koje. Normalerweise schläft er hier, aber Kate und er haben sich vorhin so heftig gestritten, dass er in Moms Bett ausgewandert ist.

Als ich die Tür zum Kinderzimmer schließe, klingelt mein Handy. Wieder mal ein Anruf mit unterdrückter Rufnummer, schon der dritte heute. Beim ersten Mal bin ich drangegangen, weil ich gehofft hatte, dass es um den Job ging, auf den ich mich neulich beworben habe, in einem Restaurant, das näher bei unserem Haus liegt. Aber am anderen Ende der Leitung erwartete mich nur Schweigen. Ich legte schnell auf, doch ein paar Sekunden später klingelte es erneut. Und als ich nach kurzem Zögern wieder abnahm, war bis auf ein lautes Atemgeräusch nichts zu hören.

Keine Reaktion, als ich »Hallo« sagte, nur dieses Atmen.

Einige Stunden später meldete sich der Anrufer noch mal. Und jetzt, um zehn Uhr abends, schon wieder.

Mein Atem geht stoßweise, mein Herz rast. Das ist nicht *er,* weise ich mich wütend zurecht. Wenn *er* es wäre, würde ich zu Anfang das Piep-Piep-Piep des Telefonsystems der Bundesgefängnisse hören, und dann würde mich eine Computerstimme fragen, ob ich den Anruf eines Insassen des Penitentiary of New Mexico entgegennehmen möchte. Das alles weiß ich, weil *er* vor einigen Jahren mal versucht hat, sich bei mir zu melden. Damals hatte ich noch meine alte Handynummer. Ich habe den Anruf abgelehnt und gleich darauf meine Nummer geändert. Er kann es nicht sein, wiederhole ich für mich selbst, bis ich wieder einigermaßen Luft bekomme. Es gibt nichts, wovor ich Angst haben müsste.

Ich schalte mein Handy ab und lege es auf den Tisch, versuche, das ungute Gefühl abzuschütteln, das mich beschleicht. Ohne Vorwarnung fallen mich die Erinnerungen an, schießen aus dem Dunkel heraus, in dem ich sie zu begraben versuche: Coles Schreie, Kates Schluchzen, Moms Gesicht, wie es unter den niederprasselnden Schlägen aufplatzt. Die Kühlschranktür, die nur noch an einer

Angel hängt. Dann das blau-weiß rote Flackern der Lichter drau-ßen und das wütende Brüllen meines Vaters. *Du kleine Schlampe! Ich bring dich um!*

Es klingelt erneut, und ich zucke zusammen. Wie lange habe ich hier gestanden und ins Nichts gestarrt, mich an Dinge erinnert, die ich besser vergessen sollte? Diesmal ist es das Festnetz. Ich mache einige Schritte darauf zu, unentschlossen, ob ich abnehmen soll. Et-was sagt mir, dass ich es besser bleiben lassen sollte. Aber da ist noch eine zweite, streitlustigere Stimme in meinem Kopf, die mir be-fiehlt, es trotzdem zu tun. Ich greife nach dem Hörer. »Ja?«

Stille.

»Wer ist da?«, flüstere ich. Mein Herz hämmert wie wild.

Das Schweigen hält noch einen Augenblick an, dann klickt es in der Leitung. Der Anrufer hat aufgelegt. Während ich noch auf den Hörer starre, ertönt ein gewaltiges *BUMM!* Das Küchenfenster zer-springt, Scherben fliegen durch den Raum. Eine Hitzewand lässt mich nach Luft schnappen, die Wohnung ist erfüllt von knistern-dem, ohrenbetäubenden Tosen. Schützend reiße ich die Arme vors Gesicht und werfe mit zusammengekniffenen Augen einen Blick durch die geborstene Scheibe. Oh Gott. Mein Auto, das ich drau-ßen in der Einfahrt geparkt habe, direkt vor dem Haus.

Es steht in Flammen.

Verfolgt von Rauch und Hitze, weiche ich stolpernd vom Fenster zurück und renne ins Kinderzimmer, reiße die Tür auf, schreie Kate an, dass sie aufstehen soll. »Feuer! Los!«, brülle ich und laufe weiter in Moms Zimmer, um Cole zu wecken.

Wie erstarrt bleibe ich im Türrahmen stehen. Das Bett ist leer.

»Cole?«, rufe ich, sehe unter dem Bett nach, im Schrank, durch-wühle den ganzen Raum. Doch er ist nicht da.

Rauch quillt durch das kaputte Fenster ins Haus. Hustend dränge ich mich an Kate vorbei, die längst aus dem Bett gesprungen ist und sich ins Wohnzimmer geflüchtet hat.

»Ruf die Feuerwehr!« Meine Stimme überschlägt sich fast.

Die Haustür ist der einzige Ausgang, und das Auto parkt direkt davor, also sitzen wir hier fest. Hinter mir höre ich Kate mit dem Notruf sprechen. »F…feuer«, stammelt sie. »Hier b…brennt es.«

»Cole!«, brülle ich, laufe von Raum zu Raum und überlege fieberhaft, wo er stecken könnte. Ich sehe im Bad, in der Küche, den Schränken nach – an jedem Ort, der mir einfällt. Aber Cole bleibt verschwunden. Ich huste, brülle seinen Namen, doch er antwortet nicht. Der Rauch ist so dicht und erstickend, dass wir kaum mehr atmen können, also packe ich Kate am Arm und zerre sie in Moms Schlafzimmer.

»Los!«, sage ich und ziehe sie weiter zum Fenster. »Wir müssen hier raus!«

Hinter unserem Haus befindet sich ein verwahrloster Hof, den wir uns mit vielleicht zwei Dutzend weiteren Häusern teilen. Eigentlich sollte das eine Gemeinschaftsfläche sein, es gibt Grillstellen, Picknicktische aus Beton und einen Spielplatz. Aber der Spielplatz ist wegen des rostigen Klettergerüsts und der kaputten Schaukeln abgesperrt, und die einzigen Leute, die die Picknicktische benutzen, sind Dealer.

Ein Mann kommt über den Hof gelaufen und hilft Kate aus dem Fenster, fängt sie auf, als sie ins Stolpern gerät. Danach reicht er mir die Hand. Er ist einer unserer Nachbarn, ein Typ um die fünfzig, Busfahrer, wenn ich mich nicht täusche. Sein Name ist Winston.

»Haben Sie meinen Bruder gesehen?«, frage ich, während er mir durchs Fenster hilft.

Als er den Kopf schüttelt, kann ich die Panik nicht mehr unterdrücken. Mein Blick zuckt über die Nachbarn, die teilweise im Schlafanzug nach und nach aus den Häusern strömen, um zu sehen, was los ist. Aber keine Spur von Cole. In der Ferne höre ich Feuerwehrsirenen.

Ich nehme Kate bei der Hand und ziehe sie an der Hausseite entlang zur Straße. Das Auto steht immer noch in lodernden Flammen, die nun auch auf das Hausdach übergehen und die Regenrinnen zum Schmelzen bringen. Funken tanzen durch die zersprungene Scheibe und landen auf den Wohnzimmervorhängen, die so schnell verbrennen, dass Sekunden später nur noch Asche übrig ist. Die Flammen, hungrig nach mehr, züngeln in Richtung Sofa.

Zwei Löschzüge halten mit quietschenden Bremsen vor dem Haus. Wir beobachten, wie die Feuerwehrmänner mit einem Wasserschlauch an uns vorbeirennen. Die eine Gruppe löscht das Auto und braucht nicht einmal eine Minute, um die Flammen unter Kontrolle zu bringen. Das Feuer zischt, erlischt, geht in einer schwarzen Rauchschwade auf.

Die Feuerwehrmänner aus dem anderen Wagen versuchen, das Haus zu löschen. Das Wasser dringt durchs Fenster und auf die Flammen, die sich inzwischen im ganzen Wohnzimmer ausgebreitet haben. Zwei der Männer hacken mit einer Axt die Haustür auf und hasten nach drinnen. Ich sinke auf dem Bürgersteig in die Knie, und Kate bricht schluchzend neben mir zusammen. Was, wenn Cole noch da drin ist? Was, wenn er sich versteckt hat?

Der Brand im Wohnzimmer ist schnell gelöscht, aber als die Feuerwehrmänner endlich wieder aus dem Haus kommen, fühlt es sich an, als hätten wir Stunden gewartet. Einer von ihnen geht zu Winston, der daraufhin auf mich zeigt. Der Feuerwehrmann kommt mit ernstem Blick auf mich zu, und wieder hämmert mir das Herz wild in der Brust. Kate klammert sich an meiner Hand fest.

Er kniet sich neben mich. Wie Winston ist er um die fünfzig und hat einen buschigen Schnauzer und blaue Augen. »Ich bin Lieutenant Franklin«, sagt er. »Ist das euer Haus?«

Ich nicke. »H…haben Sie ihn gef…funden?«, stammle ich. »Meinen Bruder? Ich weiß nicht, wo er ist.«

Stirnrunzelnd schüttelt er den Kopf. »Im Haus ist keiner mehr.«

Vor Erleichterung schluchze ich auf und höre Kate dasselbe tun. »Wie alt ist er? Kannst du ihn uns beschreiben?«

Ich wende mich wieder Lieutenant Franklin zu und versuche, mich zu sammeln. »Er heißt Cole. Er ist acht und hat braunes Haar, braune Augen und Sommersprossen. Er trägt einen Spider-Man-Schlafanzug.«

Franklin wiederholt die Angaben in sein Funkgerät, und ein Mitarbeiter in der Zentrale bestätigt die Informationen.

»Ist das alles?«, fragt mich Franklin. »Gibt es sonst noch etwas, woran man ihn erkennen kann?«

Ich öffne den Mund, bringe aber kein Wort heraus. Wie soll ich meinen kleinen Bruder beschreiben? Meine Schilderung wird ihm überhaupt nicht gerecht. Er ist blitzgescheit, will ich sagen, aber er hasst die Schule. Er liebt es, sich Witze auszudenken, und einer ist schlechter als der andere. Derzeit ist er verrückt nach Dschingis Khan, LeBron James und Lionel Messi. Wenn er groß ist, will er Rennfahrer werden, aber nur, falls aus ihm nicht vorher ein berühmter Fußballer wird. Keine dieser Informationen wird dabei helfen, ihn zu finden. Doch wie viele achtjährige Jungs im Spider-Man-Schlafanzug werden um diese Uhrzeit schon allein durch Las Vegas irren?

»Wann hast du ihn zuletzt gesehen?«, fragt mich Franklin.

»Ich habe ihn gegen acht ins Bett gebracht. Nach der Explosion bin ich sofort zu ihm, aber er war nicht mehr da. Und ich habe keine Ahnung, wo er stecken könnte.«

Ich muss gegen die Tränen ankämpfen. Ich will – ich *sollte* – nach ihm suchen, aber Kate hält meinen Arm fest umklammert, damit ich bei ihr bleibe. Die ganze Zeit über hat sie kein Wort gesagt. Sie scheint unter Schock zu stehen. Jemand hat uns Decken – diese Dinger aus Alufolie – um die Schultern gelegt.

»Bitte«, flüstere ich Franklin zu. »Sie müssen ihn finden.«

»Keine Sorge«, erwidert er mit einem aufmunternden Nicken. »Alle Streifenwagen in der Gegend suchen nach ihm. Er wird schon wieder auftauchen.« Dann fragt er: »Wo ist eure Mutter?«

»Bei der Arbeit. Sie müsste bald nach Hause kommen.«

Als er das hört, verzieht er das Gesicht, und ich kann ihm ansehen, wie er uns in eine Schublade steckt. Vermutlich fragt er sich, was für eine Mutter ihre Kinder allein zu Hause lässt, um Nachtschichten zu schieben, und das ärgert mich. Ich bin fast neunzehn und damit kein Kind mehr. Es ist nicht so, dass wir irgendwelche Gesetze brechen. Und überhaupt kennt er uns gar nicht. Er weiß nicht, dass Moms Job das Beste ist, was ihr seit Langem passiert ist, weil er ihr wieder Selbstvertrauen geschenkt hat, und das Gefühl, wichtig zu sein. Sie verdient vielleicht nicht viel, aber immerhin verdient sie überhaupt etwas – genug, dass wir ein Dach überm Kopf haben und keine Essensmarken mehr benötigen. All das würde ich ihm gern sagen, aber es ist besser, wenn ich den Mund halte, damit er seine Arbeit machen kann.

»Und euer Vater? Ist der vielleicht irgendwo in der Nähe?«

Ich schüttle den Kopf. »Nein.«

»Du solltest deine Mutter anrufen.«

»Mein Handy ist drinnen«, antworte ich und deute mit dem Kopf in Richtung Haus.

»Okay, dann sorge ich dafür, dass jemand sie kontaktiert. Wo arbeitet sie?«

»Im Luxor«, erkläre ich. »Sie macht Haare und Maske für die Show.«

»Die Akrobatikshow? Mit den Trapezkünstlern und so weiter?«

Ich nicke. Vor ein paar Monaten hat Mom uns zu Kates Geburtstag Karten zum Sonderpreis besorgt. Das war einer der schönsten Familienabende, die wir je hatten. Danach hat sich Cole wochenlang an jeder Stange und jedem Geländer in Reichweite herumgeschwungen, bis er bei dem Versuch, eine Wand hochzulaufen, gestürzt ist und sich den Ellenbogen aufgeschlagen hat.

»Wie heißt deine Mom?«, fragt Franklin.

»Gina Ward«, murmle ich, in Gedanken wieder bei Cole. Wo ist er hin? Und vor allem: Warum ist er überhaupt weggelaufen?

»Hat sie ein Auto?«, will Franklin wissen.

»Nein, sie nimmt immer den Bus.«

Er nickt. »Ich schicke jemanden, der sie abholt.« Dann stellt er sich etwas abseits, um über Funk Meldung zu machen, und ich sitze einfach auf dem Bordstein und versuche, Kate zu trösten und mir nicht auszumalen, was Cole alles passiert sein könnte.

Zehn Minuten später, wir sehen gerade zu, wie die Feuerwehrmänner die Schläuche einrollen, und warten auf Mom, kommt Franklin wieder und kniet sich vor uns. »Euer Bruder wurde gefunden.«

Wieder schluchze ich auf vor Erleichterung, und Kate drückt

meine Hand so fest, dass es wehtut. »Oh, Gott sei Dank, wo war er?«

»Ein paar Blocks entfernt. Ein Streifenwagen hat ihn entdeckt. Er ist vor ihnen davongerannt, sie mussten ihn verfolgen.«

»Was?«, frage ich verblüfft. Wieso sollte er davonrennen?

»Sie bringen ihn gerade her. Könnten wir vielleicht kurz …?« Er gibt mir mit einer Kopfbewegung zu verstehen, dass er gern ein paar Meter weiter, wo Kate uns nicht hören kann, unter vier Augen mit mir sprechen möchte.

Ich winde meinen Arm aus ihrem Griff und folge Franklin. Er weist auf das Auto. »Sieht nach Brandstiftung aus. So intensiv wird ein Feuer normalerweise nur, wenn Brandbeschleuniger im Spiel ist.«

*Brandstiftung.* Ich wiederhole das Wort in Gedanken, während ich auf die rauchende Ruine blicke, die vor einer Stunde noch mein in die Jahre gekommener, aber zuverlässiger Toyota war.

»Ihr habt Glück gehabt«, fährt Franklin fort. »Etwas mehr Benzin im Tank, und meine Männer würden jetzt wahrscheinlich immer noch gegen das reinste Inferno kämpfen. Der ganze Wohnblock hätte abbrennen können.«

»Oh Gott«, flüstere ich. Mein Herzschlag dröhnt mir in den Ohren.

»Fällt dir jemand ein, der euch schaden wollen könnte?«

Ich will schon Nein sagen, aber dann halte ich inne. Denn ja, natürlich kenne ich jemanden, der mir schaden will. Jemanden, der bereits damit gedroht hat, mich umzubringen. Aber er sitzt im Gefängnis. Und er weiß nicht, wo wir wohnen. Er kann es nicht gewesen sein. Doch das habe ich heute Abend schon einmal gedacht, und ich gehöre nicht zu den Menschen, die an Zufälle glauben.

Franklin zuckt mit den Achseln. »Vielleicht nur ein paar gelangweilte Kids. So was kommt vor.« Sein Blick bohrt sich in meinen, als er das sagt. »Insbesondere Jungen im Alter zwischen acht und zwölf durchleben öfter eine Phase, in der sie Feuer aufregend finden und häufiger mal herumzündeln.«

Anfangs verstehe ich nicht, worauf er hinauswill, aber dann trifft es mich wie ein Faustschlag. »Sie denken, mein Bruder hat das Feuer gelegt?«, frage ich. Meine Stimme bebt vor Zorn.

Doch Franklin macht hastig einen Rückzieher, schüttelt den Kopf. »Das hab ich nicht gesagt.«

Aber *gedacht*. Ich starre ihn finster an. Nicht nur, weil ich wütend bin, sondern auch, weil er mich auf dem falschen Fuß erwischt hat. Denn ein Teil von mir fragt sich, ob Franklin recht haben könnte. Ist Cole deshalb davongelaufen? Weil er Angst hatte, dass er Ärger bekommt? Andererseits kann ich mir einfach nicht vorstellen, dass Cole so was tun würde. Also … jedenfalls *glaube* ich es nicht. Ich seufze und schließe für einen kurzen Moment die Augen. Denn die Wahrheit lautet: Ein Teil von mir fragt sich, ob es ihm nicht vielleicht doch zuzutrauen wäre.

»Habt ihr eine Hausratversicherung?«, fragt Franklin. »Das Feuer und der Rauch haben ganz schön viel Schaden angerichtet.«

»Nein«, erwidere ich entmutigt.

Er drückt mir die Schulter. »Das Haus wird für eine Weile nicht bewohnbar sein«, sagt er. »Könnt ihr irgendwo unterkommen?«

Ich starre auf die kaputte Haustür und die rußbedeckten Wohnzimmerwände. »Nein«, wiederhole ich. »Das hier ist alles, was wir haben.«

# TRISTAN

»Was haben die sich denn nur dabei gedacht, Mann?«, fragt Gunnie, während wir zum Ufer rennen.

»Dass heute ein fantastischer Tag ist, um zum ersten Mal im Leben Kajak zu fahren?«

Gunnie flucht still vor sich hin. Er hat eine ziemlich niedrige Toleranzschwelle, was »Schwachköpfe und Idioten« betrifft, die seiner Meinung nach rund neunundneunzig Prozent der Bevölkerung ausmachen.

Ich muss grinsen, weil die zwei Kajakfahrer, die sich einen knappen Kilometer von der Küste entfernt im eiskalten, aufgewühlten Wasser an ihr umgekipptes Boot klammern, für mich vor allem eins bedeuten, nämlich eine Möglichkeit, Jetski zu fahren. Ich will nicht lügen: Wenn ich so über die Wellen brettere, um Leute zu retten, läuft in meinem Kopf in voller Lautstärke der *The Fast and The Furious*-Soundtrack mit. Offiziell heißt das Teil übrigens nicht Jetski, sondern »Fahrzeug für die Wasserrettung«. Aber eigentlich ist es nichts anderes als ein Jetski.

»Ich darf Leuten das Leben retten und dabei Jetski fahren und Hubschrauber fliegen«, habe ich meiner Familie erklärt, als ich der

Küstenwache beigetreten bin und sie wissen wollten, was zum Henker ich mir dabei gedacht habe.

»Aha, war das Plan B, nachdem dir Tom Cruise die Hauptrolle in *Mission: Impossible* weggeschnappt hat?« Meine Schwester Dahlia warf mir ein spöttisches Grinsen zu.

Ich lachte zwar mit den anderen mit, aber insgeheim musste ich mir eingestehen, dass Dahlia den Nagel ziemlich genau auf den Kopf getroffen hatte. Auch wenn mir bei der Entscheidung eher der Tom Cruise aus *Top Gun* vorgeschwebt hatte. Das ist ein alter Film aus der 80ern, und alte Filme aus den 80ern sind eine meiner zahlreichen Leidenschaften. Niemand hält heutzutage mehr so hochtrabende Reden wie Tom Cruise in seinen 80er-Jahre-Filmen. Niemand wirft mehr so theatralisch Schnapsflaschen durch die Gegend und verdreht Frauen mit seinem rebellischen Charme den Kopf wie der junge Tom Cruise.

Gunnie und ich lassen die Jetskis aufheulen und jagen los zu den Koordinaten, die uns der Heli-Trupp übermittelt hat. Aber ich kann den orangefarbenen Hubschrauber, der über den Kajakfahrern am Himmel steht, auch ohne die Koordinaten erkennen. Eines Tages werde *ich* dort oben sitzen – das ist mein größter Traum: Pilot zu werden. Aber solange ich noch darauf warte, dass ein Platz an der Flugschule frei wird, bin ich auch hier draußen auf dem Wasser glücklich.

Unser Küstenabschnitt, der direkt nördlich von San Diego liegt, ist ebenso schön wie tödlich, die Unterströmung gnadenlos. Selbst erfahrene Boots- und Kajakfahrer geraten hier regelmäßig in Schwierigkeiten, ganz zu schweigen von Schwimmern. Jeden Monat bergen wir Dutzende Leute. Aber bei meinem Job geht es um mehr als nur Rettungsaktionen, sage ich immer, wenn mich die

Leute fragen, ob man bei der Küstenwache dasselbe macht wie als Rettungsschwimmer. Wir von der Küstenwache gehören zum Militär, Rettungsschwimmer nicht. Und das bedeutet, dass wir im Gegensatz zu Rettungsschwimmern auch Drogen und Waffen beschlagnahmen, die über den Seeweg in die USA geschmuggelt werden, in Kriegsgebieten eingesetzt werden, und uns an Militäroperationen beteiligen.

Gunnie und ich brauchen nur ein paar Minuten, um die Kajakfahrer zu erreichen. In Küstennähe ist das Wasser von einem strahlenden Aquamarinblau, aber hier draußen hat es die Farbe von gebürstetem Stahl, und ein harter Wind peitscht die Wellen auf, sodass wir die Jetskis nur unter Mühen länger neben den Schiffbrüchigen halten können. Der Mann und seine Begleiterin – beide noch recht jung – sind durch den Kampf ums Überleben und die Kälte des Wassers maßlos erschöpft. Sie hatten großes Glück, dass sie überhaupt um Hilfe rufen konnten. Ein paar Minuten länger hier draußen, und die Frau wäre vermutlich ertrunken.

Der Mann trägt eine Rettungsweste, die Frau nicht. Was für ein Gentleman. Ich reiche der Frau meine Hand, die sie dankbar ergreift.

Sie klettert hinter mir auf den Jetski und sinkt gegen meinen Rücken. Sie zittert so heftig, dass ich ihr Zähneklappern sogar über den starken Wellengang hinweg hören kann.

Ich reiche ihr eine Rettungsweste und sage: »Nur ein paar Minuten, dann sind Sie auf dem Trockenen.«

»Danke«, erwidert sie bibbernd, während Gunnie den Mann auf seinen Jetski zieht. Er ist professionell genug, um den Typen nicht als Idioten zu beschimpfen, aber ich weiß genau, was er denkt.

Ich drehe mich zu der Frau um und weise sie an, sich festzuhalten. Sie bombardiert den Typen, bei dem es sich aller Wahrscheinlichkeit nach um ihren Freund handelt, mit wütenden Blicken, und ich frage mich, ob dieses kleine Unglück hier wohl der Grund für ihre Trennung sein wird. Ich kann es ihr nur wünschen, der Typ ist echt der letzte Arsch.

Nachdem wir das Paar zurück an Land gebracht und unseren Einsatzbericht ausgefüllt haben, ist meine Schicht vorbei. Ich dusche, ziehe mich um, hole meinen Motorradhelm aus dem Spind und checke mein Handy.

»Na, heißes Date heute?«, fragt Gunnie.

Ich schüttle den Kopf, meine Lippen bleiben versiegelt. Mein Liebesleben ist für Gunnie und den Rest der Mannschaft ein Quell ständiger Faszination. Sie halten mich für den letzten Weiberhelden, und da sie größtenteils schon verheiratet sind und sich bei ihnen in der Hinsicht nicht mehr viel tut, fiebern sie eben mit mir mit. Nur dass sie mit ihren Vermutungen total falsch liegen. Ich meine, hin und wieder kommt es schon vor, dass nach einem meiner Dates was läuft, aber meistens … laufen sie eher ins Leere. Ich hatte ungefähr eine Million erste Dates und so gut wie kein zweites.

Meine Schwester Dahlia behauptet, ich hätte Bindungsängste und wäre zu sprunghaft, aber das stimmt nicht. Mein Leben ist voller Bindungen. Da ist meine Arbeit, dann sind da meine Freunde, meine Familie. Und sprunghaft bin ich auch nicht. Schließlich verfolge ich seit einer Ewigkeit beharrlich das Ziel, den besten Burger an der gesamten Westküste zu finden. Außerdem sammle ich seit meiner Kindheit Baseballkarten, und zwar mit einer solchen Leidenschaft und Hingabe, dass mich Dahlia immer damit aufgezogen hat, als wir noch jünger waren. Seit sie weiß, dass die Sammlung in meiner Schuhschachtel rund achtzigtausend Dollar wert ist, hält sie allerdings die Klappe.

Ich habe keine Bindungsängste, sage ich immer zu ihr. Ich habe einfach nur noch nicht den Menschen gefunden, an den ich mich binden will.

Eilig mache ich mich auf den Weg nach draußen zu meinem Motorrad, neben dem die junge Frau steht, der ich vor einer Stunde das Leben gerettet habe. Meine Schritte werden etwas langsamer. Sie trägt Shorts und ein weißes Tanktop. Und, wie schwerlich zu übersehen ist, keinen BH.

»Hi«, sagt sie.

»Hi«, antworte ich.

Sie wirft mir ein schüchternes Lächeln zu. »Ich wollte mich nur dafür bedanken, dass Sie …« Sie mustert mich kurz, dann entscheidet sie sich um, »… dass *du* mir das Leben gerettet hast. Ich war mir nicht mehr sicher, ob ich dir das vorhin gesagt habe.«

»Gern geschehen«, antworte ich leicht verwundert. Deswegen hat sie die ganze Zeit hier rumgestanden und auf mich gewartet?

Dann betrachtet sie mich, klimpert mit ihren langen Wimpern und knabbert an ihrer Unterlippe herum. Ich muss lächeln. Sie flirtet mit mir, und sie ist hübsch. Sehr hübsch sogar, wenn man auf blonde Verkörperungen des California Lifestyle steht. Sie ist ein bisschen älter als ich, fünfundzwanzig vielleicht. »Mann, hatte ich Schiss, ich war mir total sicher, dass ich ertrinke«, erzählt sie und wickelt sich dabei eine Haarsträhne um den Finger.

Ich nicke. »Klar, war echt eine raue See heute. Du hättest eine Rettungsweste tragen sollen.«

Sie nickt. »Mein Freund meinte, dass wir keine brauchen, aber als wir umgekippt sind, hat er sich sofort die Notfallweste geschnappt.«

»Und trotzdem ist er noch dein Freund?«, frage ich und lege meine Tasche auf dem Motorrad ab.

Sie schüttelt den Kopf und sieht mir in die Augen. »Nein.«

Mir fällt auf, dass sie die Zeit gefunden hat, sich zu schminken. Die Mascara hat sie so dick aufgetragen, dass ihre Wimpern aussehen wie arthritische Spinnenbeine, und ihre Lippen glänzen im gleichen Rot wie mein Motorrad.

Sie legt die Hände auf den Lenker. Die Geste stört mich, sie ist aufdringlich. Als hätte sie unerlaubt *mich* berührt.

»Ich dachte, ich könnte dir als Dankeschön vielleicht einen Drink ausgeben«, sagt sie.

Ich zögere, denn ein Teil von mir will Ja sagen. Aber ich muss mich professionell verhalten, und mit ihr auszugehen wäre grenzwertig.

»Heut Abend hab ich schon was vor.«

Sie zieht zwar ein langes Gesicht, schluckt ihren angekratzten Stolz aber tapfer herunter, und ich bekomme ein schlechtes Gewissen. »Aber ich weiß es wirklich sehr zu schätzen, dass du extra hier auf mich gewartet hast, um dich zu bedanken.«

Als sie das hört, hellt sich ihr Gesicht sofort wieder auf. »Also, dann vielleicht wann anders?«, fragt sie hoffnungsvoll.

»Wir sollen keine Privatbeziehungen zu Personen unterhalten, die wir gerettet haben.«

»Wer hat denn hier was von Beziehung gesagt?« Sie wirft mir einen vielsagenden Blick zu, der deutlich macht, dass es ihr nun um eines geht – und dabei handelt es sich weder um meine Intelligenz noch um meinen Charme.

»Hier ist jedenfalls meine Nummer«, sagt sie und hält mir ein Stück Papier hin. Als sie näher kommt, um es mir zu reichen, streift sie halb absichtlich mit den Brüsten meinen Arm. Einen Herzschlag lang ziehe ich ernsthaft in Erwägung, auf ihr Angebot einzugehen. Schließlich ist es schon eine ganze Weile her, dass ich …

»Ruf mich einfach an, falls du deine Meinung ändern solltest.« Sie drückt mir den Zettel in die Hand und lässt ihre Finger dabei einen Moment länger als nötig auf meinem Handgelenk ruhen.

Ich sehe nach unten. Neben ihrer Nummer steht ihr Name, Brittany. Darunter hat sie ein ertrinkendes Comic-Mädchen gemalt.

Aus dem Augenwinkel kann ich erkennen, dass Gunnie gerade das Gebäude verlässt, also ergreife ich schnell die Flucht, indem ich meine Tasche schultere, das Bein über mein Bike schwinge, ein »Mach's gut dann« murmle und mit heulendem Motor vom Parkplatz presche.

# ZOEY

»Also, hier könnt ihr jedenfalls nicht bleiben«, sagt Tante Chrissy und ringt dabei die Hände, dreht wieder und wieder das halbe Dutzend Ringe an ihren Fingern, als wolle sie sie abschrauben. »Ich würde euch sofort aufnehmen, wenn ich könnte. Aber ihr wisst ja, wie Javi ist!« Als sie das sagt, blickt sie mich flehentlich an, und ich nicke.

»Um fünf Uhr früh kommt er von der Arbeit zurück, und er braucht seinen Schlaf«, fährt sie fort. »Wir haben hier einfach nicht genug Platz für euch alle.«

»Das verstehen wir doch«, beruhige ich sie und zwinge mich zu einem Lächeln. »Wir wussten nur einfach nicht, wo wir sonst auf die Schnelle hinsollten.«

Chrissy geht zu Mom und legt den Arm um sie. Mom wirkt wie versteinert, als hätte sie gerade erfahren, dass ein Familienmitglied gestorben ist. »Wir haben fast alles verloren, was wir haben«, murmelt sie fassungslos. »Wer tut denn so was?«

Ich habe ihr nichts von meinem Verdacht erzählt, dass es dieselbe Person gewesen sein könnte, die auf meinem Handy und dem Festnetz angerufen hat.

Chrissy tätschelt ihre Schulter. »Kommt, ich mach euch was zu trinken. Wollt ihr eine heiße Schokolade, Kinder?« Sie sieht Kate an, die auf dem Sofa sitzt und jetzt, wo sie sich von dem ersten Schock erholt hat, wieder so emsig auf ihrem Handy herumtippt, als müsse sie die verlorene Zeit aufholen. Cole hockt daneben und trommelt mit den Fersen auf den Boden.

»Nein! Ich will meine Sachen!«

»Aber wir können sie im Augenblick nicht holen«, erkläre ich ihm. »Das ist zu gefährlich. Jedenfalls solange wir nicht wissen, wer das Auto angezündet hat.«

»Und wie lange dauert das?«

Ich atme tief durch. »Ein paar Tage bestimmt.«

»Aber wo sollen wir bis dahin denn bleiben?«, fragt Mom, und da begreife ich, dass sie keine Lösung parat hat. Dass sie darauf wartet, dass *ich* mir etwas einfallen lasse. Tante Chrissy, so lieb ich sie auch habe, wird uns keine Hilfe sein. Als Reinigungskraft in einem Hotel auf dem Strip verdient sie gerade eben so genug, um selbst halbwegs über die Runden zu kommen. Und ihr Freund Javi ist der totale Widerling.

»Ich will nach Hause!«, brüllt Cole, springt auf und rennt zu Mom. Ich will ihn aufhalten, aber er schlägt einen Haken um mich. »Ich will meine Xbox!«, schreit er Mom mitten ins Gesicht. Sie zuckt zurück, und ich muss dazwischengehen und ihn von ihr wegziehen.

»Cole«, sage ich sanft. »Komm schon. Wir kriegen deine Xbox zurück, okay? Mach dir keine Sorgen.«

Da sieht er mich an, und ich erkenne den verstörten kleinen Jungen, der sich hinter dem wütenden Zwergmonster versteckt. Ich knete seine Schultermuskeln, die hart wie Drahtseile sind, und er entspannt sich ein wenig. Manchmal kann eine Berührung – eine Hand an seinem Rücken oder auf seinem Haar – schon ausreichen, um ihn abzulenken. Diesmal aber funktioniert es nicht. Als ich gerade denke, dass ich ihn runtergeholt habe, reißt er sich von mir los. »Lass mich! Ich hasse dich!«

Verblüfft starre ich ihn an. Was hab ich falsch gemacht?

Über das Feuer konnte ich noch nicht mit ihm sprechen. Als ihn die Cops zu mir brachten, war er wütend und wortkarg, weigerte sich, mir in die Augen zu sehen, und behauptete, er habe den Rauchmelder gehört, sei aus dem Fenster gesprungen und dann weggelaufen, weil er Angst hatte. Er trug aber nicht mehr seinen Schlafanzug, sondern Jeans, Turnschuhe und einen Kapuzenpulli. Auch darauf habe ich Cole nicht angesprochen, aber ich weiß, dass es Franklin ebenfalls nicht entgangen ist.

Hat Cole tatsächlich den Brand gelegt? Die Frage rumort in mir, aber ganz ehrlich: Ich kann nicht darüber nachdenken, jedenfalls nicht jetzt. Wir brauchen ein Dach überm Kopf. Das hat im Augenblick oberste Priorität. Ich rechne kurz nach. Unser Geld reicht vielleicht für ein oder zwei Nächte im Motel. Und dann was? Ich arbeite in einem Coffeeshop und verdiene zehn Dollar die Stunde. Mom bekommt etwas mehr als ich, aber unser gesamtes Geld geht für die Miete und unseren Lebensunterhalt drauf. Wir kommen gerade eben so zurecht. Wir hätten nicht mal genug Geld, um die Kaution für eine neue Wohnung zu bezahlen.

»Und wenn wir es im Heim versuchen?«, sagt Mom und sieht mich an, als ob sie hofft, dass ich die Sache in die Hand nehme.

Ich knirsche mit den Zähnen. Alles, nur nicht das Heim. Nicht mit Cole und Kate. Ich will nicht, dass sie das noch mal durchmachen müssen: die ständige Unsicherheit, das Kommen und Gehen von immer neuen Fremden, die man größtenteils beim besten Willen nicht zum Nachbarn haben will. Meine Mom, dunkelhaarig, zart wie ein Spatz und mit dem Gesicht einer Porzellanpuppe, sieht aus wie ein Teenager. Viele Leute halten uns für Schwestern. Tatsächlich fühle ich mich im Augenblick auch wie ihre ältere Schwester – und wünschte mir so sehr, es wäre anders.

»Was ist mit Romeo?«, fragt Kate plötzlich.

»Oh nein«, murmelt Mom.

»Oh Gott«, sage ich gleichzeitig.

»Wo ist er?«, fragt Cole und klingt dabei fast so besorgt wie Kate.

»Bestimmt geht es ihm gut«, versuche ich, die beiden zu beschwichtigen. »Er ist ein Kater. Kater sind schlau. Wahrscheinlich ist er aus dem Fenster gesprungen.«

»Wir müssen zurück und ihn suchen!«, ruft Kate und springt auf. »Er hat bestimmt Angst. Was, wenn er wegläuft?«

Romeo ist eine Hauskatze. Er geht nie nach draußen, wegen des Verkehrs und all der anderen Gefahren, die in unserem Block lauern, unter anderem zwei Rottweiler und ein Dobermann.

»Wir holen ihn später«, versichere ich Kate, die kurz davor ist, hysterisch zu werden. Tränen strömen ihre Wangen hinab. »Wir holen ihn, okay? Versprochen.« Ich lege den Arm um sie, aber sie schüttelt ihn wütend ab.

Auch Cole mustert mich voller Zorn, und ich sehe etwas durch seinen Blick zucken, das ich noch nie an ihm wahrgenommen habe: Hass. Das Entsetzen trifft mich bis ins Mark. Es muss das Feuer gewesen sein, das ihn so durcheinandergebracht hat. Er sucht jemanden, dem er die Schuld geben kann. Oder liege ich vielleicht falsch, und was ich in seinen Augen erkenne, ist nicht Hass, sondern Schuldbewusstsein? Einen Moment lang sieht es so aus, als würde er gleich losschreien, aber da greift Chrissy ein und reicht ihm die Fernbedienung, was ihn zum Glück gerade noch rechtzeitig ablenkt.

Im selben Moment klingelt Tante Chrissys Telefon. Sie verschwindet im Schlafzimmer, um den Anruf entgegenzunehmen. Ich schiebe mich unauffällig in Richtung Tür und spitze die Ohren, um etwas zu verstehen. Nachdem wir vor einer Stunde hier aufgetaucht sind, habe ich Chrissy meinen Verdacht zugeflüstert, und sie hat ein paar Freunde drüben in Scottsdale angerufen, um herauszufinden, ob mein Vater vielleicht aus dem Gefängnis entlassen wurde.

»Hast du … Was? … Okay …« Chrissys Stimme bricht, und von da an habe ich Gewissheit. Ich spähe durch den Türspalt. Sie steht da, den Hörer ans Ohr gepresst, die andere Hand vor dem Mund. »Oh Gott«, flüstert sie.

Meine Knie geben nach.

Chrissy kommt aus dem Schlafzimmer, ihr Blick fast so schreckerfüllt und ängstlich wie der meiner Mutter. Sie sieht mich an. »Dein Dad ist vorzeitig entlassen worden«, raunt sie mir zu, damit Mom und die Kinder es nicht hören. »Mein Bekannter sagt, er hat ihn in der Stadt gesehen, im Jim and Rob's. Kennst du die Bar?«

Ich nicke.

Er ist draußen. Mehr kann ich gerade nicht verarbeiten. Warum hat uns keiner informiert?

»Und dann ist er verschwunden«, fährt Chrissy fort. »Es heißt, dass er vor ein paar Tagen die Stadt verlassen hat.«

Es fühlt sich an, als würde mir jemand ein Messer zwischen den Rippen hindurch mitten ins Herz rammen. Er ist draußen. Plötzlich habe ich nur noch sein Gesicht vor Augen – seine hassverzerrten Züge, als er zu mir sagte, dass er mich eines Tages finden und umbringen würde. Das Feuer war kein Unfall. Es war Brandstiftung. Und er war es, der den Brand gelegt hat. Als Warnung, als Drohung, oder auch in der Hoffnung, dass ich dabei draufgehe. Keine Ahnung.

Chrissy umfasst meinen Ellenbogen. »Keine Panik«, flüstert sie.

Ich sehe rüber zu Mom, die am Esstisch sitzt. Ihre Wimperntusche ist durch all die Tränen ganz verlaufen, ihr Gesicht gerötet. Und gleich werde ich ihr mitteilen müssen, dass der Mann, der sie fast totgeprügelt hat, der Mann, gegen den ich ausgesagt habe und der deswegen zu einer achtjährigen Gefängnisstrafe verurteilt wurde, nach nur drei Jahren wieder auf freiem Fuß ist.

»Wie konnte er wissen, wo wir sind?«, frage ich Chrissy mit zitternder Stimme.

Sie schüttelt den Kopf. »Das weiß ich auch nicht.«

Wir haben einen neuen Nachnamen angenommen und sind an einen Ort gezogen, an dem uns niemand kennt, bis auf Chrissy, die Moms Schwester ist. Keiner von uns hat Social-Media-Accounts, mit Ausnahme von Kate, die aber einen falschen Namen nutzt und alle Einstellungen auf privat gesetzt hat. Sie weiß, wie wichtig das ist. Mein Blick schießt zu Chrissys Wohnungstür.

Ich bin so dumm. Wir sind hier nicht sicher.

»Wir müssen gehen«, flüstere ich. Wir müssen raus hier. Sofort.

Cole starrt wie gebannt auf den Fernseher, meine Schwester auf ihr Handy. Wie soll ich ihnen sagen, dass wir nicht in Vegas bleiben können? Dass sie schon wieder ihre Freunde und die Schule und alles, was wir uns hier aufgebaut haben, hinter sich lassen und von vorn anfangen müssen?

Es kostet mich alle Kraft, den Impuls zu bezwingen, einfach ab-

zuhauen. Aber ich kann ohnehin nicht vor meiner Situation weglaufen, erstens, weil ich kein Auto mehr habe, und zweitens, weil
ich gar nicht wüsste, wohin.

Mal ganz abgesehen davon, dass ich die anderen nie im Stich lassen würde.

»Ich rufe die Polizei«, sagt Chrissy. »Die werden euch beschützen.«

Doch ich schüttle den Kopf. »Die Polizei? Glaubst du im Ernst,
die würden uns helfen?«

Chrissy weicht meinem Blick aus, starrt auf den Boden. Sie weiß,
wie ich zur Polizei stehe. Mein Vater war ein Cop. Und die Polizei
hat noch nie einen Finger gerührt, um uns zu helfen. Stattdessen
hat sie sich schützend vor den Mann aus den eigenen Reihen gestellt. Er musste Mom und mich erst fast umbringen, damit es zur
Anklage kam, und selbst das passierte nur, weil ein Nachbar bereit
war, als Zeuge auszusagen. Ich vertraue also kein bisschen darauf,
dass die Polizei ihre Arbeit macht und uns hilft. Und selbst wenn,
würde nicht mehr dabei herauskommen als eine einstweilige Ver-
fügung gegen meinen Vater, die ihn nicht aufhalten wird. So gut
kenne ich ihn.

Ich höre ein Geräusch und drehe mich um. Mom hat ihren Stuhl
zurückgeschoben und ist aufgestanden. »Er ist draußen, oder?«,
fragt sie.

Chrissy sieht mich an, und ich nicke. »Ja.«

Irgendwie gelingt es Mom, sich aufrecht zu halten. Nach einem
Augenblick räuspert sie sich. »Dann werde ich mal Will anrufen«,
sagt sie.

Ich funkle sie wütend an, aber es bringt nichts, zu diskutieren.
Weil wir keine andere Wahl haben.

# TRISTAN

»Willst du noch ein Bier?«, fragt Will.

Mitternacht ist schon vorbei, und wenn ich morgen früh vor der Arbeit ins Fitnessstudio will (noch so was, das ich mit Leidenschaft und Hingabe betreibe), muss ich um sechs aufstehen. Trotzdem nicke ich, schließlich sehe ich Will heute zum letzten Mal. In zwei Tagen wird er für die kommenden eineinhalb Jahre in Afghanistan stationiert.

»Aber diesmal geht die Runde auf mich«, erwidere ich und zücke meinen Geldbeutel.

Will und ich sind seit der Grundschule befreundet. Obwohl sich meine Eltern vor acht Jahren scheiden ließen und ich mit meiner Mom von Scottsdale, Arizona, einen Bundesstaat weiter nach Kalifornien gezogen bin, ist der Kontakt nie abgebrochen. Will ist gleich nach der Highschool zu den Marines gegangen, ich nach meinem Collegeabschluss zur Küstenwache. Wann immer Will von einem Einsatz zurückkommt, treffen wir uns auf Bier und Billard, manchmal auch zu dritt mit meinem Kumpel Kit.

Ich bestelle noch zwei Burger, ein alkoholfreies Bier für mich, worüber sich Will kaum mehr einkriegt, und ein weiteres Budweiser für ihn. Er ist schon ein bisschen drüber. Wenn er noch mehr trinkt, werde ich ihn später heimfahren müssen. »Wie geht's dir damit, dass du nach Afghanistan zurückmusst?«, frage ich.

Er zuckt mit den Achseln. »Bestens. Solange ich am Ende lebendig und mit zwei Armen und Beinen wieder nach Hause komme.«

Er nuckelt an seiner Flasche und wirkt dabei so niedergeschlagen, dass ich ihm am liebsten den Arm um die Schulter legen und ihm sagen würde, dass er sich keine Gedanken machen soll. Dass alles gut wird. Aber ich lasse es bleiben, weil ich weiß, das sind nur leere Worte. Will musste so viele Freunde im Kampf sterben sehen, so viele Kameraden, die versehrt aus dem Einsatz zurückgekehrt sind. Ich mustere ihn aus dem Augenwinkel, wünschte, es gäbe irgendwas, das ich sagen oder tun könnte. Ein Teil von mir fühlt sich immer wie der letzte Feigling, weil ich nur bei der Küstenwache bin und nicht bei den Marines oder der Army. Die Wahrscheinlichkeit, dass ich jemals an die Front geschickt werde, geht gegen null. Außerdem konnte ich direkt als Offizier einsteigen, weil ich nach dem College auf die Offizierschule gegangen bin. Will dagegen hat sich von ganz unten hochgearbeitet, vom Gefreiten zum Unteroffizier. Und weiter wird er trotz Eignung – er würde einen tollen Offizier abgeben – vermutlich nicht mehr kommen. Für Will ist sein Militärdienst keine Berufschance, sondern eine Gefängnisstrafe. Dieser Einsatz wird sein letzter, danach kann er gehen, und er zählt die Tage, bis er endlich wieder frei ist.

Er stößt mit mir an. »Aufs Überleben«, sagt er.

»Aufs Überleben«, wiederhole ich und bete in Gedanken, dass ich ihn heute nicht zum letzten Mal sehe, nur um mich im nächsten Augenblick dafür zu verfluchen, dass ich überhaupt an so etwas denke. Das bringt Unglück.

Will setzt gerade an, um sein Bier zu exen, da klingelt sein Handy. Als er den Namen auf dem Display sieht, runzelt er die Stirn. »Wer ist dran?«, frage ich.

»Meine Mom«, antwortet er. Ihm ist anzusehen, dass er besorgt ist. Es ist ganz schön spät für einen Anruf von Gina. Er nimmt ab. »Hallo?«

Ich beobachte, wie er stocksteif wird, und plötzlich macht sich ein starkes Unbehagen in mir breit. Wills Gesicht wirkt wie versteinert, als er die Faust auf den Tresen krachen und dann fest geballt dort liegen lässt. »Okay, bin schon auf dem Weg«, sagt er, dann legt er auf.

»Was ist los?«, frage ich.

»Er ist draußen.«

Das kann nur eins bedeuten: Sein Vater wurde aus dem Gefängnis entlassen. »Ich dachte, er wurde zu acht Jahren verurteilt?« Die Neuigkeiten schockieren mich genauso wie Will.

Er schüttelt den Kopf. »Offenbar bedeutet das bei guter Führung nur drei.«

Ich fluche in mich hinein. »Ist mit deiner Mom alles in Ordnung?«

Erneutes Kopfschütteln. Dann stellt Will heftig seine Bierflasche auf dem Tresen ab. »Ich muss los.«

Ich springe auf. »Warum? Was ist passiert?«

»Er hat sie gefunden.«

»Was hat er getan?«

»Zoeys Auto angezündet. Zumindest glauben sie das. Die Flammen sind auf ihre Wohnung übergegangen, es gibt Rauchschäden. Allen geht es so weit gut, aber sie haben kein Dach mehr überm Kopf.« Zum ersten Mal seit dem Anruf sieht er mich an, und für einen Sekundenbruchteil erkenne ich in ihm wieder den kleinen Jungen von früher. Den Jungen, der mein bester Freund wurde, nachdem wir beide losgelaufen sind, um einen Achtklässler davon abzuhalten, den kleinen Randy Meisterburg zu verkloppen. »Ich weiß nicht, was ich jetzt machen soll«, sagt er.

Ich lege ihm den Arm um die Schulter. »Schon okay, wir finden einen Weg.«

Er nickt mir zu, und ich lotse ihn zur Tür. »Komm, wir fahren.«

# ZOEY

Will mustert mich immer wieder im Rückspiegel, aber ich weiche seinem Blick konsequent aus und starre aus dem Fenster, hinter dem die Sonne langsam über der Wüste aufgeht und den Himmel blutrot färbt. Cole liegt auf meinem Schoß, er ist sofort eingeschlafen. Ich streiche ihm übers Haar und wünsche mir, er wäre immer so ruhig und friedlich. Kate ist ebenfalls eingeschlafen. Sie hat sich, ihr Handy fest umklammert, auf der Sitzreihe hinter mir zusammengerollt.

Mom sitzt vorn. Will fährt, aber das Auto gehört Tristan. Als Will und er bei Chrissy ankamen, habe ich kaum ein Wort mit den beiden gewechselt, weil ich damit beschäftigt war, Cole und Kate davon zu überzeugen, dass wir gehen müssen. Viel zu sagen habe ich Will ohnehin nicht.

Tristan sitzt neben mir, Coles Beine ragen bis auf seinen Schoß. Ich will ihn befreien, aber Tristan lächelt nur und schüttelt den Kopf. *Schon okay,* formt er lautlos mit den Lippen.

Ich sehe weg, bin zu verlegen, um ihm in die Augen zu sehen. Früher, als wir noch in Scottsdale wohnten und es richtig schlimm um uns stand, war er ständig bei uns. Er weiß alles über meine Familie, Will hat es ihm erzählt. Und ich glaube, einiges hat er auch mit eigenen Augen gesehen.

Ich weiß noch, wie es mal an meiner Zimmertür klopfte und ich aufmachte, weil ich dachte, es sei Will, der mich weinen gehört hatte. Aber stattdessen stand Tristan draußen. Er sagte kein Wort, kam einfach rein, umarmte mich und hielt mich fest, während ich gegen seine Brust schluchzte. Ich schätze, er muss damals vierzehn gewesen sein und ich elf. Ich weiß nicht mal mehr, worum es eigentlich ging, aber ich weinte so heftig, dass ich kaum Luft bekam und von gewaltigen, erstickten Schluchzern durchgeschüttelt wurde. Ob er sich wohl auch noch an diesen Tag erinnern kann? Wie er mich ablenkte, indem er mir die Handlung von *Alien* erzählte?

Wieder werfe ich Tristan einen verstohlenen Blick zu. Kaum zu glauben, dass er dieselbe Person ist, die mich damals in die Arme nahm. Er hat sich so verändert, wirkt so erwachsen – in einer Weise, die eine seltsame Befangenheit in mir wachruft, gemischt mit dem Bedürfnis, ihn ständig anzustarren. Als ich ihn zuletzt gesehen habe, war er fünfzehn und schlaksig und unbeholfen und schien nur aus Armen und Beinen zu bestehen. Seine Schultern waren knochig, und er hatte eine Hühnerbrust. Nichts davon ist mehr der Fall: Er ist bestimmt 1,85 groß, und sein Kreuz ist breiter als Wills. Obwohl er die Oberarme gar nicht anspannt, sprengen sie fast seine T-Shirt-Ärmel. Sein Haar ist dunkelbraun wie Wills, und seine Augenfarbe ist echt außergewöhnlich: karamellbraun mit bernsteinfarbenen Sprenkeln.

So durchtrainiert, wie er ist, und so aufrecht, wie er sich hält, könnte er auch ein Marine sein. Trotzdem würde es mich wundern. Tristan war Klassenbester, es war klar, dass er aufs College gehörte.

Seine Eltern waren wohlhabend und erfolgreich. Ich glaube, seine Mom arbeitete im Marketing für ein großes Outdoor-Label, und sein Vater war Professor für irgendwas. Wenn also jemand prädestiniert für einen Platz auf einem Elitecollege und eine erfolgreiche Karriere war, dann Tristan. Und dann das Auto, in dem er uns abgeholt hat: ein teurer SUV von Lexus. Jetzt fällt mir auch wieder ein, wie sehr er auf Autos stand. Und auf Baseball. Und dass er mehr Essen in sich reinstopfen konnte, als ich jemals für möglich gehalten hätte. Ich will ihn weiter ansehen, will jede kleine Veränderung an ihm registrieren. Aber er spürt meinen Blick und schaut zu mir rüber. Hastig wende ich mich ab und betrachte die Wüste, die sich endlos in alle Richtungen erstreckt. Jetzt bin *ich* es, die *seinen* Blick spürt. Mein Magen krampft sich zu einer kleinen, harten Kugel zusammen, und mein Gesicht glüht vor Hitze. Ich bin hin- und hergerissen zwischen Freude über unser Wiedersehen und Demütigung, weil er uns so sieht. Es ist so was von erniedrigend, seine Hilfe zu brauchen.

»Hast du Hunger?«

Er hält mir einen Proteinriegel hin. Ich schüttle den Kopf, bereue es aber noch im selben Moment. Doch aus irgendeinem Grund habe ich nun mal abgelehnt und kann das jetzt schlecht wieder zurücknehmen. Wahrscheinlich liegt es daran, dass ich nichts mehr von ihm annehmen will. Es reicht schon, dass er nach Vegas gekommen ist und wir jetzt in seinem Wagen alle zusammen die ganze Strecke zurück Richtung San Diego fahren, wo er wohnt und einen Unterschlupf für uns gefunden hat.

»Sicher?«, fragt er. »Zwölf Erdnüsse, drei Eier und zwei Datteln sind gestorben, damit dieser Riegel leben kann. Und er schmeckt genial.«

Ich sehe ihn an, und er wirft mir ein schiefes Lächeln zu, durch das ein tiefes Grübchen in seiner linken Wange zum Vorschein kommt. Der Anblick löst eine neue Erinnerung aus: daran, wie er immer versuchte, alle zum Lachen zu bringen. Wie er Witze riss und sich zum Deppen machte, egal was, Hauptsache, er erntete zumindest ein Lächeln. Ich weiß, dass er genau das auch jetzt versucht, aber mir ist einfach nicht nach Lachen zumute.

»Danke, ich brauche nichts«, sage ich, und er gibt sich geschlagen und legt den Proteinriegel auf die Mittelkonsole zwischen den Vordersitzen.

»Vielleicht bekommst du ja später doch Hunger«, erklärt er.

Ich blicke aus dem Fenster auf die Berge, die sich in der Ferne abzeichnen, und kämpfe gegen die Tränen an. Wie kann es sein, dass wir schon wieder auf der Flucht sind, mit nichts als den Kleidern, die wir am Leib tragen? Ich weiß noch nicht mal, wo genau wir hinfahren, geschweige denn, wovon wir leben sollen, wenn wir erst mal dort sind. All die Dinge, um die ich mich kümmern muss, fallen mir ein: im Coffeeshop kündigen und in Coles und Kates Schulen Bescheid geben, dass die beiden nicht wiederkommen. Telefon, Strom, Wasser, Gas kündigen, und …

»Es wird euch gefallen«, sagt Tristan.

Ich wische die Träne weg, die mir über die Wange rollt, und sehe ihn wieder an.

»Oceanside, meine ich«, erklärt er, »das Städtchen, in dem ich wohne. Es fällt einem leicht, sich dort wohlzufühlen.«

Ich weiß, dass er mich nur aufmuntern will, aber selbst wenn er mir erzählen würde, dass wir in einer Villa auf Hawaii oder einem Luxuspenthouse in New York wohnen werden, bekäme ich im Augenblick kein Lächeln zustande. Weil Tristan eines nicht weiß: Er könnte uns ans andere Ende der Welt, an den sichersten Ort auf der Erde, meinetwegen sogar auf den Mars verfrachten … und trotzdem würde mein Vater uns finden. Und was dann? Vielleicht wäre es besser gewesen, einfach gleich in Las Vegas zu bleiben, in unserem nach Rauch stinkenden, verrußten Haus ohne Fenster und Tür. Zumindest hätten wir dort gewusst, dass wir nicht länger davonzulaufen brauchen, weil der große Knall unmittelbar bevorsteht. Jetzt werde ich die ganze Zeit in Alarmbereitschaft sein, weil ich nicht weiß, wann der nächste Schlag kommt.

»Mein Vermieter hat noch eine Wohnung frei«, fährt Tristan fort. »Direkt gegenüber von meiner. Das Paar, das bisher dort gewohnt hat, ist gerade erst ausgezogen. Die Wohnung ist klein, aber schön.«

Gegenüber von ihm? *Dann wird er bei dir sein*, flüstert eine Stimme in meinem Kopf. *Ganz nah bei dir.* Ich müsste lügen, wenn ich behaupten würde, dass ich die Vorstellung nicht irgendwie beruhigend finde.

Nach einem Weilchen wage ich einen erneuten verstohlenen Blick in Tristans Richtung.

»Liegt die Wohnung nah beim Strand?«, frage ich.

Tristan grinst mich an. »Jupp, direkt am Wasser. Bei offenem Fenster kann man das Meeresrauschen hören.«

Wow. In Anbetracht der Umstände fühlt es sich falsch an, zu lächeln. Aber als ich Tristan direkt ansehe und mich endlich traue, seinem Blick zu begegnen, kann ich einfach nicht anders.

# TRISTAN

Zoey hat sich an die Tür gelehnt, im Schlaf ist ihre Stirn leicht gerunzelt. Sie drückt Cole fest an sich, als ob sie Angst hat, dass er verschwinden könnte, während sie sich ausruht. Ich bin mir nicht sicher, ob es richtig ist, sie aufzuwecken, aber am Ende tippe ich ihr doch ganz vorsichtig gegen die Schulter. Sie fährt erschrocken hoch, sinkt aber sofort wieder gegen die Autotür. Für einen Sekundenbruchteil flackert Angst durch ihren Blick, dann erinnert sie sich, wo sie ist, und beruhigt sich wieder.

»Wir sind da«, sage ich.

Sie blickt aus dem Fenster, reibt sich die Augen. Dann rüttelt sie sanft Cole wach. »Wir sind da«, wiederholt sie leise.

Cole regt sich, und ich mache mich auf einen seiner berüchtigten Ausbrüche gefasst. Der Junge ist nicht gerade einfach, wobei Zoey noch am besten mit ihm zurechtzukommen scheint. Vielleicht ist sie auch einfach die Einzige in der Familie, die es überhaupt versucht. Ihre Mom scheint aufgegeben zu haben, was mich allerdings wenig überrascht.

Zoey sieht aus wie ihre Mutter – die gleichen haselnussbraunen, mandelförmigen Augen, die gleichen braunen Locken. Die gleiche makellose Haut, nur dass ihre übersät ist mit Sommersprossen. Zoey ist größer als ihre Mom, aber genauso schlank. Mehr lässt sich von ihrer Figur nicht erkennen, erstens, weil sie so weite Sachen trägt, und zweitens, weil ich mir Mühe gebe, nicht hinzusehen. Große Mühe sogar.

Ich war nicht einfach überrascht, als ich sie wiedergesehen habe – es hat mich total aus den Latschen gehauen. Keine Ahnung wieso, aber ich bin einfach davon ausgegangen, dass sie immer noch genauso aussieht wie vor sechs Jahren, als ich ihr das letzte Mal begegnet bin. Damals war sie ein mageres, kleines Ding voller Sommersprossen. Aber stattdessen stand ich vorhin in der Wohnung ihrer Tante vor einem Mädchen, das so atemberaubend ist, dass es mir … na ja, eben den Atem geraubt hat.

Ich kann nicht aufhören, ihr auf die Lippen zu starren, und auf die süße kleine Lücke zwischen ihren Schneidezähnen, die sich leider nur selten zeigt, weil Zoey kaum lächelt.

Kate, die bisher nicht ein einziges Mal aus dem Fenster geblickt hat, um ihr neues Zuhause zu begutachten, ähnelt mit ihrer blassen Haut und dem rotbraunen Haar, das nach der langen Nacht im Auto ganz zerzaust ist, eher ihrem Dad. »Haben sie ihn schon gefunden?«, fragt Kate mich jetzt.

Es bricht mir fast das Herz, den leisen Hauch von Hoffnung in ihrer Stimme zunichtemachen zu müssen.

Sie spricht von ihrem Kater, den sie in Las Vegas zurücklassen mussten. Als Will und ich gestern Nacht bei ihrer Tante eintrafen, schluchzte Kate hysterisch um Romeo, und die Tränenspuren auf ihren Wangen sind immer noch zu sehen.

»Gehört habe ich noch nichts«, erwidere ich. Ich habe gestern Abend noch bei der Feuerwehr Bescheid gegeben, dass sie nach dem

Kater suchen sollen, und warte seitdem auf Rückmeldung. »Sobald ich mehr weiß, erfährst du es als Erste, versprochen.«

Dann steigen wir aus, gähnen, strecken uns.

Kate sieht sich mit finsterer Miene um, und Cole reibt sich die Augen. »Wo sind wir hier?«, blafft er und stiert wütend auf die Wohnanlage, vor der wir stehen.

»Ihr werdet eine Zeit lang hier wohnen«, antworte ich und werfe einen Blick auf die Uhr. Der Vermieter Robert meinte, dass er gegen zwei herkommt, um seine neuen Mieter kennenzulernen. Ich habe ihm die Situation bereits geschildert, nachdem ich ihn um ein Uhr nachts mit meinem Anruf aus dem Schlaf gerissen hatte, um ihn zu bitten, Wills Familie die Wohnung zu überlassen, die er eigentlich renovieren wollte. Anfangs war er zwar nicht gerade begeistert, aber Robert ist einer von den Guten, und sobald ich ihm erklärte, dass sie auf der Flucht vor dem gewalttätigen Vater sind, hat er sich einverstanden erklärt. Außerdem hab ich ihm die Sache noch ein bisschen schmackhaft gemacht und ihm angeboten, später bei der Renovierung zu helfen, wenn er ihnen die Wohnung für sechs Monate überlässt. Das müsste reichen, damit sie wieder auf die Beine kommen.

Ich werfe Zoeys Mom Gina einen Blick zu und frage mich, ob die Entscheidung richtig war. Sie wirkt wie ein Kind, das sich verlaufen hat, Will muss ihr den Arm um die Schulter legen und sie in Richtung Tür lotsen.

Die Wohnanlage besteht aus acht Apartments. In ihrem Gebäude sind vier Wohnungen untergebracht, und gegenüber stehen zwei weitere Häuser mit jeweils zwei Wohneinheiten. Zusammen bildet die Anlage ein kleines u, dessen offene Seite zur Straße hinausgeht. Die Wohnung, die Zoeys Familie bekommt, liegt im ersten Stock, meine in einem der Häuser gegenüber im Erdgeschoss.

»Der Schlüssel befindet sich in einem kleinen Safe«, erkläre ich Will, während wir im Gänsemarsch die Treppe hochlaufen. Ich nenne ihm die Zahlenkombination, und er schließt auf.

Cole drängelt vor und sieht sich um. »Wo ist der Fernseher?«, lautet seine erste Frage.

Zoey verzieht peinlich berührt das Gesicht und weist ihn sanft zurecht.

»Ich glaube nicht, dass es hier einen Fernseher gibt, Cole. Aber ich schaue mal, was sich machen lässt, ja?«, biete ich an.

Zoey wirft mir einen Blick zu, ihre Lippen sind zu einem schmalen Strich verzogen – mehr lässt sie von ihrer Verärgerung nicht durchblitzen. »Das brauchst du nicht.«

»Ach, ist doch kein Problem«, versichere ich ihr.

Will hat seine Mom an den kleinen Resopaltisch im Küchenbereich gesetzt. Ich trete ans Fenster und ziehe die Vorhänge auf. »Schaut mal, von hier aus könnt ihr das Meer sehen.«

Cole kommt angerannt, bremst schliddernd neben mir ab und schaut mit weit aufgerissenen Augen auf den glitzernden blauen Streifen in der Ferne.

Es ist das erste Mal, dass ich ihn sprachlos erlebe. Auch Kate lässt ihr Handy sinken und kommt zum Fenster, um sich den Ausblick anzusehen. Ich bilde mir ein, dass ihr dauerfinsterer Gesichtsausdruck gerade ein winziges bisschen weicher geworden ist, aber ich könnte mich auch irren. Dann sehe ich Zoey an, die neben mir steht, so nah, dass sich beinahe unsere Arme berühren. Es wirkt so, als ob sie eine Träne wegblinzelt. »Alles in Ordnung?«, frage ich ganz leise.

Sie wirft einen kurzen Blick in meine Richtung, dann deutet sie auf die Wohnung. »Ich … also … Ich glaube nicht, dass wir uns … dass wir uns das leisten können.« Röte kriecht ihre Wangen hinauf.

Sie spricht von der Miete und der Kaution. »Das passt schon«, versichere ich ihr. »Alles erledigt. Wir können später noch mal in Ruhe darüber reden.«

Zwischen ihren Brauen erscheint eine kleine Falte. Ich weiß, dass sie fragen will, wie ich das so einfach regeln konnte, aber ehe ich zu Wort komme, zieht Cole an ihrer Hand. »Können wir an den Strand gehen? Bitte, bitte?«

Seine Aufregung bringt sie zum Lächeln, es fällt ihr sichtlich schwer, ihm überhaupt einen Wunsch abzuschlagen.

»Okay«, sagt sie, sieht dabei aber mich an, als würde sie meine Erlaubnis brauchen. Und da wird mir klar, dass es vermutlich egal ist, worum sie mich bittet, weil ich sowieso Ja sagen würde, nur weil ich die unrealistische Hoffnung hege, sie lächeln zu sehen.

»Gibt es einen Pier?«, fragte Cole.

Ich nicke. »Ja, gibt es.«

»Mit einer Spielhalle? Und einem Riesenrad?«, löchert er mich weiter, die Augen groß vor Aufregung.

Ich schüttle den Kopf. »Nein, aber dafür kann man angeln.«

»Echte Fische?! Cool, können wir jetzt gleich angeln gehen?«

Ich schüttle den Kopf. »Ich hab meine Ausrüstung nicht hier. Aber wir gehen in den nächsten Tagen, ja?« Ich suche Wills Blick. »Dann bring ich die drei mal an den Strand und geh danach noch mit ihnen Mittag essen.«

Er nickt. »Ich muss hier bei Mom bleiben und ein paar Anrufe erledigen.« Mit der Polizei, wie ich annehme, um herauszufinden, was Sache ist mit seinem Vater. Welche Bewährungsauflagen er hat.

Außerdem muss er die Polizei über den Verdacht informieren, sein Vater könnte das Feuer gelegt haben, und die örtlichen Behörden dazu bewegen, seiner Mutter und seinen Geschwistern den Einstieg in Oceanside zu erleichtern.

Zoey wendet sich an Kate. »Kommst du mit?«

Kate zuckt desinteressiert mit den Achseln, ihre Miene wirkt nach wie vor wie versteinert. Doch ihre Augen glitzern plötzlich, und sie beeilt sich, Cole hinterherzulaufen.

»Musst du denn gar nicht zur Arbeit?«, fragt mich Zoey, als wir zusammen zur Tür gehen.

Ich schüttle den Kopf. »Ich hab angerufen und mir freigenommen.«

Wieder runzelt sie die Stirn, und ich frage mich, was ich wohl jetzt schon wieder falsch gemacht habe. An der Treppe lasse ich ihr den Vortritt und verfolge dabei jede ihrer Bewegungen. Ich weiß nicht, ob sie meinen Blick spürt, jedenfalls dreht sie sich um und sieht mich an.

Ich werde rot und räuspere mich. »Was hältst du davon, den besten Burger von Oceanside zu probieren?«

# ZOEY

Das Meer ist laut, es erinnert mich an ein brüllendes Tier – wild und ungezähmt. Seine Gewaltigkeit, die schiere Größe ist beängstigend und faszinierend zugleich. Ich versuche, die genaue Stelle auszumachen, an der Ozean und Himmel aufeinandertreffen, aber sie verschwimmen zu einer einzigen, strahlend blauen Weite.

Cole ist sofort zum Wasser gerannt und schleudert sich gerade wie ein Besessener die Turnschuhe von den Füßen, um seine Zehen ins Meer zu tauchen. Kate bemüht sich zwar, cool und desinteressiert zu wirken, ist ihm aber trotzdem dicht auf den Fersen. Der Anblick der beiden bringt mich zum Lächeln. Immer wieder schiebe ich mir mein windgepeitschtes Haar hinter die Ohren, und Tristan beobachtet mich dabei die ganze Zeit aus dem Augenwinkel. Ich fürchte, das tut er, weil ich absolut fürchterlich aussehe, aber ich habe hier keine Haar- oder Zahnbürste und nicht mal ein Deo, also kann ich kaum was dagegen tun. Als der Wind stärker wird und Salzwasser auf meine nackten Arme und mein Gesicht sprüht, schlinge ich die Arme um mich und versuche, mein Zittern zu unterdrücken.

»Ist dir kalt?«, fragt Tristan.

Ich schüttle den Kopf.

»Aber du zitterst«, stellt er fest, streift seinen Hoodie ab und reicht ihn mir.

Wieder schüttle ich den Kopf. »Danke, aber mir geht's gut«, antworte ich, doch er hält mir den Pulli weiter hin, und jetzt lächelt er dabei, wodurch erneut das tiefe Grübchen in seiner Wange zum Vorschein kommt.

»Komm schon. Du erfrierst ja halb! Entweder das, oder du bist echt *wahnsinnig* aufgeregt.«

Ich mustere ihn ratlos und ziehe die Brauen hoch.

»Der Hund von meiner Mom zittert immer so, wenn er einen Ball sieht.« Als er bemerkt, dass sein Spruch nicht ankommt, räuspert er sich hastig. »Also, nicht dass du mich an einen Hund erinnern würdest.« Wieder eine Pause. Dann: »Komm schon, nimm den Pulli.«

Widerstrebend gebe ich nach und murmle: »Danke.« Einen Moment lang halte ich den Hoodie einfach in der Hand, weil ich zu verlegen bin, um ihn auch anzuziehen. Tristans Körperwärme hängt noch darin, und es kommt mir zu intim vor, ihn zu tragen.

»Läuse habe ich nicht, falls das deine Sorge sein sollte«, sagt Tristan.

Ich werfe ihm einen »Ha, ha«-Blick zu und streife mir den Pulli über. Er ist mir natürlich viel zu groß, aber ich fühle mich wie in einem warmen Kokon und – zumindest für den Bruchteil einer Sekunde – irgendwie sicher. Der Stoff riecht nach Zitrone und etwas Herbem. Am liebsten würde ich die Nase im Stoff vergraben und ganz tief einatmen. Aber das lasse ich lieber und beobachte stattdessen Tristan, der Cole und Kate beim Spielen mit den Brandungswellen zusieht.

»Sie sehen zum ersten Mal das Meer, hm?«, fragt er und deutet mit dem Kopf auf die beiden.

Cole kreischt jedes Mal auf vor Freude, wenn eine Welle seine Füße berührt. »Ist kaum zu übersehen, was?«

Tristan grinst und setzt sich in den Sand, und ich zögere nur einen Herzschlag lang, ehe ich mich zu ihm geselle. Ich achte darauf, dass der Abstand zwischen uns groß genug ist, und ziehe die Knie an die Brust. Es sind nur wenig Leute unterwegs, und ich sondiere sie unablässig. Die Angst, dass mein Dad uns hierher gefolgt sein könnte, lässt sich nicht einfach so abschütteln. Nach unseren drei friedlichen Jahren werde ich von nun an wieder mit dem lauernden Gefühl ständiger Bedrohung leben müssen. Der Paranoia. Der Panik. Wird das von jetzt an mein Leben sein? Für immer? Ein Teil von mir will es verdrängen, der andere ist kurz davor loszuheulen.

»Alles in Ordnung?«, fragt Tristan.

Ich öffne den Mund, will Ja sagen, aber zu meiner eigenen Überraschung kommt ein Nein heraus.

»Das wird alles wieder«, versichert er mir.

Wie oft ich das schon gehört habe – von der Polizei, von Anwälten, von Sozialarbeitern. Aber selbst damals wusste ich schon, dass sie alle lügen. Klar, für eine Weile glätten sich die Wogen vielleicht, aber lang hält die Ruhe nie an. Man kann es vielleicht mit einer tödlichen Krankheit vergleichen: Es gibt nur einen möglichen Ausgang. Aber das kann ich Tristan schlecht sagen – weil es nicht das ist, was er hören will. Er will, dass seine Worte mir Trost spenden. Dass ich mich durch seine Beschwichtigungen besser fühle. Also zwinge ich mich zu einem Lächeln und lasse ihn in dem Glauben.

»Ich dachte, wir könnten vielleicht Mittag essen gehen und uns danach in der Wohnanlage mit dem Vermieter treffen«, schlägt er vor.

Warum hilft er uns? Klar bin ich dankbar, mehr als er sich vorstellen kann, aber gleichzeitig verabscheue ich das Gefühl, das damit einhergeht. Das Gefühl, ihm mehr zu schulden, als ich jemals werde zurückgeben können. Ich starre aufs Wasser, weiß nicht, was ich sagen soll.

»Du weißt, dass Will morgen abreist?«, fügt er hinzu.

Ich nicke.

»Er vermisst dich.«

Ich verziehe das Gesicht. Will? Mich vermissen? Na klar doch.

»Ich weiß, dass du sauer auf ihn bist«, fährt Tristan fort. »Er hat mir die ganze Geschichte erzählt.«

Meine Hände verkrallen sich im Sand.

»Er hat echt ein schlechtes Gewissen, weil er nicht für euch da war.«

Tränen brennen in meinen Augen, stechend wie Nadeln. Hastig blinzle ich sie weg. Will hat viele harte Zeiten mit uns durchgestanden. Aber als es uns am härtesten getroffen hat, war er nicht da. Sobald er konnte, hat er sich bei der Army verpflichtet. Ich war vierzehn, als er abgehauen ist. Er hat mich mit der ganzen Scheiße alleingelassen, und was dabei herausgekommen ist, sieht man jetzt: Ich konnte uns nicht schützen.

»Das alles tut mir so leid«, sagt Tristan, aber seine Worte machen mich nur noch wütender, weil sein Mitleid echt das Letzte ist, was ich will oder brauche. »Es ist einfach nicht in fair, dass du komplett auf dich gestellt warst. Ich kann mir kaum vorstellen, wie hart das für dich gewesen sein muss.«

Was noch ziemlich untertrieben ist. Und doch kommt es mir so vor, als würde in meiner Brust etwas einrasten, das ewig geklemmt hat. Weil Tristan womöglich der erste Mensch überhaupt ist, der kapiert hat, wie heftig die vergangenen Jahre für mich gewesen sind.

»Was du damals getan hast … dass du gegen deinen eigenen Vater ausgesagt hast. Das war echt mutig.«

Ich zucke mit den Achseln, meide seinen Blick, weil ich sein Mitgefühl nicht will, aber gleichzeitig spüre, dass es mir etwas bedeutet. »Na ja, eigentlich hatte ich gar keine Wahl«, murmle ich.

»Oh doch, die hattest du«, widerspricht mir Tristan. »Was du getan hast, erfordert Mut. Jede Menge Mut.«

»Und? Was hat es gebracht?«, frage ich leise. Wieder drohen mich die Tränen zu überwältigen. »Drei Jahre hat er abgesessen, und jetzt ist er wieder draußen und sinnt auf Rache.«

Tristan atmet tief durch, und als er spricht, schwingt ein drohendes Grollen in seiner Stimme mit. »Er wird dir nicht wehtun. Dir nicht, deiner Mom nicht, und auch sonst niemandem.« Als sich unsere Blicke treffen, sehe ich wilde Entschlossenheit in seinen Augen. Tristan will unbedingt, dass ich glaube, was er da sagt, also werfe ich ihm ein halbherziges Lächeln zu, mehr bekomme ich gerade nicht hin. Dann schaue ich schnell weg, damit er die Wahrheit nicht erkennt, die lautet, dass ich es besser weiß.

Plötzlich spüre ich eine Hand auf meiner. Ich blicke nach unten. Tristan berührt mich sachte am Handgelenk. »Ich werde nicht zulassen, dass er euch etwas antut«, versichert er mir.

Einige Sekunden lang sagt keiner von uns ein Wort. Ich spüre die Wärme seiner Finger an meinem Handgelenk, und sein Blick hält mich, weigert sich, mich loszulassen. Es ist unmöglich wegzusehen, fühlt sich an, als würde ich in seine Augen hineingezogen werden. Und da spüre ich, wie sich ein Riss in meinem Panzer auftut, ein

Spalt, der zulässt, dass ein wenig Licht eindringt. Licht, oder vielleicht ist es auch Hoffnung.

Ich denke daran, wie Tristan mich mit vierzehn festgehalten hat, in seinen langen, dünnen Armen, seine Brust schmal, aber fest. Einen Herzschlag lang frage ich mich, wie es sich wohl anfühlen würde, wenn er mich jetzt festhielte – und mein Körper reagiert auf die Vorstellung mit einer Heftigkeit, die mich völlig aus der Fassung bringt. Mein Herz beginnt zu rasen, und dort, wo Tristans Finger immer noch auf meinem Handgelenk liegen, brennt mir die Haut. Warum starrt er mich weiter an? Warum starren wir *einander* an, anstatt unsere Blicke zu lösen?

Endlich gelingt es mir wegzusehen. Mein Puls rast dahin, und Tristan zieht seine Hand weg. Ich darf mich nicht so mir nichts, dir nichts von dem Gefühl der Hoffnung ködern lassen, das er in mir auslöst. Es ist ein Trick, ist Betrug. Auch wenn er selbst vermutlich wirklich glaubt, was er da sagt. Aber so ist die Hoffnung: grausam.

Plötzlich macht Cole einen Hechtsprung in den Sand vor meinen Füßen. Seine Jeans sind nass bis zu den Knien, sein Gesicht ist gerötet, und ich bin froh, dass er uns unterbricht.

»Du musst auch mal die Füße reinhalten.« Er grinst. »Das Wasser ist eiskalt!«

Ich schüttle den Kopf und sehe mich nach Kate um, die immer noch unten in den flachen Wellenausläufern steht und in ihr Handy redet. »Später vielleicht«, murmle ich. »Wir müssen los.« Keine Ahnung, weshalb ich das sage. Wir müssen nirgendwo hin, aber plötzlich fühle ich mich hier neben Tristan fürchterlich befangen. Unruhig – zu unruhig, um einfach im Sand herumzusitzen.

Als ich Anstalten mache aufzustehen, springt Tristan hoch und streckt mir die Hand hin. Ich tue so, als hätte ich sie nicht bemerkt, aber als ich einen verletzten Ausdruck durch seine Augen huschen sehe, bedauere ich es sofort wieder.

»Wir könnten mal auf meinem Boot rausfahren und angeln«, bietet er Cole an, als wir den Strand entlanglaufen. Kate trottet uns, den Blick abwesend auf ihr Handy gerichtet, mit etwas Abstand hinterher.

»Du hast ein Boot?!«, ruft Cole begeistert.

»Na ja, ich nicht, aber ein Freund von mir«, antwortet Tristan.

»Kannst du auch segeln?«

Tristan nickt. »Ich bin bei der Küstenwache.«

»Was ist denn das?«, will Cole wissen und rümpft die Nase.

»Eine Abteilung der Army – die kleinste. Wir retten Leute und ...«

»Bringt ihr auch welche um?«, unterbricht ihn Cole.

Tristans Brauen schießen in die Höhe, doch es gelingt ihm, seine Überraschung hinter einem Lachen zu verstecken. »Also, die meiste Zeit trage ich keine Schusswaffe bei mir. Wenn ich jemanden vor dem Ertrinken rette, brauche ich die nämlich nicht. Aber manchmal müssen wir auch welche von den Bösen jagen.«

»Echt? Was für Böse denn?«, fragt Cole, und seine Miene hellt sich auf.

»Leute, die schlimme Sachen machen, schmuggeln zum Beispiel, oder mit Drogen handeln.« Er wirft mir einen Blick zu, als wolle er sich versichern, dass er Cole die Wahrheit sagen darf, bemerkt dabei aber offensichtlich meinen verblüfften Gesichtsausdruck. Ich wusste nicht, dass er bei der Küstenwache ist. Erst frage ich mich, warum Will mir nie was davon erzählt hat, aber dann fällt mir ein, dass wir ja seit Jahren nicht mehr richtig miteinander gesprochen haben.

»Und darfst du auf die Bösen auch schießen?«, bohrt Cole weiter, und ich stupse ihn mit dem Ellenbogen in die Seite.

»Ich habe noch nie auf jemanden geschossen«, erwidert Tristan und dreht sich mit ernstem Gesicht zu Cole. »Und ich hoffe, das wird auch so bleiben.«

»Aber du hast eine Pistole, ja? Und du weißt, wie man schießt?« Ich versuche, meine Besorgnis über seine Begeisterung für Waffen zu verdrängen. Aber meine Gedanken wandern trotzdem zu den Bildern, die er auf sein Schulheft gemalt hat. Noch etwas, worum ich mich kümmern muss.

»Ja, ich habe eine Militärwaffe«, erklärt Tristan, »aber in der Regel trage ich sie nicht mit mir herum.« Er beugt sich zu Cole und fährt leiser fort: »Ich verrate dir mal ein Geheimnis. Eigentlich mag ich gar keine Waffen. Deswegen bin ich auch zur Küstenwache gegangen. Ich wollte keine Leben nehmen, sondern welche retten. Und außerdem liebe ich das Meer und fand die Vorstellung schön, auf dem Wasser zu arbeiten. Gleichzeitig wollte ich aber auch Pilot werden, und bei der Küstenwache musste ich mich nicht entscheiden. Hier kann ich beides machen.«

»Du bist Pilot?«, fragt Cole voller Bewunderung.

»Na ja, hoffentlich bald.« Ein breites Grinsen erscheint auf Tristans Gesicht.

Er passt seine Schritte an mein Tempo an, bis wir nebeneinander her gehen.

»Mein Dad ist Polizist«, erzählt Cole, und leiser Stolz schwingt in seiner Stimme mit.

Bei seinen Worten gerate ich ins Stolpern, aber Tristan ist da, stützt meinen Ellenbogen und wirft mir einen besorgten Blick zu. Ich bedeute ihm mit einem Nicken, dass alles in Ordnung ist.

»Schaut mal!«, wechselt er daraufhin abrupt das Thema. »Da vorn gehen wir Mittag essen.« Er weist auf ein kleines Strandcafé. »Wer zuerst dort ist, darf sich zum Nachtisch drei Kugeln Eis bestellen.«

Mehr braucht Cole nicht zu wissen. Wie der Blitz zischt er ab in Richtung Café.

Wieder sieht Tristan mich an. »Er weiß nichts davon?«, fragt er.

Ich zucke mit den Achseln. »Cole war fünf, als unser Vater festgenommen wurde. Wir haben die ganze Sache weitestgehend von ihm ferngehalten. Ich hab Cole damals erklärt, dass unser Dad jetzt im Gefängnis sitzt, weil er einen Fehler gemacht und unserer Mom wehgetan hat und dafür büßen muss.«

»Wie hat er das aufgefasst?«, fragt Tristan.

Ich seufze. »Keine Ahnung. Cole redet normalerweise nicht viel über Dad. Nur hin und wieder fragt er, wann er wieder aus dem Gefängnis kommt. Irgendwann werde ich ihm wohl sagen müssen, dass er entlassen wurde.«

Ein paar Augenblicke lang gehen wir schweigend nebeneinander her und sehen Cole dabei zu, wie er sich sein Belohnungseis verdient.

»Er wirkt …« Tristan bricht ab.

»Schwierig?«, beende ich den Satz für ihn.

Er schüttelt den Kopf. »Nein, ich wollte eigentlich sagen, dass er viel Energie zu haben scheint.«

Ich lache leise auf. »Das kann man wohl sagen. Er liebt Sport, vor allem Fußball, aber in Vegas gab es keinen Park in der Nähe und auch sonst nichts, wo er sich austoben konnte. Er wird es bestimmt toll finden, direkt am Strand zu wohnen.«

Wir sind beim Café angekommen, und Tristan hält mir die Tür

auf. »Wenn er Lust hat, könnte ich ab und zu mit ihm in den Park gehen und wir kicken ein bisschen.«

Ich setze ein Lächeln auf und gehe an ihm vorbei ins Café. Derselbe Duft, der auch von seinem Pulli ausgeht, steigt mir in die Nase. »Garantiert hat er Lust«, sage ich, aber Tristan muss mir etwas angesehen haben, denn sein Lächeln verblasst, und er mustert mich aufmerksam.

»Was ist los?«, fragt er. Offenbar ist es mir nahezu unmöglich, meine Gefühle vor ihm zu verbergen. Das ist neu für mich. Mein antrainiertes Pokerface ist normalerweise absolut undurchdringlich.

»Nichts«, antworte ich, weil ich nicht weiß, wie ich beschreiben soll, wie ich mich fühle. Überwältigt. Beschämt. Verängstigt. Todmüde.

Er löst den Blick von mir und wechselt das Thema. »Wenn du mich fragst, kann man sich glücklich schätzen, hier in Oceanside zu Hause zu sein.«

Zu Hause. Was heißt das? Ich schätze, zu Hause, das ist ein Ort, nach dem man sich sehnt, wenn man woanders ist. Ein Ort, an dem man sich sicher fühlt, glücklich. An dem man Erinnerungen erschaffen will. Eigentlich habe ich mich noch nie in meinem Leben sicher gefühlt, und ich habe auch noch nie an einem Ort gewohnt, an den ich schöne Erinnerungen habe. Überhaupt habe ich nicht viele Erinnerungen, weil ich so gut wie alles, was ich erlebt habe, lieber vergessen möchte.

Tristan rückt mir an einem Tisch beim Fenster einen Stuhl zurecht, und die Geste macht mich irgendwie nervös. Ich glaube nicht, dass mir schon mal jemand den Stuhl zurechtgerückt oder die Tür aufgehalten hat. Man hat mir Türen vor der Nase zugeschlagen.

Man hat mir die Finger in Türen eingeklemmt. Aber aufgehalten hat mir noch nie jemand eine. Ich setze mich, Tristan nimmt mir gegenüber Platz, und einige Sekunden lang sind da nur wir beide, und wir blicken hinaus auf den Ozean und den endlosen blauen Himmel, und ich denke: Dieser Augenblick, dieser winzige, bedeutungslose Augenblick, könnte es wert sein, zur Erinnerung zu werden.

Dann setzen sich Cole und Kate zu uns, und Tristan wirft mir ein Lächeln zu.

Und zum ersten Mal seit unserem Wiedersehen bin nicht ich es, die zuerst wegsieht.

# TRISTAN

Während Cole und Kate zur Eistheke rennen, um die Sorten zu begutachten, mustere ich Zoey. Ich versuche, nicht allzu auffällig zu starren, aber leicht ist das nicht. Es fühlt sich an, als sei sie ein Magnet und ich mit kleinen Eisenkügelchen gefüllt. Ich kann einfach nicht aufhören, sie anzusehen. Wenn ich draußen auf dem Wasser bin, den Horizont beobachte, nach Zeichen für einen Wetterumschwung suche, geht es mir ganz ähnlich.

Wenn sie sich unbeobachtet fühlt, wird ihr Blick jedes Mal ganz traurig, und ihre Mundwinkel sinken nach unten. Sie versucht, den Aufruhr in ihrem Inneren zu verbergen. Ich glaube, sie mag es einfach nicht, wenn man ihr den Kummer ansieht, der sie seit Jahren beschäftigt. Vielleicht, weil sie ihre Geschwister nicht belasten möchte.

Es gibt da eine Erinnerung an Zoey, die mir nicht mehr aus dem Kopf geht. Sie muss vielleicht neun gewesen sein. Meistens war sie damals in irgendein Buch vertieft, aber einmal setzte sie sich zu Will und mir, als wir bei ihnen zu Hause einen Film schauten. Der Film war witzig, warum weiß ich nicht mehr. Aber ich weiß noch ganz genau, dass Zoey sich so kaputtlachte, dass sie vom Sofa fiel.

Ich würde alles dafür geben, sie noch mal so lachen zu sehen. Das ist ein wiederkehrendes Element in meinem Leben, solange ich denken kann – ständig versuche ich, anderer Leute Probleme zu lösen. Kaputte Motoren reparieren, Ertrinkende bergen, ganz egal. Meine Schwester betet mir immer wieder vor, dass manche Dinge einfach nicht mein Problem sind, und sicher hat sie damit meistens recht. Aber das hier – das hier *ist* mein Problem. Eins, das ich schon seit einer Ewigkeit lösen will, eigentlich, seit Will mit dreizehn zum ersten Mal mit einem blauen Auge bei uns zu Hause aufgekreuzt ist. Sein Vater hatte mit der Faust zugeschlagen, als Will bei einem Streit zwischen seine Eltern ging.

Ich musste ihm versprechen, dass ich niemandem erzähle, was passiert ist, und später mitanhören, wie er alle anderen, auch meine Eltern, belog, indem er behauptete, einen Baseball abbekommen zu haben. Ich hasste mich dafür, dass ich die Wahrheit ebenfalls für mich behielt. Aber die Angst, meinen Freund zu verlieren, falls ich die Wahrheit sagte, wog schwerer. Denn Will zum Freund zu haben bedeutete mir mehr als so gut wie alles andere. Und so ist es bis heute. Also habe ich ihn gedeckt und es mein Leben lang bereut. Ich habe mich oft gefragt, was passiert wäre, wenn ich meinen Eltern damals alles gesagt hätte. Ob sie etwas hätten tun können? Die Polizei einschalten, oder das Jugendamt? Hätten sie Will und seiner Familie helfen können? Aber Wills Dad war selbst ein Cop – das war ja gerade das Problem. Will meinte damals, wenn ich etwas sagte, würde sich die Polizei auf die Seite seines Vaters schlagen, und wenn sein Dad herausfand, dass er jemandem davon erzählt hatte, würden die Prügelattacken nur noch schlimmer werden. Das wollte ich natürlich nicht, also hielt ich den Mund. Damals glaubte ich, ihn zu schützen. Heute weiß ich, dass das nicht der Fall war.

Und noch schlimmer ist, dass ich auch Zoey nicht beschützt habe. Wenn ich damals geredet hätte, wäre vielleicht nichts von alldem passiert und sie wären heute nicht hier. Würden nicht in ständiger Angst leben. Ich weiß, dass ihr Vater Will geschlagen hat, aber nicht, ob er auch auf Zoey losgegangen ist. Der Gedanke, dass es so sein könnte, macht mich ganz krank vor Wut und Schuldgefühlen. Die bloße Vorstellung, dass ihr jemand wehtun könnte …

Während des Mittagessens versucht Zoey, höflich Konversation zu betreiben, lenkt die launische Kate von ihren Sorgen um den Kater ab und Cole von seiner Sehnsucht nach der Xbox. Aber ich merke ihr an, dass sie in Gedanken ganz woanders ist, also übernehme ich und spule mein Witzrepertoire ab, um zumindest Cole zu beschäftigen.

»Was ist gelb und schießt? Eine Banone.«

Cole lacht, Kate mustert mich, als sei ich ein Außerirdischer, und Zoey hört mir gar nicht zu, sondern wirft jedes Mal nervöse Blicke in Richtung Tür, sobald ein Gast hereinkommt. Unter dem Tisch tappt ihr Fuß einen langsamen, aber gleichmäßigen Rhythmus. Am liebsten würde ich ihr die Hand aufs Knie legen, damit sie sich entspannt.

Gegessen hat sie so gut wie nichts, und bestellt hat sie nur ein Glas Wasser und eine Portion Pommes, die sie zur Hälfte aufgegessen hat. Die andere Hälfte ist auf Coles Teller gelandet, der meinen Rat befolgt und einen Double Cheeseburger mit Bacon bestellt hat.

Überhaupt habe ich Zoey kaum etwas essen sehen, seit sie sich im Auto den Proteinriegel stibitzt hat, als sie dachte, ich würde schlafen.

Ich frage sie, ob sie auch ein Eis möchte, aber sie schüttelt den

Kopf. Ein besorgter Ausdruck gleitet über ihr Gesicht, als sie beobachtet, wie Cole und Kate am Tresen ihr Eis bestellen, und auf einmal weiß ich, was los ist: Sie macht sich Gedanken wegen der Rechnung. Wie konnte ich nur so blöd sein? Scheiße. »Darf ich euch einladen?«, frage ich, und wie auf Kommando kommt die Kellnerin mit der Rechnung an.

»Nein«, erwidert Zoey und schnappt sich den Bon. »Bitte, du hast auch so schon mehr als genug getan.«

Ich versuche, ihr den Zettel aus der Hand zu ziehen, und es entwickelt sich ein regelrechtes Seilziehen. »Du kannst nächstes Mal bezahlen«, sage ich.

Rote Flecken bilden sich auf ihren Wangen, aber sie lässt widerwillig los. Ich habe natürlich nicht vor, sie beim nächsten Mal bezahlen zu lassen, aber etwas Besseres ist mir auf die Schnelle nicht eingefallen. Ich befürchte, sie in ihrem Stolz verletzt zu haben, aber ich weiß nun mal, dass sie kein Geld haben, vor allem nicht im Augenblick, wo sie so viele Sachen kaufen müssen, um wieder ein halbwegs normales Leben führen zu können.

Sie senkt den Kopf. »Ich zahl es dir zurück. Ich muss vorher nur zur Bank.«

Ich nicke. »Hattest du in Vegas eigentlich einen Job?«, frage ich in dem Versuch, das Thema zu wechseln.

»Ja, aber nur in Teilzeit. In einem Coffeeshop.« Sie wirft mir einen Blick zu, als würde sie damit rechnen, dass ich sie deswegen verurteile. »Ich wollte demnächst mit dem College anfangen. Natürlich nur einem Community College, für eins von den privaten reicht das Geld hinten und vorne nicht.«

Ich weiß noch, wie klug sie war. Dass sie es in alle Förderprogramme geschafft hat, die es an unserer Schule gab. »In San Diego gibt es ein ziemlich gutes Community College«, informiere ich sie. »Du könntest dich doch dort für ein paar Kurse anmelden.«

Sie nickt mit wenig Enthusiasmus. »Aber vorher muss ich die zwei hier in der Schule unterbringen«, erklärt sie seufzend und blickt zu Kate und Cole. »Und einen Job brauche ich auch.«

»Ich glaube, ich weiß da was«, sage ich. »Mein Freund Kit hat gerade ein neues Restaurant eröffnet.«

Zoey versucht gar nicht erst, ihre Hoffnung zu verbergen, und als ich sehe, wie ihre Augen aufleuchten, wird mir klar, dass ich sie um jeden Preis beschützen will, so wie ich es früher nicht konnte. Weil es das ist, was sie verdient hat. Und das, was ich ihr schulde.

# ZOEY

Ich hasse es sowieso schon, anderen dankbar sein zu müssen, aber Tristan dankbar sein zu müssen, ist aus irgendeinem Grund besonders schlimm. Ich will nicht, dass er nur ein hilfsbedürftiges Opfer, eine Belastung in mir sieht. Ich mache mir Gedanken, wie wir die Miete für die Wohnung zusammenbekommen sollen, habe das Thema aber noch nicht angesprochen. Die Wohnung ist so schön – viel besser als alles, was wir uns je leisten könnten. Ich weiß, dass sie teilmöbliert ist, aber trotzdem werden wir noch einen Haufen Sachen kaufen müssen.

Wir haben weder Bettwäsche noch Geschirr, außerdem brauchen wir unbedingt neue Kleidung und Schuhe für Cole und Kate und ein Handy für mich.

Sobald ich anfange, in Gedanken eine Liste zu machen, was wir alles erledigen müssen, drehe ich fast durch vor Panik und Sorge, und mein Herz rast so heftig, als ob es versuchen würde, sich aus meiner Brust freizuhämmern.

»Eins nach dem andern«, höre ich Tristan sagen, und einen Moment lang frage ich mich, ob ich laut gedacht habe. Aber er redet mit Cole, der ihn wegen der Xbox löchert, die er ihm leihen will, und wann sie Fußballspielen gehen, und wann sie mit dem Boot rausfahren.

»Mit wem textet sie die ganze Zeit?«, fragt mich Tristan und nickt in Kates Richtung, die mal wieder auf ihrem Handy herumtippt, während sie durch die Gegend läuft. »Ihrer Freundin Lis. Ich glaube, sie versucht sie zu überreden, nach unserem Kater zu suchen.«

»Wenn wir zurück sind, rufe ich bei der Feuerwehr an und erkundige mich, ob es Neuigkeiten gibt.« Er verstummt kurz, dann fragt er: »Hast du schon was von der Polizei gehört?«

Wegen meines Vaters, meint er. »Sie fragen bei seinem Bewährungshelfer nach, ob er gestern Abend in Scottsdale war.« Ich bete, dass die Antwort Ja lautet. Wenn mein Vater ein Alibi hat, bedeutet das andererseits aber auch, dass es vielleicht doch Cole war, der das Feuer gelegt hat, und ich bin mir nicht sicher, ob mir diese Erklärung wirklich lieber wäre.

»Was?«, fragt Tristan und mustert mich aufmerksam.

»Nichts.« Es nervt mich, dass er mich so mühelos durchschaut.

»Hier wird er dich nicht finden«, versichert er mir erneut, weil er glaubt, das sei es, was mir Sorgen bereitet, und nicht die Tatsache, dass mein kleiner Bruder ein Pyromane sein könnte. »Während du im Auto geschlafen hast, habe ich einen Freund angerufen, der hier bei der Polizei ist«, fährt er fort. »Er meinte, dass ihr euch wegen eurer besonderen Situation nicht behördlich zu melden braucht. Also kann euch euer Vater nicht aufspüren.«

Ich sehe Cole hinterher, der uns vorausläuft. Ich will nicht, dass er unser Gespräch mitbekommt, und ich glaube, das ist auch der Grund, aus dem Tristan das Thema erst jetzt anspricht, wo Cole außer Hörweite ist. »Ich weiß«, sage ich. »Aber mein Vater ist ein Cop. Er weiß, wie man Leute findet.«

»Du meinst, er *war* ein Cop. Ich bezweifle, dass er unter seinen ehemaligen Kollegen noch viele Freunde hat.«

Ich zucke mit den Achseln. »Da kennst du meinen Vater schlecht.«

Tristan runzelt fragend die Stirn.

»Er wirkt total sympathisch«, erkläre ich und schlinge die Arme um meinen Oberkörper. Wieder bin ich dankbar für Tristans warmen Pulli. »Die Leute fallen reihenweise auf ihn rein. Sogar dich hat er am Anfang überzeugt, oder? Und deine Familie. Alle mochten ihn richtig gern. Deswegen war es auch so schwer, den Mut zu finden zuzugeben, was er uns antut. Wir waren sicher, dass uns keiner glauben würde. Und als wir dann endlich den Mund aufgemacht haben, mussten wir feststellen, dass wir recht hatten: Es gab tatsächlich eine Menge Leute, die uns nicht glaubten.«

»Ich schon«, sagt Tristan leise, aber entschieden. »Ich wusste es. Ich habe euch immer geglaubt.«

Ich schaue zu ihm hoch – er ist einen Kopf größer als ich – und lächle kurz. Er weiß es nicht, aber diese Worte bedeuten mir unglaublich viel.

Rasch weicht er meinem Blick aus.

Wir erreichen die Wohnanlage, und ich bemerke einen weißen Mazda, der davorsteht. Sofort bin ich in Alarmbereitschaft, doch dann entdeckt auch Tristan den Wagen und sagt: »Ah, Robert ist da. Er ist der Vermieter. Super Typ.«

Ich folge ihm die Treppe hinauf zur Wohnungstür. Will sitzt drinnen am Küchentisch. Meine Mom schwirrt herum und bereitet Tee zu, und auch wenn ihre Bewegungen ein bisschen manisch wirken, lächelt sie.

Dann kommt der Grund für ihr Lächeln durch die Tür. Ein Mann um die fünfzig mit grauem, buschigem Haar und kristallblauen Augen. »Und du musst Zoey sein«, sagt er und strahlt mich mit ausgestreckter Hand an. Während er mir die Hand schüttelt, mustert er mich mit einem Ausdruck in den Augen, für den mir kein anderes Wort als Herzensgüte einfällt. »Wie schön, dich kennenzulernen«, sagt er.

»Ebenso«, erwidere ich, dann schiebe ich nach: »Danke. Wir freuen uns so, dass Sie uns die Wohnung überlassen.«

»Ist mir ein Vergnügen.« Er deutet auf die Küche. »Ich wollte eigentlich gerade Küche und Bad renovieren lassen, tut mir leid, dass sie in so einem heruntergekommenen Zustand sind.«

Ich mustere die Küche, die ich mehr als in Ordnung finde – viel besser als unsere in Vegas. »Es ist toll hier«, versichere ich. »Bitte entschuldigen Sie sich nicht.«

Tristans Blick fällt auf eine Kuchenschachtel auf dem Tisch. »Sind die aus Kits neuem Laden?«, fragt er Robert, während er in ein Törtchen beißt. Sahne quillt heraus, und er leckt sie sich von den Lippen. Aus irgendeinem Grund kann ich nicht anders, als zu starren.

»Ja, heute Morgen standen die Leute schon Schlange bis auf die Straße.«

Tristan hält mir die Schachtel hin. »Hier, probier mal.«

Ich glaube nicht, dass ich schon mal so guten Kuchen gegessen habe. Allerdings bin ich auch kurz vorm Verhungern.

»Ähm«, sage ich, räuspere mich und drehe mich zu Robert, »können wir kurz über die Miete reden?« Ich blicke zu Mom rüber, weil ich nicht will, dass sie etwas davon mitbekommt. Meistens versuche ich, alles Finanzielle ohne ihr Wissen zu erledigen. Früher war es mein Dad, der sich ums Geld gekümmert hat, und als wir ihn verlassen haben, hatte meine Mom Probleme, seinen Part zu übernehmen. Am Ende war es einfacher für mich, unseren Haushalt und die Finanzen gleich selbst zu organisieren.

»Ist alles schon erledigt.« Robert schenkt mir ein breites Lächeln.

»Was?«, frage ich verwirrt.

»Deine Mutter, Will und ich haben das gerade geklärt.«

Mom und Will nicken mir zu. »Alles gut«, sagt Will.

Am liebsten würde ich fragen, was genau das heißen soll, aber das geht nicht. Nicht, solange Robert und Tristan danebenstehen und zuhören.

»Ich habe noch ein paar Sachen mitgebracht – Zeug aus den anderen Apartments, die ich vermiete. Geschirr und so weiter.« Ich sehe zu den Kisten, auf die Robert deutet, und bemerke, dass aus einer von ihnen Töpfe und Küchengeräte ragen.

»Danke«, sage ich. Plötzlich muss ich an unseren wenigen Besitz denken, den wir in Vegas zurückgelassen haben. Den Becher, den mir Cole auf einem Schulausflug in eine Töpferei gebastelt hat. Das Bild mit den Vögeln auf einem Baum, das Kate gemalt hat und das an der Wand unseres inzwischen verbrannten Wohnzimmers hing. All die gebrauchten Bücher aus dem Sozialkaufhaus, die ich im Lauf der Jahre gesammelt habe. Nichts davon ist wichtig, die Sachen haben rein sentimentalen Wert. Aber erst jetzt begreife ich, dass wir trotzdem etwas verloren haben. Wer weiß, vielleicht bekommen wir alles zurück. Vielleicht können wir ja sogar wieder in unsere alte Wohnung ziehen, sobald sie renoviert ist. Gesetzt den Fall, es stellt sich heraus, dass nicht mein Vater das Auto angezündet hat.

Aber als ich mich hier in dieser kleinen Wohnung umsehe, beobachte, wie Cole und Kate in der Kuchenschachtel wühlen, wie meine Mom Robert Tee einschenkt, wie Tristan Cole liebevoll piesackt, indem er ihm Sahnekleckse ins Gesicht malt, frage ich mich, ob ich überhaupt noch nach Vegas zurückwill.

# TRISTAN

Ich lasse Will und seine Familie in Ruhe ankommen und mache mich direkt auf den Weg zum Riley's, Kits neuem Restaurant. Selbst jetzt, zwischen Mittag- und Abendessenszeit, wo in allen anderen Läden Flaute herrscht, ist es vollgestopft mit Kunden.

Ich finde Kit in der Küche, umgeben von einem hektischen Gewusel aus Köchen und Kellnern. Er steckt bis zu den Ellenbogen in einem Berg Mehl.

»Ganz schön was los da draußen«, sage ich.

Kit hebt eine mehlbestäubte Hand und gibt mir Fünf. »Ja, Mann, seit wir heute Vormittag aufgemacht haben, hatten wir keine ruhige Sekunde. Der reinste Wahnsinn.«

»Die ganze Stadt redet über deine irren Backkünste.«

»Ich will ja nicht angeben« – Kit grinst –, »aber meine Teilchen sind echt der Hammer. Das findet übrigens auch Jessa.«

»Bitte erspar mir weitere Details darüber, was Jessa von deinen *Teilchen* hält, ja?« Ich muss lachen.

Kits Grinsen wird noch breiter, so wie immer, wenn das Thema Jessa zur Sprache kommt. Seine gute Laune ist ansteckend. Ich habe mich immer schon gefragt, wie es wohl sein muss, so für jemanden zu empfinden wie Kit für seine Jessa. Er hält sich für den größten Glückspilz der Welt und kann es gleichzeitig immer noch nicht so recht fassen, was vielleicht auch daran liegt, dass die beiden echt keinen leichten Start hatten. Man braucht bloß Jessas Namen zu erwähnen, und schon fängt Kit an zu strahlen. Und andersherum ist es genau dasselbe.

»Was gibt's?«, fragt Kit, während er den Teig knetet und dabei immer wieder seine Umgebung sondiert, um zu prüfen, dass die Abläufe in der Küche reibungslos funktionieren.

»Du siehst aus, als könntest du eine helfende Hand brauchen.«

Er mustert mich skeptisch. »Alter, ich weiß ja, dass wir ein ›Aushilfe gesucht‹-Schild im Fenster hängen haben, aber hast du nicht schon einen Job? Schon vergessen? Du bist der Lebensretter ... der Typ mit dem Jetski ...?«

»Es geht nicht um mich, sondern um Wills Schwester. Sie braucht einen Job, du brauchst Personal, also ...«

Kit hört mit dem Kneten auf. »Ich wusste ja gar nicht, dass sie hier in der Stadt wohnt.«

»Sie sind gerade erst hergezogen. Ist eine lange Geschichte, und ...« Ich verstumme, habe kein Recht, ihm davon zu erzählen. Will soll ihn über die Details aufklären. »Jedenfalls braucht Zoey einen Job. Sie ist echt toll, du wirst sie mögen.«

Kit hebt eine Braue und mustert mich skeptisch. »Echt toll, hm?«

»Ja, und Arbeitserfahrung hat sie auch.«

»Klingt, als ob *du* einen Job für sie hättest.« Kit grinst, und ich verdrehe die Augen, woraufhin sein Grinsen noch breiter wird. »Weiß Will, dass du auf seine Schwester stehst?«

Ich schnaube. »Ich steh nicht auf sie.« Besser, wenn Kits Fantasie nicht über die Stränge schlägt. »Komm schon, ich will ihr einfach nur einen Gefallen tun. Sie stecken in Schwierigkeiten, ihr Vater ist entlassen worden. Sie könnte die Kohle echt brauchen.«

Kits Gesichtsausdruck verändert sich schlagartig, das Grinsen ist wie weggewischt. »Scheiße, echt jetzt? Wie ist er rausgekommen? Ich dachte, sie sind ihn auf Jahre los!«

Ich schüttle den Kopf. »Bewährung.«

»Und wie geht's Will?«

»Er reist morgen ab«, erwidere ich. »Du solltest ihn anrufen.«

»Ja, mach ich.« Kit war selbst bei den Marines, deswegen weiß er ganz genau, wie es sich anfühlt, immer wieder für längere Zeit von zu Hause wegzumüssen. »Sag Zoey, sie kann vorbeikommen. Oder du gibst ihr einfach meine Nummer.«

»Danke, Kit«, sage ich und sehe zu, wie er sich wieder seinem Teig zuwendet. Einen Augenblick lang denke ich darüber nach, was Kit schon alles erreicht hat – vom Marine zum Restaurantbesitzer –, und frage mich, ob er sich auch damals als Soldat schon ausgemalt hat, wie sein Leben nach dem Militär wohl aussehen würde. Ob er sich überhaupt erlaubt hat, so weit zu denken. Hat Will wohl schon einen Plan, wie es später weitergehen soll? Ich selbst habe nie darüber hinausgedacht, Pilot zu werden. Wenn ich irgendwann aus dem Militärdienst ausscheide, will ich weiter fliegen. Ich genieße die Einsamkeit oben am Himmel, die Stille – so anders als die auf dem Meer. Mir gefällt die Freiheit, auch wenn ich sie bisher nur vom Mitfliegen bei der Küstenwache kenne. Dass ich einfach überall hingelangen könnte. Flügel zu haben. Die Vorstellung, irgendwo festzustecken, umgeben vom Lärm und der Hektik einer Küche, das Personal zu koordinieren, mich mit den Gästen auseinanderzusetzen … ich würde verrückt werden. »Dann hör ich mal auf, hier blöd rumzustehen«, sage ich zu Kit und flüchte aus der Küche.

Kit hebt zum Abschied eine Hand. »Und ich verspreche, Will nicht zu verraten, dass du auf seine Schwester stehst.«

Ich will protestieren, aber er hat sich schon abgewendet, um die nächste Küchenkrise zu bewältigen.

Als ich es einige Besorgungen später wieder zurück zu Zoey und ihrer Familie schaffe, ist es schon Abend. Ich klopfe und höre Zoey drinnen fragen: »Wer ist da?«

»Ich«, antworte ich, »Tristan.« Es versetzt mir einen Stich, den Anflug von Panik in ihrer Stimme zu hören.

Die Schlösser klicken, die Kette wird zurückgezogen, dann öffnet Zoey die Tür. Sie sieht müde aus, hat dunkle Augenringe. Vermutlich sehe ich ähnlich aus – es waren lange vierundzwanzig Stunden.

»Will ist nicht da«, erklärt sie. »Er ist mit Cole und Kate noch mal in die Mall gefahren.«

»Eigentlich bin ich auch deinetwegen hier.«

Zoey wirkt überrascht, also halte ich ihr die Tüten hin, die ich mitgebracht habe. »Ich wollte dir ein paar Sachen von meiner Schwester vorbeibringen.«

Sie runzelt die Stirn, und ich füge hastig hinzu: »Sie ist persönliche Assistentin. Von einer Schauspielerin. Vielleicht kennst du sie sogar, Emma Rotherham.«

Zoey zeigt keinerlei Reaktion, als ich ihr die Tüten überreiche. »Dahlia hat mir das hier für dich mitgegeben, da sind Klamotten und Schuhe drin. Als ich ihr von dir und der ganzen Sache mit dem Feuer erzählt habe, hat sie Emmas Schrank ausgemistet.«

Zoey starrt mich an, als ob ich nur Blech rede, aber ich mache einfach weiter. »Dahlia meinte, dass Emma ständig Muster zugeschickt bekommt, die sie nie anzieht. Schätze mal, ihr dürftet ungefähr dieselbe Größe haben.« Ich versuche, meinen Blick nicht nach unten wandern zu lassen, als ich das sage, und halte stattdessen Augenkontakt. Aber trotzdem hat das Gespräch eine peinliche Wendung genommen, schließlich habe ich gerade durchblicken lassen, dass ich Zoeys Körper immerhin genau genug studiert habe, um ihre Kleidergröße schätzen zu können. Was ja auch stimmt. Sie gibt sich große Mühe, ihren Körper zu verstecken, also könnte ich auch danebenliegen, aber eigentlich glaube ich es nicht.

»Bleibst du zum Abendessen?«, fragt Gina, die hinter Zoey aufgetaucht ist und sich die Hände an einem Geschirrtuch abtrocknet. »Es gibt Nudeln. Robert war so nett, uns genügend Geschirr zu leihen, dass wir ein Restaurant eröffnen könnten, und Will war vorhin mit uns im Supermarkt.«

»Ich … ähm …« Ich werfe Zoey einen Blick zu, um herauszufinden, ob sie mich beim Essen dabeihaben möchte, aber sie hat die Lippen geschürzt und runzelt wieder die Stirn. Der Anlass für dieses Stirnrunzeln bin eindeutig ich, nur habe ich keine Ahnung, warum. Sicher weiß ich dagegen, dass sie aus irgendeinem Grund nicht glücklich darüber ist, dass ihre Mom mich eingeladen hat.

»Ich kann leider nicht«, antworte ich Gina hastig, obwohl mir der Geruch nach gedünsteten Zwiebeln und Knoblauch das Wasser im Mund zusammenlaufen lässt und ich heute nichts Aufregenderes vorhabe, als zu Hause Netflix zu schauen und abzuspannen. Wobei mir Letzteres vermutlich sowieso nicht gelingen wird. »Ich lass dir die Sachen einfach da, ja?«, sage ich an Zoey gewandt und stelle ihr die Tüten vor die Füße.

Sie sagt immer noch nichts.

»Danke«, ergreift schließlich Gina das Wort. »Das ist wirklich nett von dir.« Sie berührt meine Hand. »Wir sind dir alle sehr dankbar. Oder, Zoey?«

Zoey starrt die Tüten so finster an, als hätten sie sie gerade tödlich beleidigt. Und da begreife ich auf einmal, dass das Ganze auf sie vielleicht wirkt wie ein Almosen. Verdammt, warum bin ich nicht früher darauf gekommen? Ich wollte nur helfen, aber wie es aussieht, habe ich das genaue Gegenteil erreicht. Auch wenn ich immer noch nicht so ganz verstehe, warum. Ein Teil von mir will, dass Zoey aufhört, so verdammt stur zu sein, und meine Hilfe einfach annimmt. Sie erinnert mich an eine Ertrinkende, die nicht zugreift, wenn ihr jemand die Hand reicht, um sie ins Rettungsboot zu ziehen, nur weil ihr Stolz ihr befiehlt, allen zu beweisen, dass sie es ganz allein ans Ufer schafft. Auch wenn das bedeutet, dass sie womöglich ertrinken könnte.

»Wir sehen uns«, murmle ich und schiebe mich zurück in Richtung Tür. »Wenn ihr irgendwas braucht«, füge ich an Gina gewandt noch hinzu, »ruf einfach an.«

Zoeys Mom winkt mir lächelnd zum Abschied, aber Zoey steht einfach nur weiter da wie versteinert.

# ZOEY

»Ich geh mal duschen«, sage ich zu Mom. Aber kaum habe ich hinter mir abgeschlossen, lasse ich mich einfach auf den heruntergeklappten Klodeckel fallen und schlage die Hände vors Gesicht. Ich weiß selbst nicht, warum ich so aufgewühlt bin. Schließlich sind es nur ein paar Klamotten. Und ich *brauche* Klamotten. Ich sollte dankbar sein. Aber genau das ist das Problem. Ich habe es so satt, dankbar sein zu müssen und mich deswegen erbärmlich zu fühlen.

Ich hatte heute keine Sekunde für mich. Ich bin so müde, dass ich kaum mehr geradeaus sehen kann, und meine Gefühle schleudern durch meine Seele wie loses Kleingeld in der Waschmaschine. Ich kann gerade selbst nicht einschätzen, welche Empfindung mich am härtesten trifft, aber ich weiß, dass ich Angst habe. Todesangst, um genau zu sein. Und weil ich nicht will, dass die anderen meine Panik bemerken, habe ich sie versteckt, was wahnsinnig anstrengend ist.

Ich hieve mich hoch, ziehe mich aus und stelle mich unter die Dusche. Mit geschlossenen Augen lasse ich das Wasser den Tag von meiner Haut spülen, drehe den Hahn so heiß wie möglich, als ob sich in der Hitze all meine Traurigkeit und Angst in Dampf auflösen würde. Aber natürlich funktioniert das nicht, und als ich das begreife, beginne ich zu weinen. Wenn ich überhaupt mal weine, dann in der Dusche, wo niemand mich hört. Wenn man auf engstem Raum wohnt, entwickelt man gezwungenermaßen solche Taktiken, um seine Geheimnisse zu verbergen. Aber ein Klopfen an der Badezimmertür unterbricht mich.

»Bin gleich fertig!«, rufe ich und atme, die Hände flach gegen die Kacheln gedrückt und den Kopf gesenkt, ein paarmal tief durch, um mich zu sammeln. Als ich mich wieder unter Kontrolle habe, drehe ich das Wasser ab und hülle mich in ein sauberes Handtuch von dem Stapel, den Robert uns gebracht hat. Ich muss daran denken, wie ich mich heute Vormittag am Strand in Tristans Pulli gekuschelt habe.

Noch ein Klopfen. »Ist ja schon gut«, sage ich und mache auf. Aber draußen steht nicht Kate, wie ich gedacht habe, sondern meine Mom.

»Hier«, sagt sie. »Die Kleider, die Tristan vorbeigebracht hat.« Sie reicht mir die Tüte. »Ich hab sie kurz durchgesehen. Ein paar von den Sachen sind richtig schön.«

Widerwillig nehme ich die Tüte entgegen.

Mom mustert mich aufmerksam, dann zieht sie mich in ihre Arme. Damit bringt sie mich dermaßen aus dem Konzept, dass ein Schluchzer meine Kehle hochsteigt und ich ihn runterschlucken muss, ehe er einfach aus mir rausplatzt.

In meiner Kindheit waren Mom und ich uns ganz nah, aber seit einigen Jahren erinnern wir eher an Mitbewohnerinnen als an Mutter und Tochter. Unsere Unterhaltungen drehen sich nie um Jungs oder meine Freundinnen, sondern um Rechnungen und Haushaltsaufgaben.

Als sie mich jetzt an sich drückt, fällt mir auf, wie lang unsere letzte Umarmung her ist – so lang, dass ich inzwischen größer bin als Mom. Und deswegen fühlt sich unsere Umarmung seltsam an, als wäre ich die Mutter und sie das Kind, und als sei es meine Aufgabe, sie zu trösten. Nach einer Weile lässt sie mich los und wirft mir ein Lächeln zu, das die Traurigkeit in ihrem Blick nicht einmal notdürftig verhüllen kann – eine Traurigkeit, von der ich gehofft hatte, sie sei für immer verschwunden. Es macht mich wütend, dass sie wieder da ist.

Mom streicht mir eine nasse Strähne hinters Ohr. »Komm, ich kämm dir die Haare.«

Ich lasse mich von ihr zum Sofa ziehen, schließe die Augen, genieße, wie tröstlich sich ihre Berührungen anfühlen. Als ich klein war, haben wir das ständig gemacht. Jeden Morgen vor der Schule hat sie mir die Haare gekämmt, und mit jedem Tag wurde die Frisur ein bisschen komplizierter. Wieder kommen mir die Tränen, aber diesmal kämpfe ich dagegen an. Wenn ich Mom zutrauen würde, dass sie das packt – dass sie mich festhalten und trösten könnte, ohne selbst zusammenzubrechen –, würde ich mich zu ihr umdrehen und mich an ihrer Schulter ausweinen, wie das andere Mädchen meiner Vorstellung nach mit ihren Müttern machen.

Mom ist fertig und legt den Kamm weg. Ihre Hand ruht auf meiner Schulter, und ich drehe mich zu ihr. Trotz all meiner Bemühungen brennen mir Tränen in den Augen. Aber auch Mom kämpft. Sie greift nach meiner Hand, und die Tränen rinnen ihre Wangen herab. Ich blinzle meine weg.

»Das wird alles wieder«, versichere ich ihr wie betäubt und tätschle ihr die Hand.

Ich kann es mir gerade nicht leisten, mich wie ein Kleinkind zu benehmen. Wir können nicht beide zusammenklappen. Ich muss stark bleiben, und ich darf nicht wütend auf sie werden. Wahrscheinlich hat sie noch größere Angst als ich. Immerhin hätte Dad sie fast umgebracht. Wenn ich damals nicht die Polizei gerufen hätte, wäre sie jetzt tot. Vermutlich sieht sie diese Szene immer wieder vor sich, sobald sie die Augen schließt. So geht es mir jedenfalls.

Mom nickt mir zu, ihre Unterlippe zittert. »Das wird alles wieder«, spricht sie mir nach, dann fügt sie ganz leise hinzu: »Es tut mir leid.«

Aber was soll ihr schon leidtun? Es ist nicht ihre Schuld, dass wir in diese Lage geraten sind. Er hat ihr genauso was vorgemacht wie allen anderen auch. Anfangs war er der gut aussehende, charmante, witzige Typ, ihr Ausweg aus einer elenden Kindheit und einer noch elenderen Stadt. Jeder trifft hin und wieder Fehlentscheidungen – aber die meisten Leute müssen nicht den Rest ihres Lebens dafür bezahlen. Nein, ich könnte ihr nie einen Vorwurf daraus machen. Mein Vater ist derjenige mit den Wutausbrüchen, dem Temperament. Er war es, der die Hand erhoben und sie geschlagen hat. Der auch Will geschlagen hat.

Sie wischt sich die Tränen ab, steht auf und hastet zum Herd, wo das Wasser im Topf überzukochen droht. Im selben Moment stürmt Cole mit Will und Kate im Schlepptau in die Wohnung und ruft: »Ich bin am Verhungern! Ist das Essen schon fertig?«

»Gleich«, sagt Mom.

Kate kommt zu mir rüber. »Hier«, sagt sie und wirft mir eine Plastiktüte zu. »Ich hab alles bekommen, was du wolltest: Unterwäsche und Socken.«

»Danke«, erwidere ich, aber sie ist schon wieder auf und davon.

Ich nehme die Plastiktüte von Kate und – widerwillig – auch die beiden von Tristan und verziehe mich wieder ins Bad. Ich kann mir Stolz derzeit nicht leisten. Nur eine Verrückte würde in meiner Lage einen Haufen geschenkte Kleidung ablehnen.

Zu meiner großen Überraschung klebt an der Hälfte der Sachen noch das Preisschild, und es handelt sich ausnahmslos um Designerteile. Den Großteil davon würde ich unter normalen Umständen nie im Leben tragen, nicht, weil das keine schönen Klamotten sind, sondern weil ich sie mir nicht leisten könnte. Meistens trage ich irgendwelche sackartigen Oversize-Sachen aus dem Sozialkaufhaus oder einem günstigen Secondhandshop.

Es sind ein paar Kleider drin und ein hellblauer Seidenrock, an dem noch ein 500-Dollar-Preisschild baumelt. Als ich ihn in die Hand nehme, muss ich seufzen, einerseits, weil er so schön ist, andererseits, weil es mich wütend macht, dass er so viel kostet, wie wir im Monat für unsere gesamten Einkäufe ausgeben. Einiges aus den Tüten dürfte auch Kate passen, und ich überlege, dass sie ein paar neue Sachen aufmuntern und von unserem verschwundenen Kater ablenken könnten.

Ich reiße das Schild von einer Jeansshorts, weil ich den Seidenrock zu schön finde, um ihn einfach so zu tragen, krame nach der neuen Unterwäsche, die mir Kate besorgt hat, und ziehe mich an. Am Ende lasse ich auch die Pullis in der Tüte – sie kommen mir zu luxuriös und zu eng vor – und streife stattdessen wieder Tristans Hoodie über.

Als ich aus dem Bad komme, meckert Cole gerade herum, dass er Hunger hat, und Will hilft Mom mit dem Abendessen. Ich reiche die Kleidertüten Kate, die sich daraufhin wie erwartet zum ersten Mal seit unserer Ankunft zu einem aufrichtigen Lächeln hinreißen lässt und wie der Blitz im Bad verschwindet, um alles anzuprobieren. Dann helfe ich Cole, den Tisch zu decken.

»Ist das Tristans Pulli?«, fragt Will, als ich an ihm vorbei nach dem Besteck greife.

»Ja«, murmle ich.

Als er nichts erwidert, blicke ich auf und erwische ihn bei den Nachwehen einer mürrischen Grimasse. Meine Wangen werden heiß. Oh Gott, was glaubt er denn? Dass ich mich in seinen Freund verknallt habe?

Mom stellt das Essen auf den Tisch, und ich rufe nach Kate, die in einem der neuen Pullis aus dem Bad kommt. Er ist smaragdgrün und klebt förmlich an ihren Kurven. »Das ist das Einzige, was passt«, teilt sie mir verdrießlich mit. »Der Rest ist offenbar für ein Zwergmodel gedacht.«

»Das hat alles mal Emma Rotherham gehört«, erkläre ich.

Kate reißt die Augen auf. »Was?!«

»Tristans Schwester ist ihre persönliche Assistentin. Die Klamotten sind von ihr.«

»Oh mein Gott«, quietscht Kate. »Ich trage einen Pulli von *Emma Rotherham?*«

Ich nicke. »Steht dir.«

Sie macht einen Kussmund. Auch wenn sie so tut, als sei ihr meine Meinung egal, weiß ich genau, wie sehr sie sich über mein Kompliment freut.

»Hattest du nicht gesagt, dass du nichts zum Anziehen hast?«, wirft Will spitz ein.

Ich tue so, als hätte ich nichts gehört, weil Mom gerade unter lautem Geschirrklappern das Essen auffüllt. Cole beugt sich über den Tisch, um seinen Teller zu nehmen, und stößt dabei ein Glas

Wasser um, dessen Inhalt sich in meinen Schoß ergießt. »Verdammt!«, zische ich und springe auf.

Meine neuen Shorts sind klitschnass.

Mom rüffelt Cole, der zurückbrüllt, das sei alles nicht seine Schuld, und Kate holt mit einem lauten Seufzen ihr Handy raus und fängt an zu tippen – so wie immer, wenn sie keine Lust hat, sich in irgendein Familiendrama reinziehen zu lassen.

»Cole!«, sagt Will streng, während er mir ein Geschirrhandtuch reicht, damit ich mich abtrocknen kann. »Setz dich, halt den Mund und iss dein Abendessen.«

Cole verstummt und hockt sich mit finsterer Miene hin, um wütend in seinen Nudeln herumzustochern.

»Heute ist mein letzter Abend. Und den möchte ich gern mit einem schönen Essen im Kreis meiner Familie verbringen«, sagt Will und setzt sich. »Kate, wem schreibst du da die ganze Zeit?«

»Niemandem«, murrt sie und legt das Handy weg.

Cole mustert uns reihum voller Wut, und Kate starrt ihr Telefon an, als könne sie es per Telepathie bedienen. Will sieht mich mit hochgezogenen Brauen an, dann schneidet er eine Grimasse. Das haben wir früher immer gemacht: durch Mimik und Tritte unter dem Tisch kommuniziert – das Morsealphabet eines Geschwisterpaars, das schon früh gelernt hat, seinen Vater nicht zu provozieren. Dieser Blick aus hochgezogenen Brauen und dem minimalen Anflug eines Lächelns in seinem Mundwinkel bedeutet: *Kann es sein, dass hier alle außer uns verrückt sind?*

Es gab einmal Zeiten, da hätte ich jetzt genickt und ihm dann unter dem Tisch einen Tritt verpasst, aber diesmal ignoriere ich ihn einfach, entschuldige mich und flüchte ins Bad, um meine nassen Shorts loszuwerden. Leider habe ich aber nichts, was ich alternativ anziehen könnte, weil Kate die Klamottentüten mit in ihr Zimmer genommen hat.

Ich will nicht wieder in die Küche und so tun, als wären wir eine glückliche Familie. Also gehe ich stattdessen zum Fenster und schaue raus. Draußen ist es dunkel. Jenseits des bernsteinfarbenen Lichthofs, den die Straßenlaterne in die Nacht wirft, könnte sonst jemand stehen und uns beobachten. Mein Blick fällt auf die gegenüberliegende Wohnung.

Ich wünschte, ich wäre nicht so ruppig zu Tristan gewesen, als er die Kleidung vorbeigebracht hat. Das hat er nicht verdient. So wie der Abend bisher läuft, bin ich allerdings froh, dass er nicht zum Essen geblieben ist. Bei ihm brennt Licht, ich schätze, in der Küche oder im Wohnzimmer. Ob er wohl allein wohnt?

Hat er eine Freundin? Bisher habe ich keinen Gedanken daran verschwendet, aber jetzt, wo ich darüber nachdenke, wird mir klar, dass es gar nicht anders sein kann. Er sieht gut aus, und ich kann nicht leugnen, dass er zusätzlich auch noch süß, witzig und klug ist. Ein Sechser im Lotto, wie meine Tante sagen würde. Ich frage mich, was seine Freundin wohl für eine ist.

Es klopft, und Will kommt rein. Als er mich am Fenster stehen sieht, gesellt er sich zu mir. »Dein Essen wird kalt.«

»Ich hab keinen Hunger.«

»Alles in Ordnung, Zoey?«

Ich nicke. »Mir geht's prima.«

»Lüg mich nicht an«, erwidert er und dreht sich zu mir. »Dir geht's nicht prima. Wie auch, bei allem, was passiert ist?«

Ich seufze. »Und was interessiert dich das?«

»Was soll das denn jetzt heißen?« Er mustert mich stirnrunzelnd. Natürlich könnte ich alles in mich reinfressen, wie ich es sonst immer mache. Könnte so tun, als ob zwischen uns alles in Ordnung ist. Aber das schaffe ich heute nicht. Die ganze Wut, der ganze Groll, alles, was sich im Lauf der letzten Jahre in mir angestaut hat, sprudelt aus mir heraus. »Das soll heißen, dass du dich höchstens einmal im Jahr blicken lässt«, fauche ich. »Du bist nie da! Wie es mir geht, interessiert dich doch kein bisschen!«

»Natürlich interessiert es mich«, antwortet er. Mein Ausbruch kommt für ihn offenbar völlig überraschend.

»Verarsch mich doch nicht«, brülle ich und erschrecke mich damit selbst mindestens genauso wie ihn.

»Im Ernst jetzt?«, fragt er. »Du wirfst mir vor, dass ich dich verarsche? Nach allem, was ich getan habe?«

Jetzt ist es an mir, ihn fassungslos zu mustern. Ich stoße ein freudloses Lachen aus, meine Stimme trieft nur so vor Sarkasmus. »Wow, gut gemacht, Will, du hast uns abgeholt und hergebracht. Was für eine Leistung! Und jetzt? Willst du eine Medaille, oder was?«

Ein paar Sekunden lang starrt er mich einfach an, er wirkt eher verletzt als wütend. »Darum geht es doch gar nicht«, knurrt er zähneknirschend.

»Und worum geht es dann?«, frage ich.

»Ach, vergiss es einfach.«

»Nein, nein, red nur weiter«, fahre ich ihn mit in die Hüfte gestemmten Händen an. »Ich bin ganz Ohr. Ich würde zu gern wissen, was du in den letzten Jahren sonst noch so alles für uns getan hast, während ich zu Hause war und mich um alle gekümmert hab. Dafür gesorgt hab, dass Essen auf dem Tisch steht und die Rechnungen bezahlt werden, Kate und Cole alles haben, was sie brauchen, und Mom nicht wieder depressiv wird!«

Will antwortet nicht.

»Also? Was hast *du* in der Zwischenzeit getan?«, dränge ich, und als er immer noch nicht antwortet, mache ich einen Schritt auf ihn zu und senke meine Stimme, sodass die anderen uns nicht hören können. »Ich sag's dir: Du bist abgehauen. Du hast dich entschieden, an dich selbst zu denken, statt an uns.«

Schweigend sieht er mich an, schüttelt den Kopf. »Du hast recht«, flüstert er. Nachdem er mich noch einige Sekunden lang angestarrt hat, macht er auf dem Absatz kehrt und geht zur Tür, bleibt aber noch einmal stehen und sieht sich nach mir um. »Es tut mir leid«, sagt er so leise, dass ich ihn kaum hören kann.

Dass er sich offen bei mir entschuldigt, bringt mich zwar kurz aus dem Konzept, aber mit einem einzigen, mageren »Tut mir leid« ist es trotzdem nicht getan, und in mir ist eine solche Wut, dass ich jetzt nicht einfach heile Welt spielen kann. Er hat uns im Stich gelassen. Mich im Kampf gegen unseren Vater allein gelassen. Das kann ich ihm nicht zwischen Tür und Angel verzeihen.

Will sieht mich an, als würde er warten, dass ich etwas sage, aber als er begreift, dass da nichts mehr kommt, wendet er sich ab und geht.

# TRISTAN

Als ich zum Fenster hochschaue, spüre ich eher, wie Zoey uns beobachtet, als dass ich es sehe. Ich frage mich, worüber sie mit Will gestritten haben mag, aber er hüllt sich diesbezüglich in Schweigen.

»Behalt sie ein bisschen für mich im Auge, okay?«, sagt er jetzt zu mir, und ich drehe mich wieder zu ihm. »Na klar, Mann.« Für mich ist das ohnehin selbstverständlich, er hätte mich gar nicht darum bitten brauchen.

»Und ich versuche, meinen *Vater* im Auge zu behalten«, murmelt er. »Ich melde mich regelmäßig bei seinem Bewährungshelfer, aber leicht wird es nicht auf die Distanz.« Er runzelt die Stirn, wirkt frustriert, und ich lege ihm die Hand auf die Schulter.

»Das wird schon alles«, versichere ich ihm, und mir fällt auf, dass ich wortwörtlich dasselbe erst vor wenigen Stunden zu seiner Schwester gesagt habe. Will nickt, aber er wirkt wenig überzeugt. Er glaubt mir auch nicht. Zoey und er erinnern mich an Gefangene in der Todeszelle, die jede Hoffnung auf eine Begnadigung aufgegeben haben.

Noch einmal nickt Will mir zu, diesmal zum Dank. »Tut mir leid«, sagt er. »Dass ich dir das alles aufhalse, meine ich.«

Doch ich schüttle den Kopf. »Hey, jetzt mach dich mal nicht lächerlich. Du würdest dasselbe für mich tun.«

Erneutes Nicken. »Glücklicherweise hast du keinen Psychopathen zum Vater und kommst ohne meine Hilfe aus.«

Ich werfe ihm ein schiefes Grinsen zu. »Wo du recht hast, hast du recht.«

»Also, ich muss dann mal los.«

Diesmal bin ich es, der ihm zunickt. Dieser Teil ist immer am schwersten. »Pass gut auf dich auf da drüben. Spiel nicht den Helden, okay?«

Er schnaubt und zuckt mit den Achseln. Das ist schon unser Slogan, seit wir klein waren und ich auf einen Baum kletterte, um eine Katze zu retten, woraufhin Will schließlich die Feuerwehr rufen musste, die anschließend die Katze *und* mich rettete.

»Da besteht wohl eher kein Risiko«, antwortet er.

Ich hebe eine Braue und mustere ihn skeptisch. Er tut zwar immer ganz bescheiden, aber er wurde bereits für seine Tapferkeit ausgezeichnet. Will mag vielleicht nicht der geborene Soldat sein, aber deswegen ist er noch lange kein Feigling. Er denkt stets zuerst an seine Familie beziehungsweise seine Kameraden. Jetzt kickt er seinen Motorradständer hoch und lässt die Maschine aufheulen.

»Hey«, sage ich, als er gerade wegfahren will. »Was liegt am Strand und redet undeutlich?«

Er schüttelt den Kopf und verdreht stöhnend die Augen.

»Eine Nuschel.«

»Würdest du bitte an deinen Witzen arbeiten, während ich weg bin?«, fragt er.

»Was stimmt denn nicht mit meinen Witzen?«, rufe ich ihm hinterher, als er davonfährt.

# ZOEY

Ich höre draußen vor der Wohnung einen Motor aufheulen, und auf einmal wird mir klar, dass Will morgen abreist und ich ihm nicht mal auf Wiedersehen gesagt habe. Was, wenn er nicht zurückkommt?

Ich schiebe den Gedanken weg. Natürlich kommt er zurück, so wie immer. Aber trotzdem kann ich ihn so nicht gehen lassen. Ich sprinte zum Fenster. Will sitzt schon auf seiner Maschine, und egal, wie heftig ich mit der Faust gegen das Fenster hämmere, weder er noch Tristan hören mich, und dann ist er auch schon weg, und es ist zu spät.

Tristan und ich sehen beide dem Rücklicht der Maschine hinterher, ich hier oben, er unten. Dann dreht er sich um und blickt stirnrunzelnd zu meinem Fenster hoch, geht zurück in seine Wohnung und schließt die Tür hinter sich. Will muss ihm erzählt haben, wie fies ich mich verhalten habe.

Kate und Cole sind völlig platt, die Ereignisse der vergangenen vierundzwanzig Stunden holen sie langsam ein, und ausnahmsweise ist es überhaupt kein Problem, Cole dazu zu bewegen, ins Bett zu gehen. Kate und er teilen sich ein kleines Zimmer mit zwei

Einzelbetten, was Kate total auf den Zeiger geht, und Mom und ich schlafen zusammen in dem Zimmer mit dem Doppelbett, wobei ich am Ende vermutlich aufs Sofa auswandern werde, wie ich es fast immer tue. Ich schlafe am liebsten nahe bei der Eingangstür, damit ich es höre, falls jemand einzubrechen versucht. Daran hat sich auch nicht geändert, nachdem mein Vater im Gefängnis gelandet ist – die Angst ist geblieben. Sie sitzt viel zu tief, und jetzt, nach dem Feuer, wird das mit Sicherheit nicht besser.

Mom hat gerade eine von ihren Schlaftabletten genommen und macht sich bettfertig. Die Trauer, die sie sowieso stets umgibt, ist heute noch ein wenig undurchdringlicher als sonst, weil Will fortgeht. Sie sitzt auf der Bettkante, ringt die Hände. »Will hat gesagt, dass er uns ein bisschen Geld schickt«, sagt sie.

»Ich suche mir morgen einen Job.« Ich will kein Geld von Will.

»Und was ist mit der Schule?«, fragt sie.

»Ich rufe morgen an und melde Cole und Kate an.«

»Das meinte ich nicht.« Sie knabbert an ihrer Unterlippe herum. »Ich meinte *deine* Schule, deine Ausbildung. Wolltest du nicht aufs College?«

»Wir brauchen Geld«, erwidere ich schroff.

Sie seufzt, sagt aber nichts, weil sie genau weiß, dass ich recht habe. Trotzdem tut es weh, dass sie nicht einmal versucht, mich zu überreden. Ich spreche nicht an, ob sie sich auch einen Job suchen will, weil ich nicht sicher bin, ob sie schon bereit dafür ist. Es fällt ihr schwer, sich in neue Situationen einzufinden. Manchmal bekommt sie Panikattacken. Ich wünschte, ich könnte sie an den Schultern packen, sie schütteln und auffordern, sich zusammenzureißen, weil ich es satthabe, die Erwachsene von uns beiden sein zu müssen. Aber ich bringe es nicht übers Herz. Sie ist viel zu zerbrechlich, das wäre, als würde ich ein Kind schütteln. Es ist nicht ihre Schuld, erinnere ich mich zum tausendsten Mal. Es war mein Vater, der sie in diese Lage gebracht hat.

»Hast du was gehört?«, frage ich. »Vom Bewährungshelfer?«

Mom schluckt und nickt. »Ja, gerade eben. Will hat mir getextet, dass er sich umgehört hat. Er sagt, dass … dass dein Vater immer noch in Scottsdale ist. Und soweit der Bewährungshelfer weiß, hat er die Stadt auch nie verlassen. Er hat es eben wohl extra noch mal überprüft, um sich zu versichern, dass dein Vater im Augenblick auch wirklich dort ist.«

Mir fällt ein riesiger Stein vom Herzen. Aber dann begreife ich, dass wir heute Nacht zwar in Sicherheit sein mögen, aber noch lange nicht gesagt ist, dass Dad nicht gestern in Vegas war. Zeitlich hätte er die Hin- und Rückfahrt schaffen können. Er trägt keine elektronische Fußfessel, es kann also nicht rund um die Uhr nachvollzogen werden, wo er sich aufhält.

»Glaubst du, er war es?«, fragt Mom. Ihre Stimme ist kaum mehr als ein Flüstern.

Ich lasse mir Zeit mit der Antwort, wäge das, was ich glaube, gegen das ab, was sie vermutlich hören will. Die seltsamen Anrufe von gestern fallen mir wieder ein, und auch der Verdacht, Cole könnte hinter dem Brand stecken. Am Ende schüttle ich den Kopf. »Nein.« Das ist die Antwort, die sie sich erhofft, und da ich nichts mit Sicherheit weiß, kommt es mir richtiger vor, Mom zu beruhigen.

Nachdem sie eingeschlafen ist, sammle ich unsere schmutzigen Sachen ein und bringe sie raus in die Gemeinschaftswaschküche hinter dem Gebäude. Das Wissen, dass mein Dad in Scottsdale ist, dass man ihn gerade noch dort gesehen hat, verleiht mir den nötigen Mut, mich in die Dunkelheit hinauszuwagen. Aber ein Küchenmesser stecke ich sicherheitshalber trotzdem ein.

Nachdem ich meine immer noch feuchten Shorts in den Trockner gestopft habe, will ich zurück in die Wohnung, doch dann breche ich ohne Vorwarnung schluchzend über der Waschmaschine zusammen. Ich lasse alles raus: die Angst, die Erschöpfung, den inneren Aufruhr, in den mich der Streit mit Will versetzt hat. Heiße Tränen strömen mir die Wangen hinab, und meine Lunge fühlt sich an, als würde sie jeden Moment zerbersten. Während ich versuche, wieder Atem zu schöpfen, höre ich ein Geräusch an der Tür – Schritte. Ich schnappe mir das Messer, das ich auf der Waschmaschine abgelegt habe, und fahre herum.

Durch den Tränenschleier kann ich nur eine verschwommene Silhouette erkennen, die sich gegen das Licht abzeichnet und mir den Ausweg versperrt.

»Hey, hey, hey, ich bin's nur«, sagt Tristan, hält die Hände hoch und starrt mich an, als sei ich verrückt geworden. »Würde es dir was ausmachen, das wegzulegen?« Er deutet nervös mit dem Kopf auf das Messer. »Ich wär ganz dankbar, wenn ich die Nacht überleben würde.«

Als mir klar wird, dass ich nach wie vor das Messer auf ihn gerichtet habe, lasse ich den Arm hastig sinken und wische mir die Nase mit dem Ärmel trocken. Erst zu spät fällt mir ein, dass das eigentlich *Tristans* Ärmel ist, weil ich seinen Pulli trage. Und dann fällt mir außerdem ein, dass ich keine Shorts trage und der Pulli nur gerade eben so über meine Unterhose reicht.

»Tut mir leid«, murmle ich. Ist eigentlich schon mal jemand vor Scham gestorben? Ich stehe jedenfalls ziemlich kurz vor dem Herzstillstand.

»Schon okay«, versichert er mir.

Ich starre den Boden an, und Tristan macht einen Schritt auf mich zu, greift langsam nach dem Messer, windet es aus meinem Griff und legt es auf den Trockner. Er muss mich für völlig psycho halten. Meine Schultern beginnen wieder zu beben. Aber ich will nicht vor ihm weinen, verbiete es mir, schlucke hart dagegen an, was sich in etwa so anfühlt, als würde ich versuchen, das Messer zu schlucken. Aber dann kommt Tristan noch einen Schritt näher, schlingt die Arme um mich und zieht mich an seine Brust, genau wie damals.

Ein Teil von mir will protestieren, will, dass er mich loslässt. Aber selbst wenn mein Kopf sich absolut sicher wäre, würde mein Körper nicht mitspielen. Nicht nur, weil es sich so gut anfühlt, festgehalten zu werden, sondern vor allem, weil es sich so gut anfühlt, von *Tristan* festgehalten zu werden.

Er drückt mich fest gegen seine Brust, mein Kopf reicht ihm genau bis unters Kinn. Ich kann mich nicht erinnern, wann mich zuletzt jemand so umarmt hat. Und dann dämmert mir: Er war es. Damals, als ich elf war.

Meine Hände liegen flach auf seinem Bauch, erfühlen die Muskellandschaft, die sich unter seinem T-Shirt abzeichnet. Mein Ohr liegt auf seiner Brust, und so kann ich seinen Herzschlag hören, stark, langsam, beständig. Ich spüre die Wärme und Kraft in seinen Armen, seinen Händen. Eine liegt mitten auf meinem Rücken, die andere an meiner Schulter, hält mich fest, zieht mich enger an ihn heran.

Durch mein Schluchzen höre ich sein leises »Schschsch«. Seine Lippen streifen über meinen Scheitel und jagen einen Schauder meinen Rücken hinab – einen, der nicht endet, als er meine Fußsohlen erreicht, sondern umkehrt und mein Rückgrat wieder hinaufwandert.

Irgendwann beruhigt sich meine Atmung, passt sich an Tristans an, und mir fallen andere Dinge auf.

Ich nehme seinen Duft wahr, mit einem schweren, bebenden Atemzug, der mich noch ruhiger werden lässt. Er riecht so wahnsinnig gut. Ich weiß, dass ich mich jetzt wohl besser aus Tristans Umarmung lösen sollte, weil ich nicht mehr weine, aber ich will nicht. Weil ich mich in seinen Armen sicher fühle.

Er murmelt etwas, das ich nicht verstehe, also lehne ich mich ein wenig nach hinten. Dabei lässt er seine Arme sinken, und ich habe das Gefühl, ohne den Halt, den er mir gibt, jeden Augenblick einfach umzukippen. Ich wische mir mit dem Ärmel mein glühendes, verheultes Gesicht trocken.

»Ich hoffe, du hast vor, meinen Pulli auch irgendwann zu waschen«, merkt Tristan an.

Oh Gott, am liebsten würde ich im Erdboden versinken. Doch als ich zu ihm hochsehe, grinst er, wodurch das Grübchen in seiner Wange erscheint. »War nur ein Witz«, versichert er mir hastig, als er mein Gesicht sieht.

»Tut mir leid«, murmle ich.

»Hör auf damit.« Er schüttelt den Kopf. »Dir muss nichts leidtun. Geht es dir besser?«

Ich nicke. Die Wahrheit allerdings lautet: Vor zwanzig Sekunden ging es mir *noch* besser. Ich fühle mich verlassen. Als hätte man mir etwas Wichtiges weggenommen. Ach, Unsinn, das trifft es nicht. Das klingt ja, als hätte ich einen schweren Verlust erlitten. Dabei hat er mich nur ein paar Minuten lang umarmt. Warum mache ich so eine große Sache daraus?

Er mustert mich, nimmt mich ganz genau unter die Lupe, und sein prüfender Blick verstärkt meine Unsicherheit. Wieder wische ich mir übers Gesicht, versuche, nicht daran zu denken, wie rot und verquollen ich aussehen muss.

Einen Moment lang stehen wir beide da und sehen einander an, und sein Blick fühlt sich an wie eine Einladung, in seine Arme zurückzukehren. Als müsse er gegen den Impuls ankämpfen, mich an sich zu ziehen. Aber ich weiß, seine Nähe ist ein Gefühl, an das ich mich nicht gewöhnen darf. Weil es nicht echt ist. Es gibt keine Sicherheit, nirgends, und es wäre gefährlich, mir etwas anderes vorzumachen.

Die Waschmaschine piept und lässt mich damit wissen, dass die Ladung fertig ist. Erleichtert beeile ich mich, die Tür zu öffnen und die nassen Sachen herauszunehmen.

»Lass mich dir helfen«, sagt Tristan.

»Danke, ich komm schon klar«, sage ich und versperre ihm den Weg.

Er weicht zurück. »Ach ja«, sagt er leise, »stimmt, du magst es nicht, wenn man dir hilft.«

Mein Kopf schießt zu ihm herum. »Was?«

»Du magst es nicht, wenn man dir hilft«, wiederholt er, als würde er mich herausfordern, ihm zu widersprechen.

»Aber das … das stimmt einfach nicht! Ich …« Mir versagt die Stimme. Er hat recht, also kann ich mir die Diskussion auch gleich sparen. Ich bin einfach nur angefressen, weil ich mich frage, was er bitte anderes erwartet. Seit fünf Jahren bin ich komplett auf mich allein gestellt. Ich hole meine Shorts aus dem Trockner und stopfe stattdessen die nasse Wäsche hinein.

Tristan macht Anstalten, den Trockner einzuschalten, aber ich schiebe mich vor ihn und erledige das selbst. Er lacht in sich hinein.

»Na gut«, gestehe ich widerwillig ein. »Vielleicht stimmt es ja doch. Ein kleines bisschen.«

# TRISTAN

»Ähm, würde es dir was ausmachen …« Zoey macht eine kreisende Bewegung mit dem Finger, und ich frage mich, was zum Henker das wohl bedeuten könnte, aber dann hält sie zur Erklärung ein Paar Shorts hoch.

Ich kapier es immer noch nicht, bis mein Blick nach unten zu ihren Beinen wandert. Keine Ahnung, wie mir bis jetzt entgehen konnte, dass sie außer meinem Pulli nichts anhat. Er reicht ihr nur knapp bis an die Oberschenkel, und wenn sie sich bewegt, blitzt ihre Unterwäsche darunter hervor. Wow. Okay. *Wegschauen, Tristan, wegschauen!* Es dauert ein paar Sekunden, bis mein Gehirn auf den Befehl reagiert, und als ich endlich den Blick abwende, hat sich das Bild bereits auf ewig in meinen Kopf eingebrannt.

Ich kann es nicht mehr rückgängig machen, der Anblick ihrer nackten Beine hat etwas in mir zum Leben erweckt, das in einigen Sekunden für ein ziemlich sichtbares Problem sorgen wird. Hastig wende ich mich ab, wie es der Anstand gebührt, und richte meine Gedanken auf unsexy Dinge wie meinen Arbeitskollegen Gunnie, der Push-ups auf der Hantelbank macht, und …

… ich höre, wie sie sich die Shorts überstreift und den Reißverschluss schließt, und das Bild von Gunnie verpufft einfach. Alles, woran ich noch denken kann, ist das Geräusch des Reißverschlusses und die Vorstellung, wie ich ihn langsam, ganz langsam nach unten ziehe und Zoey die Shorts über die Hüften streife und … falsch. Das ist so was von falsch! Was ist denn nur los mit mir? Mein Problem wird größer, und ich konzentriere mich auf die Quadratwurzel aus Pi.

»Fertig«, sagt Zoey.

Ich verpasse mir eine gedankliche Ohrfeige, dann drehe ich mich um. »Wollen wir ein paar Meter laufen?«, frage ich und streiche mir in der Hoffnung, dass Zoey entgangen ist, wie durcheinander ich bin, durchs Haar.

»Was?«

»Der Trockner wird eine Weile brauchen. Wir könnten durch die Stadt spazieren, und ich zeige dir ein paar Sehenswürdigkeiten.«

»Im Dunkeln?«, fragt sie mich mit hochgezogenen Brauen.

Guter Punkt. Darüber hatte ich gar nicht nachgedacht. Was soll ich ihr im Dunkeln groß zeigen? Keine Ahnung. Ich will einfach nur raus aus der Enge der Waschküche, rein in die kühle Nachtluft, ohne Zoey hier allein lassen zu müssen, während sie darauf wartet, dass der Trockner fertig wird. Na ja, gut, ich will einfach nicht weg von ihr, basta. Ich muss daran denken, wie Kit vorhin gesagt hat, dass ich auf sie stehe. Er wollte mich nur ärgern, aber sobald er es laut ausgesprochen hatte, wurde mir klar, dass er recht hat. Ich fühle mich wirklich zu ihr hingezogen. Shit.

»Okay«, sagt sie schnell, ehe ich Gelegenheit habe, mir zu überlegen, was für nächtliche Attraktionen Oceanside zu bieten hat. Mir fällt nur eine einzige aufregende Sache ein, die man hier im Dunkeln tun kann. Na gut, zwei. Die erste hat mit meinem Motorrad und einer langen, geraden Wüstenstraße zu tun, die zweite mit ... Warum fange ich immer wieder damit an? Rückzug, Soldat! Gerade hast du noch überlegt, sie zu küssen, und jetzt hast du sämtliche Zwischenstufen übersprungen und bist gleich beim Sex angekommen? Aber es ist zu spät, um den Gedanken ungeschehen zu machen. Ein Bild nach dem anderen blitzt vor meinem inneren Auge auf. Zoey, wie sie den Kopf nach oben neigt, ihre Lippen leicht zu einem winzigen Lächeln geöffnet, ihre glatten Beine mit meinen verschlungen, ihr nackter Körper unter meinem ... Schluss jetzt! Was ist denn nur in mich gefahren? Das hier ist Zoey! Ich kenne sie, seit sie noch ein Winzling war. Ihr großer Bruder ist mein bester Freund. Sie ist völlig verängstigt, ihr Leben ist ein einziges Chaos. Sex ist echt das Letzte, woran ich im Augenblick denken sollte.

»Kommst du?«, fragt sie.

Ich schrecke auf, und da steht sie, wartend, fragt sich vermutlich, was ich wohl mache. Ich folge ihr nach draußen, merke, dass sie langsamer wird und einen zögerlichen Blick in Richtung des Messers wirft, das ich auf den Trockner gelegt habe.

»Du kannst es ja mitnehmen, falls es dir damit besser geht«, schlage ich vor.

Doch sie schüttelt den Kopf. »Nein, nein, schon gut.« Aber sie klingt unsicher. Wir laufen los in Richtung Straße. »Entschuldige wegen der Psychonummer vorhin. Du hast mich einfach erschreckt, sonst nichts.«

»Nein«, entgegne ich, »ich muss mich entschuldigen, weil ich mich so angeschlichen habe. Ich hätte dran denken müssen.« Ich habe noch genau das Gesicht vor Augen, das sie gemacht hat, als sie sich mit dem Messer in der Hand zu mir umgedreht hat – das

Entsetzen in ihrem Blick, aber auch den splitterscharf funkelnden Zorn. Zoey ist stark, sie würde sich niemals kampflos ergeben.

Ich hasse ihren Vater für das, was er ihr antut – dass er ihr solche Angst macht. Wo er wohl gerade steckt? Tut Zoey recht daran zu befürchten, dass er sie hier finden könnte?

»Er ist in Scottsdale«, sagt sie, als hätte sie meine Gedanken gelesen.

Ich nicke. »Glaubst du immer noch, dass er den Brand gelegt hat?«

Ein leises Seufzen. »Ich weiß nicht.«

Wir gehen nebeneinander her. Ich würde wahnsinnig gern den Arm um sie legen. Und das liegt nicht nur daran, dass ich mich zu ihr hingezogen fühle, was ich mir inzwischen eingestanden habe. Vor allem will ich den Arm um sie legen, weil es mir wichtig ist, dass es ihr besser geht. Dass sie weiß, dass ich auf sie aufpasse, über sie wache. So wie Will es wollte.

Sie knabbert an ihrer Lippe herum, dann sieht sie plötzlich zu mir auf. »Wenn er es nicht war, dann kommt nur eine andere Person infrage. Und zwar Cole.«

»Was?« Ich bleibe abrupt stehen.

Sie schüttelt aufgebracht den Kopf. »Ich weiß, das klingt verrückt, aber … du hast ihn ja selbst erlebt.«

»Aber Brandstiftung?« Ich sehe sie an. »Er ist doch noch ein Kind.«

»Ich weiß.« Ihre Stimme klingt gepresst vor Anspannung. Ich schätze, dass sie ihren Verdacht gerade zum ersten Mal laut ausgesprochen hat. »Aber er ist direkt nach dem Ausbruch des Feuers weggelaufen. Und die Feuerwehrmänner hielten es durchaus für möglich, dass er es war.«

»Hat er so was schon mal gemacht?«

Ihre Lippen verziehen sich zu einem bitteren Lächeln. »Ein Auto in die Luft gesprengt? Nein.«

Ich kann nicht anders, ich muss lachen. Einen Augenblick lang starrt sie mich finster an, dann bricht sie selbst in Gelächter aus. Ich wünschte, ich könnte sie immer wieder zum Lachen bringen, könnte ihr immer weiter dabei zuhören, weil es das Schönste ist, was ich heute erlebt habe. Aber es dauert nicht lang, und sie reißt sich wieder am Riemen und verfällt in Schweigen. »Ich weiß nicht, was mir lieber wäre«, sagt sie, nachdem wir ein Weilchen weitergelaufen sind. »Entweder mein Vater versucht, mich umzubringen, oder mein Bruder ist ein Pyromane.«

»Das sind tatsächlich keine sonderlich tollen Optionen«, gebe ich zu.

»Gestern habe ich Zeichnungen von Cole gefunden, von Leuten, die sich gegenseitig erschießen. Das reinste Strichmännchenmassaker.«

»Okay«, sage ich langsam.

»Das ist doch nicht normal, oder?« Sie sieht mich an.

»Ich kann so was nicht einschätzen«, erwidere ich ausweichend, weil ich spüre, dass sie sich eine Antwort von mir wünscht, die ich ihr nicht geben kann. »Meine Freundin Didi ist Psychologin. Wenn du möchtest, kann ich sie bitten, dir jemanden zu empfehlen, mit dem dein Bruder reden kann.«

»So was können wir uns leider nicht leisten«, murmelt sie. »Und ja: Ich weiß, dass es kostenlose Beratungsstellen gibt. Aber ich habe Angst, dass das Jugendamt eingeschaltet wird, wenn jemand mehr über unsere Situation erfährt. Oder sogar die Polizei.« Sie bleibt stehen und tritt vor Frust gegen den Bordstein. Dann geht sie weiter, wirkt auf einmal gehetzt. »Ich mach das alles so schlecht.«

Mit ein paar schnellen Schritten schließe ich zu ihr auf und nehme sie am Ellenbogen, damit sie sich umdreht. »Hey, du machst das ganz fantastisch.«

Sie sieht mich an, das Kinn kampfbereit nach vorn gestreckt, aber mit Tränen in den Augen. »Nein, mach ich nicht.«

Ich fasse sie an den Schultern. »Oh doch. Du bist fantastisch.« Und das meine ich nicht nur so, wie sie jetzt denkt, sondern ganz allgemein, auf jede erdenkliche Weise. Ich konnte heute beobachten, dass sie das Wohlergehen aller vor ihr eigenes gestellt und sich die ganze Zeit über zusammengerissen hat, um ihre Familie zu schützen. Wie viel Sanftmut sie Cole entgegenbringt, der meiner Meinung nach selbst einen Heiligen zur Weißglut bringen würde. Wie geduldig sie mit ihrer Mutter ist, obwohl sie jedes Recht der Welt hätte, wütend zu sein, weil sie mit der ganzen Last allein dasteht. Ich habe ihren Stolz, ihre Würde und ihre Stärke gesehen, die sie auch dann nicht verliert, wenn sie sich gedemütigt fühlt, kaputt und gebrochen. Wir mögen vielleicht nur knapp vierundzwanzig Stunden miteinander verbracht haben, aber das ist mehr als genug, um mitzubekommen, dass sie fantastisch ist. Und dass sie nicht verdient hat, was gerade mit ihrem Leben passiert.

Ich blicke ihr fest in die Augen, sie soll unbedingt begreifen, dass ich es ernst meine. Erschreckend, wie sehr sie mir nach so kurzer Zeit schon unter die Haut geht.

Doch sie schüttelt nur traurig den Kopf, atmet tief durch und löst sich von mir, und ich frage mich, ob sie noch etwas anderes in meinem Blick erkannt hat. Etwas, das über meine Worte hinausgeht. Denn ihre Wangen verfärben sich rot.

»Also«, sagt sie, »was für Sehenswürdigkeiten wolltest du mir zeigen?«

Ich überlege hastig, was in Oceanside nach Mitternacht noch geöffnet hat, aber die Auswahl ist dünn gesät. Dann fällt mir der Pier ein. »Hier lang«, sage ich und biege nach rechts in Richtung Strand ab. Vielleicht bilde ich mir das auch nur ein, aber ich glaube, sie hält sich jetzt dichter neben mir, sodass sich unsere Arme beim Gehen beinahe streifen. Interpretier da bloß nicht zu viel rein, sage ich mir. Sie hat echt einiges um die Ohren, und außerdem hat sie vermutlich sowieso einen Freund. Oder eine Freundin.

»Bist du eigentlich immer noch so ein Nerd?«, frage ich sie.

»Was?« Überrascht dreht sie sich zu mir. »Wen nennst du hier einen Nerd? *Du* warst der Nerd!«

»Stimmt.« Ich muss lächeln. »Aber in all meinen Erinnerungen an dich steckt deine Nase in einem Buch, und du warst besessen von griechischer Mythologie.«

Sie verzieht das Gesicht. »Das weißt du noch?«

»Na klar. Und ich weiß auch noch, dass du die ganze Zeit dieses Kostüm getragen hast. Was war das noch mal? Ein Gladiator?«

»Nein«, protestiert sie mit leiser Empörung. »Ich war die griechische Göttin Athene.«

»Ach, richtig.« Ich muss lachen, als ich an die Verkleidung aus weißer Tunika, Plastikharnisch und Kopfschmuck denke, in der sie monatelang rumlief, als sie vielleicht sieben war. »Ist das nicht die Göttin der Weisheit oder so?«

»Ja, der Weisheit und des Krieges«, klärt sie mich auf, und ihr Mund verzieht sich zu einem Lächeln, das irgendwas mit meinem Bauch anstellt. Flirtet sie etwa mit mir?

»Das war niedlich«, bemerke ich. Flirte ich etwa zurück?

Sie schnaubt und wirft mir einen vernichtenden Blick zu. »Niedlich? Du hast mich definitiv nicht niedlich gefunden.«

»Hab ich wohl.« Und ich tue es noch, füge ich in Gedanken hinzu. Allerdings auf eine ganz andere Art, als ich eine Siebenjährige niedlich finden würde.

Sie schnaubt erneut, diesmal vor Unglauben. »Du warst genervt von mir – wag es nicht, das zu leugnen.«

»Aber das stimmt einfach nicht!«, halte ich dagegen. »Ich schwöre bei Gott! Na gut, du warst vielleicht ein bisschen übereifrig, wenn es ums Spielen ging ...«

»Wenn ich überhaupt mal mitspielen durfte!«, unterbricht sie mich lachend. »Du und Will, ihr habt mich ständig ausgeschlossen.«

»Tut mir leid«, sage ich achselzuckend, weil sie nun mal recht hat. Will und ich haben sie wirklich selten mitspielen lassen. Zu unserer Verteidigung kann ich nur vorbringen, dass wir zehn waren und sie sieben. Und ein Mädchen. Und dass sie ständig Fantasiespiele spielen wollte, für die man sich verkleiden musste. »Du hattest auch eine Pinguinphase«, erinnere ich sie.

»Oh Gott.« Sie lacht und zeigt dabei ihre Zahnlücke. »Boris! Den hatte ich schon ganz vergessen.«

»Boris?«

»Wir sind mal mit der Schule in den Zoo gefahren. Und dort gab es einen Pinguin namens Boris. Er sah so unglücklich aus. Als ob er unbedingt dort rauswollte.« Sie schweigt kurz. »Ich habe geplant, ins Gehege einzubrechen und ihn zu befreien. Ich hasse Zoos. Weißt du, ich hatte gelesen, dass man Pinguinen in Gefangenschaft oft Prozac verabreichen muss, weil sie depressiv werden.«

Ich muss lächeln, während ich ihr zuhöre. Es ist so schön, dass sie einfach vor sich hinplaudert und sich die düstere Stimmung von ihr hebt wie eine vorbeiziehende Gewitterfront, hinter der ein strahlend blauer Himmel zum Vorschein kommt.

»Warum lächelst du?«, fragt sie. »Das ist traurig.« Aber sie muss selbst lächeln. »Der arme Boris. Am Ende hab ich nur einen Brief an die Zooleitung geschrieben, dass sie ihn freilassen sollen.«

»Und? Haben sie?«

Sie schüttelt den Kopf. »Nein, natürlich nicht.«

»Wie heißt ein Pinguin auf einer Schaukel?«

Mäßig amüsiert starrt sie mich an.

»Schwinguin.«

Sie verdreht zwar die Augen, aber an ihren Mundwinkeln zupft ein Lächeln. »Du sammelst also immer noch Flachwitze?«

»Was heißt hier Flachwitze?«, erwidere ich, obwohl sie natürlich recht hat.

Ich weiß noch, wie ich mal bei ihnen zu Hause vorbeischaute, weil Will mehrere Tage lang nicht in der Schule aufgetaucht war. Zoey machte mir auf und brachte mich hoch in sein Zimmer. Er saß an seinem Schreibtisch und zeichnete. Als er sich zu mir umdrehte, sah ich sein blaues Auge. Er war sauer auf Zoey, weil sie mich reingelassen hatte, und schrie, sie solle aus seinem Zimmer verschwinden. Sie brach in Tränen aus, und ich hatte ein schlechtes Gewissen und fühlte mich schuldig.

Ich überreichte Will daraufhin seine Hausaufgaben und sagte, dass wir uns ja dann in der Schule sehen würden. Aber ehe ich wieder ging, klopfte ich noch an Zoeys Zimmertür und fand sie weinend auf dem Bett. Ich setzte mich neben sie, obwohl ich ziemlich verlegen und verunsichert war.

»Klopf, klopf«, sagte ich nach einer Weile.

»Wer ist da?« Sie schniefte.

»Feuer.«

»Feuer wer?«

»Feuerwehr!«

Zoey sah mich bestimmt fünf Sekunden lang fragend an, dann brach sie in lautes Gelächter aus.

Ich erzählte ihr noch ein paar schlechte Witze, bis die Tränen endgültig versiegt waren. Ich mochte Zoey. Sie war so was wie eine Schwester für mich, nicht ganz so wie Dahlia natürlich, aber trotzdem jemand, der mir wichtig war. Auf den ich aufpassen wollte, so wie Will es tat.

»Darf ich dir ein Geheimnis verraten?« Ihr Blick zuckte nervös zur Tür.

Ich nickte.

Sie beugte sich zu mir. »Das war kein Ball.«

Dann lehnte sie sich wieder zurück, hielt dabei aber meinen Blick, und ich sah eine Verletzlichkeit und Angst in ihren Augen, die ich auch heute noch in ihr erkenne. Damals wusste ich nicht, was ich sagen soll. Ich war ja selbst noch ein Kind. Ich fragte nicht, ob ihr Dad Will das blaue Auge verpasst habe, ich kannte die Wahrheit.

Am Ende nahm ich ihre Hand und drückte sie. Ich kam mir vor wie der letzte Feigling. »Alles wird gut«, sagte ich, und dann erzählte ich ihr noch einen Witz.

»Ich weiß noch, dass du ständig schlechte Witze gerissen hast«, sagt Zoey zu mir und katapultiert mich damit wieder in die Gegenwart.

»So schlecht können sie nicht gewesen sein«, kontere ich. »Ich für meinen Teil weiß nämlich noch, dass du ziemlich oft darüber gelacht hast.« Ich lasse unerwähnt, dass ich an jenem Tag lauter Witze nur für sie auswendig gelernt habe, als ich wieder zu Hause war. Dass ich es mir zu einer meiner Lebensaufgaben machte, sie zum Lachen zu bringen.

Als ich sie jetzt ansehe, lächelt sie, und ich empfinde bei dem Anblick dieselbe leise Befriedigung wie damals als Kind.

»Sammelst du eigentlich immer noch Baseballkarten?«, fragt sie grinsend.

»Nein.« Aber die Schuhschachtel mit der Sammlung liegt noch immer in meinem Schrank. »Nicht wirklich. Und bist du immer noch der Napoleon der Brettspiele?«

»Was soll das denn bitte heißen?«

»Dass du immer gewinnen musstest. Wie gesagt, du warst ganz schön übereifrig.«

»Ihr habt mich immer gewinnen lassen! *Deswegen* bin ich wütend geworden.«

»Ich habe dich nicht gewinnen lassen«, widerspreche ich, weil es rückwirkend ein bisschen an meinem Ego kratzt, dass sie meine Taktik damals durchschaut hat.

Sie hebt eine Braue und mustert mich skeptisch.

»Na gut, jedenfalls nicht immer«, gestehe ich ein. »Nur beim Spiel des Lebens. Weil ich genau wusste, dass du unbedingt gewinnen wolltest.«

Sie seufzt. »Das Spiel habe ich geliebt.« Ihr Lächeln verblasst. »Schade, dass ich das reale Spiel des Lebens vermutlich nie gewinnen werde«, fügt sie mit einem bitteren Lachen hinzu.

»Irgendwann spielen wir noch mal, okay?«, verspreche ich. »Hart, aber fair. Und jetzt her mit deinem Fuß.«

Sie wirft mir einen entgeisterten Blick zu. »Was?«

Ich deute auf ihren Fuß. »Her damit. Irgendwie muss ich dir doch da rüberhelfen.« Ich zeige auf das Tor, vor dem wir stehen.

»Wieso?« Sie liest das Schild, das am Tor hängt. »Da steht, ›Pier geschlossen‹.«

»Das gilt nur für andere Leute. Ich bin ja bei der Küstenwache.« Was totaler Käse ist, und das weiß sie auch.

»Können wir nicht in Schwierigkeiten geraten?«, flüstert sie und sieht sich um, ob uns jemand beobachtet, aber es ist kein Mensch in der Nähe.

»Falls wir gefunden werden, sage ich, dass wir dachten, wir hätten jemanden gesehen, der vom hinteren Ende der Piers springen wollte, und einfach losgerannt sind, um zu helfen. Dann stehen wir am Ende sogar als Helden da.«

Sie atmet tief durch, dann streckt sie mir den Fuß hin.

Grinsend verschränke ich die Hände zu einer Räuberleiter und stemme Zoey am Tor hoch. Sie ist sportlich und packt den oberen Rand. Dann schwingt sie beide Beine rüber und kommt leichtfüßig auf der anderen Seite auf. Ich folge ihr, bemerke auf halber Strecke aber, dass ausgerechnet jetzt ein Streifenwagen um die Ecke gekommen ist und ungefähr fünfzig Meter von uns entfernt auf der Straße hält.

Scheiße. Ich lande in gebückter Haltung, schnappe mir Zoeys Hand und ziehe sie im Laufschritt hinter mir her den Pier entlang.

»Was ist los?«, zischt sie. »Warum rennen wir?«

Ich schiebe sie in den Schatten des Holzhäuschens, in dem der Kiosk untergebracht ist. »Pst«, mache ich und werfe einen Blick über die Schulter. Der Cop ist jetzt ausgestiegen und trottet in Richtung Pier, sein Kollege bleibt im Wagen sitzen. Shit! Ob er uns gesehen hat? Muss er wohl.

»Oh Gott«, flüstert Zoey und umklammert dabei fest meine Hand. »Was machen wir jetzt?«

Festgenommen zu werden gehörte eigentlich nicht zum heutigen Unterhaltungsprogramm. Ich hätte mir das alles vorher wirklich besser überlegen sollen.

»Pssst«, mache ich noch mal und beobachte, wie der Cop eine Taschenlampe zückt und den Lichtkegel über die Schatten wandern lässt.

Ich ziehe Zoey zu mir, und sie weicht vor dem Licht zurück, drückt sich an mich. Ich halte sie ganz fest, beschließe, dass ich das Ganze einfach auf meine Kappe nehme, falls wir erwischt werden, und bete, dass ich mich irgendwie rausreden kann. Zoey hält die Luft an, und als der Cop am Tor rüttelt, um zu prüfen, ob es verschlossen ist, verkrampft sie sich noch mehr und presst sich dabei kurz so fest an mich, dass ich einen Augenblick lang vergesse, dass da vorn ein Polizist steht, der drauf und dran ist, uns einzubuchten. Ich kann nur noch an den Duft ihrer Haare denken, daran, wie sich ihr Körper an meinem anfühlt – genauso perfekt, wie ich es mir vorgestellt habe, etwas weicher sogar, und zwar genau an den richtigen Stellen. Ich weiß genau, dass ich diese Richtung nicht mal gedanklich einschlagen sollte, aber dann legt Zoey den Kopf in den Nacken und sieht mich an.

Es ist keine zwanzig Minuten her, dass ich mir genau diese Situation hier ausgemalt habe, und einen Moment lang starre ich auf ihre Lippen, die einen winzigen Spaltbreit offen stehen, und frage mich, wie es wohl wäre, die Hände in ihren Nacken zu legen und sie zu küssen. Es ist, als hätte mir das Universum diese Gelegenheit geschickt. Wie in einer Liebeskomödie. Einer aus den Achtzigern, versteht sich.

Ich frage mich, ob Zoey wohl dasselbe denkt wie ich, weil ihr Atem auf einmal ganz schnell geht und sich ihre Brust heftig gegen meine hebt und senkt. Sie hält meine Arme gepackt, aber obwohl wir einander ansehen, sind unsere Gesichter in Schatten getaucht, deswegen kann ich nicht einschätzen, was ihr wohl durch den Kopf geht. Vielleicht denkt sie etwas ganz anderes. Vielleicht funkelt sie mich wütend an, weil ich uns in diese Situation gebracht habe und wir echt ein Problem haben, sollte uns der Cop entdecken.

Vielleicht steckt hinter dem elektrischen Knistern, das sich wie statische Ladung zwischen uns aufbaut, gar keine Anziehungskraft, sondern nur Wut.

Als sich meine Augen an die Dunkelheit gewöhnt haben, suche ich Zoeys Blick, will eine Botschaft daraus lesen. Ihre Augen schimmern, sind wachsam, vorsichtig.

Der Polizist geht ein paar Meter weiter und richtet die Taschenlampe jetzt auf die andere Seite des Piers. Ich warte darauf, dass Zoey sich aus meiner Umarmung löst oder zumindest ein paar Zentimeter zurückweicht, aber sie bleibt, wo sie ist. Wir sind wie erstarrt, reglos in der Stille, die nur durch das Rauschen der Wellen und das wilde Klopfen meines Herzens, das mir in den Ohren dröhnt, durchbrochen wird.

Ganz langsam und vorsichtig lasse ich meine Hand ihren Rücken hinab bis zu ihrer Taille wandern. Ich höre, wie sie nach Luft schnappt, vielleicht, weil sie überrascht ist, vielleicht auch wegen etwas anderem. Ich erstarre, bin verunsichert, aber sie löst sich noch immer nicht von mir, und dann spüre ich zu meiner Überraschung und Erleichterung, wie sie sich ganz leicht gegen mich lehnt, sich noch fester an mich drückt. Das kann ja wohl nur eins bedeuten, oder? Sie spürt es auch. Wie fühlen uns zueinander hingezogen, das geht nicht nur mir so.

Es wäre so leicht, meine andere Hand ihren Rücken hochgleiten zu lassen. Es juckt mir in den Fingern, ihr über den Nacken zu fahren, ihre Wange zu streicheln, dann meine Lippen auf ihre zu senken. Nichts würde mich aufhalten. Um Will brauche ich mir keine Gedanken zu machen – ich weiß, dass er nicht sauer wäre. So eine Art Bruder ist er nicht. Aber wäre es richtig von mir, in Anbetracht von allem, was Zoey gerade durchmacht? Würde ich sie nicht ausnutzen? Und das ist es, was mich am Ende innehalten lässt. Weil die Wahrheit lautet, dass ich mir nicht ganz sicher bin.

Die Antwort, die mein Hirn ausspuckt, ist kompliziert: Stell dir doch mal vor, du küsst sie jetzt, und dann klappt es zwischen euch nicht. So was kann sie im Augenblick echt nicht brauchen. Außerdem hast du ihrem Bruder versprochen, dass du auf sie aufpasst, nicht, dass du ihr an die Wäsche gehst. Sei ein Freund, kein Arschloch.

# ZOEY

Seine Hand rutscht von meiner Taille, und er schubst mich praktisch von sich. »Er ist weg«, sagt er.

Ich sehe mich kurz um und beobachte, wie der Cop in seinen Wagen steigt und den Motor anlässt. Aber eigentlich fühle ich mich viel zu gedemütigt, um mich weiter dafür zu interessieren.

Tristan schiebt die Hände in die Hosentaschen und weicht meinem Blick aus.

Oh Gott, was bin ich nur für eine Idiotin … Ich dachte ernsthaft, dass er mich küssen will! Und ich fürchte, ich *wollte* sogar, dass er es tut. Aber natürlich sieht er etwas ganz anderes in mir. Ich bin Wills kleine Schwester, und abgesehen davon … Wieso sollte ich ihm gefallen? Die Schamesröte brennt mir im Gesicht. Aber dann muss ich daran denken, wie er mit der Hand über meinen Rücken gefahren ist und an meiner Taille innegehalten hat. Ich kann die Berührung immer noch spüren. Oder habe ich alles ganz falsch in Erinnerung, so wie das Zeugen manchmal nach einem Verbrechen geht?

Ich bringe etwas mehr Abstand zwischen uns, ziehe den Pullover tiefer und schlinge mir die Arme um die Brust. »Und was genau wolltest du mir jetzt zeigen?«, frage ich und bemühe mich dabei, möglichst unbeteiligt zu wirken.

»Hier entlang«, sagt Tristan und läuft los, weiter den Pier entlang.

Ich folge ihm und merke dabei, dass mir ganz flau im Magen ist. Was soll das? Als wir das Ende erreicht haben, bleibe ich stehen und atme tief durch. Hier ist es wie an einem Schiffsbug, ganz weit draußen auf dem Meer. Als würde man unter den Sternen dahintreiben. Ich habe die Sterne schon so lange nicht mehr gesehen, dass ich kurz davor bin, in Tränen auszubrechen.

»Es ist wunderschön hier«, flüstere ich.

»Oh ja«, erwidert Tristan, »das ist es.«

Als ich mich umdrehe, stelle ich fest, dass er mich ansieht. »Es ist eine Ewigkeit her, dass ich die Sterne gesehen habe«, sage ich.

Er runzelt fragend die Stirn.

»Vegas. Die Lichtverschmutzung.« Ich zucke mit den Achseln. »Da sieht man die Sterne eben nicht.«

»Das ist das Beste dran, wenn man nachts fliegt. Die Sterne fühlen sich so nah an, als könnte man die Hand ausstrecken und sie anfassen.«

Ich schaue hoch in den Himmel, versuche, es mir vorzustellen. Ich bin noch nie geflogen. »Das muss irre sein«, sage ich und werfe ihm einen heimlichen Blick zu, während er die Sterne betrachtet. Im Profil kommt seine muskulöse Statur besonders deutlich zum Vorschein. »Wie fühlt sich das an?«

»Was? Fliegen?«, fragt er, und als er mich ansieht, beginnt sein Gesicht zu leuchten. »Es fühlt sich besser an als irgendwas sonst.« Er hält inne. »Na ja, zumindest fast.«

Ich spüre, wie mir das Blut in die Wangen schießt.

Tristan richtet den Blick wieder nach oben, schüttelt den Kopf. »Man fühlt sich absolut und vollkommen frei. Alles ist so still, und die Welt wirkt so klein. Man bekommt eine ganz neue Perspektive.«

Wenn das so ist, wünschte ich, ich könnte in einem Flugzeug leben. Wegen der Freiheit und dem Frieden und dem Wissen, dass ich jederzeit flüchten kann, wohin ich will.

»Eines Tages will ich die ganze Welt bereisen«, sagt er.

Ich blicke hinaus auf den Horizont. Ich müsste lügen, wenn ich behaupten würde, dass ich ihn nicht beneide. Ich wollte auch immer schon reisen, aber ich weiß genau, dass ich nie die Möglichkeit oder das Geld haben werde, irgendwo hinzufahren.

»Siehst du die drei Sterne da? Das ist der Oriongürtel, und das Sternendreieck darüber ergibt Orions Schultern und Kopf.« Er zeigt nach oben, und ich lege den Kopf in den Nacken und bemühe mich, die richtige Stelle zu finden, aber es gelingt mir nicht.

Er kommt mir so nah, dass sich unsere Schultern berühren. »Der ganz helle Stern da ist die Spitze des Dreiecks«, erklärt er.

Jetzt erkenne ich, was er meint, und nicke. »Orion war ein Jäger«, sage ich. »Er ging zusammen mit Artemis auf die Jagd, und sie tötete ihn mit einem Pfeil.«

Tristan wirft mir einen Blick zu. »Streber«, murmelt er vor sich hin und stupst mir mit dem Ellenbogen in die Seite.

Lachend stupse ich zurück, und einen kurzen Moment lang durchströmt mich ein warmes Glücksgefühl.

Ich beuge mich übers Geländer und blicke hinab in die dunklen, wogenden Wellen unter uns, dann wieder hinauf in den Sternenhimmel. Ein Flugzeug gleitet langsam über uns hinweg, als würde es Punkteverbinden zwischen den Sternen spielen. Ich muss an

Will denken, der bald in ein Militärflugzeug steigen und ans andere Ende der Welt fliegen wird.

»Ich hatte Streit mit Will«, sage ich plötzlich, ohne zu wissen, warum ich Tristan davon erzähle. Er hat einfach etwas an sich, das mich dazu bringt, mich öffnen zu wollen. Er ist ein guter Zuhörer. Vielleicht liegt es aber auch nur daran, dass Tristan mich kennt. Dass er meine *Geschichte* kennt und ich die Wahrheit vor ihm sowieso nicht verstecken kann.

»Ich weiß, er hat mir davon erzählt«, antwortet er. Er steht neben mir, hält aber bestimmt eine Armeslänge Abstand. Es ist offensichtlich, dass er mir keine falschen Hoffnungen machen will.

»Und was hat er gesagt?«, frage ich ein bisschen kratzbürstiger als beabsichtigt. Hat Will über mich gelästert? Glaubt Tristan, was er gehört hat?

Tristan zuckt nur mit den Achseln und knabbert an seiner Unterlippe herum.

»Der hat es echt leicht«, knurre ich. »Wenn es schwierig wird, haut er einfach immer ab.«

Tristan dreht sich zu mir, er wirkt überrascht.

Meine Wangen brennen. So viel hatte ich gar nicht preisgeben wollen! Das ist viel zu persönlich. Zu vieles steht zwischen den Zeilen: dass ich im Gegensatz zu Will nicht die Möglichkeit habe abzuhauen. Dass meine Rolle immer die der Verlassenen ist.

»Darf ich was dazu sagen?«

Ich nicke misstrauisch.

»Du tust Will unrecht.«

Ich verschränke die Arme und sehe empört zu Tristan auf.

»Er hat euch nicht im Stich gelassen. Sie haben ihm einen Antrittsbonus gezahlt. Deswegen ist er gegangen.«

Seine Worte fühlen sich an wie ein Schlag in die Magengrube, der mir die Luft aus den Lungen treibt. »Was?«

»Er wollte den Bonus, damit ihr deinen Vater verlassen könnt. Er hatte gehofft, dass euch das Geld den Neuanfang erleichtern würde.«

Es ist, als hätte er mir den Boden unter den Füßen weggezogen. »Was?«, wiederhole ich, schlage die Hände vors Gesicht, stakse rückwärts. Ich fühle mich, als würde ich gleich umkippen. Auf einmal spüre ich Tristans Hand auf meiner Schulter. Ich fahre herum und schüttle ihn ab. »Warum hat er mir nichts gesagt?«

»Er hat deiner Mom das Geld gegeben, aber dein Vater hat es gefunden und ihr weggenommen, und …« Er bricht ab, scheint nach den richtigen Worten zu suchen. »Weißt du noch, wie sie mit dem gebrochenen Handgelenk im Krankenhaus gelandet ist?«

Ich nicke. Oh Gott. Das hat dahintergesteckt? Ich erinnere mich genau, wie mein Vater damals ausgerastet ist. Das Haus sah danach aus, als hätte ein Tornado darin gewütet. »Will hat sich die Schuld dafür gegeben«, fährt Tristan fort. »Dachte, dass das alles ohne ihn nie passiert wäre. Er wollte nicht, dass du es herausfindest.«

Mir ist übel, und ich halte mir den Bauch, bin so aufgewühlt wie das Meer zu unseren Füßen. »Aber warum sollte das seine Schuld gewesen sein?«, frage ich. »Ich kann nicht fassen, dass er mir nie was davon erzählt hat!«

»Ich weiß«, sagt Tristan leise und schiebt sich die Hände wieder in die Taschen. »Und ich habe ihm auch gesagt, dass das Unsinn ist, aber er war nicht davon abzubringen. Falls er rausfindet, dass ich es dir erzählt habe, wird er garantiert stinksauer.«

»Und warum hast du es mir dann erzählt?«

Er schweigt kurz, dann erwidert er: »Weil er mich schon einmal gebeten hat, ein Geheimnis zu wahren, und ich so blöd war, mich daran zu halten. Du musstest es erfahren. Diese Sache ist es nicht wert, dass ihr zwei euch für immer verkracht.«

Die Wahrheit ist ein solcher Schock, dass sich auf einmal alles dreht. Ich war so fies zu ihm. So unfair.»Ich muss ihn sofort anrufen!«, stoße ich hervor.»Morgen reist er ab, ich muss vorher mit ihm sprechen!« Ich taste in meiner Hosentasche nach meinem Handy, bis mir einfällt, dass ich keins mehr habe, weil es dem Brand in Vegas zum Opfer gefallen ist.

»Hier«, sagt Tristan,»du kannst meins nehmen.« Als er sein Handy hervorholt, sehe ich kurz sein Hintergrundbild aufleuchten: ein Foto von Tristan mit einem umwerfend hübschen, dunkelhaarigen Mädchen im Arm. Sie lacht, als würde er sie kitzeln. Der Anblick versetzt mir einen Stich, als hätte mir jemand ein Messer zwischen die Rippen gejagt. Er hat also tatsächlich eine Freundin.

Tristan scrollt durch seine Kontakte und wählt Wills Nummer. Dann reicht er mir das Telefon. Aber der Anruf wird direkt an die Mailbox weitergeleitet.

»Hey, Will«, sage ich.»Ich bin's. Ruf mich bitte zurück. Mein Handy ist ja weg, aber du kannst es morgen früh auf Kates versuchen.« Ich lege auf und gebe Tristan sein Telefon zurück. Ich hoffe, dass Will anruft. Damit ich mich mit ihm aussöhnen kann, ehe er weggeht.

»Willst du nach Hause?«, fragt Tristan.

Ich nicke, und wir machen uns auf den Rückweg, den Pier entlang. Keiner von uns sagt ein Wort. Ich bin immer noch damit beschäftigt, zu verarbeiten, was er mir über Will erzählt hat, bin gleichzeitig wütend und voller Schuldgefühle. Und dann ist da noch das Hintergrundbild auf Tristans Handy, das ich ebenfalls verarbeiten muss. Keine Ahnung, warum mich das so beschäftigt. Eigentlich weiß ich doch ganz genau, dass es nichts bringt, mich zu verknallen. Ich habe gesehen, wie das bei Mom geendet hat. Liebe führt zu nichts als Kummer und Leid. Ein einziges Mal habe ich mir das Herz brechen lassen und mir danach geschworen, dass mir das nie wieder passiert. Nie wieder werde ich so schwach und blöd sein, mich zu verlieben und belügen und verletzen zu lassen. Es ist gut, dass Tristan eine Freundin hat, sage ich mir. Es verhindert, dass ich mich in ihn verliebe.

Tristan bietet mir wieder seine verschränkten Hände an, um mir über das Tor zu helfen, aber ich ignoriere ihn und kämpfe mich selbst nach oben und auf die andere Seite.

Als wir die Wohnanlage erreichen, verschwinde ich in der Waschküche, um die Sachen aus dem Trockner zu holen, aber Tristan folgt mir.

»Vergiss das Messer nicht«, sagt er und legt es auf den Wäschestapel.

»Ich wasche deinen Pulli, ehe ich ihn dir zurückgebe«, murmle ich.

»Ach was, das passt schon. Behalt ihn ruhig.«

Ich verlasse die Waschküche, und wieder kommt Tristan mir hinterher.

»Gute Nacht«, sagt er und dreht ab in Richtung seiner Wohnung.

»Gute Nacht«, antworte ich, aber die Worte bleiben mir im Hals stecken.

»Hey, Zoey?«, ruft Tristan mir leise hinterher.

Ich drehe mich um.

»Was ist schwarz-weiß-schwarz-weiß-schwarz-weiß-schwarz-weiß?«

Ich schüttle den Kopf und muss schon lachen, ohne das Ende des Witzes zu kennen.

»Ein Pinguin, der einen Berg runterkullert.« Er grinst.

Lachend gehe ich die Treppe zu unserer Wohnung hoch, aber gleichzeitig ist da auch ein schmerzhaftes Ziehen in meiner Brust, das sich nicht so anfühlt, als ob es bald wieder verschwinden wird.

# TRISTAN

Als Erstes lege ich eine Platte auf, eine, die mich auf völlig andere Gedanken bringt. Dann lasse ich mich auf den Boden fallen, als sei ich im Trainingslager, und mache fünfzig Liegestützen. Ich muss dringend die ganze Energie loswerden, die wie kochende Lava durch meinen Körper fließt. Ich bin aus verschiedenen Gründen frustriert, und obwohl ich seit sechsunddreißig Stunden nicht geschlafen habe und todmüde sein müsste, fühle ich mich wie ein Ironman-Teilnehmer kurz vor dem Startschuss.

Aber egal, wie hart ich mich danach auch noch durch fünfzig Sit-ups und fünfzig Klimmzüge quäle – ich bekomme das Bild nicht aus dem Kopf, wie Zoey zu mir aufsieht: das Schimmern ihrer Augen im Dunkel. Wie sie erwartungsvoll die Luft angehalten hat. Ich muss wieder an ihre Lippen denken. Wie voll sie sind, wie perfekt herzförmig. Wie es wohl wäre, sie zu küssen?

Als Nächstes mache ich Bauchpressen, bis ich ächze und mir der Schweiß ausbricht. Ich frage mich, ob Will wütend auf mich sein wird, weil ich ihr die Wahrheit gesagt habe, und mehr noch, was er sagen würde, wenn er wüsste, was seine Schwester in mir auslöst. Meine Gefühle für sie waren einfach so da, aus heiterem Himmel, wie ein rechter Haken, den ich überhaupt nicht habe kommen sehen. Ich kenne Zoey schon fast mein ganzes Leben. Habe im Lauf der Jahre immer mal wieder an sie gedacht, wusste wegen Will auch auf die Distanz die ganze Zeit über Bescheid, wie es um sie steht. Aber in einer Million Jahren nicht hätte ich damit gerechnet, dass ich eines Tages solche Gefühle für sie entwickeln würde. Ich verknalle mich doch sonst nicht einfach so in irgendwen. Ich verknalle mich überhaupt nie. Was ist denn bloß los mit mir?

Ich denke zurück an unsere Kindheit. Schon damals hatte ich ständig das Bedürfnis, Zoey zu beschützen. Habe immer versucht, auf sie aufzupassen und sie zum Lächeln zu bringen. Aber das war was Brüderliches. Was ich jetzt fühle, hat damit definitiv nichts mehr zu tun. Ja, ich will sie immer noch beschützen, und auch das instinktive Bedürfnis, sie zum Lächeln zu bringen, ist noch da. Aber vor allem will *ich* derjenige sein, den sie anlächelt.

Shit.

Ich werde mich einfach zurückziehen und aus der Ferne ein Auge auf Zoey und ihre Familie haben, so wie ich es Will versprochen habe. Das wäre für alle am besten. Das einzige Problem ist, dass ich ab morgen drei Tage am Stück durcharbeite. Es geht um eine Schmugglerbande, um die wir uns kümmern sollen. Ich werde also nicht da sein, um auf sie aufzupassen. Dafür habe ich aber Zeit, den Kopf wieder freizubekommen, und bei meiner Rückkehr sind die ganzen Gefühle vielleicht einfach weg.

Als ich mich in Richtung Dusche schleppe, läuft mir der Schweiß in Bächen runter, und trotzdem bekomme ich das Bild von Zoey in meinem Pulli nicht aus dem Kopf. Das Aufblitzen ihrer Unterwäsche. Verdammt! Ich drehe das Wasser auf eiskalt, aber nicht mal das hilft.

Als ich fertiggeduscht habe, mache ich die Platte aus und schalte den Wetterkanal ein. Vielleicht sind Wirbelstürme über dem Atlantik ja das Geheimrezept.

Während ich versuche runterzukommen, suche ich mir meine Kleidung für morgen zusammen. Wir ermitteln undercover, also werde ich Zivil tragen. Als ich meine Jeanstasche leere, finde ich den Zettel mit der Nummer von dem Mädchen, das ich gestern, nein, vorgestern aus dem Wasser gezogen habe. Die hatte ich ganz vergessen.

Ich will den Zettel gerade wegschmeißen, da halte ich inne. Vielleicht ist Brittany ja genau die Ablenkung, die ich gerade brauche. Schließlich wollte sie nur Sex. Vielleicht kann ich so ein bisschen Energie ablassen und aufhören, die ganze Zeit an Zoey zu denken.

Ehe ich es mir anders überlege, schnappe ich mir mein Handy und schicke Brittany eine Nachricht. Es ist spät für einen Booty Call, aber wer weiß. Vielleicht geht Brittany ja auch spät ins Bett. Noch während ich die Nachricht absende, könnte ich mir in den Arsch beißen, und ein Teil von mir ist erleichtert, als keine Antwort kommt. Die Idee war von Anfang an bescheuert. Ich lege meine Sachen für morgen zurecht, lasse mich aufs Bett fallen und starre an die Decke.

Irgendwann muss ich wohl eingeschlafen sein, aber als mich der Wecker gefühlte fünf Minuten später wieder aufschreckt und ich hochfahre, kommt es mir vor, als sei eine ganze Elefantenherde über meinen Kopf getrampelt. Ich dusche noch mal kalt, diesmal, um meinem Körper wieder Energie zuzuführen, aber es braucht drei Tassen Kaffee, einen Proteinshake und zwei Schüsseln Müsli, ehe ich mich auch nur ansatzweise wie ein Mensch fühle.

Als ich mir die Tasche über die Schulter werfe und immer noch todmüde den Innenhof betrete, ist es noch dunkel. Kurz schaue ich hoch zu Zoeys Zimmer und frage mich, ob sie wohl schläft. Und ob ich vielleicht bei ihr klopfen und mich verabschieden sollte. Aber stattdessen jogge ich zu meiner Maschine und lasse den Motor an.

Drei Tage. Wenn ich zurückkomme, wird alles anders sein.

# ZOEY

»Wartet ihr noch auf jemanden?«, frage ich und deute auf den leeren Platz am Tischende.

»Ja«, erwidert eins der Mädchen am Tisch.

Ich nicke und schenke weiter Wasser in die Gläser, wobei ich versuche, das Zittern meiner Hand soweit zu beherrschen, dass ich nichts verschütte. Ich fasse einfach nicht, dass Tessa mir heute an meinem zweiten Abend im Restaurant ausgerechnet diesen Tisch zugewiesen hat. Während ich den Tisch mit der Wasserflasche umrunde, werfe ich einen unauffälligen Blick zu meinem Chef Kit, der erst sechsundzwanzig ist, aber bereits mehrere Sternerestaurants besitzt, und seine Verlobte Jessa, die neben ihm sitzt und mir sofort bekannt vorkommt, weil … sie in diesem Film über Spione im Zweiten Weltkrieg mitgespielt hat! Krasser Sch…

»Oh Gott, tut mir so leid!« Entsetzt starre ich auf die triefnasse Tischdecke und Jessas ebenfalls triefnassen Schoß. Kit wird mich feuern. Ich habe gerade seine Freundin durchweicht.

»Ist nicht schlimm«, flüstert Jessa und lächelt mir zu. »Keine Sorge.«

Ich sehe mich um. Die anderen haben nichts mitbekommen, sie

sind alle damit beschäftigt, Kit zuzuhören, der eine Surfgeschichte erzählt. Jessa tupft sich unauffällig mit einer Serviette trocken und wirft mir erneut ein aufmunterndes Lächeln zu, bei dessen Anblick ich beinahe das Atmen vergesse. Ihre Nähe ist irgendwie hypnotisierend, so als hätte sie jemand über und über mit magischem Feenstaub bestreut, der sie zum Leuchten bringt.

Kit schiebt eine Hand unter den Tisch und legt sie auf Jessas Bauch. Sie sieht ihn an, Röte überzieht ihre Wangen, sie wirkt richtiggehend verzückt. Als ich plötzlich begreife, schnappe ich unwillkürlich nach Luft, und Jessa sieht mich mit weit aufgerissenen Augen an. Sie weiß, dass ich es bemerkt habe – nicht Kits Hand, sondern die kleine Wölbung, die sichtbar geworden ist, weil ihr nasses Kleid daran festklebt wie eine zweite Haut.

Sie ist schwanger, im vierten Monat, würde ich sagen. Offensichtlich hat sie die Sache noch nicht publik gemacht und möchte auch, dass es so bleibt. Ich lächle und nicke ihr zu. Sie erwidert mein Lächeln, und ich mache mich wieder daran, die Wassergläser aufzufüllen. Aber das Bild, wie Kit die Hand auf ihren Bauch legt, will mir einfach nicht aus dem Kopf. Und dann ihr Lächeln – als ob niemand sonst im Raum wäre, nur sie und er. Ich habe noch nie so ein Paar gesehen. Ein reales Paar, das einander so ansieht wie die Leute in Liebesfilmen. Automatisch muss ich an Tristan denken, was mir derzeit ständig passiert, und ich weiß nicht warum, weil ich meinem Kopf immer wieder sage, dass er damit aufhören soll. Ich vermisse ihn. Seltsam, aber wahr. Ich kann einfach nicht aufhören, an ihn zu denken. An sein Lächeln, an das Gefühl, von ihm umarmt zu werden, an die Leichtigkeit, mit der ich mit ihm reden konnte, und wie viel Spaß ich mit ihm hatte.

Wenn ich daran denke, wie er im Schatten des Piers zu mir herabgesehen hat, bekomme ich Schmetterlinge im Bauch. Und dann werde ich jedes Mal aufs Neue wütend und versuche, sie wegzuscheuchen. Er hat eine Freundin, und selbst wenn er keine hätte, würde ich nicht solche Gefühle für ihn haben wollen. Männer bedeuten nichts als Ärger – ein einziger Blick auf meine Mom reicht, um zu dieser Erkenntnis zu gelangen. Soweit ich das beurteilen kann, geht die Sache mit der Liebe nie gut aus. Am Ende hat man davon nur Herzschmerz, wenn nicht noch schlimmer.

Und trotzdem kann ich nicht aufhören, an ihn zu denken.

Kit schlägt mit dem Messer gegen sein Wasserglas und erhebt sich, das Glas in einer Hand. Dann dreht er sich zu Jessa, und die beiden wechseln einen Blick, in dem eine solche Intensität und so viel Verlangen liegt, dass mir die Röte in die Wangen schießt. »Ich möchte Jessa, meiner hinreißenden Verlobten in spe, den besten Geburtstag ihres Lebens wünschen«, sagt Kit. Seine Augen kleben förmlich an ihr.

Zwischen seinen Worten, auf einer anderen Ebene, scheint ein zweites, ganz intimes Gespräch stattzufinden, und genauso wie alle anderen im Raum kann ich einfach nicht aufhören, die beiden anzustarren. Die Chemie zwischen ihnen ist so stark, dass man sie beinahe mit Händen greifen kann.

»Na los, ihr beiden, vielleicht solltet ihr euch besser ein Zimmer nehmen!« Ein Mädchen mit dunklen Locken, das gegenüber von Jessa sitzt, lacht auf und bricht damit den Bann.

»Und das kommt ausgerechnet von dir, Didi!«, gibt Jessa zurück und lacht auf.

Der Mann neben Didi, ein breitschultriger Typ mit freundlichem Lächeln und Stoppelbart, hebt sein Glas. »Auf deinen Geburtstag, Jessa.«

Der ganze Tisch stößt auf sie an, und als ich meinen Blick durch die Runde wandern lasse – wie sie lachen und plaudern –, empfinde ich für einen kurzen Augenblick einen stechenden Neid. Es ist nicht nur die Liebe. Nichts von alledem habe ich je gehabt. Ich habe keinerlei Vorstellung davon, wie es wohl wäre, abends mit Freunden essen zu gehen.

»Kannst du mir bitte noch etwas Brot bringen?«, fragt Didi und holt mich damit zurück auf den Boden der Tatsachen. »Ich brauche ganz dringend Kohlenhydrate.«

Ich nicke und dampfe ab, um ihren Wunsch zu erfüllen, eifrig bemüht, alles richtig zu machen. Auf dem Weg in die Küche packt mich ein Mann mittleren Alters, der mit seiner orange gebräunten Frau beim Abendessen sitzt, am Handgelenk, als ich an ihrem Tisch vorbeikomme.

»Könnten Sie mir wohl die Weinkarte bringen, Herzchen?«, fragt er meine Brüste.

Ich winde meinen Arm aus seinem Griff, nicke und ringe mir ein Lächeln ab. Als ich mich umdrehe, pralle ich gegen jemanden, und wir sagen beide gleichzeitig: »Oh, tut mir leid.«

Ich zucke zusammen und sehe auf. Tristan. »Tut mir leid«, wiederholt er.

Stumm schüttle ich den Kopf. Unsere letzte Begegnung ist nur drei Tage her, und trotzdem habe ich schon vergessen, wie umwerfend er ist. Meine Erinnerungen sind ihm nicht gerecht geworden. Überhaupt nicht. Und schon sind alle guten Vorsätze, ihn zu vergessen, vergessen. Was irgendwie ironisch ist.

»Und? Wie läuft's?«, fragt er.

Ich zucke mit den Achseln, weil ich kein Wort herausbringe. Erst jetzt, wo ich ihn wiedersehe, wird mir klar, dass ich seit Tagen mit einem schmerzhaften Leeregefühl in der Brust herumlaufe. Nun steht er vor mir, und es fühlt sich an, als könnte ich zum ersten Mal seit Langem wieder richtig durchatmen.

Er wartet immer noch auf meine Antwort, mustert mich mit fragendem Blick, aber ich stehe nur stumm wie ein Fisch vor ihm.

»Tristan!«, ruft jemand, und sein Blick schießt über meine Schulter. Auf seinem Gesicht erscheint ein Lächeln, und er winkt einem der Mädchen an Kits Tisch zu. Sie trägt ein fuchsiafarbenes Kleid, das perfekt zu ihrem schimmernden, makellosen Teint passt. Sie klopft auf den leeren Stuhl rechts neben sich. Es ist das Mädchen von seinem Hintergrundbild. Seine Freundin.

»Also, wir sehen uns«, murmelt er, ohne mich eines weiteren Blickes zu würdigen, so eilig hat er es, sich den Platz neben ihr zu sichern.

Wie betäubt haste ich davon, stolpere zwischen den Tischen durch in Richtung Küche. Es fühlt sich an, als würden unsichtbare Faustschläge auf mich niederprasseln. Gerade als ich die Küchentür erreiche, kommt ein Kellner mit drei vollen Tellern heraus, und ich springe aus dem Weg, wobei ich den großen Fehler begehe, einen Blick in Richtung von Kits Tisch zu werfen. Tristan sitzt neben dem Mädchen in Pink. Er hat sich zu ihr gedreht, und sein Arm ruht auf ihrer Rückenlehne, wie es Kit bei Jessa gemacht hat. Das Mädchen plaudert lebhaft mit ihm und beugt sich vor, um ihm einen Fussel vom Hemdkragen zu klauben. Dann drückt sie ihm einen Kuss auf die Wange.

Tristan flüstert ihr etwas ins Ohr, das sie mit in den Nacken geworfenem Kopf laut auflachen lässt. Auch er muss lachen, und dabei kreuzen sich quer durch den Raum unsere Blicke.

Und in diesem winzigen Augenblick zwischen den Herzschlägen

fühlt es sich an, als würde die Zeit stillstehen – als würde Tristan mir mitten in die Seele blicken und versuchen, mir etwas zu sagen. Aber dann schwingt die Küchentür in die andere Richtung durch, und ich höre, wie mir der Chefkoch etwas zuruft. Ich bin kurz abgelenkt, und als ich wieder zu Kits Tisch schaue, sieht Tristan nicht mehr in meine Richtung, sondern ist voll und ganz auf das Mädchen an seiner Seite konzentriert, und wenn es nicht so bitter wäre, müsste ich über mich selbst lachen. Über meine lebhafte Fantasie.

# TRISTAN

Dahlia mustert mich scharf. »Was ist los?«, fragt sie.

Ich lache leise in mich hinein. Das ist der Nachteil daran, eine Zwillingsschwester zu haben. Sie schwört, dass es zwischen uns eine übernatürliche Verbindung gibt, und in Momenten wie diesem glaube ich fast, sie könnte recht haben.

»Ist viel los«, antworte ich in der Hoffnung, ehrlich, aber vage genug zu sein, um weitere Nachfragen zu verhindern.

»Bei der Arbeit?«, bohrt sie weiter. »Oder geht es um Will?«

Dahlia weiß Bescheid über die Sache mit Will und seinem Vater. Wir haben keine Geheimnisse voreinander. Zumindest bisher nicht. Denn aus irgendeinem Grund will ich ihr nichts von Zoey erzählen. Es kommt mir zu persönlich vor, und außerdem hätte es auch gar keinen Sinn, weil ich ja schon längst entschieden habe, dass zwischen uns nie was laufen darf.

Das Wiedersehen gerade hat mich nicht einfach überrascht – ich kam mir vor wie in einem von diesen alten Cartoons, in denen der Road Runner einen Amboss auf Wile E. Coyotes Kopf fallen lässt. Während ich die Tage verstreichen ließ, habe ich gebetet und gehofft, dass meine Gefühle für Zoey wieder verschwinden und mir klar wird, dass sie einfach nur auf einen fehlgeleiteten brüderlichen Beschützerinstinkt zurückzuführen waren. Stattdessen haben sie sich heimlich, still und leise ausgebreitet wie ein Virus, das inzwischen jede Zelle meines Körpers infiziert hat. Meine einzige Hoffnung besteht darin, dass sich das Virus gerade ein letztes Mal in mir aufbäumt und ich mich anschließend vollständig erhole. Denn was in mir vor sich geht, wenn ich Zoey ansehe, fällt ganz klar nicht in die Kategorie »freundschaftliche Gefühle«.

Ich muss mich bemühen, nicht ständig in ihre Richtung zu sehen, aber es ist nahezu unmöglich. Obwohl ich meinen Blick fest auf Dahlia gerichtet habe, bin ich mir Zoeys Anwesenheit jede Sekunde lang bewusst.

»Geht es ihnen gut?«

»Hm?« Ich richte meine Aufmerksamkeit wieder auf Dahlia, befehle mir, mich zu konzentrieren.

»Passen ihr die Sachen?«, fragt Dahlia weiter. »Haben sie ihr gefallen?«

»Sieh doch selbst.« Ich nicke in Richtung Zoey, die gerade einen Tisch am anderen Ende des Restaurants bedient. Sie trägt ein Seidenhemd, das sie in einen kurzen, schwarzen Rock gesteckt hat. Mein Blick wandert ihre Beine entlang, aber dann maßregle ich mich streng und sehe weg. Allerdings nur kurz, denn es ist, als ob meine Augen Zoeys Bewegungen verfolgen wie ferngesteuert.

»Was?«, fragt Dahlia und dreht sich auf ihrem Stuhl, um meinem Blick zu folgen. »Unsere Kellnerin? Das ist Zoey? Wills kleine Schwester?«

Ich nicke.

»Gott, die ist ja der Wahnsinn!«

Dahlia hat Zoey erst zweimal gesehen, und das war damals in

Scottsdale. Von selbst hätte sie Zoey nie im Leben wiedererkannt, und jetzt, wo sie weiß, wen sie vor sich hat, ist ihr die Verwunderung anzusehen.

»Wie alt ist sie inzwischen?«, fragt sie.

»Achtzehn«, antworte ich und versuche dabei, total unbeteiligt zu klingen.

»Oh. Mein. Gott«, sagt Dahlia ein bisschen lauter als nötig. Verdammt. Ich weiß, was jetzt kommt, und bedeute ihr verzweifelt, die Stimme zu senken.

»Du bist in sie verknallt!«, flüstert Dahlia und beugt sich zu mir vor. Bedauerlicherweise flüstert sie ungefähr in der Lautstärke, in der normale Leute um Hilfe rufen würden.

»Psssst!«, zische ich und funkle sie an. »Halt die Klappe!«

Dahlias Mund verzieht sich zu einem zufriedenen Grinsen. »Wusste ich's doch! Du bist *mega*verknallt in sie!«

»In wen?!«, fragt Didi, die links von ihr sitzt. Didis Gehör verfügt über eine Sonderfrequenz, die selbst leisesten Klatsch und Tratsch wahrnimmt.

»Niemanden!«, stoße ich zwischen zusammengebissenen Zähnen hervor, während ich beobachte, wie Zoey sich unserem Tisch nähert.

»Die Kellnerin«, erklärt Dahlia.

»Welche?« Didi sucht das Restaurant wie ein Scharfschütze mit dem Blick ab.

»Unsere.«

»Tristan ist in die Kellnerin verknallt?«, fragt Jessa, was dazu führt, dass sich nun wirklich alle am Tisch zu mir umdrehen.

»Bist du?«, hakt Didis Freund Walker nach.

Im Ernst, das ist einer von diesen Augenblicken, in denen ich

Dahlia am liebsten umbringen würde. Alle starren mich an, grinsen idiotisch und warten darauf, dass ich es zugebe oder leugne. »Nein«, murmle ich und spüre, wie mein Gesicht zu brennen beginnt.

»Lügner!« Dahlia lacht.

»Das werd ich dir heimzahlen«, flüstere ich Dahlia unterdrückt zu, aber sie winkt nur ab.

»Ja, ja, wie auch immer. Hast du sie schon geküsst?«

»Hattet ihr schon ein Date?«, fragt Didi gleichzeitig.

»Meinst du nicht, die ist eine Nummer zu groß für dich, Bro?« Kit grinst.

»Hey, lass ihn doch sein Glück versuchen«, wendet Walker ein.

»Sie ist echt süß«, seufzt Jessa. »Wie heißt sie?«

Oh Gott. Ich bin in der Hölle gelandet.

»Zoey«, klärt Dahlia sie auf. »Sie ist Wills Schwester.«

Jessa macht große Augen. »Oh, Kit hat mir von ihr erzählt. So schrecklich, was ihrer Familie passiert ist! Geht es ihr gut?«, fragt sie an mich gerichtet.

Ich nicke, bin dankbar, dass das Gespräch eine neue Richtung eingeschlagen hat. »Ja, sie schlagen sich tapfer. Sind gerade in die Wohnung bei mir gegenüber gezogen. Nur, bis sie wieder auf die Beine gekommen sind.«

Dahlia unterbricht mich. »Weiß sie, dass du sie magst?«

Der Gast, der mit seiner Frau am Nebentisch sitzt, checkt Zoey ab, als sie ein Weinglas vor ihm abstellt. Er lehnt sich sogar extra in seinem Stuhl zurück, um ihr auf den Arsch glotzen zu können. Siedende Wut kocht in mir hoch.

»Hast du es ihr schon gesagt?«, flüstert Didi deutlich hörbar, während Zoey näher auf uns zukommt.

Verzweifelt verdrehe ich die Augen. »Nein, hab ich nicht.«

Für Didi ist das ein gefundenes Fressen. »Dann magst du sie also wirklich!«

Nervös ruckle ich auf dem Stuhl herum. Verdammt, ich hab mich verraten! »Mein Gott, was wird das denn hier? Die Spanische Inquisition?«

Kit grinst. »Du stehst auf die kleine Schwester deines besten Freundes? Mein Rat: Sorg dafür, dass ihre Unterwäsche nicht in deinem Schlafzimmer rumfliegt und Will keine Nacktfotos von ihr auf deinem Handy findet.«

»Sag mal, hast du nicht mehr al…«, schieße ich los, aber Jessa hält Kit schon den Mund zu. »Wovon redest du da überhaupt?«, sage ich über das Gelächter der anderen hinweg. »So ist das nicht. Wir sind nur Freunde. Ich kenne sie schon seit einer Ewigkeit. Ich passe einfach ein bisschen auf sie auf, das ist alles.«

»M-hm«, macht Kit dumpf unter Jessas Hand.

Zoey ist jetzt in unmittelbarer Nähe. Ich drehe mich zu Dahlia und versuche verzweifelt, dem Gespräch eine Kehrtwendung zu verpassen. »Wie geht es Lou?«, frage ich. Die anderen lachen zwar noch, kehren aber wieder zu ihren eigenen Unterhaltungen zurück.

Dahlia zupft an ihren rosa Kleiderträgern und glättet die Falten in ihrem Schoß. »Wir machen gerade eine Pause.«

Ich werfe ihr einen überraschten Blick zu. Dahlias Freundin Lou ist Musikerin und tourt im Augenblick mit ihrer Band an der Ostküste. Ich vermute, dass die Pause ihre Entscheidung war und nicht Dahlias, denn ich kann meine Schwester fast genauso gut lesen wie sie mich. Und an der Art, wie sie die Schultern strafft, erkenne ich, dass sie verletzt ist. Dahlia steht auf Männer und Frauen, aber Lou war die erste Person, die sie wirklich mochte. »Tut mir leid«, sage ich.

»Schon gut. Fernbeziehungen sind eh zum Scheitern verurteilt.«
Sie zuckt mit den Achseln.

Ich lege ihr den Arm um die Schultern und drücke sie kurz.
»Auch andere Mütter haben hübsche Töchter. Und Söhne.« Während ich rede, mustere ich Zoey, die an den Tisch gekommen ist, um Jessas Bestellung aufzunehmen.

»Ich weiß«, seufzt Dahlia.

Gemeinsam beobachten wir, wie Zoey, die einen ziemlich gehetzten Eindruck macht, die Bestellung auf ihren Block kritzelt. Beim Schreiben sieht sie auf, und ihr Blick begegnet meinem, eine Millisekunde nur, dann richtet sie ihn wieder auf Jessa, lächelt und geht weiter zu Jessas Schwägerin Jo.

»Sie steht total auf dich«, flüstert Dahlia und schaut zu Zoey, während sie mir ihren spitzen Ellenbogen in die Rippen rammt.

Ist das so? Allein dadurch, dass Dahlia es laut ausgesprochen hat, bekomme ich schon einen Endorphinschub. Ich kann förmlich spüren, wie sich das Virus in meinem Blutkreislauf vervielfältigt.

»Nein, tut sie nicht«, widerspreche ich gepresst.

»Warum hast du sie noch nicht gefragt, ob sie mal mit dir ausgeht?«

»Weil ich nicht kann. Das wär einfach … daneben. Und ich glaube auch nicht, dass ihr das im Augenblick guttun würde.«

»Kit und Jessa sind heute ein Paar, obwohl sie vorher jahrelang befreundet waren.«

Ich sehe zu den beiden rüber und runzle die Stirn, als Jessa ihren Kopf auf Kits Schulter legt.

Zoey nimmt gerade Walkers Bestellung entgegen und steht so dicht bei mir, dass ich nur den Arm ausstrecken müsste, um sie zu berühren. Auf einmal fühlt es sich so an, als hätte jemand das Thermostat auf zweihundert Grad gestellt. Ich zerre an meinem Hemdkragen und fahre mir nervös durch die Haare. Könnte damit zu tun haben, dass mich Kit, Jessa und Didi allesamt mit Laserblicken anstarren, um auf keinen Fall zu verpassen, wie ich reagiere, wenn Zoey bei mir ankommt. Oder es liegt daran, wie die Luft zwischen Zoey und mir plötzlich heftig knistert. Oder ich hab mir echt ein Virus eingefangen und werde gerade krank.

»Was darf ich dir bringen?«, fragt Zoey, die endlich bei mir angekommen ist. Sie hält den Blick auf ihren Block gerichtet.

Ich spüre die Blicke der anderen auf mir lasten, höre Didis unterdrücktes Kichern und muss leider feststellen, dass ich meine Sprachfähigkeit komplett eingebüßt habe. Ich kann nur an eins denken: wie verdammt schön Zoey ist und wie gern ich neben ihr liegen würde, ganz nah, sodass ich mir jede einzelne Sommersprosse in ihrem Gesicht genau einprägen kann. Mit fragendem Blick sieht sie von ihrem Notizblock auf.

»Ähm, den Fisch«, sage ich, ohne den leisesten Schimmer zu haben, ob Fisch überhaupt auf der Karte steht.

»Den Lachs auf Ananas-Nuss-Schaum?«

»Ähm … ja?«, antworte ich.

Didi kichert wieder, und meine Schwester räuspert sich. »Du bist allergisch auf Lachs«, flüstert sie.

Die anderen beobachten mich genüsslich, sind kurz davor, in hysterisches Gelächter auszubrechen, und Zoey ist anzusehen, wie unangenehm ihr die Situation ist. Sie richtet den Blick auf den Tisch, die winzige Falte auf ihrer Stirn ist wieder da, und ein unglücklicher Ausdruck zupft an ihren Mundwinkeln. Dieser Mund … ach, verdammt. Ich schaue runter auf die Karte. Die Worte und Buchstaben ergeben überhaupt keinen Sinn.

»Warum nimmst du nicht einfach das Steak?«, schlägt Dahlia vor, um mir aus der Verlegenheit zu helfen.

Ich nicke. »Ja, klingt gut. Dann also das Steak«, sage ich zu Zoey, klappe die Karte mit einem leisen Knall zu und reiche sie ihr.

»Wie hättest du es gern?«

Aus dem Augenwinkel erkenne ich, wie Kit mich angrinst. Ich könnte sie umbringen, alle miteinander.

»Medium, oder?«, sagt Dahlia und legt mir die Hand auf den Arm, um mich ins Hier und Jetzt zurückzuholen. Sie wirft Zoey ein Lächeln zu. »Er nimmt immer Medium. Ich hätte übrigens gern dasselbe.«

Ich nicke bedröppelt. Zoey nickt ebenfalls und macht auf dem Absatz kehrt. Dann verschwindet sie so schnell, wie sie kann, ohne in Laufschritt zu verfallen.

Am Tisch bricht hemmungsloses Gelächter aus. Ich würde am liebsten im Boden versinken und hoffe, dass Zoey uns nicht hört und, falls doch, nicht denkt, dass die anderen über *sie* lachen. Jessa steht auf und entschuldigt sich, dann verschwindet sie auf die Toilette, und ich überlege, dasselbe zu tun. Und vielleicht nie wiederzukommen. Die Scham brennt glühend heiß auf meinen Wangen. Zuletzt habe ich mich so gefühlt, als ich noch ein Junge war und vor der ganzen Klasse vorlesen sollte, obwohl das echt nicht meine Stärke war. Was ist denn nur los mit mir?

»Wow«, sagt Dahlia und beugt sich zu mir. Sie lacht nicht, sondern wirkt geschockt. »Du bist ja echt total verschossen.«

Ich spüre, dass ich knallrot anlaufe, und runzle die Stirn. Eigentlich war ich noch nicht mal so weit, es mir *selbst* einzugestehen, und jetzt ist es offiziell raus, hier, in großer Runde. »M-hm, stimmt. Aber ich weiß nicht, wieso. Ich meine, ich kenn sie doch kaum!«

»Du kennst sie schon fast dein ganzes Leben lang.«

»Ja, aber nicht richtig, verstehst du? Ich meine, es ist doch erst ein paar Tage her, dass wir uns nach all den Jahren wiedergesehen haben.«

»Ich hab mich auf den ersten Blick in Lou verliebt«, sagt sie. »Sie stand in der Schlange vor mir im Coffeeshop und las ein Buch. Ich hab sie angetippt, weil der Barista auf ihre Bestellung gewartet hat. Sie hat sich zu mir umgedreht, um sich zu bedanken, und da wars um mich geschehen. Ich war verliebt.«

»Glaubst du echt, das kann so schnell gehen?«, frage ich. »War das am Anfang nicht nur … keine Ahnung, was Körperliches halt?«

»Es war beides. Körperliche Anziehungskraft *und* Liebe auf den ersten Blick.«

Ich schüttle den Kopf. »Was Zoey braucht, ist ein Freund. Was, wenn ich versuche, bei ihr zu landen, und damit alles auf den Kopf stelle?«

»Man weiß nie … Vielleicht will sie ja auch nur einen One-Night-Stand.«

Ich zucke zurück und sehe Dahlia fassungslos an. »Wer hat hier was von One-Night-Stand gesagt? Darauf bin ich doch gar nicht aus! Ich steh nicht auf One-Night-Stands!«

»Ach so?« Dahlia wirft mir einen skeptischen Blick zu.

»Bloß, weil ich manchmal mit Mädchen ausgehe.«

»Und immer nur einmal«, wirft sie trocken ein.

Ich schüttle den Kopf. »Was kann ich denn dafür, dass ich noch niemandem begegnet bin, mit dem ich zweimal ausgehen will?«

»Und wer hat gesagt, dass es mit Zoey anders wäre?«

Ich presse die Lippen zusammen. Dahlia hat den Finger auf den Punkt gelegt, der mir auch zu schaffen macht, und sie weiß es genau. Aber eigentlich hatten Zoey und ich ja schon ein Date, als wir zum Pier spaziert sind, und ich will sie trotzdem unbedingt wiedersehen und kann nicht aufhören, an sie zu denken. So habe ich noch nie für jemanden empfunden ... Ich weiß noch nicht mal richtig, wie ich es beschreiben soll. Warum nur geht sie mir nicht mehr aus dem Kopf?

»Vermutlich willst du keinen One-Night-Stand mit der Schwester deines besten Freundes«, fährt Dahlia fort, während sie ein Stück Brot abreißt und es sich in den Mund stopft. Dahlia hat was gegen den ganzen Glutenfrei-Zirkus, genauso wie Didi. »Was, wenn es schiefläuft und du ihr wehtust? Oder wenn ihr zusammenkommt und euch wieder trennt?«

Genau deswegen habe ich Zoey auf dem Pier nicht geküsst. Es wäre einfach schräg, ihr gegenüber zu wohnen und ständig das Wissen mit mir rumzuschleppen, dass ich ihrem Bruder eigentlich versprochen habe, auf sie aufzupassen. Ich kenne sie seit unserer Kindheit. Wir sind Freunde. Zumindest glaube ich das. Und ich will ihr nicht wehtun, sie hat echt schon genug durchgemacht. Was Frauen betrifft, habe ich mich bisher nicht unbedingt mit Ruhm bekleckert. Ich hatte noch nie eine richtige Beziehung. Gott, warum denke ich so was überhaupt? Ich weiß doch noch nicht mal, ob Zoey überhaupt Interesse an mir hat. Vielleicht überstürze ich alles und liege total falsch mit meiner Einschätzung. Vielleicht sollten wir einfach Freunde bleiben.

Dahlia seufzt und klopft mir auf die Schulter. »Tut mir leid, dir das sagen zu müssen, Bruderherz, aber ich befürchte, du hast recht. Du solltest es bleiben lassen.«

»Das sagst du jetzt aber nicht, weil du selbst auf sie stehst, oder?«

Dahlia schenkt mir ein verschmitztes Lächeln und schüttelt den Kopf. »Nein, ich mein es ernst. Sie hat genug erlebt und braucht keinen weiteren Kummer.« Sie tätschelt meinen Arm. »Und was das betrifft, eilt dir nun mal ein gewisser Ruf voraus.«

# ZOEY

Während ich von ihrem Tisch weggehe, höre ich sie alle in schallendes Gelächter ausbrechen. Meine Füße können mich gar nicht schnell genug zur Küche tragen. Ein Gast versucht, meine Aufmerksamkeit zu erregen, als ich an ihm vorbeieile, aber ich ignoriere ihn. Ich kann nicht aufhören, an das Mädchen in Tristans Arm zu denken. Das Mädchen, das mir erklärt hat, wie er gern sein Steak isst. Das Mädchen, das mich mit seinem Lächeln zu verspotten schien. Ganz eindeutig seine Freundin. Es hat fast so gewirkt, als würde sie wissen, dass ich in Tristan verknallt bin, und die Gelegenheit nutzen, um mich zu demütigen. Aber woher sollte sie davon wissen? Vielleicht hat Tristan ihr von der Nacht auf dem Steg erzählt.

Am liebsten würde ich durch die Hintertür aus dem Restaurant fliehen und nach Hause flüchten, vielleicht sogar noch weiter weg. Manchmal habe ich solche Tagträume: dass ich einfach ein Auto knacke und davonfahre, in die Ferne. Oder dass ich in einen Zug nach New York steige oder eine Boardingkarte vorzeige und mich ins Flugzeug setze. Dann stelle ich mir vor, wie es wohl wäre, eine eigene Wohnung zu haben, die ich mit niemandem teilen muss: ein

Studio in Brooklyn. Eine schindelgedeckte alte Villa mit Veranda und Hollywoodschaukel. Eine Waldhütte direkt neben einem rauschenden Bach.

Ich träume von all diesen Orten. Davon, wie es wäre, die Tür aufzuschließen und einzutreten. Die Tür hinter mir zuzuziehen und nicht von innen abschließen zu müssen. Aber dann holt mich die Realität wieder ein: Mein Leben ist ein schmaler Pfad, auf beiden Seiten eingefasst von hohen, unüberwindlichen Mauern. Letzten Endes also nichts anderes als ein Gefängnis.

Jemand berührt mich an der Schulter, und ich wirble herum. Mein Herz jagt, Adrenalin flutet meinen Körper. Aber es ist nur Jessa.

»Alles in Ordnung?«, fragt sie besorgt.

»Bestens«, versichere ich und setze ein Lächeln auf, versuche, den Schatten der Panik abzuschütteln. Meine Reaktion macht mir klar, dass ich nach wie vor Angst habe, dass mein Vater uns finden könnte, obwohl ich mir immer wieder sage, dass er nicht wissen kann, wo wir uns aufhalten.

»Braucht ihr noch was?«, frage ich Jessa, verunsichert, ob ich vielleicht etwas vergessen oder eine Bestellung verschludert haben könnte.

»Nein, nein.« Jessa schüttelt den Kopf. »Ich … Ich wollte nur sagen … Du bist neu hier, und ich weiß, dass du es im Moment nicht ganz leicht hast.« Eine leichte Röte überzieht ihr Gesicht, und ich spüre, dass ihr die Situation unangenehm ist. Mein erster Impuls sind Scham und auch Wut. Hat Tristan allen am Tisch von meinem Vater und unserer Vergangenheit erzählt? Aber dann fällt mir wieder ein, dass Will mit Kit befreundet ist, also kennt Jessa meine verkorkste Familiengeschichte vielleicht von ihm.

»Also, wenn du Freunde brauchst, oder einfach jemanden zum Reden, weißt du ja, wo du mich findest.«

»Danke«, stammle ich. Mit so viel Freundlichkeit habe ich nicht gerechnet.

»Ich geh dann wohl besser mal wieder zurück zu den anderen.« Sie wirft mir ein schüchternes Lächeln zu. »Pass auf dich auf, ja?«

Ich sehe ihr nach, wie sie sich zwischen den Tischen hindurch zurück zu Kit schlängelt. Alle Köpfe im Restaurant drehen sich nach ihr, alle Blicke folgen ihr.

Der Mann, der schon vorhin versucht hat, meine Aufmerksamkeit zu erregen, winkt mir ungeduldig zu. Gott, ich bin so abgelenkt, dass ich ganz vergesse, meine Arbeit zu erledigen. Ich haste zu ihm und seiner Frau, einer Mittvierzigerin, die laut seufzend sagt: »Na endlich. Können wir bestellen? Ich bin am Verhungern. Ich nehme den gemischten Salat und den Lachs, das Dressing extra.« Kaum hat sie bestellt, steht sie auf und stolziert davon in Richtung Toiletten.

Ich wende mich an ihren Mann. »Und was darf es für Sie sein?«

Als er nicht sofort antwortet, blicke ich von meinem Notizblock auf. Er starrt mich an, um genauer zu sein: meinen Körper. »Eigentlich gibt es hier nur eins, was ich wirklich will.«

Ich knirsche so fest mit den Zähnen, dass es wehtut. Arschloch. Der Typ geht auf die fünfzig zu, hat kaum mehr Haare und einen Schwabbelbauch. Seine Lippen sind dick und feucht, und er gibt ein Schmatzgeräusch von sich, als würde er etwas Leckeres probieren.

»Auf der Tageskarte haben wir heute Seebarsch«, sage ich und leiere die übrigen Tagesgerichte herunter, während ich versuche, das Gefühl der Hilflosigkeit und blinden Wut zu unterdrücken, das sich in mir anstaut.

»Und stehst du auch auf der Tageskarte?« Er grinst selbstgefällig und lehnt sich zurück. »Ich hätte jedenfalls nichts dagegen, dich mal zu probieren. Vielleicht ja zum Nachtisch?« Er lacht, und ich starre ihn an.

Es juckt mir in den Fingern, sein Weinglas zu nehmen und ihm den Inhalt über den Kopf zu schütten, aber gleichzeitig stehe ich da wie festgewachsen, bekomme die Füße nicht vom Boden.

Sein Grinsen wird anzüglich. »Wann hast du Schluss?« Wieder gleitet sein Blick über meine Figur.

*Du widerliches Schwein!*, schreie ich innerlich. Äußerlich bleibe ich ganz ruhig, ignoriere ihn und zähle weiter die Tagesgerichte auf.

»Was machst du denn?« Seine Frau ist zurück. »Hast du immer noch nicht bestellt?« Genervt nimmt sie wieder Platz.

»Ich nehme das Lamm«, sagt er und sieht mich dabei an. »Rosa, bitte.« Er leckt sich über die Lippen.

Ich werfe ihm einen hasserfüllten Blick zu, stelle mir vor, wie ich ihm auch noch einen Teller über den Schädel ziehe, und dann gelingt es mir endlich, meine Füße vom Boden zu lösen und davonzugehen.

Zitternd vor Wut, gebe ich die Bestellung ein und bringe danach die Hauptgerichte an Kits Tisch. Ich reiße mich zusammen, balanciere vier Teller auf Händen und Unterarmen, und zum Glück gelingt es mir tatsächlich, es bis zum Tisch zu schaffen, ohne dass mir etwas herunterfällt. Als ich Tristan sein Steak serviere, versuche ich, weder ihn noch seine Freundin anzusehen, aber meine Hände zittern trotzdem.

»Wirst du von dem Typen da drüben belästigt?«, raunt er mir zu.

»Wen meinst du?«

Er deutet mit dem Kopf auf das widerliche Schwein. »Hat er irgendwas gesagt?«

Ich schüttle den Kopf. »Alles in Ordnung.«

»Wenn er dir irgendwie blöd kommt …«

»Ich hab das schon im Griff«, schneide ich ihm das Wort im Mund ab und mache auf dem Absatz kehrt, um die restlichen Teller aus der Küche zu holen.

Als ich über eine Stunde später endlich die Zeit für eine kurze Toilettenpause finde, leert sich das Restaurant bereits, und die restlichen Gäste trinken ihren Kaffee und kratzen die Reste von ihren Desserttellern. Ich muss mich zwingen, Tristan nicht anzusehen, obwohl mir seine Anwesenheit schmerzlich bewusst ist. So sehr, dass ich immer wieder Bestellungen vergesse. Wenn ich nicht aufpasse, werde ich noch gefeuert.

Ich muss noch eine letzte Sache zu Kits Tisch bringen: Jessas Geburtstagstorte. Sie ist so groß, dass ich sie mit beiden Händen halten muss, und statt Kerzen stecken Wunderkerzen darin, die direkt vor meinem Gesicht Funken sprühen, weswegen ich kaum erkennen kann, wohin ich meine Füße setze. Jemand hat das Licht gedimmt, und als ich mit dem Rücken voran die Küchentür aufdrücke, um die Torte zu schützen, spüre ich plötzlich, wie etwas mein Bein entlang unter meinen Rock gleitet. Mit einem Aufschrei fahre ich herum.

Die Torte rutscht vom Teller und klatscht auf den Typen, der mir gerade die Hand zwischen die Schenkel geschoben hat. Es ist das widerliche Schwein. Schokoladenglasur und Himbeeren dekorieren seinen Schritt, und er starrt mich hasserfüllt an. Sein Gesicht hat eine braunrote Farbe angenommen.

Wie durch Watte registriere ich die Stille, die sich über den Raum gesenkt hat, und die zahllosen Blicke, die sich in mich bohren. Alles, was ich sonst noch wahrnehme, ist diese ekelhafte, fette Hand zwischen meinen Beinen. Auch wenn sie gar nicht mehr da ist. Es fühlt sich an, als sei meine Haut verätzt.

»Du dumme Kuh!«, brüllt das widerliche Schwein und begutachtet seine ruinierten Sachen.

Ich kauere mich gegen die Tür, will ihn anbrüllen, will allen erzählen, was er getan hat. Aber die Worte bleiben mir im Hals stecken.

Gemurmel erfüllt das Restaurant. Alle starren mich an, halten sich entsetzt die Hand vor den Mund. Fragen sich, wer die blöde Tussi ist, die die Geburtstagstorte hat fallen lassen, und ob sie jetzt wohl live miterleben, wie ich gefeuert werde. Kit kommt mit langen Schritten zu uns und bedeutet einem Kellner, Servietten zu holen. Er sieht mich nicht an, und die Scham brennt so lichterloh in mir, als hätte mich jemand mit Benzin überschüttet und angezündet. Ich hab die Torte ruiniert. Und Jessa den Geburtstag versaut. Außerdem werde ich gleich gefeuert, und als würde das nicht reichen, haben Tristan und seine Freundin auch noch alles mitbekommen.

Der Mann fängt an, herumzuschreien, wie unfähig ich sei und dass seine Rechnung ja wohl aufs Haus ginge und Kit außerdem die Reinigung bezahlen soll, aber Kit würdigt ihn keines Blickes. Stattdessen richtet er seine Aufmerksamkeit auf mich. Und los geht's …

»Alles in Ordnung mit dir?«, fragt er.

Ich erstarre. Was? Er wirkt ernsthaft besorgt.

Und dann taucht auch noch Tristan neben ihm auf und mustert mich ebenfalls voller Sorge. Er berührt mich sanft an der Schulter.

»Hat er dich angefasst?«, fragt er leise.

Irgendwie gelingt es mir zu sprechen. »Ja.«

Tristan wendet sich an Kit. »Ich hab's dir ja gesagt«, knurrt er.
»Ich hab alles gesehen. Er hat seine Hand ...« Er will es nicht aussprechen, aber ihm ist anzusehen, wie schwer es ihm fällt, seine Wut im Zaum zu halten.

»Was wollen Sie damit sagen?«, kreischt die Frau. Ihr Blick zuckt zwischen uns hin und her.

Tristan wirft mir einen Blick zu, und ich erkenne, dass er in der Zwickmühle steckt, weil er mich nicht noch weiter demütigen will, indem er es laut vor allen Gästen ausspricht.

Ich trete vor. »Ihr Mann hat mir zwischen die Beine gefasst«, sage ich so laut, dass jeder es hören kann. Ich werde mich nicht für etwas schämen, das mir dieser Mann angetan hat. Nicht ich bin es, die hier einen Fehler begangen hat.

Alle im Raum scheinen gleichzeitig nach Luft zu schnappen, und mir wird schwindelig, so als wäre kein Sauerstoff mehr für mich übrig und ich müsste reines Kohlendioxid einatmen. Ich bemerke, dass Jessa und Didi dazugekommen sind und mich flankieren. Ein Gefühl unendlicher Dankbarkeit durchflutet mich.

Der Mann plustert sich auf, sieht sich um. »Das ist gelogen«, sagt er. »Sie lügt!«

Ich fühle mich mit Wucht zurückkatapultiert zu dem Tag vor Gericht, als mein Dad genau dieselben Worte benutzte, nachdem ich bezeugt hatte, dass er meine Mutter schlägt. *Das ist gelogen. Sie lügt.* Ich weiß noch, wie ich den Richter und die Geschworenen musterte und mich fragte, ob mir irgendwer glaubt. Es war eindeutig, dass zumindest ein Teil der Geschworenen gegen mich war.

»Ich bin keine Lügnerin«, sage ich jetzt noch ein wenig lauter.
»Sie haben mich bereits verbal belästigt, als ich Ihre Bestellung auf-

genommen und serviert habe, und jetzt haben Sie mich auch noch begrapscht.«

Es fühlt sich toll an, es laut auszusprechen und zuzusehen, wie der Mann versucht, sich durch Wutgeschrei aus der Affäre zu ziehen. Inzwischen hat er es mit Kit, Tristan und Walker zu tun, und alle drei sehen so aus, als könnten sie ihm mit links den Kopf abreißen. Als der Typ sie in Augenschein genommen hat, schrumpft er sichtlich in sich zusammen.

»Das gibt eine Ein-Sterne-Rezension!«, ruft er Kit zu, packt seine Frau bei der Hand und marschiert zur Tür.

Doch Tristan schiebt sich vor ihn und schneidet ihm den Weg ab.

»Sie gehen nirgendwo hin.«

»Wir rufen die Polizei«, wirft Kit ein, der sich zu Tristan gesellt hat.

Ich sehe mich um, betrachte die übrigen Gäste, die die Szene allesamt mit offenem Mund beobachten. Vergessen sind Kaffee und Dessert, das Reality-Show-reife Spektakel hier will sich keiner entgehen lassen.

»Schon okay«, sage ich. »Ich verzichte auf eine Anzeige.«

»Sicher?«, fragt mich Didi überrascht.

Ich nicke. »Die Polizei hat Besseres zu tun.« Während ich spreche, sehe ich Tristan an, weil er vermutlich der Einzige hier ist, der versteht, warum ich nichts mit den Cops zu tun haben will. Und tatsächlich begreift er, berührt Kit am Arm und murmelt ihm etwas ins Ohr. Kit runzelt die Stirn, nickt aber.

Die Frau bombardiert den Mann mit tödlichen Blicken, und ich verspüre eine gewisse Befriedigung in Anbetracht der Tatsache, dass sie nun die Wahrheit über ihn kennt und mir glaubt. Mit klackernden Absätzen hastet sie zur Tür hinaus, aber als der Mann ihr folgen will, verstellt Tristan ihm erneut den Weg. Der Mann schluckt und sieht zu ihm hoch. Er hat zwar eine kräftige Statur, aber gegen Tristan hat er keine Chance.

Tristans übliches freundliches Lächeln ist verschwunden. Stattdessen brodelt Wut in seinem Blick, und der Mann duckt sich unter seinem Zorn. »Entschuldigen Sie sich«, sagt Tristan. Seine Stimme ist kalt wie Stahl.

Der Mann sieht Kit an und murmelt: »Tut mir leid.«

»Bei ihr!«, knurrt Tristan.

Nun dreht sich der Mann zu mir, und da bin ich wieder, im Zeugenstand vor Gericht, meinen Vater vor mir. Nur dass mein Vater sich nicht schämte, keine Reue, kein Bedauern zeigte. Er war einfach nur wütend.

*Ich bring dich um, du Schlampe!* Seine Worte, als er aus dem Gerichtssaal geschleift wurde, hallen in meinen Ohren wider, als der erbärmliche Typ vor mir ein »Tut mir leid« in sich hineinmurmelt.

Dann geht er zur Tür, die Tristan ihm aufhält. Als der Mann nach draußen huscht, blockiert ihm Tristan ein letztes Mal den Weg. »Wenn ich herausfinde«, knurrt er, »dass du jemals wieder eine Frau ohne ihre Erlaubnis angefasst hast, mach ich dich fertig.«

Der Mann erbleicht. Ich weiß, dass Tristan so etwas nie tun würde, aber der Mann weiß es nicht, und der Blick, mit dem Tristan ihn ansieht, lässt selbst meine Knie zu Wackelpudding werden. Der Typ flitzt davon, seiner Frau hinterher, die längst abgezogen ist.

Als er weg ist, stehe ich wieder im Zentrum der Aufmerksamkeit. »Alles in Ordnung?«, fragt Jessa und legt mir die Hand auf die Schulter.

»Deine Torte«, sage ich. Meine Lippen zittern, als ich die traurigen Überbleibsel auf dem Boden begutachte, der wegen der zerdrückten Himbeeren ein wenig an einen Mordschauplatz erinnert.

»Aber das war doch nur eine Torte.« Jessa umarmt mich. Noch immer kann ich die Hitze der Wurstfinger dieses Widerlings auf meiner Haut spüren. Ich glaube, mir wird schlecht.

Als ich aufblicke, sehe ich Kit und Tristan auf mich zukommen, aber ich kann ihnen gerade nicht gegenübertreten. Was ich brauche, ist frische Luft.

Ich drehe mich um, drängle mich durch die Menschentraube, weiter in die Küche, vorbei am Chefkoch und hinaus bis auf die Gasse hinterm Restaurant.

# TRISTAN

Ich laufe ihr hinterher und finde sie draußen in der Seitengasse neben einer Mülltonne. Sie steht vornübergebeugt da, trockene Schluchzer lassen ihre Schultern beben. Als ich näher komme und ihr die Hand auf den Rücken lege, schreit sie auf und wirbelt panisch zu mir herum. Mit erhobenen Händen weiche ich zurück, die Panik in ihrem Blick trifft mich unerwartet hart.

»Ich bin's nur«, sage ich.

Sie schluckt und wischt sich mit dem Handrücken über den Mund. Zoey zittert, sie steht eindeutig unter Schock. Das habe ich schon Hunderte Male gesehen, bei den Leuten, die ich aus dem Wasser ziehe. Langsam gehe ich wieder auf sie zu. »Ist okay«, flüstere ich.

Nach und nach kommt sie zu sich, lässt die Schultern sinken. Ihre Atmung beruhigt sich. »Ich dachte …« Sie verstummt. Ich weiß nicht, ob sie mich für ihren Vater gehalten hat oder vielleicht auch für den Mann, der sie gerade belästigt hat. So oder so hasse ich sie beide, dafür, dass sie Zoey eine solche Angst eingejagt haben.

»Kann ich dir irgendwas bringen?«, frage ich.

Sie schüttelt den Kopf. Ich will die Lücke zwischen uns schließen, will Zoey in meine Arme ziehen, ihr versichern, dass alles gut wird, dass ich auf sie aufpasse und nicht zulasse, dass ihr jemand wehtut. Aber ich halte den Mund.

»Wird Kit mich feuern?«, fragt sie.

Ich lächle. »Natürlich nicht.«

Erleichtert atmet sie auf. »Danke«, sagt sie.

Ich schüttle den Kopf, weil ich gar nichts dazu beigetragen habe. Tatsächlich bin ich sogar wütend auf mich, weil ich den Typen einfach so habe gehen lassen. Ich wusste, dass sie nicht die Polizei einschalten will, aber es macht mich rasend, dass er ungestraft davonkommt. Am liebsten hätte ich ihn aus dem Restaurant geschleift und ihm meine Faust in sein selbstgefälliges Gesicht geballert. Der bloße Gedanke, dass er Zoey anfasst, seine Hände auf sie legt, lässt mich zum ersten Mal begreifen, was es bedeutet, rotzusehen.

Zoey schüttelt den Kopf. »Es macht mich so wütend, dass Leute wie er sich einbilden, sie könnten solche Dinge tun und einfach ungeschoren davonkommen.«

»Er ist nicht damit davongekommen«, sage ich, obwohl das nicht ganz wahr ist. Doch sie darf nicht denken, dass sie irgendwas falsch gemacht hat, denn das hat sie nicht.

»Aber wenn du es nicht gesehen, wenn du nichts gesagt hättest«, wendet sie ein, »dann hätte ich wahrscheinlich auch den Mund gehalten. Ich war wie erstarrt.« Ihr Gesicht verzieht sich vor Wut und Frustration, dann vor Abscheu. »Ich spüre immer noch seine Hand …«, sagt sie und schüttelt sich wie ein nasser Hund.

Sie beginnt, auf- und abzulaufen, dann beugt sie sich wieder vor, atmet tief und langsam, ist kurz davor, zu hyperventilieren. Ich kann nicht einfach dastehen und zusehen. Ich lege ihr die Hand auf den Rücken, und diesmal weist sie mich nicht ab. Ich lasse die Hand eine Weile lang dort liegen, bis Zoey ihre Atmung wieder unter Kontrolle hat.

»Tut mir leid«, murmelt sie.

»Hör auf, dich zu entschuldigen«, flüstere ich zurück.

Sie richtet sich langsam auf, und zu meinem Bedauern muss ich meine Hand wieder sinken lassen. Zoey dreht sich zu mir, nur wenige Zentimeter trennen uns. Sie sieht mich aus ihren riesigen Augen an, in denen Tränen schimmern. Ihre Unterlippe zittert noch. Und ohne darüber nachzudenken, einfach aus reinem Instinkt heraus, ziehe ich Zoey dicht an mich.

Sie schnappt überrascht nach Luft, und ich befürchte, gerade einen riesigen Fehler begangen zu haben. Vor wenigen Minuten hat irgendein Typ sie einfach so begrapscht, und jetzt komme ich und mache genau dasselbe. Sofort lasse ich wieder los und weiche einen Schritt zurück. »Entschuldige«, sage ich und schüttle verlegen den Kopf. »Tut mir echt leid.«

Ein paar Sekunden lang steht sie einfach reglos da, und ich frage mich, ob sie mich gleich anschreit oder mir eine Ohrfeige verpasst, aber dann tut sie etwas, das mich vollkommen aus dem Konzept bringt. Sie macht einen Schritt auf mich zu, und diesmal ist sie es, die den leeren Raum zwischen uns schließt. Ich spüre ihre Hände leicht, zögerlich um meine Taille gleiten und schlinge die Arme um sie, drücke sie fest an mich.

Sie sieht zu mir hoch, ihr Gesicht ist in das Licht des Notausgangsschilds getaucht, und anders als neulich auf dem Pier kann ich den Ausdruck darin diesmal ganz genau lesen. Kann ich deutlich das Verlangen in ihrem Blick erkennen, auch wenn es von leiser Wachsamkeit und Angst überschattet wird. Dahlias Stimme hallt in meinem Kopf nach. *Du solltest es bleiben lassen.* Aber meine Hand hat ihren eigenen Willen, und ehe ich mich versehe, berühre ich Zoeys Wange, fühle ich ihre samtweiche Haut unter meinen Fingerspitzen.

Ihre Lippen teilen sich leicht, und ich höre, wie sie leise einatmet, als wolle sie mich einladen. Meine Aufmerksamkeit wandert zu der Lücke zwischen ihren Schneidezähnen, dann weiter zu ihren Lippen. Ich kann einfach nicht anders, als das Herz in ihrer Oberlippe mit dem Daumen nachzuzeichnen.

Zoey neigt den Kopf ein winziges bisschen nach hinten, sieht zu mir hoch, und ihr stockt der Atem. Mein Daumen auf ihrer Lippe ist die einzige Stelle, an der sich unsere Körper berühren, aber ich schwöre bei Gott, noch nie in meinem Leben habe ich irgendwas so sexy gefunden. Es ist, als würde ich unter einem Bann stehen, den ich weder brechen kann noch will. Zoey mustert mich aus halbgeschlossenen Augen, ihr Atem geht schnell. Sie wartet darauf, dass ich sie küsse, und mein Körper reagiert, als hätte ich einen Stromstoß abbekommen und müsste den Kreislauf schließen, wenn mir nicht die Sicherungen durchbrennen sollen.

Noch habe ich die Möglichkeit, einen Rückzieher zu machen. Aber ich kann einfach nicht. Ich hebe die Hand, lege sie an Zoeys Wange, und sie überrascht mich wieder, indem sie sich in meine Berührung sinken lässt und den Hals zur Seite neigt. Sie wartet darauf, dass ich etwas tue, und ich habe keinen blassen Schimmer, warum ich mich zurückhalte. Fuck, wenn ich sie jetzt nicht küsse, werde ich das mein Leben lang bereuen!

Ich ziehe ihr Gesicht an meins, lege die andere Hand an ihre Taille und drücke sie an mich, heftiger, als ich vorhatte. Sie schließt die Augen, und meine Lippen sind gerade kurz davor, ihre zu streifen, da …

»Tristan? Bist du hier draußen?«

Wir fahren auseinander, der Bann zerbirst in tausend kleine Scherben. Es ist Dahlia. Sie steht in der Tür und mustert uns streng. Hat sie was gesehen? Leider reicht unsere übernatürliche Zwillingsverbindung nicht so weit, dass sie meine stummen Rufe hört, sie solle verschwinden. Aber vielleicht war es ja *gerade* unsere übernatürliche Zwillingsverbindung, die ihr verraten hat, was ich hier draußen gerade mit Zoey anstelle, und sie hat uns absichtlich gestört.

Zoey errötet und drängt sich an mir vorbei zur Tür, als würde sie auf glühenden Kohlen laufen. »Ich muss los«, murmelt sie.

»Hey«, sagt Dahlia, die ihr im Weg steht. »Alles in Ordnung mit dir?«

Zoey nickt und schiebt sich an ihr vorbei.

Dahlia sieht ihr hinterher, dann schaut sie mich an. Ihre Lippen sind zu einer schmalen Linie zusammengepresst, und ihre Augenbrauen verschwinden fast in ihrem Haaransatz. »Hab ich euch bei was gestört?«, fragt sie mit gespielter Unschuld.

Es gibt da so einiges, was ich ihr gerade gern um die Ohren hauen würde, aber meine Sinne nehmen ihre Arbeit wieder auf, das Blut fließt mir ins Gehirn zurück, und ich fange an, mich zu fragen, ob ihr Auftauchen nicht vielleicht doch reiner Zufall war. Ich werfe ihr einen Blick zu, und sie ist klug genug, das Thema fallen zu lassen.

»Wir starten gleich einen zweiten Versuch mit der Geburtstagstorte«, sagt sie. »Kommst du dann?«

Ich nicke. »Gib mir zwei Minuten.« So lang brauche ich, um mich wieder in den Griff zu bekommen. Mindestens.

# ZOEY

Kit hat eine neue Torte für Jessa aufgetrieben, oder besser gesagt einen Teller mit *pasteis de nata*, den kleinen, portugiesischen Küchlein, die seine Spezialität sind. Als ich ins Restaurant zurückkehre, höre ich Jessas Freunde ihre zweite Darbietung von »Happy Birthday« zum Besten geben.

Alle übrigen Gäste stimmen ein, nur ich stehe am Rand und beobachte sie in dem schmerzhaften Bewusstsein, nicht dazuzugehören. Ich sehe Tristan und seine Freundin neben Jessa stehen. Ob seine Freundin wohl gesehen hat, dass wir uns beinahe geküsst hätten? Draußen in der Gasse hatte ich ihre Existenz vollkommen vergessen. Es gab nur Tristan, sonst nichts. Mein Körper vibriert noch immer wie eine Stimmgabel, die gerade angeschlagen wurde.

Tristan blickt auf und sieht zu mir rüber, als ob er den Ton hört – einen Ton, den keiner außer ihm wahrnehmen kann. Unsere Blicke begegnen sich, aber ich sehe hastig wieder weg und hebe die Hand an meine Wange, ehe ich mich eines Besseren besinnen kann. Dort, wo mich seine Finger gestreift haben, brennt die Haut, und meine Lippe pocht, als hätte ich einen Bienenstich abbekommen. Wenn seine Freundin nicht aufgetaucht wäre, hätte er mich geküsst. Aber was für ein Mensch muss man sein, um seine Freundin so zu hintergehen? Und wie kann es sein, dass ich bereit war, mich darauf einzulassen? Ich habe mir geschworen, mich niemals zu verlieben und niemanden an mich ranzulassen. Wieso benehme ich mich jetzt so bescheuert?

Jessa pustet grinsend die Kerzen aus, und als ihre Freunde sie umschwärmen, muss ich mich abwenden.

»Wie geht es dir?«

Kit hat sich neben mich gestellt, ohne dass ich es mitbekommen habe. Ich zucke mit den Achseln, weil ich selbst nicht so recht weiß, wie es mir gerade wirklich geht. »Tut mir leid mit dem Kuchen.«

»Das muss es nicht«, erwidert er. »Mir tut es leid, was dir passiert ist. Falls sich noch mal ein Gast so was leisten sollte, kommst du bitte sofort zu Tessa oder mir, und wir regeln das.«

Ich nicke, auch wenn ich mir wünschen würde, endlich mal nicht darauf vertrauen zu müssen, dass andere meine Probleme für mich lösen. Ich wünschte, ich hätte mich allein mit dem Mann auseinandergesetzt. Vor allem aber wünsche ich mir, dass solche Dinge nicht immer *mir* passieren. Manchmal kommt es mir so vor, als hätte mir jemand das Wort »Opfer« quer auf die Stirn tätowiert. Außerdem frage ich mich langsam, ob Männer tatsächlich größtenteils Arschlöcher sind oder ich die Idioten unter ihnen einfach nur magnetisch anziehe. So gern ich glauben möchte, dass Tristan und Leute wie Kit anders sind – vielleicht ist es auch bloß so, dass sie es besser verstecken. So wie mein Vater.

»Wir machen den Laden für heute dicht«, sagt Kit und schlingt den Arm um Jessa, die sich zu uns gesellt. »Ich lege Musik auf und wir tanzen noch ein bisschen. Bist du dabei?«

»Ach, ich sollte wohl besser nach Hause gehen«, murmle ich.

Kit und Jessa wirken enttäuscht und wechseln einen Blick. »Sicher, dass wir dich nicht überreden können?«, fragt Jessa. »Bleib doch noch ein bisschen, das wird cool!«

»Danke«, sage ich, weil ich nicht unhöflich wirken will, »aber ich bin echt müde. Ich gehe nach Hause. Wir sehen uns dann morgen.«

Kit nickt. »Danke für deinen Einsatz heute Abend, du hast super Arbeit geleistet.«

Sein Lob bedeutet mir viel. Jessa lächelt mir zu, dann umarmt sie mich. »Vergiss nicht, was ich gesagt habe. Wenn du mal abhängen willst, oder Kaffee trinken oder am Strand spazieren gehen, meld dich jederzeit.«

Ich nicke, ihre Nettigkeit macht mich immer noch irgendwie sprachlos. Dann gehe ich hastig zur Tür, kann hier gar nicht schnell genug wegkommen.

»Wie kommst du eigentlich nach Hause?«, ruft Kit mir hinterher.

Nach kurzem Zögern sage ich: »Ähm, zu Fuß.«

»Kommt gar nicht infrage«, gibt Kit zurück und zückt sein Handy. »Ich rufe dir ein Taxi.« Als er sieht, wie ich den Mund öffne, um zu protestieren, fügt er hinzu: »Geht auf meine Kosten.«

Zehn Minuten später setzt mich das Taxi vor der Wohnanlage ab. Ich gebe dem Fahrer die zehn Dollar, die Kit mir zugesteckt hat, und steige aus. Im gleichen Moment fährt ein Motorrad vor. Tristan.

Er ist allein, keine Spur von seiner Freundin.

Ich halte an und warte, komme mir dumm vor, wie ich da so herumstehe, bis er seine Maschine geparkt hat.

Er nimmt den Helm ab und schwingt ein Bein über das Motorrad. »Hey«, sagt er, und bei seinem Anblick schlägt mein Magen einen Salto.

»Ich hätte dich doch mitgenommen, wenn du was gesagt hättest«, brummt er. Er scheint mir nicht in die Augen sehen zu können. Ob ihm unser Beinahe-Kuss wohl unangenehm ist? Ich weiß nicht, was besser ist: darüber zu sprechen oder so zu tun, als sei nie was gewesen.

Keiner von uns sagt ein Wort. Und ich kann einfach nicht anders, als mich zu fragen, wo wohl seine Freundin steckt. Ob sie sich gestritten haben?

»Gute Nacht«, sagt er schließlich und geht davon.

# TRISTAN

Ich pack das einfach nicht. Ich kann das so nicht stehen lassen. Also drehe ich mich im letzten Moment doch noch mal zu ihr um. »Tut mir leid«, sage ich.

Sie runzelt die Stirn, neigt den Kopf leicht zur Seite. »Was denn?«, fragt sie.

Ich schlucke. »Ich hätte nicht …« Dann verstumme ich, die Worte prickeln mir auf der Zunge. Ich kann mich nicht dafür entschuldigen, dass ich sie fast geküsst hätte. Weil es mich noch viel mehr ärgert, dass ich es am Ende doch nicht getan habe. Aber ich muss ihr erklären, warum mehr als eine Freundschaft für uns nicht drin ist. Doch wie ich hier stehe und sie im bernsteinfarbenen Licht der Straßenlaterne ansehe, habe ich den Grund selbst schon fast wieder vergessen. Irgendwas von wegen, dass es zu kompliziert wäre. Auch wenn ich gerade echt Schwierigkeiten hätte zu erklären, was »kompliziert« in diesem Zusammenhang bedeuten soll.

»Tut mir leid, du hast wegen mir jetzt bestimmt Ärger«, sagt sie leise und schaut auf ihre Füße, aber dann schießt ihr Blick zu mir hoch.

Ich runzle die Stirn. »Wie meinst du das?«, frage ich.

Sie wirkt verlegen, berührt ihre Brust, als wolle sie ihr Herz verstecken. »Ich dachte … Deine Freundin, ist sie …«

»Meine Freundin?« Verwirrt schüttle ich den Kopf.

»Na, das Mädchen im pinken Kleid«, sagt sie.

Ich pruste los. »Dahlia?«

Ein verwirrter Ausdruck zuckt über Zoeys Gesicht.

»Das ist doch nicht meine Freundin«, erkläre ich lächelnd. »Dahlia ist meine Schwester.«

Zoey reißt die Augen auf und schlägt sich die Hand vor den Mund. »Echt? Das ist Dahlia? Ich hab sie überhaupt nicht wiedererkannt!«

Ich nicke. Aber klar doch, Zoey hat Dahlia höchstens ein, zwei Mal gesehen, und das ist viele Jahre her! Dahlia ist damals nicht auf dieselbe Schule gegangen wie wir, und Zoey war auch nie bei uns zu Hause. Kein Wunder, dass sie heute Abend so verstört gewirkt hat.

Zoey schließt die Augen. »Oh Gott. Und ich dachte schon …« Sie bricht ab. Als sie die Augen wieder öffnet, lächelt sie, und mein Herz schlägt einen Salto. Eigentlich will ich nur eins: Die paar Schritte, die uns trennen, überwinden und Zoey in meine Arme schließen. Ich will sie so sehr küssen, dass der bloße Gedanke daran die reinste Folter ist. Aber ich darf nicht. Weil es falsch wäre.

Keiner von uns regt sich. Und keiner sagt ein Wort. Ich bin wie erstarrt. Gehe nicht auf sie zu, kann aber auch nicht von ihr fort.

»Also«, sagt sie irgendwann. »Ich sollte wohl mal besser ins Bett.«

Bett. Ich schüttle den Kopf, um gar nicht erst auf den Gedanken zu kommen, mir auszumalen, wie es wäre, wenn Zoey neben mir liegen würde. Als einzige Antwort bekomme ich ein Nicken und eine Art Knurren heraus. Zoey macht allerdings keinerlei Anstalten zu gehen, und ich frage mich ... Ob sie wohl wartet, dass ich irgendwas sage oder tue? Fuck!

Aber ehe ich reagieren kann, dreht sie sich um und geht weg. Super-Fuck! Ich sehe ihr nach, sage mir, dass es besser so ist. Ich bin einfach ein bisschen vernarrt in sie, das wird vorübergehen. Also riskiere ich besser nicht meine Freundschaft mit ihr und Will, indem ich sie küsse oder – noch schlimmer – mit ihr schlafe.

»Hey, Zoey?«, rufe ich ihr hinterher, ehe ich mich eines Besseren besinne. Was mache ich denn da bloß?

Sie ist schon auf der Treppe und wirft mir über die Schulter einen hoffnungsvollen Blick zu. Verdammt. Der Ausdruck in ihren Augen gibt mir den Rest. Genauso hat sie mich angesehen, als wir uns in der Gasse fast geküsst hätten.

»Was ist?«, fragt sie.

Ich kann sie nicht gehen lassen. Ich muss sie küssen. Scheiß auf Vorsicht und den ganzen Rest.

»Kannst du noch mal herkommen?«, frage ich.

Zoey runzelt die Stirn, und einen Augenblick lang frage ich mich, ob ich ihren Gesichtsausdruck falsch interpretiert habe, aber dann kommt sie die Stufen langsam wieder runter, und ich gehe auf sie zu. Sie bleibt am Fuß der Treppe stehen, und ich laufe weiter, immer weiter, bis wir uns fast berühren. Nur noch ein Zentimeter trennt unsere Körper voneinander. Die Stimme der Vernunft in meinem Kopf ist nur noch ein dumpfes Hintergrundgeräusch, das ich ignoriere. Meine gesamte Konzentration ruht auf Zoeys Lippen. Ihr stockt der Atem.

Ich lege die Hand an ihre Wange. Sehe ihr in die Augen. Sie erwidert meinen Blick, ihr Gesicht ist so offen, als würde sie ihr Herz in Händen halten und es mir anbieten. Ihre Verletzlichkeit lässt mich innehalten. Aber dann tut sie etwas, womit ich nicht gerechnet habe: Sie geht auf die Zehenspitzen und drückt ihre Lippen auf meine.

Ich bin zu geschockt, um zu reagieren. Zumindest die ersten drei Sekunden lang. So lang, wie es dauert, bis eine brennende Lunte die Dynamitstange erreicht. Und dann kommt der große Knall. Die Welt steht in Flammen. Keine weiteren Gedanken, geschweige denn innere Debatten.

Ich schlinge die Arme um sie und erwidere den Kuss, bekomme endlich die Lippen zu spüren, von denen ich schon so lang träume und die noch viel weicher sind, als ich sie mir ausgemalt habe. Die so süß schmecken.

Zoey ist zurückhaltend, aber als ich die Hände um ihre Taille lege und sie fest an mich ziehe, teilen sich ihre Lippen mit einem lauten Atemzug, und ihr zarter, schüchterner Kuss verwandelt sich ins Gegenteil. Sie öffnet sich, lässt zu, dass ich sie wirklich schmecke, vergräbt die Hände in meinem Haar. Sie zieht mich näher, und Gott, was will ich sie.

Mein Gehirn schreit mir irgendwelches Zeugs zu, das ich ignoriere, weil es für mich nur noch Zoey gibt, die all meine Sinne in Beschlag nimmt. Ihr Geruch füllt meine Lungen, und ich will nie wieder Luft holen. Ihr Geschmack lässt mich alles um uns herum vergessen, und dann das Gefühl ihrer seidenglatten Haut, als meine Hände den Weg unter ihr Shirt finden und ihre Taille umschließen.

Ihr Atem geht genauso schwer wie meiner, als ob wir beide gerade einen Sprint laufen würden, von null auf hundert in unter einer Sekunde. Sie legt die Hände auf meinen Rücken, zieht mich noch näher. Ich bin so eingehüllt in Zoey, dass ich nicht höre, wie das Auto hinter mir hält und die Tür aufgeht und wieder zufällt.

Ich höre *gar nichts*, bis Zoey sich von mir löst. Erst da drehe ich mich um und fahre zusammen. Ein grauenhaftes Gefühl flutet meinen Körper wie Eiswasser.

Fuck. Fuck, fuck, fuck.

»Tristan?«

Brittany – blond, dick geschminkt und in einem schwarzen Taschentuch von Seidenkleid, bei dem es sich genauso gut um ein Negligé handeln könnte – starrt Zoey und mich an. Mir weicht das Blut aus dem Kopf, den Händen, den Armen und scheint sich in einer Lache zu meinen Füßen zu sammeln. Das hier ist eine Katastrophe. Eine riesige, eine gigantische Katastrophe. Ich hab's versaut. Komplett und total versaut.

»Was ist das denn bitte für eine Scheiße?«, verkündet Brittany.

Ich schlucke. Ich wusste, dass es keine gute Idee war, ihr die SMS zu schicken, als ich das Restaurant verlassen habe. Das war im Eifer des Gefechts, weil ich unbedingt Zoey aus dem Kopf bekommen wollte. Und dann passierte die ganze Sache mit dem ungeplanten Kuss, und ich hab Brittany einfach vergessen. Wobei mir durchaus bewusst ist, dass keine von beiden das als Entschuldigung durchgehen lassen wird.

Zoey sieht Brittany an, dann dreht sie sich zu mir um. Ihr Zorn hat biblische Ausmaße. Sie schüttelt meine Arme ab, ihr Blick ist stahlhart, aber gleichzeitig schwimmen Tränen in ihren Augen, und ihre Nasenflügel beben, als müsste sie eine ganze Sturmflut aus Wut oder Trauer zurückhalten, vermutlich aus beidem. Ich hasse es, sie so sehen zu müssen. Ich hasse mich, weil es meine Schuld ist, dass sie so aussieht. Tatsächlich kann ich mich nicht erinnern, mich je so gehasst zu haben.

»Es tut mir leid«, setze ich an.

»Wenn du auf Dreier stehst, hättest du mir vorher Bescheid sagen können«, unterbricht mich Brittany. »Wahrscheinlich wär ich sogar drauf eingestiegen, aber eine Vorwarnung wäre echt nett gewesen.«

Zoey sieht sie an, öffnet den Mund, ohne dass ein Wort herauskommt. Dann richtet sie den Blick auf mich, als würde sie sich fragen, ob das tatsächlich meine Absicht war.

»Nein«, versichere ich hastig, »das wollte ich gar nicht …«

Aber Zoey hat sich schon an mir vorbeigedrängt, ohne mich ausreden zu lassen, was ich ihr allerdings kaum verübeln kann. Ganz automatisch strecke ich die Hand nach ihr aus, doch sie weicht zurück wie von der Tarantel gestochen und rennt nicht die Treppe zu ihrer Wohnung hoch, sondern in Richtung Straße. Brittany tritt zur Seite, um ihr Platz zu machen, aber Zoey scheint sie gar nicht richtig wahrzunehmen. Ich sollte ihr hinterherlaufen. Ich will auch, aber meine Füße sind wie festgewachsen. Als würde mich das Wissen darum, was für eine riesengroße Scheiße ich gebaut habe, zu Boden drücken.

Brittany verschränkt die Arme vor der Brust und sieht mich kopfschüttelnd an. »War das deine Freundin?«

»Nein«, sage ich.

»Und was ist dann passiert? Hast du einfach gleich mehrere Booty Calls abgesetzt, in der Hoffnung, dass eine von uns schon aufkreuzen wird?«

»Nein«, wiederhole ich schwach.

»Du bist ein Arschloch«, spuckt sie aus. »Aber das weißt du ja längst, stimmt's?«

Ich nicke. Ja. Ich bin ein Arschloch.

# ZOEY

Ich renne, bleibe erst stehen, als ich das Wasser erreicht habe. Heftige, stoßweise kommende Schluchzer schütteln mich durch, als ich ein paar Schritte rückwärts taumle, in den nassen Sand sinke und den Kopf in den Armen vergrabe.

Wie habe ich mich nur so in ihm irren können? Ich hatte mir so fest vorgenommen, ihn nicht an mich ranzulassen. Genau aus diesem Grund.

Ich bin so bescheuert! Wütend schlage ich mit der Faust auf den Sand ein.

Da spüre ich plötzlich, dass noch jemand hier am Strand ist. Mein Kopf schießt herum, aber es ist so dunkel, dass ich keine zehn Meter weit sehen kann. Wenn ich niemanden sehe, stehen die Chancen gut, dass auch mich keiner sieht. Trotzdem bin ich in Alarmbereitschaft. Wie immer in solchen Situationen muss ich automatisch an meinen Vater denken. Aber was sollte er hier wollen, am Strand und mitten in der Nacht? Er kann es nicht sein. Er weiß ja auch gar nicht, wo wir stecken.

Ich frage mich, ob es vielleicht Tristan ist, aber vermutlich ist er längst wieder in seiner Wohnung und mit diesem Mädchen zugange. Meine Finger krallen sich in den Sand. Ich bereue es zutiefst, dass wir hergezogen sind.

Wieder bekomme ich dieses kribbelige Gefühl, dass jemand hier ist, im Dunkeln, ganz nahe. Dieser Jemand muss mich weinen gehört haben. Ich rapple mich auf, reibe mir übers Gesicht und mache mich mit raschen Schritten auf den Rückweg zur Straße. Aber ehe ich ankomme, springt etwas direkt vor mir aus der Dunkelheit.

»Zoey!«

Ich muss einen Schrei unterdrücken. Verdammt! Es ist Tristan. Ich bin so wütend, dass ich gar nicht erst stehen bleibe, sondern mich im Stechschritt an ihm vorbeidrängle. »Lass mich in Ruhe«, fahre ich ihn an.

»Bitte!«, ruft er und joggt los, um mich einzuholen. »Ich habe dich gesucht. Wir müssen reden.«

»Ich will aber nicht hören, was du mir zu sagen hast.«

Tristan flucht in sich hinein, lässt sich aber nicht abwimmeln, sondern jagt mir hinterher. »Ja, ich weiß, schon kapiert. Ich war ein totaler Arsch, und ich kann es verstehen, wenn du nie wieder ein Wort mit mir wechseln willst. Aber bitte hör mir vorher noch ein letztes Mal zu!«

Ich gehe weiter. Bestimmt denkt er, dass ich wegen ihm geheult habe, und das macht mich wütend. Weil ich nämlich wegen mir geheult habe. Wegen meiner Blödheit.

Er rennt mir nach, holt mich ein, als ich gerade den Gehweg erreicht habe, und springt mir in den Weg, hebt die Hände, um mich zum Anhalten zu bewegen.

»Es tut mir leid. Ich hab's einfach versaut. Das hier … das ist alles neu für mich, ich meine … Ich hatte noch nie solche Gefühle für jemanden, und ich hatte Angst, dass ich … dass ich alles falsch mache, und jetzt ... jetzt ist es genau so gekommen.« Er fährt sich durchs Haar, verzieht das Gesicht.

Lügen. Alles Lügen. Bildet er sich ernsthaft ein, dass ich darauf reinfalle?

»Es tut mir leid. Bitte verzeih mir.«

Ich beschließe, dass gespielte Gleichgültigkeit der einzige Ausweg ist. »Alles klar«, erwidere ich kühl und blicke dabei zwar in seine Richtung, aber trotzdem mitten durch ihn hindurch. »Ich verzeihe dir.«

Überrascht sieht er mich an. »Wirklich?«

Ich nicke und versuche, mich an ihm vorbeizuschieben.

»Mit Brittany ist nichts gelaufen«, sagt er. »Das schwöre ich.«

»Ist mir egal.« Ich hasse es, wie leicht ihm ihr Name über die Lippen geht. Lippen, die gerade eben noch meine geküsst haben.

»Du hast mir gar nicht verziehen. Du hast das einfach nur so dahingesagt.«

»Oh doch, ich verzeihe dir. Diese Brittany ist mir vollkommen egal. Und du hattest recht – das Ganze war ein Fehler. Nicht nur deiner, sondern auch meiner. Also lass uns die Sache einfach vergessen.«

Er schüttelt den Kopf. »Nein, du warst kein Fehler, Zoey.« Er seufzt und sieht sich um, als sei er auf der Suche nach der nächsten Ausrede, mit der er es bei mir probieren kann. »Ich will kein Arschloch sein«, fährt er schließlich fort. »Dahlia hat mich überzeugt, dass es ein Fehler wäre, dich um ein Date zu bitten – dass ich dein Leben dadurch nur noch komplizierter machen würde, als es sowieso schon ist. Brittany hat mir schon am frühen Abend geschrieben, ob wir uns treffen wollen, und nachdem ich aus dem Restaurant raus bin, hab ich ihr spontan geantwortet, weil …« Er bricht ab, kneift die Augen zu.

Ich starre ihn an. *Das* soll seine Ausrede sein? »Weil du Sex wolltest. Du wolltest sie benutzen.«

Er schüttelt den Kopf. »Das Ganze war ihre Idee. Einfach nur Sex, nichts weiter. Ich hab sie nicht benutzt. Wenn überhaupt, haben wir einander benutzt.«

»Ist das echt alles, was du willst?«, rutscht es mir heraus. »Einfach nur Sex, nichts weiter?«

»Nein!«, versichert er mir wütend. »Bitte glaub mir. Das mit dir ist was anderes, und genau das wollte ich dir sagen.« Sein Tonfall senkt sich, und er blickt mir unverwandt in die Augen. »Von dir will ich mehr als das. Auch wenn das vielleicht blöd klingt – aber irgendwas ist da zwischen uns, und ich glaube, du spürst es auch.«

Ich wische jeden Ausdruck aus meinem Gesicht.

»Also«, sagt er. »Klar kannst du jetzt einfach weggehen und mich nie wieder eines Blickes würdigen. Ich versteh das! Aber ich will, dass du weißt, dass es kein Fehler war, dich zu küssen.«

Ich weiche einen Schritt zurück, um Abstand zu wahren, denn je näher Tristan mir ist, desto schwerer fällt es mir, nicht zu vergessen, warum ich überhaupt wütend auf ihn bin.

»Ich hab's versaut«, sagt er, »dabei würde ich nie im Leben irgendwas tun, das dich verletzen könnte. Jedenfalls nicht absichtlich.« Sein dunkler Blick bohrt sich in meinen, als wolle er mich durch pure Willenskraft zwingen, ihm zu glauben.

»Das hat mein Vater auch immer zu meiner Mutter gesagt«, erwidere ich leise.

Tristan öffnet den Mund, schließt ihn wieder. Meine Worte haben ihn eiskalt erwischt, und ich bereue sie noch in dem Moment, in dem sie meine Lippen verlassen. Aber dann schüttle ich das Bedauern ab, denn was ich gesagt habe, ist die Wahrheit.

Tristan starrt ein paar Sekunden lang den Asphalt an, dann blickt er auf und nickt. »Ich bin nicht dein Vater«, sagt er, »aber ich verstehe, warum du mir nicht mehr vertraust.«

Ich muss die Zähne zusammenbeißen. So wütend und verletzt ich auch sein mag – es fällt mir trotzdem schwer, den Drang zu unterdrücken, zu ihm zu gehen, mich gegen ihn sinken zu lassen, seine schützende Umarmung zu spüren.

»Es tut mir leid«, sagt er und sucht meinen Blick. »Dir wehzutun war wirklich das Letzte, was ich wollte.«

»Du hast mir nicht wehgetan«, lüge ich, und meine Stimme ist kalt wie Eis. »Du hast mir eine Lektion erteilt.«

Er zuckt zusammen, als würden ihn meine Worte körperlich verletzen. Nie wieder werde ich irgendwem vertrauen, schwöre ich mir, und mit diesem Gedanken gehe ich erhobenen Hauptes an Tristan vorbei, und mit jedem Schritt wird der Riss in meinem Herzen tiefer. Ich hasse all das hier, hasse mein betrogenes, betrügerisches Herz. Es hat kein Recht, ohne meine Erlaubnis zu zerspringen oder zu brechen.

Tristan kommt hinter mir her. Ich kann ihn spüren, er hält sich einige Meter hinter mir. Vermutlich will er so dafür sorgen, dass ich sicher nach Hause komme, weil das typisch Tristan ist, und aus irgendeinem Grund macht mich das nur noch wütender. Ich will seine Ritterlichkeit nicht, habe nie darum gebeten. Mir ging es auch ohne ihn ganz prächtig. Ich brauche keinen Aufpasser.

Doch als ich unsere Straße erreiche, ertappe ich mich dabei, wie sich meine Schritte verlangsamen. Mein Kopf erlaubt sich den Gedanken, was wohl geschehen würde, wenn ich umdrehe und auf

Tristan warte. Seinen Worten Glauben schenke und seine Entschuldigung annehme. Ihm sage, dass ich ihn auch mag.

Gegen meinen Willen erinnere ich mich wieder an unseren Kuss, daran, wie er meine Wange gestreichelt, meine Lippen berührt hat. Vor allem aber daran, wie er mich angesehen hat. So durchdringend, so direkt. Als würde er mich erkennen, so wie ich wirklich bin. Wie kaputt. Wie unsicher. Wie verängstigt. Und mich trotzdem noch wollen.

Wohlige Wärme breitet sich in mir aus, als ich daran denke, wie sicher ich mich in seinen Armen gefühlt habe. Wenn ich ehrlich bin, hatte ich gehofft, dass er mich nie wieder loslässt. Mein Leben lang hatte ich das Gefühl, jeden Moment zu ertrinken – und da war er plötzlich, zog mich aus dem Wasser, in Sicherheit.

Aber es war dumm von mir, mich auf ihn einzulassen. Ich muss lernen, selbst zu schwimmen. Nur so kann man in dieser Welt überleben.

Wenn ich ein anderer Typ Mädchen wäre, eins von denen, die nicht aus ihren Fehlern lernen, dann würde ich jetzt vielleicht stehen bleiben. Würde mich umdrehen, warten, dass er mich einholt. Und dann würde ich den Kopf in den Nacken legen und mich von ihm küssen lassen. Und wenn die Welt eine andere wäre – eine Welt, wie man sie aus dem Kino kennt, eine Welt, in der es so was wie wahre Liebe gibt –, dann würde es für uns beide vielleicht sogar ein Happy End geben.

Aber ich bin nun mal keins von diesen Mädchen.

Und das Leben ist kein Film.

# TRISTAN

Selbsthass ist eine ganz neue Erfahrung für mich. Früher habe ich eigentlich ganz gern in den Spiegel gesehen. Jetzt finde ich mich abstoßend. In meinem Kopf dröhnt eine Stimme, die mich in Dauerschleife zur Schnecke macht wie ein Drill Instructor bei der Army, der mir erzählt, was für ein nutzloses, dummes Stück Scheiße ich doch bin und dass ich die ganze Sache in einer Million Jahren nicht wiedergutmachen kann.

Eine Woche ist vergangen, und ich habe mich in die Arbeit und ins Training gestürzt, um Zoey so wenig wie möglich über den Weg zu laufen – sowohl der echten Zoey als auch der Zoey in meinem Kopf. Was die echte Zoey betrifft, ist das nicht weiter schwer, weil ich so gut wie nie zu Hause bin und sie mit ihrem eigenen Leben genug um die Ohren hat. Aber die andere, die Zoey in meiner Fantasie, ist schwer zu umgehen, weil immer wieder Bilder von ihr vor meinem inneren Auge aufblitzen – ihr Lächeln, ihre Lippen. Die Erinnerung daran, wie es war, sie zu küssen.

Aber am schlimmsten ist das Wissen, dass ich ihr wehgetan habe. Sie hat zwar gesagt, sie sei gar nicht verletzt, aber ich weiß natürlich, dass das völliger Blödsinn ist. Jede Nacht liege ich wach im Bett und spiele in Gedanken noch mal unseren Kuss durch, höre ihr leises Seufzen, als würde sie direkt neben mir liegen, spüre ihr Gewicht in meinen Armen, so deutlich, als sei sie ein Teil von mir, den man mir einfach weggenommen hat. Ich habe mich damit abgefunden, dass meine Gefühle für sie mehr sind als nur eine kurze Schwärmerei. Sie werden nicht einfach wieder aufhören. Sie sind da, und neben Zoey wohnen zu müssen, ist die totale Folter.

Als ich meine Wohnung verlasse und die Treppe zu ihrer hochgehe, habe ich ein komisches Gefühl im Bauch, das ich als Nervosität erkenne. Natürlich war ich auch früher schon nervös – am ersten Tag meiner Grundausbildung, und als ich zum ersten Mal bei einem Einsatz im Hubschrauber mitgeflogen bin. Aber noch nie wegen einer anderen Person.

Ich hoffe und bete, dass Zoey mir die Tür aufmacht. Es mag abgedroschen klingen, aber die kurzen Momente, in denen ich sie hin und wieder sehe, sind zu meinem Lebensinhalt geworden. Ich bin wie ein Süchtiger, der einen Schuss braucht, und sie ist die Droge, von der ich einfach nicht loskomme. Ich weiß, dass ich mir keinen Gefallen tue, dass meine Sucht nur schlimmer wird, wenn ich Zoey sehe. Aber ich kann einfach nicht anders.

Als Kate die Tür öffnet, fallen all meine Hoffnungen in sich zusammen.

»Hey«, sagt sie mürrisch. Offenbar ist sie genauso enttäuscht, dass ich ich bin, wie ich, dass sie sie ist. »Cole!«, brüllt sie in die Wohnung. »Tristan ist da!«

»Wie geht's dir?«, frage ich. »Wie läuft die Schule?«

Sie zuckt mit den Achseln. Kein Lächeln.

»Ach, so gut gleich?« Mein Blick wandert über ihre Schulter. Keine Spur von Zoey. Ob sie in ihrem Zimmer ist?

»Sie ist mit Mom unterwegs.«

Mein Blick zuckt wieder zu Kate. »Wer?«

Sie wirft mir einen eindringlichen Blick zu, so als könne sie direkt durch meine Fassade schauen, und ich frage mich, ob Zoey ihrer Mom und ihr erzählt hat, was ich getan habe. Aber da die beiden nicht mit Gegenständen nach mir werfen und ich Zoeys Mom gestern gesehen habe und sie freundlich zu mir war, schätze ich, sie hat es für sich behalten.

»Zoey. Sie ist draußen. Mit unserer Mom.«

Ich schüttle den Kopf und versuche, unbeteiligt zu wirken, als hätte ich keine Ahnung, was Kate mir damit sagen will. »Willst du mitkommen? Wir spielen heute Fußball«, schlage ich vor, weil ich denke, es könnte ihr guttun, mal ein bisschen rauszukommen.

Sie schüttelt den Kopf und wirft mir einen vernichtenden Blick zu. Ob wohl alle Mädchen mit fünfzehn einen Sonderkurs besuchen müssen, in dem sie lernen, mit Blicken zu töten?

»Gibt es Neuigkeiten wegen eures Katers?«, frage ich.

Sie schüttelt den Kopf, und obwohl sie sich alle Mühe gibt, wütend statt traurig zu wirken, zittert ihr Kinn. In dieser Hinsicht erinnert sie mich an Zoey: Immer versteckt sie ihre weiche Seite hinter einer undurchdringlichen Rüstung und einem missmutigen Gesichtsausdruck. »Schätze, er ist tot. Er ist eine Hauskatze, der weiß doch gar nicht, wie man draußen überlebt.«

»Sag das nicht, Katzen haben neun Leben.«

»Haben sie nicht«, weist sie mich zurecht, als sei ich der letzte Idiot.

»Gib die Hoffnung nicht auf.«

Dafür ernte ich den nächsten Killerblick. Wow. Die Army sollte sie als Scharfschützenersatz anheuern. Gott sei Dank kommt Cole aus seinem Zimmer geschossen, ehe ich weitere Konversationsversuche starten muss. Er trägt die brandneuen Fußballschuhe, die Robert ihm geschenkt hat. Cole freut sich, mich zu sehen, grinst enthusiastisch und reißt mir den Fußball aus den Händen.

»Los, gehen wir«, drängelt er und ist die Treppe schon halb runter.

»Bis dann«, verabschiede ich mich von Kate.

Sie schnaubt und knallt mir die Tür vor der Nase zu.

Ich laufe Cole hinterher. »Na, wie läuft's?«, frage ich, als ich ihn eingeholt habe und wir schon ein gutes Stück des Wegs zum Bolzplatz zurückgelegt haben.

»Gut«, sagt er.

»Gefällt's dir in der Schule?«

Er zuckt mit den Achseln. »Ist okay. Ich habe einen Freund gefunden, er heißt Tan. Sein Dad ist Feuerwehrmann. Wusstest du, dass die Feuerwehr bei uns war und das Feuer in unserem Haus gelöscht hat?«

Ich nicke. »Das war sicher ganz schön gruselig, was?«

Wieder zuckt er mit den Achseln. Er wirkt vollkommen gleichgültig, und mir fällt wieder ein, dass er mehrere Straßen weit weg war, als ihn die Feuerwehr gefunden hat. Vermutlich hat er den Brand gar nicht richtig mitbekommen – außer natürlich, er war derjenige, der ihn gelegt hat. »Ich glaube, wenn ich groß bin, will ich Feuerwehrmann werden.«

»Cool«, antworte ich. »Das ist ein super Job.«

»Haben Feuerwehrmänner Pistolen?«, fragt Cole und blickt mit einer Unschuldsmiene zu mir hoch, die in völligem Widerspruch zu seinem möglichen Hang zur Pyromanie und der tiefen Faszination steht, die tödliche Gegenstände auf ihn ausüben.

»Nein«, antworte ich. »Feuerwehrmänner brauchen keine Waffen. Sie löschen Brände, dazu brauchen sie Wasserschläuche.«

Er lacht, ich nicht. Sein Interesse an Schusswaffen ist verstörend. Inzwischen verstehe ich, weshalb Zoey sich Sorgen um ihn macht. Kann es wirklich sein, dass er das Auto angezündet hat? »Vielleicht werde ich aber auch Polizist«, plappert Cole weiter. »Die haben Pistolen. Mein Dad hat eine Pistole.«

»Ich bin mir nicht sicher, ob das stimmt«, merke ich vorsichtig an, schließlich musste sein Vater seine Polizeiwaffe bei der Verhaftung abgeben. Ganz zu schweigen davon, dass jemand, der gerade aus dem Gefängnis entlassen wurde und wegen häuslicher Gewalt einsaß, ganz sicher keine Lizenz für eine neue Waffe erhalten würde.

»Doch, hat er.« Cole presst stur die Lippen zusammen, und ich lasse das Thema auf sich beruhen, weil ich ihn nicht weiter aufbringen will.

»Kann ich dir ein Geheimnis erzählen?« Er grinst mich an, als würde er gleich platzen.

»Klar doch.«

»Mein Dad«, flüstert er. »Er ist nicht mehr im Gefängnis.« Seine Augen glänzen vor Aufregung.

Ich versuche, mir nichts anmerken zu lassen. »Woher weißt du das, Cole?«

Er zuckt mit den Achseln und meidet meinen Blick. »Habe ich halt mitbekommen«, sagt er. »Mom und Zoey glauben, ich weiß nichts davon, aber ich weiß es eben doch. Sie halten es vor mir geheim.«

Wie hat er das herausgefunden? Hat er sie belauscht? »Ich glaube, das tun sie, um dich zu schützen.«

Er verzieht das Gesicht. »Sie sind Lügnerinnen«, stößt er hervor. Das letzte Wort spuckt er geradezu aus.

»Nein, sind sie nicht.« Ich knie mich hin, damit wir auf Augenhöhe sind. »Cole, deine Mom und deine Schwester sind keine Lügnerinnen.«

In seinem Blick blitzt die Wut auf. »Sind sie doch.«

»Warum sagst du das?«, frage ich und versuche, dabei ganz unbekümmert zu klingen.

Cole sieht wieder weg. »Weil sie eben welche sind.«

»Schau mich an.«

Widerwillig tut er, was ich sage.

»Sie haben dich nicht belogen, Cole.«

Da bemerkt Cole etwas hinter mir und zeigt über meine Schulter. »Schau mal!«, ruft er.

Ich drehe mich um. Es ist eine Möwe, die mit lautem Flügelschlagen auf etwas in einem Mülleimer einhackt. Ehe ich mich wieder zu Cole umdrehen kann, hat er sich schon losgerissen und rennt zum Fußballplatz.

Ich sorge dafür, dass er ein Ventil für die Extraladung Energie findet, die er ständig mit sich herumzutragen scheint, indem ich ihn das Feld auf- und ablaufen lasse, bis sein Gesicht leuchtend rot ist und er schwer atmet. Der Effekt wird sicher nur ein, zwei Stunden lang anhalten, danach gibt er wieder Vollgas. Manchmal glaube ich echt, der Junge wird von einem Atomreaktor betrieben.

»Ich glaube, du bist bereit für die Juniorenmannschaft«, sage ich.

»Echt?« Er strahlt, und ich nicke. Dann, ganz plötzlich, ist sein Gesicht wieder wutverzerrt, und er kickt den Ball ans andere Ende des Spielfelds.

»Was ist denn?«, frage ich überrascht.

»Nichts«, brummt er.

»Willst du es denn nicht wenigstens ausprobieren?« Ich lege ihm die Hand auf die Schulter, aber er schüttelt sie ab.

»Ist doch sinnlos«, murmelt er.

»Das stimmt nicht, Cole.«

Er bohrt mit der Schuhspitze im Dreck herum. »Aber wenn die richtigen Spiele kommen, bin ich gar nicht mehr hier.«

Wieder knie ich mich vor ihn. »Hey, du wirst noch eine ganze Weile hierbleiben«, sage ich. »Lang genug für eine Saison, vielleicht sogar länger.« Die Wahrheit lautet, dass ich eigentlich selbst nicht weiß, bis wann sie bleiben. Bis ihre alte Wohnung wieder bewohnbar ist? Oder vielleicht sogar für immer?

»Nein, tu ich nicht«, schnappt er. »Ich bleib nicht hier.« Er rennt los, um den Ball zu holen, und ich sehe ihm nach und frage mich, was zum Teufel er damit gemeint haben mag.

# ZOEY

»Ach, ist das schön«, sagt meine Mom und streckt mit einem tiefen Seufzer die Beine neben mir im Sand aus. Dann mustert sie mich lächelnd von der Seite. Es ist ein mattes Lächeln, aber darunter liegt eine Spur echter Fröhlichkeit – oder vielleicht eher so was wie Hoffnung. Da wir beide nichts mehr von meinem Vater gehört haben, entspannen wir uns zum ersten Mal wieder, nachdem wir zwei Wochen mit angehaltenem Atem verbracht haben. Von meinem Verdacht bezüglich Cole habe ich ihr nichts erzählt. Als ich ihn direkt darauf angesprochen habe, ob er etwas über das Feuer weiß, hat er mich angeschrien, dass er überhaupt nichts gemacht hat.

Mom streicht mir eine Haarsträhne hinters Ohr, die mir ins Gesicht geweht ist. »Alles in Ordnung?«, fragt sie.

»Ja, alles gut«, erwidere ich, merke aber selbst, dass mein Lächeln gezwungen wirkt. Der Strand und die sanfte Brise haben meiner Melancholie zwar ein wenig Abhilfe geschafft, aber gegen den Schmerz in meiner Brust kommen sie nicht an.

»Es ist so heiß«, fährt Mom fort. »Warum ziehst du dein T-Shirt und die Shorts nicht aus?«

Ich werde rot. Unter meinen Sachen trage ich den gelben Bikini aus den Kleidertüten von Emma Rotherham. Er ist brandneu, das Preisschild baumelte sogar noch daran. Ich weiß nicht, weshalb ich ihn angezogen habe, das Höschen sieht aus, als würde es aus ein paar Fäden Zahnseide bestehen. Die Stimme meines Vaters hallt durch meinen Kopf:»Hure!« Ich war vierzehn, es war die letzte Schulwoche vor den Sommerferien, und ich machte mich für einen Klassenausflug in den Wasserpark fertig.

»Zieh dir was Anständiges an, kein Mensch will so viel von dir sehen«, sagte er.

Ich trug Shorts und ein T-Shirt, aber die hatten wir vor meinem Wachstumsschub gekauft, weswegen die Hose viel zu kurz und das T-Shirt hauteng war.

Mom ging dazwischen, und da schlug er zu und brach ihr dabei die Nase. Den Wasserpark habe ich nie zu sehen bekommen. Am nächsten Tag hatte mein Dad ein schlechtes Gewissen und gab mir hundert Dollar, damit ich mir ein paar neue Sachen kaufe. Ich habe alles in XL genommen, aber meinem Dad war das noch nicht genug. Er kommentierte mein Aussehen trotzdem weiter und beschimpfte mich. *Schlampe. Hure. Luder. Genau wie deine Mutter.*

Scheiß drauf.

Ehe ich es mir anders überlegen kann, zerre ich mir das T-Shirt über den Kopf und winde mich aus den Shorts. Einen schockierenden Augenblick lang fühle ich mich nackt und zögere, mache mich klein, warte auf eine Reaktion. Aber als ich mich umsehe, ist da keiner, der mich anstarrt, und ich fühle mich wie befreit. Als ob mein Vater all die Jahre über aus der Ferne meine Entscheidungen kontrolliert hätte, ohne dass ich es gemerkt habe. Seine Stimme in meinem Kopf war lauter als meine eigene. Mit diesem Bikini zeige ich ihm den Mittelfinger, und es fühlt sich großartig an!

»Schon besser!« Mom lächelt mich an. »Manchmal denke ich, ich hätte viel mehr aus mir machen sollen, als ich in deinem Alter war.«

»Du bist wunderschön, Mom«, sage ich, weil es die Wahrheit ist.

»Montag habe ich ein Vorstellungsgespräch.« Sie flüstert, als würde sie mir ein Geheimnis verraten.

Überrascht frage ich: »Wo denn?«

»In einem Friseursalon in der Stadt. Er gehört einer Freundin von Roberts verstorbener Frau, und sie sucht eine Senior-Stylistin.«

»Das ist ja der Wahnsinn!«

Sie zuckt mit den Achseln. »Der Laden ist ziemlich edel. Sie machen viele Hochzeiten, und … Na ja, ich weiß einfach nicht, ob ich gut genug bin, und …«

»Aber sicher bist du das!«, falle ich ihr ins Wort. Wenn sie sich doch nur nicht die ganze Zeit selbst so runterziehen würde! Ich hasse meinen Dad dafür, dass er ihr Selbstvertrauen so kaputt gemacht hat. »Du bist mehr als gut genug, du solltest deinen eigenen Salon haben!«

Sie lacht, als hätte ich etwas Albernes gesagt. »Das mit Roberts Frau ist so traurig«, seufzt sie. »So wie er über sie redet, muss er sie wirklich geliebt haben.«

»Wann ist sie denn gestorben?«

»Vor ein paar Jahren. An Brustkrebs. Er trauert immer noch um sie.« Ihr Lächeln verblasst. Ein Grund mehr, sich nie zu verlieben, schießt es mir durch den Kopf. So oder so endet man mit einem gebrochenen Herzen.

Mom räuspert sich. »Wie läuft es mir dir und Tristan?«, fragt sie und wirft mir einen wissenden Blick zu.

»Wie meinst du das?«

»Ich bin doch nicht blind, Zoey.«

Mir hat es die Sprache verschlagen. Was soll ich sagen? Wir haben noch nie über Jungs geredet!

»Magst du ihn?«, fragt sie.

»Klar.« Ich nehme eine Zeitschrift und blättere darin herum. Am besten, ich tue einfach so, als würde ich nicht kapieren, worauf Mom anspielt. »Er war echt nett zu uns.«

Ich spüre mehr, als dass ich sehe, wie ihre Augen schmal werden.

»So habe ich das nicht gemeint.«

»Hm?«, sage ich wie die Unschuld in Person.

»Ist da was zwischen euch?«, fragt sie.

»Was soll denn sein?« Ich gebe vor, mein Horoskop zu studieren.

»Letzte Woche habe ich gesehen, wie du nach der Arbeit noch bei Tristan vorbeigeschaut hast.«

»Hast du mir etwa hinterherspioniert?«, frage ich erstaunt.

Sie schüttelt den Kopf, wirkt verletzt und verblüfft. »Nein, natürlich nicht. Ich mache mir einfach nur Sorgen um euch, vor allem jetzt, wo …«, sie atmet tief durch, »… wo euer Vater aus dem Gefängnis entlassen wurde. Ich möchte wissen, wo ihr steckt und dass ihr sicher nach Hause kommt. Ich warte immer, bis du da bist, und an dem Abend habe ich draußen etwas gehört und aus dem Fenster geschaut.«

Wenn sie aus dem Fenster geschaut hat, muss sie gesehen haben, dass wir uns geküsst haben. Aber hat sie auch das ganze Drama um Brittany mitbekommen? Und wenn ja, warum spricht sie mich dann erst jetzt darauf an?

»Seitdem ignorierst du ihn und wirkst ganz traurig«, fährt sie fort. »Ist irgendwas vorgefallen?«

Ich schlucke hart, es fühlt sich an, als müsse ich den Sand herunterwürgen, den ich zwischen meinen Handflächen reibe. Also hat Mom nicht alles mitbekommen. »Er ... Ich ...« Mir versagt die Stimme, und Mom berührt meine Hand.

»Du kannst mit mir reden. Ich weiß, dass du es nicht leicht mit mir hattest. Ich war so mit mir selbst beschäftigt, mit allem ... was eben so los war ...« Sie bricht ab, und ich lächle sie an. Ich weiß, wie schwer es ihr fällt, offen über ihre Depressionen zu sprechen. »Aber ich will, dass wir hier neu anfangen«, fährt sie fort. »Ganz von vorn. Mir gefällt es in Oceanside, und ich glaube, ihr Kinder seid hier gut aufgehoben. Und ich will eine gute Mutter sein.« Ihre Nasenflügel beben, und ihre Augen füllen sich mit Tränen.

Ich drücke ihre Hand. »Du *bist* eine gute Mutter.«

Doch sie schüttelt den Kopf. »Nein. Ich hab dich mit der ganzen Verantwortung allein gelassen. *Du* hast deine Geschwister erzogen, nicht ich. Und das war nicht fair. Was für eine Mutter erwartet schon von ihrer heranwachsenden Tochter, dass sie arbeiten geht?«

»Aber mir macht das nichts«, setze ich an, doch sie unterbricht mich.

»Zoey. Ich will, dass du aufs College gehst. Dass du all das tust, wozu ich keine Möglichkeit hatte. Und was tue ich stattdessen? Ich lasse dich für meine Fehler bezahlen.«

»Das waren nicht *deine* Fehler«, entgegne ich.

Sie wirft mir ein skeptisches Lächeln zu. »Oh doch. Ich hätte deinen Vater schon verlassen sollen, als du noch ein Baby warst und er zum ersten Mal die Hand gegen mich erhoben hat. Ich hätte ihn verlassen sollen, ohne jemals einen Blick zurückzuwerfen. Auch wenn ich nicht weiß, ob er mich hätte gehen lassen.« Dann streckt sie die Hand aus und streicht mir über die Wange, so wie Tristan es getan hat – als würde sie eine unsichtbare Träne wegwischen. »Also, was ist mit Tristan passiert?«, fragt sie erneut.

Ich schlucke noch einmal schmerzhaft, dann strömen die Worte nur so aus mir heraus.

»Ich hab was Dummes getan.«

»Hast du mit ihm geschlafen?«

Ich schüttle den Kopf, schäme mich, dass sie überhaupt fragt.

»Ich würde dir das nie vorwerfen, mein Schatz.«

Ich knabbere an meiner Unterlippe, mein Blick schweift zum Pier, auf dem Tristan meine Hand genommen und mich bis ans Ende gezogen hat, wo es sich so angefühlt hat, als wären wir beide ganz allein inmitten des Ozeans. »Ich habe nicht mit ihm geschlafen«, sage ich, »aber wir haben uns geküsst.«

»Und dann?«, fragt sie vorsichtig.

»Irgend so ein Mädchen ist aufgetaucht. Sie hatten ein Sexdate.«

Mom versucht, sich nicht anmerken zu lassen, wie schockiert sie ist, und sagt nur: »Oh. Ich verstehe.«

»Er meinte, das sei alles ein riesiger Fehler gewesen und dass er sie nur angerufen hat, um mich aus dem Kopf zu bekommen. So was in der Art.«

»Ich verstehe ja, dass du durcheinander bist«, sagt Mom. »Aber wieso glaubst du, dass du einen Fehler gemacht hast?«

»Weil ich mich in ihn verliebt habe! Wie blöd kann man sein?«

»Aber das hat doch mit Blödheit nichts zu tun, mein Schatz. Und was, wenn er die Wahrheit sagt? Wenn es tatsächlich ein Fehler war und er dich wirklich mag?«

»Als ob du das beurteilen könntest. Du hast ja auch Dad geglaubt! Und dann hat er dich betrogen, und jedes Mal, wenn du ihm verziehen hast, hat er dir geschworen, dass er dich nie wieder schlagen oder betrügen würde … und jedes Mal hat er es doch wieder getan.«

Mom starrt eine Weile in die Ferne, ehe sie sich wieder zu mir dreht. »Nicht alle Männer sind wie dein Vater, Zoey.«

Ich zucke mit den Achseln. »Die Männer, denen ich bisher begegnet bin, schon.«

»Aber so ist es nicht«, wiederholt sie entschlossen. »Und du solltest auch nicht so denken, denn sonst verpasst du eine ganze Menge.«

Wieder zucke ich mit den Achseln. »Ich hab aber nicht das Gefühl, irgendwas Nennenswertes zu verpassen.«

Mom nimmt meine Hand. »Es tut mir so leid«, sagt sie. »Das ist alles meine Schuld. Ich bin der Grund dafür, dass du glaubst, alle Beziehungen seien zum Scheitern verurteilt. Und dass alle Männer wie dein Dad sind. Ich verstehe ja, warum du so denkst, aber es stimmt einfach nicht.«

Ich verziehe das Gesicht. »Sieh dir doch nur mal Tante Chrissy an«, sage ich. »Bei ihr ist es doch genau dasselbe. Wusstest du, dass Javi mich angegraben hat, als er mir beim Autokauf geholfen hat?«

»Was?«, ruft Mom aus und schüttelt wutentbrannt den Kopf. »Ich wusste immer schon, dass er ein widerlicher, wertloser Hau…«

»Aber es geht doch nicht nur um ihn«, unterbreche ich sie. »Ich werde ständig von irgendwem belästigt.«

Meine Mom mustert mich entsetzt. »Was? Was ist passiert?«

»Ein Gast hat mich bei der Arbeit begrapscht.«

Mom wird ganz blass vor Wut. »Wer war das?«, knurrt sie.

»Ach, ein Typ halt. Das Thema ist schon gegessen.« Dass Kit und

Tristan einschreiten mussten, verschweige ich ihr lieber. »Ich hab es einfach satt, dass die Leute sich einbilden, sie würden mit so was davonkommen. Was mach ich denn nur falsch? Warum ziehe ich solche Menschen an?«

Mom seufzt erneut und streicht mir mit einem reumütigen Lächeln noch einmal über die Wange. »Ich verstehe.« Das Lächeln wird traurig. »Tante Chrissys und mein Vater – dein Großvater ... du weißt ja, wie er war.«

»Ein aggressiver Säufer.«

Sie nickt. »Genau. Und deine Tante und ich, wir waren so hungrig nach Aufmerksamkeit und Liebe, dass wir beide Ja zu so ziemlich jedem Mann sagten, der nur in unsere Richtung schaute. Wir suchten nach jemandem, der uns da rausholt. Und so kam es, dass wir beide den erstbesten Mann geheiratet haben, der um unsere Hand anhielt. Männer, die sich am Ende als noch schlimmer entpuppten als unser Vater. Chrissys ersten Mann hast du ja nie kennengelernt, aber er war ein absoluter Fiesling. Und ich hab auch kein besseres Händchen bewiesen, als ich mich für deinen Vater entschied.«

Was sie mir da erzählt, bestätigt meine Befürchtungen: Ich bin genauso wie meine Mom und Chrissy. Ich ziehe Arschlöcher an. Ich weiß nicht, ob es daran liegt, dass ich mich verzweifelt nach einem Ausweg oder Aufmerksamkeit sehne, oder daran, dass ich wie ein Opfer wirke. Vielleicht habe ich ja auch einfach nur das Gefühl, nichts Besseres verdient zu haben? Aber eins weiß ich: Jemanden zu brauchen ist ein riesiger Fehler, für den man teuer bezahlt. »Dann blüht mir also dasselbe Schicksal wie euch«, murmle ich zornig.

Meine Mom legt mir die Hand unters Kinn und dreht meinen

Kopf, um mich ansehen zu können. »Nein, Zoey. Du bist nicht wie wir«, sagt sie. »Du bist viel stärker. Du glaubst an dich, ganz anders als ich damals. Dir stehen alle Türen offen.«

Ich runzle die Stirn, weil ich ehrlich gesagt keinen Schimmer habe, wovon sie da redet. Ich bin nicht stark. Und ich glaube auch nicht an mich.

»Wie du deinem Vater damals die Stirn geboten hast«, fährt sie fort, »das war tapferer als alles, wozu ich jemals imstande wäre. Du hast uns gerettet. Jeden Abend danke ich Gott dafür, dass es dich gibt. Es gibt vieles, das ich deinem Vater niemals verzeihen werde. Und trotzdem bereue ich es nicht, ihn geheiratet zu haben. Denn sonst hätte ich niemals euch Kinder bekommen.«

Mir steigen die Tränen in die Augen, und meine Kehle zieht sich schmerzhaft zusammen. »Warum bist du so lang bei ihm geblieben?«, frage ich – eine Frage, die ich ihr noch nie gestellt habe. Erst jetzt wird mir klar, wie wichtig ihre Antwort für mich ist, weil ich das Thema seit Jahren mit mir herumschleppe. Jedes Mal, wenn sie ihm verzieh, fühlte sich das an, als würde sie ihn über uns stellen.

Mom seufzt. »Ich glaube, das lag daran, dass es sich so angefühlt hat, als würde *ich* die Entscheidung treffen«, überlegt sie. »Als würde damit *ich* die Situation kontrollieren, nicht er.« Sie schüttelt den Kopf, als müsse sie über ihre eigene Dummheit lachen. »Aber ich lag falsch. Das war keine Entscheidung. Ich saß in der Falle, ich hatte Angst, und …« Wieder seufzt sie. »Ich glaube, ich hatte Angst vorm Alleinsein. Ich dachte, ich brauche ihn.«

Ich weiß nicht, was ich sagen soll. Wie kann man jemanden lieben, von dem man geschlagen wird? Wie kann man jemanden brauchen, der einem so wehtut? Wie kann man so wenig auf sich selbst geben, dass man glaubt, nichts Besseres verdient zu haben? Ich darf auf keinen Fall dieselben Fehler begehen wie sie.

»Zoey«, sagt sie, »du bist wunderschön, innen wie außen. Und du brauchst keinen Mann. Du bist stark und tüchtig und unabhängig, alles, was ich nie gewesen bin. Und du kannst dir gar nicht vorstellen, wie stolz ich auf dich bin.« Sie sieht mich an und wischt sich eine Träne weg, und auch ich reibe meine Wangen trocken, weil ich irgendwann angefangen haben muss zu weinen.

»Eins kann ich dir sagen«, fährt sie fort, und auf einmal schwingt Leidenschaft in ihrer Stimme mit. »Auch wenn du niemals jemanden brauchen wirst, der dich glücklich macht oder dir das Gefühl gibt, endlich ein vollständiger Mensch zu sein – kehr der Liebe oder zumindest der Möglichkeit der Liebe nicht den Rücken zu, nur weil du denkst, dass alle Männer Mistkerle sind, oder du Angst hast, verletzt zu werden.«

»Buh!«

Ich fahre fast aus der Haut, als Cole auf mein Handtuch springt, sodass ich in Sand paniert werde. Mit zusammengekniffenen Augen blicke ich auf und sehe Tristan auf uns zukommen. Scheiße. Hastig wende ich das Gesicht ab, blinzle die Tränen weg und reibe mir die Wangen trocken. Ich fühle mich extrem unwohl in meinem Bikini und greife nach T-Shirt und Shorts. Was zum Teufel will Tristan hier überhaupt?

Mom bemerkt meinen Gesichtsausdruck. »Ich hab ihn gebeten, Cole nach dem Fußballspielen hier vorbeizubringen«, teilt sie mir mit einem unschuldigen Lächeln mit.

»Hey«, begrüßt uns Tristan. Er bleibt vielleicht ein, zwei Meter vor uns stehen, die Hände in die Taschen gestopft, und wirkt ziemlich verlegen.

»Tausend Dank, Tristan«, sagt Mom und steht auf. »Wirklich, das war sehr lieb von dir. Cole, wollen wir mal sehen, wo wir ein Eis für dich finden?«

Ich rapple mich hastig auf, um sie zu begleiten, und streife mir schon die Shorts über, als Mom sagt: »Du bleibst hier.«

Ich bin zu empört, um auch nur ein Wort rauszubringen, und ehe ich mich versehe, hat sie sich ihre Tasche, ihr Badelaken und Coles Hand geschnappt und winkt mir zum Abschied. Tristan macht Anstalten, ihr zu folgen.

»Was machst du denn?«, fragt sie ihn. »Bleib doch noch ein wenig bei Zoey!«

Oh Gott, so viel zum Thema Feingespür.

Tristan scheint einen Augenblick zu zaudern, dann nickt er widerstrebend. Und ich weiß nicht, ob mich das wütend oder glücklich macht.

# TRISTAN

Bikini. Zoey halb nackt. Zoeys Haut. Zoeys Brüste. Zoeys Beine. Zoeys Gesicht.

Hör. Auf. Zu. Glotzen!

Ich wende den Blick ab und blinzle in dem Versuch, das Bild von Zoey im Bikini von meiner Netzhaut zu verbannen, direkt in die Sonne.

Ausreden schwirren mir durch den Kopf, Gründe, warum ich wieder gehen sollte: Ich muss arbeiten, mit meinem inexistenten Hund Gassi gehen, eine Wand streichen, ein Parkticket verlängern. Aber mein Körper hört gar nicht zu. Er setzt sich einfach neben Zoey in den Sand, nicht zu nah, aber nahe genug, dass ihr Bikini in meinem Sichtfeld immer wieder sonnenblumengelb aufblitzt, während sie sich hastig mit einem T-Shirt bedeckt.

Als sie es sich über den Kopf zieht, drehe ich für einen Sekundenbruchteil den Kopf zu ihr und bereue es sofort, weil ich das Bild, das sich mir darbietet, garantiert nie wieder loswerde: die einladende Kurve ihrer Brüste, ihr glatter, perfekter Bauch, die Hüftknochen, die meinen Blick wie Pfeile nach unten lenken. Ich bin es so gewöhnt, Zoey in Schlabbershirts zu sehen, dass mein Gehirn bei dem Anblick einen Kurzschluss erleidet. Ich bin froh, dass ich schnell wegsehen kann und nicht wie der letzte Perverse dastehe, wo ich mich doch schon als das letzte Arschloch erwiesen habe. Da ich mich nicht in ein noch schlechteres Licht rücken will, ersticke ich jegliches Geräusch, das mir eventuell herausrutschen könnte, im Keim und ziehe die Knie an. Dann stütze ich die Arme darauf, in einer scheinbar lässigen Geste, die eigentlich nur dazu dient, das Offensichtliche zu verbergen. Ich starre aufs Meer hinaus und versuche mir vorzustellen, wie ich ins eiskalte Wasser tauche. Als das nicht funktioniert, male ich mir eine Szene aus *Der weiße Hai* aus.

Keiner von uns sagt ein Wort, und Zoey blickt mit einem Ausdruck, den ich nur schwer deuten kann, in die Ferne. Ich frage mich, wie wütend sie wohl noch ist und ob sie mich hasst, und wünsche mir zum wiederholten Mal, ich könnte in der Zeit zurückreisen und meine SMS an Brittany ungeschehen machen. Immer wieder habe ich mich gefragt, wie die Dinge wohl stehen würden, wenn ich sie nie abgeschickt hätte. Würden Zoey und ich dann zusammen hier im Sand herumliegen, Haut an Haut ohne T-Shirt-Barriere? Würde ich Muster auf ihren sonnenwarmen Bauch zeichnen? Würden wir …

Okay, Schluss jetzt. Denk nicht mal dran. Lass es einfach. Das hilft dir alles nicht weiter.

Zoey hat noch immer nichts gesagt, und ich spüre, wie ihre Anspannung wächst. Als würde auch sie sich Ausreden ausdenken, warum sie gehen muss. Ich weiß, wenn ich will, dass sie bleibt, muss ich etwas sagen. Soll ich noch mal ansprechen, was passiert ist? Mich erneut entschuldigen? Einen Witz reißen? Nein, keine gute Idee. Sie greift nach ihrer Tasche. Mir bleiben nur Sekunden, ehe sie aufsteht und geht. »Ich muss mit dir über Cole reden«, platze ich heraus.

Zoey lässt die Tasche wieder los, ihr Kopf schnellt zu mir herum. »Ist alles okay?«, fragt sie besorgt.

»Er weiß, dass euer Dad nicht mehr im Gefängnis ist. Und ich bin nicht sicher, ob ihr es ihm erzählt habt oder er etwas aufschnappen konnte.«

»Oh«, sagt sie und schüttelt verwirrt den Kopf. »Nein, wir haben ihm nichts erzählt.«

»Kate vielleicht?«, schlage ich vor. »Außerdem hat er gesagt, dass er nicht in die Fußballmannschaft will, weil er sowieso nicht lang in Oceanside bleibt.« Nach einer kurzen Pause setze ich nach: »Vielleicht denkt er, dass ihr nach Vegas zurückzieht.«

Ich beobachte Zoey und merke erst nicht, dass ich dabei die Luft anhalte. Sie soll sagen, dass sie nicht wegziehen. Dass sie beschlossen haben zu bleiben. Aber sie runzelt nur weiter die Stirn.

»Die Brandermittlerin hat ihre Arbeit abgeschlossen«, flüstert sie schließlich. »Offenbar wurde Aceton als Brandbeschleuniger verwendet.«

»Nagellackentferner?«

Zoey nickt. »Meine Mom hat immer welchen da, wegen ihrer Arbeit. Sie ist Friseurin und Kosmetikerin. In unserem Bad stand eine riesige Flasche.« Sie knabbert an ihrer Lippe herum. »Die Feuerwehr meinte, dass sie den Fall nicht schließen, es aber fast unmöglich ist zu beweisen, wer es war.« Die letzten Worte lässt sie in der Luft hängen.

»Hast du Cole gefragt, ob er es getan hat?«

Sie nickt. »Er sagt, er war es nicht. Aber ich glaube, er lügt.«

Wieder schüttelt sie den Kopf und knabbert an ihrer Lippe herum. Sie muss das die ganze Zeit in sich hineingefressen haben. Dass sie sich jetzt ausgerechnet mir anvertraut, zeigt mir, dass sie echt nicht viele Freunde haben kann.

»Aber ich verstehe einfach nicht, weshalb er so was tun sollte.« Ihr bricht die Stimme. »Warum sollte er mein Auto anzünden? Er wusste doch genau, wie hart ich dafür gearbeitet habe.«

»Und wenn er einfach nur herumgezündelt hat?«, schlage ich vor. »Kinder machen so was manchmal.«

»Aber das waren doch nicht ein paar Streichhölzer«, sagt Zoey. »Das war Aceton. Was für ein Kind weiß bitte schön, dass man Aceton als Brandbeschleuniger benutzen kann?«

Ein Handy klingelt, und Zoey schreckt zusammen. Sie kramt in ihrer Tasche danach und mustert stirnrunzelnd das Display. Sie muss sich das Handy von ihrem ersten Lohn gekauft haben. Nachdem sie es ein paarmal hat klingeln lassen, hebt sie ab. »Hallo?« Nach kurzem Warten fährt sie fort: »Wer ist da?« Noch ein paar Sekunden später legt sie wieder auf. Sie wirkt unglücklich.

»Wer war dran?«, frage ich.

Sie starrt das Handy an. »Keine Ahnung. Wer auch immer es ist, ruft immer wieder an. Allein heute drei Mal.«

»Wahrscheinlich nur Spam. Solche Anrufe bekomme ich auch manchmal.«

Zoey erwidert nichts, aber ich kann ihr ansehen, dass ihr etwas auf dem Herzen liegt. »Was ist los?«, hake ich nach.

»Ehe das Auto in Flammen aufgegangen ist, habe ich auch so komische Anrufe bekommen. Drei Stück, alle anonym. Ich weiß nicht, ob mein Vater dahintersteckt, aber es war definitiv jemand am anderen Ende der Leitung. Da ist immer jemand. Ich kann ihn atmen hören.«

»Aber wie sollte er an deine neue Nummer herangekommen sein?«, frage ich.

»Stimmt, du hast recht.« Sie wird rot und stopft das Handy in ihre Tasche zurück. »Ich spinne.«

»Nein«, versichere ich hastig, »du spinnst doch nicht! Ich will nur vermeiden, dass du dir unnötige Gedanken machst.«

Sie nickt und fängt an, ihre Sachen einzusammeln.

Ich möchte nicht, dass sie geht, habe aber keine Ahnung, wie ich sie zum Bleiben bewegen soll. »Robert hat eine Alarmanlage für eure Wohnung besorgt«, sage ich. Robert scheint die Sicherheit von Zoeys Familie ähnlich wichtig zu sein wie mir, und ich hege den Verdacht, dass sein aufopferungsvoller Einsatz mit Gina zusammenhängt. »Die wollte ich später noch installieren. Sie lässt sich via App mit euren Handys verbinden. Wenn sich jemand der Tür nähert, wird ein Bewegungsmelder aktiviert, und ihr erhaltet eine SMS.«

Zoey nickt und murmelt: »Danke.« Dann steht sie auf, und ich folge ihr hastig, während sie die Füße schon in ihre Flip-Flops schiebt. Sie gerät ins Wanken, und ich bekomme sie an der Hand zu fassen. Die kurze Berührung reicht aus, dass die Erinnerungen an unseren Kuss für eine Großexplosion in meinem Kopf sorgen.

Doch Zoey zieht ihre Hand sofort wieder weg, wirft sich die Tasche über die Schulter und macht sich auf den Weg.

Ich jogge ihr hinterher.

# ZOEY

Trotz allem, was passiert ist, trotz all der Verletzungen, die er mir zugefügt hat, habe ich in seiner Gegenwart jedes Mal das Gefühl, endlich frei atmen zu können. Wie ich das hasse!

Ich hätte ihm nie von Cole erzählen dürfen, oder von den Anrufen, die meiner Meinung nach von meinem Vater stammen. Aber es ist so angenehm, mit Tristan zu reden, und sonst habe ich niemandem, bei dem ich mich so öffnen kann. Ich will nur nicht, dass er Will davon erzählt. Will hat auch so schon genug Sorgen, mitten im Kriegsgebiet. Seit zehn Tagen schreiben wir uns E-Mails hin und her, und ich glaube, wir haben wieder so etwas wie ein gemeinsames Fundament unter den Füßen. Ich habe mich entschuldigt, er hat sich entschuldigt. Aber von den Anrufen habe ich ihm nichts erzählt, und auch nicht, was mit Tristan passiert ist – Ersteres, weil Will sowieso nichts tun kann, Zweiteres, weil ich Angst habe, *dass* er etwas tut.

»Soll ich dich irgendwo hinfahren?«, fragt Tristan, als wir die Straße erreichen.

Ich schüttle den Kopf, aber dann bemerke ich, dass ich spät dran bin zur Arbeit und vorher noch nach Hause muss, um kurz zu duschen. Also nicke ich doch und sage:»Ja, zur Wohnung, wenn das geht.«

Er wirft mir den Anflug eines Lächelns zu, und wir laufen weiter bis zu seinem Motorrad. Tristan holt einen Helm aus irgendeinem versteckten Fach und reicht ihn mir. Ich starre den Helm an, als hätte ich so was noch nie gesehen.

»Hier«, sagt Tristan, nimmt mir den Helm wieder ab und setzt ihn mir auf. Ich lasse es schweigend zu, doch als er den Riemen schließt, streifen seine Finger mein Kinn, und ich muss an das letzte Mal denken, als er mein Gesicht berührt hat. Und wo das hingeführt hat. Das hätte ich besser bleiben lassen sollen, denn jetzt starre ich auf seine Lippen, erinnere mich, wie weich sie waren und wie verzweifelt, wie hungrig unser Kuss – als würde uns die Zeit davonlaufen. Ich hatte nicht gewusst, dass sich ein Kuss so anfühlen kann.

Im selben Moment stelle ich mir vor, wie Tristan Brittany küsst, und jeglicher Anflug von Sentimentalität ist dahin. Ich frage mich, ob zwischen den beiden wieder was läuft, seitdem ich ihm gesagt habe, dass ich ihn nicht will. Hat er sie angerufen? Das nächste Sex-Date vereinbart?

»Okay, bist du schon mal auf dem Motorrad mitgefahren?«, fragt er, als er den Helm geschlossen hat.

Ich schüttle den Kopf, der Helm ist so schwer, dass es mir vorkommt, als hätte ich eine Bowlingkugel auf, unter der ich zusätzlich Ohrenschützer trage. Tristan schwingt sein Bein über den Sitz, und der Anblick bringt meinen Magen ins Schlingern. Er fühlt sich so wohl in seinem Körper, seine Bewegungen sind so selbstsicher und fließend. Als er den Lenker umgreift, bemerke ich das Spiel seiner Oberarmmuskeln, und wieder ist da dieses Stechen aus Verlangen und unterdrückter Sehnsucht.

Ich steige hinter ihm auf, bin aber nicht sicher, wo ich meine Füße abstellen soll, sodass sie in der Luft baumeln, bis er nach hinten greift, meine Fessel umfasst und meinen Fuß sanft auf eine Art Bügel stellt. Ich will, dass er mit meinem anderen Fuß dasselbe macht, tut er aber nicht.

Er trägt keinen Helm, und ich will ihn gerade darauf ansprechen, weil mir klar wird, dass ich offenbar den einzigen trage, den er dabeihat, da ruft er mir über die Schulter zu:»Festhalten!«, lässt den Motor aufheulen und fährt vom Parkplatz.

Die Bewegung lässt mich beinahe rückwärts von der Maschine fallen, aber er scheint damit gerechnet zu haben und hält mich von vorn an der Taille fest, während er einhändig lenkt.

Ich sehe mich nach einem Griff um, kann aber nichts entdecken, und als Tristan erneut den Motor aufheulen lässt und die Straße entlangfährt, bleibt mir nichts anderes übrig, als die Arme um seine Taille zu schlingen. Mir ist mit jeder Faser meines Körpers bewusst, dass ich gegen seinen Rücken gepresst werde und meine Oberschenkel hinter seinen klemmen. Durch sein T-Shirt kann ich sein Sixpack spüren und muss daran denken, wie ich genau dieses T-Shirt hochgeschoben habe, um meine Finger über die harte Muskellandschaft darunter gleiten zu lassen. Wie ich gespürt habe, dass er unter meiner Berührung eine Gänsehaut bekam. Als er an einer Ampel bremsen muss, werde ich noch enger an ihn gepresst. Er stellt die Füße auf dem Boden ab, um das Motorrad zu stützen, doch als ich es ihm gleichtun will, legt er die Hand auf mein Bein, direkt über dem Knie. »Bleib so«, ruft er mir zu und deutet dabei auf meine Füße. »Ich mach das schon.«

Dann nimmt er die Hand wieder weg und umfasst den Lenker. Dort, wo er mich berührt hat, kribbelt meine Haut.

Die Ampel schaltet auf Grün, Tristan geht aufs Gas, und auf einmal durchflutet mich ein Glücksgefühl. Da ist ein Lachen in mir, das einfach rauszusprudeln droht. Jetzt verstehe ich sie – Tristans und Wills Begeisterung für Motorräder. Denn das Gefühl ist absolut unvergleichlich, mit Ausnahme vielleicht von meinem Kuss mit Tristan. Der Adrenalinrausch ist derselbe, genauso wie das schwindelerregende Gefühl, einfach loszulassen, alles hinter sich zu lassen. Aber das Schönste daran ist, dass es sich so anfühlt, als würde ich Tristan die Kontrolle überlassen. Ich schließe die Augen, lasse meinen Körper ganz weich gegen seinen sinken. Sein breiter Rücken schützt mich vor dem Wind, und sobald er bremst, werde ich noch enger an ihn gedrückt, doch jetzt leiste ich keinen Widerstand mehr.

Er nimmt den langen Weg nach Hause, aber ich sage nichts, und als wir in unsere Straße abbiegen, drosselt er die Geschwindigkeit, als würde er versuchen, die Fahrt in die Länge zu ziehen. Am liebsten würde ich immer weiterfahren, aber das kann ich ihm ja schlecht sagen, also schließe ich einfach die Augen, atme tief durch und genieße jede einzelne Sekunde.

Als ich die Augen wieder öffne, bemerke ich im Augenwinkel etwas, das mich zur Seite zucken lässt. Das Bike schwankt gefährlich, und Tristan muss kämpfen, um nicht das Gleichgewicht zu verlieren, während ich mich panisch an ihm festklammere.

Mir donnert das Herz in der Brust, und ich zittere am ganzen Körper, als Tristan vor der Wohnanlage zum Stehen kommt. Er dreht den Motor ab, kickt den Ständer nach unten und dreht sich zu mir um. »Alles in Ordnung?«, fragt er besorgt. »Tut mir leid, was da gerade passiert ist ...« Er deutet auf die Straße, wo schwarze Reifenspuren die Stelle markieren, an der wir ins Schlingern geraten sind.

Danach sagt er noch etwas, aber ich kann ihn nicht hören. Ich versuche, den Helm abzunehmen, aber ich hyperventiliere, und meine Finger sind schwerfällig. Tristan hilft mir, öffnet den Riemen, und ich zerre mir den Helm vom Kopf. Dann will ich mein Bein über den Sitz schwingen, um abzusteigen, aber in meiner Panik gerate ich ins Stolpern.

»Vorsichtig«, sagt Tristan und fängt mich gerade noch ab, ehe ich mit dem Bein das kochend heiße Auspuffrohr streife.

Ich wanke rückwärts, fort von ihm, mein Blick zuckt die Straße entlang.

»Tut mir wirklich leid«, wiederholt er. »Du hast dich plötzlich bewegt, damit hatte ich nicht gerechnet. Normalerweise habe ich keinen Beifahrer, und …«

Er glaubt, dass ich wütend bin und ihm die Schuld gebe, weil wir fast einen Unfall gebaut hätten. Ich schüttle stumm den Kopf, weil die Worte wild in mir hin- und herfliegen, alles ist durcheinander. Ich bekomme keinen vernünftigen Satz heraus. Instinktiv gehe ich hinter Tristan in Deckung, sodass mir sein Körper als Schutzschild dient. »N…nein«, stammle ich und starre über seine Schulter hinweg die Straße entlang. »Das war meine Schuld, ich dachte, ich hätte etwas gesehen.«

Tristan folgt meinem Blick, aber da gibt es nichts weiter zu sehen als eine Reihe geparkter Autos vor der nächsten Wohnsiedlung. Niemand, der zwischen den Palmen lauert, die den Gehweg säumen. Niemand, der sich in den Schatten verbirgt.

»Was hast du denn gesehen?«, fragt Tristan.

Ich schüttle den Kopf, versuche, den Schock abzuschütteln. Ich muss mir das eingebildet haben. Fast hätte ich wegen nichts und wieder nichts einen Unfall verursacht.

»Zoey, was hast du gesehen?«, drängt mich Tristan.

Er wird das nicht auf sich beruhen lassen. Mein Blick zuckt wieder zur Straße, zu den Schatten zwischen den Autos, sucht nach einer Bewegung, nach dem Beweis, dass ich nicht drauf und dran bin, den Verstand zu verlieren.

Irgendwann drehe mich wieder zu Tristan. »Ich dachte, ich hätte meinen Dad gesehen«, sage ich.

# TRISTAN

Ich sitze auf meiner Maschine und warte darauf, dass Zoey zurückkommt. Sie war so spät dran, dass ich ihr versprochen habe, sie zur Arbeit zu fahren, nachdem sie geduscht hat.

Erst hat sie die Straße entlanggesehen, dann das Motorrad gemustert, als würde sie ihre Möglichkeiten abwägen, und anschließend genickt.

Nachdem Zoey in ihrer Wohnung verschwunden ist, bin ich die Straße abgegangen, um zu prüfen, ob dort jemand herumlungert, aber da war niemand. Hat sie sich alles nur eingebildet? Oder hat sie tatsächlich irgendetwas gesehen, und ihre Fantasie hat den Rest erledigt? Ihr Vater kann nicht hier sein. Er verstößt gegen seine Bewährungsauflagen, wenn er den Bundesstaat verlässt. Aber was hat es dann mit den Anrufen auf sich, die sie bekommt? Und was will ihr Vater, falls er wirklich hier ist? Ein unangenehmes Ziehen breitet sich in meinem Bauch aus. Ich muss sie beschützen, komme was wolle.

Einige Minuten später kommt Zoey aus ihrer Wohnung gelaufen. Ihr Haar ist noch feucht, und auf ihrem ungeschminkten Gesicht tummeln sich ein paar neue Sommersprossen, die sie sich heute am Strand geholt hat. Sie glüht förmlich, und als ich sie auf mich zukommen sehe, wird mir ganz eng ums Herz. *Du bist so ein beschissener Idiot*, brüllt der Drill Instructor in meinem Kopf. *So ein riesenhaftes, blödes Arschloch!* Zoey ist der schönste Mensch, der mir je begegnet ist, aber ich musste ja unbedingt alles kaputt machen.

Mühsam reiße ich den Blick von ihr los und schwinge mein Bein über die Maschine, um sie zu stabilisieren, während Zoey hinter mir aufsteigt und sich den Helm aufsetzt. Diesmal braucht sie meine Hilfe nicht. Sie sucht ihr Gleichgewicht, dann schlingt sie die Arme um meine Taille, hält dabei aber strengen Abstand zu mir. Trotzdem drehe ich am Rad, weil sie mir so nah ist. Ich kicke den Ständer weg, lasse den Motor aufheulen und spüre, wie sich Zoeys Beine von hinten gegen meine drücken. Im Augenwinkel sehe ich ihren glatten, nackten Oberschenkel und muss dem Drang widerstehen, meine Hand daraufzulegen.

Ein paarmal muss ich bremsen, und die Schwerkraft drückt Zoey gegen meinen Rücken, sodass ich einige gestohlene Sekunden lang ihre Nähe genießen kann, ehe sie wieder auf Abstand geht. Ich versuche, langsam zu bremsen, weil der Körperkontakt erstens die totale Folter ist und mich zweitens so ablenkt, dass ich einen Beinaheunfall nach dem nächsten baue.

Als wir beim Restaurant ankommen, springt sie ab und reicht mir den Helm. »Danke.«

»Soll ich dich nachher wieder abholen?«, frage ich in der Hoffnung, dass sie Ja sagt.

Aber sie schüttelt den Kopf. »Nein, danke, ich komm schon zurecht.«

Ich versuche, mir die Enttäuschung nicht anmerken zu lassen.

Zoey verschwindet im Restaurant, und ich beobachte noch einen Moment lang durch die große Fensterfront, wie sie lächelnd und winkend die Köche und den Rest des Personals begrüßt. Es freut mich für sie, dass sie Freundschaften schließt, aber gleichzeitig bin ich eifersüchtig, weil ich kein Teil ihrer Welt mehr bin. *Was daran liegt, dass du ein Riesenarschloch bist,* brüllt der Drill Instructor.

Ein Teil von mir würde am liebsten den ganzen Abend lang hier sitzen bleiben und darauf warten, dass Zoey Schluss hat, aber erstens ist das vermutlich nicht die beste Lösung, und zweitens ist es wohl an der Zeit, dass ich einen kalten Entzug mache. Denn dass Zoey keinerlei Interesse daran hat zu wiederholen, was sich letzte Woche zwischen uns abgespielt hat, ist ziemlich offensichtlich. Als ich gerade den Motor anlassen will, ruft jemand meinen Namen.

Ich drehe mich um. Es ist Dahlia.

»Hey!« Ich bin überrascht, sie zu sehen. »Was machst du denn hier?«

»Ich bin mit Didi und Jessa verabredet«, erklärt sie. »Wir wollen was essen und dann weiter zu einer Party bei Emma.«

»Emma Rotherham?«, frage ich.

Sie nickt und grinst dabei übers ganze Gesicht. »Ja, sie meinte, ich soll Leute mitbringen. Komm doch auch! Was machst du überhaupt hier?«, fragt sie und schaut genau in dem Augenblick in Richtung Restaurant, als Zoey am Fenster vorbeigeht. »Oh Gott.« Dahlia dreht sich wieder zu mir. »Stalkst du sie etwa?«

»Nein!«, protestiere ich. »Ich hab sie hergefahren, das ist alles. Ich wollte gerade wieder los.«

Dahlia sieht mir irgendetwas an, jedenfalls mustert sie mich scharf. »Ist zwischen euch beiden was vorgefallen?«, fragt sie streng. »Bitte sag, dass du nicht mit ihr geschlafen hast.«

So ist sie, meine Schwester. Direkt wie ein Projektil.

»Hab ich nicht.«

»Aber da war was«, stellt sie fest, ganz die Kommissarin, die einen Verdächtigen auseinandernimmt.

»Nein. Ja. Irgendwie schon.«

»Was denn jetzt? Ja oder nein?«

»Ja.« Ich winde mich, innerlich und äußerlich.

»Was hast du angestellt?«

»Könnte sein, dass ich sie geküsst hab«, sage ich. »Na ja, eigentlich hat sie *mich* geküsst.«

»Aber du hast den Kuss erwidert.«

»Möglicherweise ja«, gebe ich zu.

»Und was ist dann passiert?«

Ich antworte nicht, weil ich Angst habe, dass Dahlia meine Maschine demoliert, wenn sie davon erfährt.

»Was ist passiert?«, knurrt sie.

Sie wird es nicht auf sich beruhen lassen. »Ich hab's versaut, genauso wie du es prophezeit hast.«

»Aber du hast ja wohl nicht mit ihr geschlafen und sie dann sitzen lassen, oder?«, zischt Dahlia.

Ich schüttle den Kopf. »Aber du hattest trotzdem recht. Ich hätte die Finger davon lassen sollen. Ich konnte nicht klar denken.«

»Das Problem ist glaube ich eher, dass du zum Denken nicht dein Hirn benutzt hast, sondern etwas anderes.« Dahlia kommt näher und lehnt sich gegen mein Motorrad. Einen kurzen Moment lang stehen wir einfach so schweigend nebeneinander, und mein Blick wandert wieder durch das Fenster zu Zoey. Auch Dahlia beobachtet sie.

»Kannst du das wieder in Ordnung bringen?«, fragt sie nach einer Weile.

Ich schüttle den Kopf. »Wohl eher nicht.«

Dahlia mustert mich noch einmal eindringlich, aber ich sehe sie nicht an, weil ich den Blick nicht von Zoey lösen kann.

»Au weia«, sagt Dahlia. »So habe ich dich nicht mehr gesehen, seit du das letzte Mal verliebt warst.«

Damit hat sie meine Aufmerksamkeit. Ich sehe sie an. »Wovon redest du? Ich war noch nie verliebt.«

Dahlia grinst mich an. »Miss Cornwell, dritte Klasse.«

Ich muss lachen. »Okay, das eine Mal hatte es mich echt erwischt.« Miss Cornwell war die Welt für mich. Zwanzig Jahre Altersunterschied hin oder her.

»Ich war übrigens auch in sie verknallt.« Dahlia lacht ebenfalls. »Ich glaube, da habe ich verstanden, dass ich Mädchen mag.«

Ich lächle und stupse Dahlia mit dem Ellenbogen an.

»Warum kann es nicht immer so leicht sein?«, fragt Dahlia.

»Was denn?«

»Na, die Liebe. Wenn man klein ist, kommt einem das alles so unkompliziert vor. Man denkt, irgendwann ist man erwachsen, verliebt sich in jemanden, und dieser Jemand liebt einen dann zurück und man bleibt glücklich bis ans Ende aller Tage. Aber so läuft es leider nie, stimmt's?« Sie seufzt und lehnt den Kopf gegen meine Schulter.

»Stimmt«, erwidere ich leise und sehe Zoey an, die ein Getränketablett an einen Tisch bringt.

Dahlia seufzt erneut und richtet sich auf. »Komm doch heute Abend. Auf die Party.«

Ich schüttle den Kopf. »Ich muss morgen früh raus, zur Arbeit. Leute vorm Ertrinken retten.«

Dahlia wirft mir einen Bettelblick zu. »Ach, komm schon. Auf dem College hast du die Nächte mit mir durchgefeiert und bist am nächsten Morgen direkt zum Footballtraining gegangen. Du hast deine Abschlussprüfung mit Bravour bestanden, obwohl du in der Nacht davor kein Auge zugetan hast.«

Ich lache in mich hinein. Das war mal. Inzwischen laufen die Dinge anders. Inzwischen bin ich erwachsen geworden.

# ZOEY

Auch wenn das echt schräg klingt: Heute bin ich zum ersten Mal Feiern, seit ich zehn war und Michaela Gemballa zu ihrem Geburtstag eine Pyjamaparty gegeben hat, auf der wir gemeinsam einen Kriminalfall gelöst haben. Alle fanden die Idee toll, bis auf mich. Denn während die anderen Mädchen rumliefen und herauszufinden versuchten, wer der Mörder war, musste ich daran denken, wie mein Dad eine Woche zuvor meine Mom halb totgeschlagen hatte.

Die Musik wummert. Sie stammt nicht von einer Playlist, sondern von einem richtigen DJ, der hinter einem Pult neben dem mit Fackeln beleuchteten Pool steht. An den Palmen im Garten hängen Lichterketten und Lampions und Laternen, und darunter wurde eine Bar aufgebaut, an der Kellner in weißen Hemden mit hochgekrempelten Ärmeln Cocktails mixen und Schnapsflaschen durch die Luft wirbeln.

Ich sehe mich die ganze Zeit über mit großen Augen um, noch nie bin ich in einem so riesigen Haus gewesen. Es muss mindestens acht Schlafzimmer und genauso viele Bäder haben, und das Eingangstor ist schmiedeeisern und sechs Meter hoch, mit Sicherheitskameras und einem Zahlenfeld daneben. Darum beneide ich Emma Rotherham am meisten: um das Tor und die ganze Sicherheit.

»Willst du was trinken?«, fragt mich Dahlia.

Ich zucke mit den Achseln und zupfe verlegen an meinem Kleid herum, das mir viel zu kurz und eng vorkommt.

Dahlia entgeht meine Unsicherheit nicht. »Du siehst toll aus«, versichert sie mir. »Die Farbe steht dir echt gut.«

Es ist eins von Emmas Kleidern – blau, hauteng und mit Cutouts an der Taille. Vor einer Woche hätte ich mich im Leben nicht getraut, so was anziehen, und wenn ich gewusst hätte, dass die Party, auf die Dahlia und die anderen mich nach der Arbeit mitgeschleppt haben, bei Emma stattfindet, hätte ich es garantiert auch heute nicht angezogen. Was, wenn sie es wiedererkennt? Aber Dahlia hat mich vorhin nach oben gebracht und mir Emmas begehbaren Kleiderschrank gezeigt, der ungefähr so groß ist wie unsere Wohnung und vollgestopft mit Kleiderständern voller Sachen. Sie hat mir versichert, dass es Emma erstens nicht auffallen wird und zweitens auch egal wäre. Offenbar ist sie nur auf der Leinwand eine Zicke und im wahren Leben sehr nett.

Ich sehe mich im Garten um. Hunderte Leute sind da, tanzen, machen rum, posieren für Instagram-Fotos. Ich fühle mich wie eine Außenseiterin – alle hier sind so glamourös und modeltauglich und scheinen sich in dieser Welt zu Hause zu fühlen. Aber dann zieht mich Dahlia in Richtung Bar, und ich sehe Jessa und Didi, die mich anlächeln und uns zu sich winken. Und da wird mir klar, dass meine Unsicherheit womöglich nur Einstellungssache ist und ich mich einfach mal um eine andere Perspektive bemühen sollte. Schließlich ist das hier doch ganz genau, was ich wollte: neue

Freunde und ein neuer Anfang. All die Gedanken an meinen Dad und Tristan können draußen warten, vor dem schmiedeeisernen Tor. Ich werde mich später wieder um sie kümmern.

»Hier«, sagt Didi, als wir an der Bar ankommen, und reicht mir ein Glas mit knallorangefarbenem Inhalt und einem Papierschirmchen drin.

»Was ist das?«, frage ich. Sieht aus wie Flüssig-Cheetos.

»Nur ein kleines Gebräu, das ich auf den Namen ›Didi Surprise‹ getauft habe. Hat der Barkeeper extra für uns gemixt.«

»Didi Surprise, so, so«, murmelt Jessa skeptisch, als Didi auch ihr ein Glas davon reicht. »Und was ist die Überraschung?«

»Jetzt probiert doch einfach.« Didi hält das letzte Glas Dahlia hin, die die Augenbrauen hebt.

»Was ist das grüne Zeug, das am Boden schwimmt? Ist da Alkohol drin?«, fragt Jessa.

»Vielleicht.« Didi zwinkert. »Nur ein Schuss.«

Jessa gibt ihr das Glas zurück.

»Warum trinkst du das nicht?«, fragt Didi und mustert sie fragend.

Jessa wird rot, und während ich zwischen den beiden hin- und herblicke, frage ich mich, ob Didi tatsächlich nichts von der Schwangerschaft weiß. So wie sie Jessa ansieht – mit diesem wissenden Zwinker-Zwinker-Na-los-mach-schon-Blick –, weiß sie es sehr wohl, und die ganze Sache mit den Drinks war nur ein Trick, um Jessa dazu zu bewegen, es endlich offen zuzugeben.

»Okay, gut, ich bin schwanger.« Jessa lächelt, die Katze ist aus dem Sack.

Didi wirft die Hände in die Luft, lacht auf und zieht Jessa dann in eine feste Umarmung. »Ha! Wusste ich's doch!«

»Und in der wievielten Woche?«, fragt Dahlia, die fast genauso aufgeregt wirkt wie Didi.

»Achtzehnte. Wir wollten es eigentlich noch keinem sagen, weil wir Angst hatten, dass die Presse Wind davon bekommen könnte.«

»Bei mir ist dein Geheimnis sicher«, versichert Didi, die immer noch wie eine Robbe in die Hände klatscht und dabei vor Glück quietscht. Dann reicht sie Jessa ein Glas Mineralwasser und stößt mit ihr an. »Auf Babys! Und aufs Babys-Machen!«, sagt sie, dann fügt sie hinzu: »Ich werde ja wohl die Patentante, oder?«

»Natürlich!«, erwiderte Jessa lachend, was bei Didi die nächste Runde aufgeregter Quietscher auslöst.

Didi dreht sich zu mir, wir stoßen auf Jessa und das Baby an, und ich nehme einen Schluck von dem Cheeto-Saft. Das Zeug schmeckt nicht ansatzweise so schlimm, wie es aussieht, und der Alkohol steigt mir sofort zu Kopf. Schon nach dem nächsten Schluck lockern sich die Knoten in meinen Schultern, und ich muss lächeln. Ich hatte gar nicht gemerkt, wie angespannt ich war.

Ich weiß, dass ich mich besser zurückhalten sollte, weil ich kaum etwas vertrage, aber ich nippe trotzdem immer wieder an meinem Glas, und es dauert nicht lang, bis sich all die Sorgen, die ich mit mir herumtrage, in Luft auflösen – fast so schnell, wie der Drink durch meinen Strohhalm verschwindet. Ich sehe mich um, mustere die wirbelnden Farben, die lachenden Menschen, und komme mir vor wie Alice im Wunderland. Ich bin in ein Kaninchenloch gefallen, und mein Drink ist ein Zaubertrank, durch den ich mich größer fühle und mehr Selbstbewusstsein habe. Außerdem befindet sich der Drink in einem Glas, das sich auf magische Weise immer wieder von selbst auffüllt. Als ich Dahlia darauf aufmerksam mache, nimmt sie mir das Glas ab und fragt mich, wie viel ich schon getrunken habe.

»Weiß nicht genau«, gestehe ich.

»Zoey muss sich dringend mal amüsieren«, verteidigt sich Didi. »Ein bisschen aus sich rauskommen.«

Jessa, vermutlich die Einzige von uns, die noch nüchtern ist, wirft mir ein Lächeln zu. »Alles in Ordnung?«, fragt sie.

Ich nicke grinsend. »Aber so was von in Ordnung!«

»Komm, wir tanzen!«, unterbricht uns Didi und zieht mich auf die Tanzfläche.

# TRISTAN

Als ich vorfahre, wummert die Musik so laut, dass das ganze Haus bebt. Die Auffahrt ist vollgestopft mit Autos, und die Haustür steht offen. Drinnen und draußen schlendern Leute herum. Die meisten sind betrunken oder high oder beides, und als ich auf der Suche nach Dahlia den Kopf durch die Tür stecke, sehe ich im Wohnzimmer einige Paare, die genauso gut auch gleich Sex haben können. Ich dränge mich durch die überfüllte Küche und weiter auf eine Terrasse, die an einen Pool voller Leute grenzt. Wenn ich nicht wüsste, dass hier gerade eine Party gefeiert wird, würde ich in Anbetracht der schrillen Schreie und wild herumplantschenden Gliedmaße befürchten, dass sich ein Hai ins Becken verirrt hat.

Als mir ein paar Mädchen auf der Terrasse schöne Augen machen und mich fragen, ob ich was zu rauchen habe, schüttle ich den Kopf. Vor einem Monat wäre ich stehen geblieben und hätte mich mit ihnen unterhalten – ach was, vermutlich wäre ich schon längst in den Pool gesprungen. Aber heute habe ich kein Interesse. Ich rufe Dahlia an, doch sie geht nicht dran. Wo steckt sie denn nur?

Mein Blick landet auf einem Mädchen, das sich mitten auf der Tanzfläche befindet. Es ist, als würde sie aus reinem Licht bestehen, so sehr überstrahlt sie alle um sich herum. Sie tanzt, nur für sich, hat die Welt um sich herum vergessen. Die Welt allerdings hat keine Chance, *sie* zu vergessen. Ihr Kleid klebt an ihr wie eine zweite Haut, betont ihre unglaubliche Figur: athletisch und geschmeidig wie die einer Tänzerin. Und dann, ganz plötzlich, begreife ich, dass es sich bei dem Mädchen um Zoey handelt, und mir klappt die Kinnlade herunter. Danach dauert es noch mal ein paar Sekunden, bis die Information vollständig bei mir ankommt. Ihr Haar, das sie sonst immer hochbindet, trägt sie heute offen. Es bildet einen Heiligenschein aus wilden Locken um ihren Kopf. Und wenn ich mich nicht irre, trägt sie sogar Make-up.

Bestimmt zwei, drei Minuten lang starre ich sie einfach nur fassungslos an. Zoey ist die Sonne, und wir anderen sind nichts weiter als Planeten, die nur dann strahlen, wenn ihr Licht auf uns fällt. Ihre Bewegungen wirken total frei – furchtlos, ungehemmt. Der Kontrast zu ihrem sonstigen Verhalten ist so riesig, dass mir der Anblick den Atem raubt. Als ob sie eine Art Metamorphose durchlaufen hat.

Jemand rempelt sie an, und sie stolpert, verliert kurz das Gleichgewicht und muss kichern. Ob sie betrunken ist? Instinktiv will ich zu ihr, um sie aufzufangen, aber ein Typ, der neben ihr tanzt, hat sie schon am Arm gepackt, um sie zu stützen, und auch das bringt sie zum Lachen. Sie so fröhlich zu sehen, lässt mein Herz flattern, aber gleichzeitig versetzt es mir einen Schlag in die Magengrube, dass jemand anders sie zum Lachen bringt. Der Typ plaudert mit ihr und gafft dabei so offensichtlich, dass ich ihm am liebsten den Hals umdrehen würde.

Er ist einer von diesen Schauspielertypen, markantes Kinn, ein Gesicht wie eine Ken-Puppe, ein blaues Hawaiihemd, das er strategisch so weit aufgeknöpft hat, dass man die dicke Goldkette sieht, die um seinen Hals baumelt. Er gibt Zoey die Hand, und während sie sie schüttelt, beugt er sich vor, um ihr irgendwas zu sagen, und sie wirft den Kopf in den Nacken und lacht noch mehr. Meine Hände ballen sich zu Fäusten, und ich fahre auf dem Absatz herum. Ich muss hier raus. Sofort. Weil ich sonst nämlich gleich da rüber marschiere, den Typen in den Pool schmeiße und abwarte, ob die Goldkette so schwer ist, dass er untergeht.

»Hi!«

Dahlia taucht vor mir auf. Ihre Wangen sind gerötet, und sie wirkt aufgeregt, so als sei sie gerade Achterbahn gefahren.

»Hey«, murmle ich. »Ich hab dich gesucht.«

»Tut mir leid, dass ich dich so spät noch angerufen habe«, sagt sie atemlos. »Aber mein Wagen springt nicht an. Liegt wahrscheinlich an der Batterie.«

»Und hier ist niemand, der dich nach Hause fahren kann?« Sie soll ruhig kapieren, wie genervt ich bin. »Da draußen vor der Tür steht die reinste Formel-1-Flotte! Du hättest garantiert wen gefunden, der dich mitnimmt.«

»Oh, auf die Idee bin ich gar nicht gekommen«, erwidert sie unbekümmert.

Schnaubend schiebe ich mich an ihr vorbei. »Na, dann komm, ich seh mir das mal an. Vermutlich müssen wir uns ein Kabel leihen. Bist du sicher, dass es an der Batterie liegt?«

»Nö. Könnte auch der Verpuffer sein.«

»Meinst du den Vergaser?«

»Ja, genau, das Dings da halt.«

»Du bist ja sturzbesoffen«, sage ich.

»Nein! Na ja, okay, ein bisschen vielleicht.«

213

»Dann kannst du sowieso nicht mehr fahren.« Inzwischen bin ich richtig sauer. »Los, her mit dem Schlüssel.«

Dahlia verdreht die Augen. »Ich habe überhaupt nicht vor, heute noch zu fahren. Ich schlaf heut Nacht einfach hier.«

»Und warum hast du mich dann angerufen?« Manchmal könnte ich sie echt umbringen.

Sie schneidet eine Grimasse, dann zuckt sie mit den Achseln. »Komm, wir tanzen ein bisschen.«

Ich schüttle ihre Hand ab. »Ich will aber nicht tanzen.« Und ich will auch nicht in Richtung Tanzfläche schauen, obwohl ich zu gern wüsste, ob Ken noch mit Zoey redet. Was, wenn sie sich gar nicht mehr unterhalten, sondern schon rummachen?

»Warum denn nicht?«, drängelt Dahlia. »Jetzt, wo du schon mal hier bist, kannst du genauso gut bleiben und ein bisschen mitfeiern. Ach, komm schon …«

Das Licht, das mir plötzlich aufgeht, hat was von einem Flutscheinwerfer. »Du hast das mit Absicht gemacht!« Jetzt bin ich nicht mehr sauer, sondern stinkwütend. »Mit deinem Auto ist gar nichts, oder?«

Dahlia wirft mir etwas zu, das sie vermutlich für ein gewinnendes Lächeln hält. »Nein … Aber ich habe es geschafft, dass du herkommst. Und schau mal: Da drüben ist Zoey …« Sie weist auf die Tanzfläche, aber ich weigere mich hinzusehen.

»Warum hast du deine Meinung über Zoey und mich plötzlich geändert? Bis jetzt hast du mich immer nur davor gewarnt, was mit ihr anzufangen!«

Dahlia verzieht das Gesicht wie jemand, der weiß, dass er Mist gebaut hat. »Okay, es tut mir leid. Ich hab mich geirrt. Mir war einfach nicht klar, wie sehr du sie magst. Oder wie sehr sie *dich* mag. Ich hätte mich nicht einmischen dürfen, das stand mir nicht zu.«

Ich mahle mit den Kiefern. Dahlias Geständnis kommt eindeutig zu spät. Aber das spielt jetzt auch keine Rolle mehr. »D, ich hab dir doch schon gesagt, dass … Aus Zoey und mir wird nichts. Eher taucht der Papst hier auf und hopst nackig in den Pool. Wenn das alles ist, würde ich jetzt gern wieder gehen.« Ich lasse sie stehen und schiebe mich – in der Hoffnung, dass Dahlia mich in der Menschenmenge verliert – zurück ins Haus.

In der Eingangshalle holt sie mich ein. »Bitte geh nicht«, wiederholt sie.

Ein Mädchen mit einem weißblonden Pixie-Cut und großen braunen Augen schwebt die Treppe herunter und unterbricht uns. »Gehst du schon?«, fragt sie Dahlia.

Ich kenne Emma Rotherham von Plakaten und aus Filmen, bin ihr aber noch nie leibhaftig begegnet. Sie ist wunderschön. Winzig. Ätherisch wie eine Elfe.

»Ach, ich versuche nur, meinen Bruder zu überzeugen, dass er noch ein bisschen bleibt«, sagt Dahlia. Dann sieht sie mich an. »Tristan, das ist Emma.«

Emma reicht mir die Hand, und es wirkt fast so, als würde sie erwarten, dass ich einen Kuss draufhauche, aber ich schüttle sie einfach nur. »Freut mich.«

»Und *mich* erst.«

Sie ist es eindeutig gewöhnt, von allen hofiert und bewundert zu werden, aber ich bin heute nicht in der Stimmung für die Rolle des beeindruckten Fans.

»Warum willst du denn schon wieder weg?«, fragt Emma. »Die Party hat doch gerade erst richtig angefangen.«

»Ich hab was zu erledigen«, erwidere ich.

»Und was?« Sie neigt den Kopf zur Seite.

»Meine Baseballkartensammlung sortieren.«

Emma glaubt, dass ich einen Witz reiße, und kräuselt amüsiert die Nase, dabei war das mein Ernst. Wenn ich nicht schlafen kann, sortiere ich meine Plattensammlung und meine Baseballkarten.

»Gehst du auch?«, fragt sie Dahlia.

Dahlia schüttelt den Kopf. »Auf keinen Fall! Ich feier doch immer bis zum Schluss mit.«

Emma wirft ihr ein Lächeln zu. »Das hoffe ich doch.« Dann wirft sie ihr einen langen, bedeutsamen Blick zu, und die Wangen meiner Schwester nehmen die Farbe von gekochtem Hummer an.

Als ich zwischen den beiden hin- und hersehe, geht mir das nächste Licht auf. Emma Rotherham steht auf meine Schwester. Und wie es aussieht, steht meine Schwester auch auf sie.

Irgendwann löst Emma den Blick von Dahlia, legt mir eine Hand auf den Arm und schenkt mir ein strahlendes Lächeln. »Es war schön, dich kennenzulernen, Tristan.«

»Ebenso«, erwidere ich, aber sie hört mir gar nicht richtig zu. Dafür ist sie viel zu beschäftigt damit, Dahlia anzuhimmeln.

# ZOEY

Didi und Jessa müssen aufs Klo und bestehen darauf, dass ich mitkomme, was mir nur recht ist, weil dieser Typ, dessen weiße Zähne mit seiner Goldkette um die Wette funkeln, immer weiter auf mich einredet, obwohl ich einfach nur tanzen will.

Als Kind hatte ich Tanzunterricht – Ballett und Jazz –, aber damit war Schluss, als ich elf war. Dad wollte die Stunden nicht mehr bezahlen. Doch hier, auf der Tanzfläche, kann ich mich plötzlich wieder erinnern, wie befreiend sich das immer angefühlt hat.

Didi und Jessa schieben mich in die Küche. Ich bin schweißnass vom Tanzen, das Kleid klebt an mir fest, als hätte ich mich in Frischhaltefolie gewickelt, aber gerade ist mir alles egal. Jessa zieht mich zum Kühlschrank und reißt ihn auf.

Als ich feststelle, dass er mit jeder erdenklichen Art von Wasser gefüllt ist, mache ich große Augen. Dutzende schlanker Glasflaschen enthalten Quellwasser, basisches Wasser, pH-neutrales Wasser und … was ist denn bitte Kristall-Geysir-Wasser?

Jessa mustert bestürzt den Kühlschrankinhalt, dann schnappt sie sich die nächstbeste Flasche. »Ein Schlückchen Wasser aus einem artesischen Brunnen gefällig?«

Ich zucke mit den Achseln. »Okay.«

Didi gesellt sich mit einem Teller zu uns, auf dem sich Miniburger stapeln, die sie uns anbietet. »Krasser Kühlschrank«, murmelt sie beeindruckt. »Ist da echt nichts anderes als Wasser drin?« »Doch.« Jessa deutet aufs Gemüsefach. »Salat gibt es auch.« Dann schließt sie die Kühlschranktür. »Wir sollten hier nicht rumspionieren, das gehört sich nicht.«

Ich stopfe mir einen Burger in den Mund. »Lecker«, sage ich mit vollem Mund und muss plötzlich daran denken, dass Tristans Suche nach dem perfekten Burger hier vielleicht enden würde, auch wenn es sicher Punktabzug für die Größe geben würde.

»Kommt, wir gehen«, verkündet Didi mit einem Blick auf die Uhr und zieht Jessa und mich aus der Küche in die Eingangshalle.

»Und wohin?«, frage ich und werfe einen Blick zurück. Die Party liegt genau in der entgegengesetzten Richtung, und ich hätte wirklich nichts dagegen, den Kellner mit den Burgern aufzustöbern, weil ich ganz plötzlich einen Bärenhunger bekommen habe. Außerdem plagt mich auf einmal ein Schluckauf.

»Hier lang«, sagt Didi und marschiert durch die Halle zur Haustür. »Da draußen ist was, das ich dir gern zeigen würde.«

»Drauß…« Das Wort bleibt mir im Hals stecken, genauso wie mein Schluckauf. Denn da, am Fuß der geschwungenen Treppe, steht Tristan, gemeinsam mit Dahlia. Sie unterhalten sich mit einer zierlichen Blondine, die ich auf Anhieb erkenne: Emma Rotherham. Mein Blick senkt sich auf ihre Hand, die auf Tristans Arm ruht. Sie lächelt bewundernd zu ihm hoch, so als sei sie der Fan und er der Filmstar.

»Ich geh wieder tanzen«, murmle ich, mache kehrt und drängle mich zurück in Richtung des dröhnenden Beats.

»Hey, warte!« Didi packt mich am Arm, ehe ich auch nur die Küche erreicht habe. »Bleib doch da.«

Mein Blick wandert zwischen Jessa und ihr hin und her. Der Alkohol mag meine Denkfähigkeit verlangsamt haben, aber so sehr dann auch wieder nicht. »Habt ihr ihn hier herbestellt?«, frage ich und bemerke zu spät, dass ich dabei wild in Tristans Richtung gestikuliere. »Habt ihr, oder?«

»Tristan mag dich«, sagt Jessa.

»Aber sicher doch.« Ich beobachte, wie er mit Emma spricht. Der Typ springt einfach nur von einem Mädchen zum nächsten, und ich fasse nicht, dass auch ich fast auf ihn reingefallen wäre.

»Und wir wissen, dass du ihn auch magst«, fügt Didi hinzu.

»Erstens irrt ihr euch da«, erwidere ich, »und zweitens sieht es ganz danach aus, als hätte er sich bereits umorientiert.«

Stirnrunzelnd folgt Didi meinem Blick zu Tristan und Emma. »Was? Ach so, nein, das ist nicht so, wie es aussieht.«

Tristan redet inzwischen nicht mehr mit Emma, die jetzt Arm in Arm mit Dahlia davonschlendert, sondern sieht mich an. Unsere Blicke begegnen sich, und es ist, als würde ein Blitz durch meinen Körper fahren. Ich erkenne das Verlangen in seinen Augen, aber auch, wie verletzt er ist.

Dann macht er kehrt und geht zur Haustür, und während ich ihm nachsehe, fällt mir wieder ein, was meine Mutter gesagt hat. Dass ich glaube, alle Männer seien wie mein Vater.

Vielleicht haben sie ja recht – Mom, Jessa und Didi. Vielleicht sollte ich nicht so stur sein und auf sie hören.

»Ich hätte Kit am Anfang unserer Beziehung fast verloren, weil ich mich zu sehr von meiner Angst habe leiten lassen«, unterbricht Jessa meine Gedanken. »Aber am Ende hab ich beschlossen, das Risiko einzugehen und auf mein Herz zu hören, und das war die beste Entscheidung meines Lebens.« Sie tätschelt ihren Bauch.

»Bei Walker und mir war es übrigens genauso«, wirft Didi ein.

»Wenn ich eins weiß, dann dass das Leben kurz ist. Man muss jeden Tag leben, als sei es der letzte, sonst hat man am Ende das Gefühl, alles verpasst zu haben.«

»Aber …«, setze ich an, »… was, wenn es schiefläuft?«

»Das muss ja nicht gleich heißen, dass du an Märchen glauben sollst«, sagt Didi sanft. »Aber auf die Horrorgeschichten solltest du genauso wenig hören.«

# TRISTAN

Ich kicke den Motorradständer hoch und lasse die Maschine aufheulen, dann jage ich die Einfahrt runter, dass der Kies auffliegt.
Das Tor zur Straße ist geschlossen, und ich muss warten, bis der
Sicherheitsmann es öffnet. Gerade als ich Gas geben will, höre ich
jemanden schreien und drehe mich um. Was ist da los?

Es ist Zoey.

Mit den Schuhen in der Hand läuft sie mir barfuß hinterher. Ich
reiße mir den Helm vom Kopf, habe plötzlich Angst, dass etwas
Schreckliches passiert ist. Warum sonst sollte sie sich so benehmen?

»Tristan!«, ruft sie.

»Was ist los?«, schreie ich in aufkeimender Panik zurück.

Zoey kommt schlidddernd und atemlos neben mir zum Stehen.

»Was ist los?«, wiederhole ich, als ich die Panik in ihrem Blick
bemerke.

Sie ringt nach Luft. »Ich … ähm … Ich wollte nur …«

Und dann schlingt sie mir die Arme um den Hals, und ehe ich
etwas sagen kann, drückt sie ihre Lippen auf meine.

Ich bin so überrascht, dass ich fast seitlich von der Maschine falle,
doch es gelingt mir gerade eben so, das Gleichgewicht zu halten.

Wie von selbst schlingen sich meine Arme um Zoey, als hätte ich Angst, dass sie es sich doch noch anders überlegt und wieder abhaut. Es geht einfach nicht anders, ich muss lächeln. Dann spüre ich, dass auch Zoey gegen meine Lippen lächelt, was mich dazu bewegt, sie noch fester an mich zu ziehen und noch heftiger zu küssen.

Nach einer Weile löse ich mich von ihr, aber nur ein paar Zentimeter weit, und sehe sie an. Ich will fragen, warum sie es sich anders überlegt hat, aber wir werden durch lautes Hupen unterbrochen. Ein Auto versucht, an uns vorbeizukommen, und der Fahrer hupt erneut ungeduldig. Ich drehe mich um. »Hey, wir haben hier gerade einen Nicholas-Sparks-Moment. Könnt ihr bitte kurz warten?« Ich schaue Zoey an. »Willst du noch bleiben?«, frage ich.

Sie schüttelt den Kopf. »Nein, bring mich nach Hause«, flüstert sie.

# ZOEY

Auf dem Heimweg schlinge ich die Arme fest um Tristans Oberkörper und stütze das Kinn auf seine Schulter. In den Kurven lasse ich mich gegen ihn sinken, und jedes Mal, wenn er bremst, drücke ich mich an ihn. Diesmal wünschte ich, die Fahrt würde nur ein paar Sekunden dauern statt einer halben Stunde.

Als Tristan schließlich vor unserer Wohnanlage parkt und wir absteigen, wissen wir einen Moment lang beide nicht so richtig, wie es jetzt weitergehen soll, wir stehen einfach nur da und sehen einander an.

Tristan wirkt nervös.

»Willst du …«, fängt er an, verstummt dann aber wieder.

Ich erlöse ihn von seinem Elend, nehme seine Hand und ziehe ihn zu seiner Wohnung. Kaum hat er die Tür hinter uns geschlossen, drückt er mich von innen dagegen. Ich schlinge die Arme um seinen Hals, und unser Kuss fühlt sich an, als würden wir in der Ewigkeit versinken. Aber irgendwann müssen wir Luft holen, und Tristan schiebt mich ins Wohnzimmer. Es ist das erste Mal, dass ich mich richtig in seiner Wohnung umsehen kann: deckenhohe Regale voller Bücher und Schallplatten. Bücher! Ich bin verlockt, sofort zu ihnen zu stürzen wie zu lang verschollenen Freunden, aber das kann warten.

Mein Herz pocht heftig, mein Körper vibriert förmlich.

Tristan beobachtet mich aufmerksam, und ich weiß genau, dass er sich fragt, wie es jetzt weitergehen soll.

»Möchtest du ... ähm ... vielleicht was trinken?«, fragt er.

Ich zögere, dann schüttle ich den Kopf.

»Wollen wir einen Film ansehen?«, schlägt er vor, räuspert sich und deutet mit dem Kopf auf einen Stapel alter DVDs auf dem Boden neben dem Fernseher.

Wieder schüttle ich den Kopf und muss mir ein Grinsen verkneifen, weil ich mir beim besten Willen nicht vorstellen kann, dass er gerade ernsthaft Lust hat, sich mit mir *Indiana Jones* anzusehen.

»Und was möchtest du dann machen?«, fragt er leise, und mir wird klar, dass er auf diese Weise herauszufinden versucht, wie weit ich gehen will. Und wie schnell.

Anstelle einer Antwort schlinge ich ihm die Arme um den Hals und ziehe ihn zu mir herab, bis sich unsere Lippen berühren. Ich weiß nur eins: dass ich nicht denken will, sondern fühlen. Ich will *ihn*, will ihn ganz. Doch da spüre ich, wie er sich plötzlich in meiner Umarmung anspannt. So als ob ihm gerade etwas Wichtiges eingefallen sei. Er weicht etwas zurück und sieht mich an. »Wie betrunken bist du?«, fragt er.

»Ich bin nicht betrunken«, erwidere ich.

Er wirft mir einen skeptischen Blick zu.

»Na gut, vielleicht ein kleines bisschen«, gebe ich zu.

Mit einem tiefen Seufzer löst er sich von mir. »Ich finde, wir sollten es langsam angehen lassen, Zoey«, sagt er. »Ich will das zwischen uns nicht schon wieder versauen. Ich will nicht, dass du dich benutzt fühlst. Und vor allem will ich nicht, dass du irgendwas tust, das du morgen früh bereust.«

»Aber was sollte ich denn bereuen?«, flüstere ich und versuche, ihn wieder zu küssen. Doch er lässt sich nicht darauf ein.

»Zo«, sagt er. »Ich mein das ernst.«

Ich runzle die Stirn. »Ich auch.«

»Ich glaube wirklich nicht, dass wir miteinander schlafen sollten.«

Mir schießt die Schamesröte ins Gesicht. »Okay«, murmle ich. Seine Worte fühlen sich an wie eine Abfuhr, und ich will mich schon wegdrehen, aber er hält mich an den Schultern fest.

»Versteh das nicht falsch. Ich würde nichts lieber tun, als mit dir zu schlafen. Aber ich möchte warten, bis du dir ganz sicher bist, dass du mir vertrauen kannst. Es soll was Besonderes sein.«

»Okay«, murmle ich verunsichert, weil ich nicht verstehe, was er mir damit sagen will. Seine Hände gleiten von meinen Schultern. Mein Blick fällt auf den DVD-Stapel. Heißt das, wir schauen doch *Indiana Jones*? Aber Tristan nimmt meine Hand, ehe ich zum Sofa gehen kann, und führt mich den kurzen Flur entlang in sein Schlafzimmer. Meine Verwirrung wird nicht besser, als er mich aufs Bett drückt und sich über mir abstützt. »Also …«, flüstert er und küsst mich sachte. »Was willst du?«

Was ich will? Wie meint er das?

»Sag es mir«, flüstert Tristan.

Jetzt verstehe ich wirklich gar nichts mehr.

»Dass wir nicht miteinander schlafen, muss ja nicht heißen, dass wir alles andere auch sein lassen. Also, sag mir, was du willst.«

Ich atme die warme Luft ein, die er gerade ausgeatmet hat. »Ich weiß nicht«, stottere ich. »Ich …« Die schlichte Wahrheit lautet, dass mir diese Frage noch nie jemand gestellt hat. Jedenfalls kein Typ. Ich meine, bisher hat es ja sowieso nur einen Typen gegeben, und dem war vollkommen egal, was *ich* wollte.

Tristans Gesicht schwebt direkt über meinem. Unverwandt sieht er mich an.»Ich glaube, du bist es nicht gewohnt, gefragt zu werden, was du willst. Du hast so lange die Bedürfnisse anderer vor deine eigenen gestellt, dass du gar nicht mehr weißt, was du selbst brauchst.«

Ich will protestieren, doch er schneidet mir das Wort ab.»Zo, es ist dir immer schon schwergefallen, Hilfe anzunehmen, und daran hat sich bis heute nichts geändert, das hab ich gleich gemerkt. Aber jetzt geht es mal um dich.«

Wärme durchströmt meinen Körper. Vielleicht liegt das an der Art, wie er meinen Namen sagt, ihn zu »Zo« abkürzt. Vielleicht liegt es aber auch daran, dass ich etwas ganz anderes erwartet hatte als das hier. Nur dass das hier viel … besser ist. Bedeutsamer.

»Und?«, fragt er wieder. Seine Augen schimmern.»Möchtest du, dass ich dich küsse?«

Ich nicke.

Da küsst er mich ganz zart an der Stelle, wo Ohr und Hals aufeinandertreffen. Dann meinen Hals weiter unten, näher an meinem Schlüsselbein. Ich schaudere.

Und nicke noch mal.

Er küsst mich wieder dorthin, dann auf die Lippen, und lässt dabei langsam die Hand über mein Kleid gleiten, zeichnet Zentimeter für Zentimeter meine Taille, meine Hüfte nach. Als er aufhört und mich ansieht, habe ich das Gefühl, seit einer Ewigkeit nicht mehr Luft geholt zu haben. Tristan achtet genau auf meinen Gesichtsausdruck, meine nicht vorhandene Atmung, während er mit den Fingerspitzen über meine nackten Oberschenkel fährt.

Dann streift er mir das Kleid ab und legt sich neben mich, scheint meinen Anblick tief in sich aufzusaugen. Wieder schaudere ich, obwohl mir gar nicht kalt ist.

Tristan sieht mich auffordernd an, will, dass ich etwas sage. Aber ich weiß nicht, was. Und selbst wenn, würde ich nicht die richtigen Worte finden. Er streicht den Spitzenbesatz an meinem BH entlang. Vermutlich sollte ich mich jetzt befangen fühlen. Immerhin ist das hier Tristan, Wills Freund. Und tatsächlich fühle ich mich ausgeliefert, verletzlich. Nur dass mir dieses Gefühl keine Angst macht, sondern aufregend ist.

Wieder küsst er mich, und ich beiße ihm in die Unterlippe, spüre die Wärme, die von seinen Händen ausgeht. Als ich mich an ihn drücke, stöhnt er auf, und ich frage mich, ob er tatsächlich so kontrolliert ist, wie er gern glauben möchte. Ich ziehe an seinem T-Shirt, lasse die flachen Hände über seine feste Brust, seinen glatten Rücken gleiten, nehme ihn durch meine Berührungen ganz in mich auf, so wie er es gerade mit mir getan hat. Und dann, endlich, gibt er nach und zieht sein T-Shirt aus, öffnet geschickt meinen BH und zieht mich an sich, sodass wir Haut an Haut daliegen.

Nach einem Augenblick löse ich mich von ihm, um ihn mir genau anzusehen, und – heilige Scheiße. Er ist noch viel durchtrainierter, als ich dachte, obwohl ich mir schon einen ersten Eindruck von seinem Waschbrettbauch verschaffen konnte, als ich hinter ihm auf dem Motorrad saß. Sein ganzer Oberkörper ist durchdefiniert, seine Brust so breit wie eine Wand.

Ich sehe ihm ins Gesicht, mustere das markante Kinn, die sanften Augen mit den gebogenen Wimpern, seine perfekte Haut. »Du bist so schön«, rutscht es mir heraus, ehe ich mich eines Besseren besinnen kann.

Er lächelt. »*Du* bist schön«, erwidert er, zieht mich sanft zu sich herab und umschließt mein Gesicht mit seinen warmen Händen. Dann küsst er mich und streicht mir dabei über die Arme, beginnt, mich weiter zu berühren.

Ich sollte mich schämen, schießt es mir durch den Kopf. Dafür, wie schnell mein Körper auf seine Berührungen reagiert. Aber ich schäme mich nicht. Ich schwebe, in diesem Augenblick, der mich alles andere vergessen lässt … dieser Augenblick … und dieser … und dieser …

Und dann gibt es nicht einmal mehr eine Kette von Augenblicken, sondern nur diesen einzigen, der sich anfühlt wie eine Unendlichkeit. Als hätte ich immer schon nur auf diesen einen Moment hingelebt.

Irgendwann sinke ich aus dieser Unendlichkeit erschöpft und glücklich wieder hinab auf die Erde, komme so sanft auf, dass man es kaum hören kann. Tristan schließt mich in seine Arme und zieht mich an seine Brust.

# TRISTAN

Sie kuschelt sich an mich, ihre Atmung beruhigt sich, und ich schließe die Augen und konzentriere mich auf das Gefühl ihrer Haut an meiner, auf die weiche Wärme ihres nackten Körpers, auf ihren Schenkel, der über meiner Hüfte liegt. Ich schiebe die Hand unter ihr Knie und streichle die seidenweiche Haut in ihrer Kniekehle. Zoey atmet ein und seufzt leise auf, und mir kommt der Gedanke, dass ich schon glücklich damit wäre, wenn wir einfach für immer so liegen bleiben könnten. Das hier ist es, wonach ich mein Leben lang gesucht habe. Das Gefühl, jemanden nie wieder gehen lassen zu wollen. Ich war nicht sicher, ob ich diesen Jemand je finden würde, war mir nicht mal sicher, ob dieses Gefühl wirklich existiert oder einfach nur eine Hollywooderfindung ist. Aber es ist real, es existiert.

»Wie geht es dir?«, frage ich nach einer Weile. Zoey hat nichts gesagt, und ich weiß nicht, ob sie vielleicht eingeschlafen ist. Das fände ich schön, weil ich mir wünsche, dass sie heute Nacht hierbleibt.

»Ich fühle mich schlecht«, flüstert sie.

»Was? Warum?«, frage ich alarmiert und gehe etwas auf Abstand, um ihr ins Gesicht sehen zu können, aber sie versteckt sich, hat den Kopf unter mein Kinn geschmiegt.

»Weil du nicht …«, murmelt sie.

Ich lache auf, bin erleichtert, dass es nur darum geht. »Deswegen brauchst du dich nicht schlecht zu fühlen«, versichere ich ihr. »Ich fand es toll. Wenn ich etwas für dich mache, erwarte ich nicht, dass du mir dasselbe zurückgibst. Ich will dich einfach nur glücklich machen.«

Sie mustert mich skeptisch, und ich kann nicht anders, als ihr über die Taille und die Rundung ihrer Hüfte zu streichen.

»Glaub mir«, sage ich und betrachte die Bewegungen meiner Fingerspitzen, »ich habe jede einzelne Sekunde zutiefst genossen.«

Sie tastet unter der Decke nach mir, und es kostet mich unmenschliche Kraft, ihre Hand wegzuschieben, sie zu nehmen, zu drücken. »Wirklich«, sage ich, »du musst das nicht.«

»Aber …«

»Das ist doch kein Handel.« Ich stütze mich auf den Ellenbogen. »Ich will dir beweisen, dass es mir ernst ist. Dass ich dich nicht benutze.«

»Aber ich weiß doch, dass du das nicht tust«, erwidert sie und versucht dabei, ihre Hand aus meiner zu ziehen, um mich wieder zu umschließen, aber ich halte sie fest.

»Du bist echt schlecht darin, irgendwas anzunehmen, Zo. Egal, ob es um Hilfe geht oder um Geschenke. Vielleicht solltest du daran langsam mal ein bisschen arbeiten.« Sie runzelt die Stirn, und ich sehe sie an und streiche ihr eine Haarsträhne aus dem Gesicht. »Dreißig Tage. So machen wir's.«

»Was?«

»Ich bringe dir bei, wie man Geschenke annimmt. Ich will, dass du begreifst, dass Geschenke weder Verpflichtung bedeuten noch Zeichen von Schwäche sind. Du hast so viel für andere getan. Jetzt ist es an der Zeit, dass auch mal jemand was für dich tut. Und deswegen werde ich mich dreißig Tage lang nur um dich kümmern.«

Sie wirft mir ein argwöhnisches Lächeln zu, aber dann wirkt sie auf einmal aufrichtig überwältigt. »Ich kapier's nicht. Du willst nicht, dass ...« Sie läuft feuerrot an.

»Oh doch, na klar will ich!« Ich muss lachen. »Mehr als irgendwas sonst. Aber darum geht es ja gerade. Verstehst du?«

Sie lächelt schüchtern, und als ich ihre Hand loslasse, versucht sie nicht wieder, mich zu umfassen. Stattdessen lasse ich meine Hand die Innenseite ihres Oberschenkels entlangfahren, und sie atmet hörbar ein, ihren Blick mit meinem verschränkt, die Pupillen geweitet.

»Du solltest deinen Bruder anrufen«, sage ich.

Zoey fährt hoch und sitzt kerzengerade da. »Was?«

Mein Timing ist echt miserabel. »Tut mir leid«, sage ich. »Aber ich glaube, wir sollten Will von uns erzählen.«

Zoey wird blass, und ich streiche ihr den Hals hoch und ziehe sie zurück zu mir aufs Bett, spüre ihre warme Haut an meinem Körper und frage mich, wie ich jemals wieder aufstehen soll, solange sie hier bei mir liegt.

»Was gibt es denn da zu erzählen?«, fragt sie leise.

»Na ja, ich möchte gern mit seiner Schwester zusammen sein. Ich mag sie irgendwie. Ziemlich sogar.«

»Dafür brauchst du ja wohl nicht seine Erlaubnis einzuholen«, wirft sie genervt ein.

»Ich weiß«, erwidere ich jetzt ganz ernst und sehe ihr in die Augen. »Aber es gehört sich einfach so. Wenn er mit Dahlia zusammen wäre, würde ich auch davon wissen wollen.«

»Okay«, sagt Zoey zögerlich. »Ich rufe ihn an und rede mit ihm. Aber nicht jetzt.«

Ich hebe die Brauen. »Versprich es mir.«

»Versprochen.«

»Wo waren wir?«, frage ich und lasse meine Hand dabei ganz langsam noch weiter ihren Schenkel hochgleiten, spüre die seidige Wärme zwischen ihren Beinen.

Wieder fährt Zoey hoch, diesmal panisch. »Oh Gott«, keucht sie, »ich muss nach Hause! Meine Mom wartet auf mich, sie macht sich bestimmt schon Sorgen. Ich muss los.« Sie springt aus dem Bett und sammelt ihre Sachen ein.

»Aber *willst* du denn nach Hause?«, frage ich sie.

Sie hält inne, ihre Sachen an den Körper gedrückt, und schüttelt den Kopf, knabbert sich auf der Lippe herum. »Nein«, sagt sie schließlich.

Ich strecke die Arme nach ihr aus und ziehe sie an mich. »Dann schreib ihr doch einfach eine Nachricht, dass du hier bei mir bist.«

Zoey überlegt kurz, und ich kann förmlich dabei zusehen, wie Pro und Kontra in ihrem Kopf hin- und herfliegen. Aber dann erstickt sie die Stimme ihres Pflichtbewusstseins und lächelt. »Okay.«

Ich grinse und ziehe sie wieder ins Bett.


Bei Sonnenaufgang weckt mich ein Summen. Erst denke ich, es ist mein Wecker, und strecke schon die Hand danach aus, damit Zoey nicht wach wird, aber dann merke ich, dass es gar nicht der Wecker ist, sondern ein Handy. Ich blinzle, versuche, die Uhrzeit zu erkennen. In ein paar Minuten muss ich aufstehen und mich für die Arbeit fertig machen, obwohl ich eigentlich lieber mit Zoey im Bett liegen bleiben will. Es ist das erste Mal, dass ein Mädchen über Nacht geblieben ist, das erste Mal, dass ich eine ganze Nacht lang mit jemandem im Arm geschlafen habe, und jetzt frage ich mich, wie ich je wieder ein Auge zubekommen soll, ohne dass Zoey bei mir ist.

Auch Zoey regt sich langsam, streckt sich, drückt sich dabei an mich, sodass ich ein paarmal tief durchatmen muss, um mich wieder in den Griff zu bekommen. Dann öffnet sie die Augen und lächelt mich verschlafen an.

Ich küsse sie sanft. »Guten Morgen, Sonnenschein«, flüstere ich.

Ihr Lächeln wird noch breiter, und ich bemerke die blasslila Schatten unter ihren Augen. Sonderlich viel Schlaf haben wir offenbar nicht abbekommen.

»Ich muss zur Arbeit«, sage ich leise.

Sie macht einen Schmollmund, dann neigt sie den Kopf und küsst mich. Ihre Fingerspitzen trippeln meine Brust hoch, und ich schnappe sie mir und halte sie fest. Ich darf echt nicht zu spät kommen. Aber dann rutscht die Decke von Zoey, und beim Anblick ihres Körpers verdünnisiert sich meine gesamte Willenskraft ohne ein Wort des Abschieds. Na gut, dann komme ich eben zu spät.

Wieder brummt das Handy. Es ist Zoeys. Stirnrunzelnd hebt sie es vom Boden auf, wo es unter ihrem Klamottenhaufen versteckt liegt. Sie setzt sich auf und wickelt sich in die Decke, während ich die Gelegenheit nutze, um aufzustehen. Doch als ich Zoey aufkeuchen höre, fahre ich zu ihr herum. Sie wirkt entsetzt, alles Blut ist ihr aus dem Gesicht gewichen.

»Was ist los?«, frage ich.

Sie schluckt, dann reicht sie mir das Telefon. Ich werfe einen Blick auf den Text, der auf dem Bildschirm steht: *HURE*.

# ZOEY

»Noch mal«, sagt Tristan.

Verschwitzt und nach Atem ringend, schaue ich zu ihm hoch und schiebe mir mit dem Unterarm das Haar aus dem Gesicht. »Mir ist heiß«, erwidere ich und greife nach dem Wasser.

»Dann zieh dein T-Shirt aus«, erwidert er mit einem anzüglichen Grinsen.

Ich sehe mich um, das Fitnessstudio ist leer. Tristan hat den Besitzer beschwatzen können, dass wir außerhalb der Öffnungszeiten reindürfen, damit er mir ein paar Selbstverteidigungstricks zeigen kann.

Ich zerre mir das T-Shirt über den Kopf, sodass ich nur noch meinen Sport-BH und Leggings trage. Tristans Grinsen ist inzwischen ungefähr so breit geworden wie Coles neulich, als Tristan ihm seine Xbox überreicht hat. »Und was ist mit dem Rest?«, witzelt er.

Ich schüttle zwar den Kopf, muss aber lächeln. Ich habe mich bis jetzt noch nicht ganz daran gewöhnen können, wie er mich ansieht, aber irgendwie will ich das auch gar nicht. Weil ich Angst habe, dass ich dann vielleicht nie wieder dieses Gefühl erlebe. Als würde ein ganzes Bataillon Schmetterlinge durch meinen Bauch flattern.

Die Party ist jetzt eine Woche her – eine Woche, die sich wie ein Jahr anfühlt, weil so viel passiert ist. Wir haben beide kaum geschlafen, sind so beschäftigt mit unserer Arbeit und unserem übrigen Leben, dass uns die wenigen Stunden, die wir gemeinsam verbringen können, zu wertvoll zum Schlafen sind.

Wir erzählen einander von unserem Leben und lernen uns auf völlig neue Weise kennen. Es geht nicht nur darum, was wir mögen und was nicht, welche Bücher und Filme wir lieben oder leidenschaftlich hassen. Es geht vor allem um das, was *in* uns ist: Geheimnisse, Hoffnungen, Ängste – alles Dinge, über die ich noch nie zuvor mit jemandem gesprochen habe. Und wenn wir nicht reden, beschäftigen wir uns mit anderen Dingen. Tristan hat sein Versprechen bisher gehalten, obwohl ich mir alle Mühe gebe, ihn davon abzubringen.

»Okay, noch mal«, sagt er. Er trägt eine graue Jogginghose und ein schwarzes T-Shirt von der Küstenwache. »Denk dran, als Erstes nutzt du immer deine Stimme. Egal, ob Schreien oder Kreischen, alles ist erlaubt – Hauptsache, du erregst damit Aufmerksamkeit.«

Ich nicke.

»Und achte darauf, in Kampfposition zu gehen.«

Ich schiebe meinen linken Fuß ein bisschen nach vorn und hebe die Fäuste, wie Tristan es mir gezeigt hat. Er lässt mich immer und immer wieder dieselbe Bewegungsabfolge üben: ein einfacher Faustschlag, gefolgt von einem Hieb mit dem Ellenbogen. »Es geht um dein Muskelgedächtnis«, hat er mir erklärt, als ich mich beschwert habe, dass wir ständig das Gleiche machen. »Darum, dass dein Körper instinktiv handelt, falls dir irgendwas passieren sollte.«

Er sagt das leichthin, aber die Beiläufigkeit wirkt aufgesetzt. Ich weiß, dass er sich ernsthafte Sorgen macht und versucht, es nicht zu zeigen. Mir ist klar, dass die Anrufe und SMS von meinem Vater stammen. Allein schon das Wort »Hure« verrät es mir. Und es kann einfach kein Zufall sein, dass er die Nachricht genau in dem Augenblick geschrieben hat, in dem ich neben Tristan aufgewacht bin. Ich frage mich, ob mein Vater mir nachspioniert. Tristan versichert mir immer wieder, dass das unmöglich sein kann, aber ich bin mir da nicht so sicher.

Nachdem er die SMS geschickt hat, war ich so hysterisch und paranoid, dass ich kaum das Haus verlassen konnte. Wir haben den Bewährungshelfer angerufen, der uns gesagt hat, dass er nur zweimal die Woche persönlich bei meinem Vater vorbeischaut, was bedeutet, dass mein Vater zwischen den Kontrollen mehr als genug Zeit hat, um nach Oceanside und wieder zurück zu fahren.

Inzwischen hat Tristan an unserer Wohnungstür eine Kamera installiert, die Robert für meine Familie besorgt hat. Via App können wir nun auf unseren Handys sehen, wer draußen steht. Außerdem hat er darauf bestanden, mir die Grundlagen der Selbstverteidigung beizubringen. So, wie er sich verhält, kann er noch so oft sagen, ich solle mir keine Sorgen machen – seine Handlungen strafen seine Worte Lügen. Ich weiß, dass er auch mit Will gesprochen hat, weil Will mich plötzlich jeden Tag anruft oder mir schreibt, um nach dem Rechten zu sehen. Über das zwischen Tristan und mir hat er kaum was wissen wollen. Schätze, dass ich mit seinem Freund zusammen bin, ist so seltsam für ihn, dass er lieber nicht weiter drüber nachdenken will.

Tristan meinte, als er Will angerufen hat, um ihm zu sagen, dass wir jetzt ein Paar sind, hätte er genauso wortkarg reagiert und nur versichert, dass er kein Problem damit habe.

»Also, ich komme von hinten«, sagt Tristan und wippt auf den Fußballen auf und ab.

Ich grinse ihm im Spiegel zu, und er verdreht die Augen. »Du hast eine schmutzige Fantasie, Zoey Ward.« Er stellt sich hinter mich und legt mir die Hand auf die Schulter. »Versuch, mich abzuwehren.«

Er dreht mich zu sich, und ich packe seinen Arm mit beiden Händen, um mich zu befreien. Aber es gelingt nicht.

Frustriert lasse ich die Arme fallen, meine Stimmung kippt. Plötzlich kommen mir die Tränen. »Ich schaff das nicht«, schluchze ich. »Das ist doch blöd. Ich habe nicht die geringste Chance.« Ich schließe die Augen und versuche, den Gedanken abzuschütteln, wie mein Dad mit den Fäusten auf meine Mom eindrischt und sie an den Haaren den Flur entlangzerrt. Mir stockt der Atem, die Tränen beginnen zu fließen. Ich fühle mich wie in einem Gefängnis. Dem schlimmsten, das ich mir vorstellen kann. Ich bin umgeben von unsichtbaren Wänden und nehme sie mit, wo auch immer ich hingehe.

Tristan schlingt mir von hinten die Arme um die Taille. »Ich werde nicht zulassen, dass er dir wehtut«, flüstert er mir ins Ohr und drückt mir einen Kuss auf die Wange.

Ich zittere, lasse mich gegen seinen Körper sinken, schließe die Augen. Wenn ich ihm doch nur glauben könnte.

»Okay, bring mich zu Boden«, flüstert er mir ins Ohr.

Ich schiebe mein Bein hinter seins, hebele ihn aus und packe ihn in den Kniekehlen, wie er es mir gezeigt hat. Dann kippe ich ihn nach hinten und werfe mich mit meinem ganzen Gewicht dumpf gegen seine Brust.

Tristan tut so, als würde ihm die Luft wegbleiben, also rolle ich mich auf ihn, setze mich auf und kitzle ihn, bis er vor Lachen weint.

Er schlingt die Arme um mich und dreht mich auf den Rücken, drückt mich auf den Boden und küsst mich.

»Störe ich?«

Ich erstarre. Tristan lässt schlagartig von mir ab und rappelt sich auf. Ein großer, gut aussehender Typ mit dunklem Haar und einer Narbe an der Braue steht in der Tür. Über seiner Schulter hängt eine Sporttasche, und auf seinem Gesicht prangt ein skeptischer, wenig amüsierter Ausdruck.

»AJ«, sagt Tristan und geht auf ihn zu.

Auch ich stehe auf und angle mir peinlich berührt mein T-Shirt. Ich kann spüren, wie AJ mich mustert, als ich näher komme. Während ich ihm die Hand schüttle, fallen mir seine eisblauen Augen und der völlig undurchschaubare Ausdruck darin auf.

»Das ist meine Freundin Zoey«, sagt Tristan, und innerlich platze ich fast vor Stolz, weil er das so selbstverständlich und gleichzeitig so voller Zuneigung gesagt hat.

»Freut mich«, sagt AJ ohne ein Lächeln.

»Das Fitnessstudio gehört AJ«, erklärt Tristan.

Überrascht hebe ich die Brauen. Ähnlich wie Kit wirkt auch er zu jung, um ein eigenes Unternehmen zu führen – er kann nicht viel älter sein als Anfang zwanzig. »Danke, dass wir hier reindürfen.«

»Na ja, ich dachte, ihr bräuchtet es zum Trainieren«, erwidert er trocken und wirft seine Tasche in eine Ecke neben einen Haufen Trainingsgeräte.

Meine Wangen beginnen zu brennen.

»Tut mir leid«, sagt Tristan. Die Situation scheint ihm unangenehm zu sein.

»Schon okay.« AJ wirft uns einen Seitenblick zu und verkneift sich ein Grinsen. »Ich lass euch dann mal wieder allein.« Er visiert eine Tür in der Studiorückwand an. »War schön, dich kennenzulernen, Zoey.« Und dann, ehe ich antworten kann, ist er auch schon verschwunden.

»Er ist ein super Typ«, sagt Tristan, als er den irritierten Blick bemerkt, den ich AJ hinterherwerfe. Er legt den Arm um mich. »Komm, wir holen uns ein paar Burger. Hier um die Ecke gibt's einen Laden, in dem wir noch nicht waren. Das Relish schmeckt fast so gut wie du.« Er hält inne. »Oder«, fährt er schließlich fort, »wir überspringen die Burger und fahren direkt zu mir.«

# TRISTAN

»Wenn du nicht aufpasst, erleiden wir noch Schiffbruch.«

Zoey steht in ihrem gelben Bikini an Deck und hält sich mit einer Hand am Mast fest, während sie mit der anderen ihre Augen vor der Sonne abschirmt. Ich könnte sie für immer und ewig anstarren, aber es besteht die reelle Chance, dass ich das Boot dann irgendwohin lenke, wo es nicht hingehört – gegen eine Klippe, einen Felsen, ein anderes Schiff.

In den vergangenen Wochen ist Zoey definitiv selbstbewusster geworden. Offenbar hat ihr Vater irgendwas zu ihr gesagt, als sie vierzehn oder fünfzehn war, und seitdem hat sie sich unter Schlabberklamotten versteckt. Als hätte ich den Typen vorher nicht schon genug gehasst. Ich hab ihr erklärt, dass er das meiner Meinung nach nur gesagt hat, weil er die Zeichen der Zeit erkannt hat: Zoey war im Begriff, erwachsen zu werden – jemand, den er nicht mehr so einfach kontrollieren konnte. Nur deswegen hat er sie beleidigt, er wollte ihr Selbstbewusstsein zerstören. Wollte sie mit unsichtbaren Ketten an sich fesseln, sodass er sie weiter steuern konnte.

Anfangs hat Zoey alles ins Lächerliche gezogen, wenn ich mit ihr darüber gesprochen habe, aber ich glaube, bis zu einem gewissen

Grad glaubt sie mir inzwischen. Ich hab ihr außerdem gesagt, dass es meiner Meinung nach einem Verbrechen gleicht, ihren Körper zu verstecken. Sie sollte tragen, was ihr gefällt. Worin sie sich wohlfühlt. Insgesamt habe ich es mir zum Auftrag gemacht, Zoey dabei zu helfen, sich so zu sehen, wie sie wirklich ist. Ich will, dass sie ihre eigene Schönheit erkennt. Und mehr als das: Sie soll auch ihren eigenen Mut, ihre Stärke erkennen.

Als ich Will erzählt habe, dass Zoey und ich zusammen sind, ist es am anderen Ende der Leitung ganz still geworden. »Ist das in Ordnung für dich?«, habe ich nachgehakt, so aufgeregt, dass mir der Atem stockte. Einen grauenhaften Augenblick lang dachte ich, das ist das Ende unserer Freundschaft. Aber dann sagte er: »Okay. Tu ihr nur einfach nicht weh. Bitte.«

Ich habe es ihm versprochen, ihm versichert, dass sie viel mehr für mich ist als ein Flirt. Dass es mir ernst ist. Und ich hoffe, ich habe ihn überzeugt.

Zoey taumelt über das schwankende Deck und klammert sich dabei an Seilen und Reling fest, bis sie mich am Steuerrad erreicht hat. Ich strecke eine Hand aus, fange sie auf, als sie herunterspringt, und drücke ihren sonnenwarmen Körper an meinen. Sie passt zu mir, als sei sie ein Teil von mir. Ihr Kopf reicht mir genau unters Kinn. Als ich ihren Hals küsse, schaudert sie. Meine Hand ruht auf ihrem Bauch, und ich würde sie gern noch ein bisschen tiefer wandern lassen, aber Kate und Cole sitzen nur ein paar Meter weiter. Cole übt Seemannsknoten an einem Stück Seil. Ich habe ihm versprochen, dass er ein Eis bekommt, wenn er bei unserer Rückkehr drei verschiedene Knoten gelernt hat. Irgendwann habe ich herausgefunden, dass es nichts gibt, was Cole für ein Eis oder die Chance auf eine Runde Xbox-Spielen nicht tun würde.

Kate dagegen starrt missmutig auf ihr Handy, als wolle sie es beschwören, endlich Empfang zu haben. Ich habe sie schon darüber aufgeklärt, dass es wahrscheinlicher ist, einer Meerjungfrau zu begegnen, als hier draußen Netz zu haben, doch das hält sie nicht davon ab, es verzweifelt immer weiter zu versuchen. Zwischendrin starrt sie auf den Horizont, als würde sie die Sekunden zählen, bis wir wieder Land und Netzabdeckung erreichen. Mir ist nicht entgangen, wie müde sie aussieht und wie viel Gewicht sie verloren hat.

»Wie geht es Kate?«, frage ich Zoey leise.

»Ganz okay, glaube ich«, antwortet Zoey, aber in ihrem Ton klingt Zweifel mit.

»Sie wirkt irgendwie abwesend.«

Zoey lacht auf. »Aber du kennst meine Schwester schon nicht erst seit heute, oder? Sollte das Boot kentern, würde sie vermutlich erst versuchen, ihr Handy zu retten, ehe sie einen Gedanken an uns verschwendet.« Sie nagt an ihrer Unterlippe, und ich bereue es, das Thema überhaupt angesprochen zu haben. Als hätte sie nicht schon genügend Sorgen am Hals. Die anonymen Anrufe haben aufgehört, aber ich werde das Gefühl nicht los, dass das nur die Ruhe vor dem Sturm ist.

Hier draußen auf dem Meer fühlt sich all das aber ganz weit weg an. Zoey übernimmt das Steuer, und ich stehe hinter ihr, die Arme um ihre Taille gelegt, und versuche, mich nicht von ihrer Nähe ablenken zu lassen, während ich ihr erkläre, wie man navigiert, obwohl ich eigentlich nur eins will: sie in die kleine Kabine unter Deck verschleppen.

»Ich verstehe, warum du das so gern machst«, sagt sie zu mir.

»Nichts sonst kommt so nah ans Fliegen ran«, antworte ich. »An das Freiheitsgefühl.«

»Bist du deswegen zur Küstenwache gegangen? Damit du beides machen kannst?«

Ich nicke. »Das war zumindest der Hauptgrund. Man ist der Natur ausgeliefert, ihrer Stärke und Wildheit. Wind, Regen, Stürme. Man braucht viele Fähigkeiten, um alldem standzuhalten und zu überleben.«

Schweigend schaut sie auf das Meer hinaus. Ich frage mich, ob sie an ihren Vater denkt. Ich jedenfalls tue es.

Doch Zoey schüttelt ihre nachdenkliche Stimmung sofort wieder ab und dreht sich grinsend zu mir. »Stell dir mal vor, in diesem Ding über den Ozean zu segeln«, ruft sie gegen den Wind an.

»Und wo würdest du hinwollen?«

Sie zuckt mit den Achseln. »Keine Ahnung. Nach Italien. Vielleicht auch in den Südpazifik.« Sie richtet den Blick auf den Horizont. »Es gibt so viele Orte, die ich gern sehen würde. Aber vor allem habe ich immer von dieser kleinen griechischen Insel geträumt. Milos. Ich habe mal in einem Buch davon gelesen.«

»Einem Buch über griechische Mythologie?«, frage ich.

Sie lächelt.

»Du bist echt ein Nerd.« Ich lache.

»Sagt ausgerechnet der Baseballfreak!«

»Eines Tages fahren wir gemeinsam dorthin«, flüstere ich ihr ins Ohr. »Nach Milos. Und auch sonst überall, wo du gern hinmöchtest.«

Sie dreht sich zu mir um und sieht mich an, ohne zu blinzeln, wirkt fast schon geschockt.

»Was denn?«, frage ich.

Sie schüttelt den Kopf, ein winziges Lächeln zupft an ihren Lippen. »Ich ... Keine Ahnung ... Wir reden über die Zukunft. Und du hast ›wir‹ gesagt. Ich habe noch nie weiter über die Zukunft nachgedacht, und wenn, dann kam immer nur ich darin vor.«

»Oh«, sage ich.

»Nein, nein«, unterbricht sie mich hastig, als sie meinen betroffenen Ton registriert. »Ich mag dieses ›wir‹. Sehr sogar.«

»Wo wir schon beim Thema Zukunft sind, hast du dir die Broschüren mal angesehen?«, frage ich. Es geht um die College-Informationsunterlagen, die wir letzte Woche geholt haben.

Zoey nickt. »Ja, ich wollte mich diese Woche für ein paar Kurse anmelden.«

Ich muss lächeln. »Und welche?«

Ihr Gesichtsausdruck wird ernst. Sie wirkt nervös, als ob sie mir lieber nicht davon erzählen würde.

»Komm, sag schon!«, hake ich neugierig nach.

»Ich würde gern Kurse besuchen, die mich auf die Aufnahmeprüfung für ein Jurastudium vorbereiten.«

Ich starre sie an. »Im Ernst?« Sie will Anwältin werden?

Das Blut schießt ihr in die Wangen, und sie blickt zu Boden. »Du findest die Idee bescheuert, oder?«

Ich schüttle den Kopf. »Nein, sie ist großartig! Ich hatte nur keine Ahnung, dass du überhaupt darüber nachdenkst, Anwältin zu werden.«

Unsicher sieht sie zu mir hoch. »Ich weiß ja auch gar nicht, ob ich das überhaupt schaffe. Die Konkurrenz ist heftig, und es wird Jahre dauern, aber ...« Sie verstummt.

»Aber was?«

Wieder sieht sie mich an und zuckt mit einem schüchternen Lächeln auf den Lippen mit den Achseln. »Ich habe das Gefühl, dass ich das packen könnte.« Sie bricht ab und mustert mich überrascht. »Weinst du etwa?«

»Ich? Quatsch. Das ist nur der Wind.«

Zoey glaubt mir kein Wort und schüttelt den Kopf, als sei ich der letzte Trottel. Aber was soll ich machen? Ich freue mich einfach so für sie. Darüber, dass sie endlich Zukunftspläne schmiedet. Und mehr als das: Sie setzt sich konkrete Ziele. Ehrgeizige Ziele. »Ich bin mir sicher, dass du das packst«, versichere ich.

Sie zuckt mit den Achseln. »Ich möchte Menschen helfen, die in derselben Lage sind wie ich in den vergangenen Jahren.«

Ich nicke. Das ist absolut nachvollziehbar. Zoey kann Hilfe nur dann annehmen, wenn sie auch die Möglichkeit hat, sie zurückzugeben. Deswegen wundert mich der Hintergrund ihrer Entscheidung kein bisschen.

Zoey wird wieder ernst, ihr Lächeln verblasst. »Nur weiß ich echt nicht, wie ich das finanzieren soll«, sagt sie. »Aber ich werde es versuchen. Vielleicht kann ich nach dem College ja ein Stipendium für eine staatliche Uni bekommen.«

»In Kalifornien?« Es gelingt mir nicht, die Hoffnung in meiner Stimme zu unterdrücken.

Sie nickt und muss lächeln, als sie das Grinsen sieht, das sich in meinem Gesicht ausbreitet.

»Dann bleibst du hier?«, frage ich und drücke sie fest gegen meine Brust.

»Ich denke schon. Meine Mom liebt ihren neuen Job, und … es gefällt uns hier einfach sehr.« Sie weist auf das Meer, den blauen Himmel. »Es ist so unglaublich schön hier.«

Ich überlege, was das bedeutet. Nämlich, dass wir eine gemeinsame Zukunft haben.

»Glaubst du, dass Robert uns die Wohnung auch längerfristig vermieten würde?«

Ich nicke, ein heftiges Glücksgefühl durchströmt mich. Am liebsten würde ich Zoey hochheben und mich mit ihr auf dem Deck im Kreis drehen. Ach, Blödsinn, ich will sie runterbringen in die kleine Kajüte, sie aufs Bett legen und die Tatsache vergessen, dass ich noch sechs Tage warten muss, bis ich endlich mit ihr schlafen darf.

Diese blöde selbstauferlegte Regel. Was habe ich mir nur dabei gedacht, freiwillig dreißig Tage zu warten?

Aber eigentlich spielt das gar keine Rolle mehr, weil Zoey bleibt und wir uns deshalb nicht mehr im Wettlauf gegen die Zeit befinden. Ich drücke sie noch mal und gebe ihr einen Kuss. Wir haben alle Zeit der Welt. Sie riecht nach Kokosnuss und Sonne und schmeckt nach Honig, und wieder mal habe ich das Bild im Kopf, wie ich sie hinlege und ihr diesen gelben Bikini ausziehe und ...

»Worüber habt ihr gerade geredet?«

Ich lasse Zoey los. Kate hat den Blick von ihrem Handy gelöst und beobachtet uns mit finsterer Miene.

»Hm?«, mache ich.

Kate stiert wutentbrannt Zoey an. »Du hast irgendwas gesagt von wegen, ob Robert uns die Wohnung länger gibt.«

Zoeys Lächeln verblasst. »Ja«, sagt sie, überlässt mir wieder das Steuer und setzt sich neben Kate. »Ich wollte noch mit dir darüber reden. Mom und ich dachten, dass es vielleicht am besten wäre, wenn wir einfach hierbleiben. Es läuft gut, Cole gefällt es in der Schule, ich habe einen guten Job. Da liegt die Entscheidung nahe.«

Kates Gesicht verzerrt sich zu einer verbitterten Grimasse. »Ja, für dich vielleicht!«, schreit sie aufgebracht. »Aber ich *hasse* es hier!«

Zoey klappt die Kinnlade herunter. »W…was?«, stammelt sie. »Ich hatte den Eindruck … Ich dachte, Oceanside gefällt dir?«

»Tja, dann hast du dich eben geirrt. Ich hasse Oceanside.« Kate zittert förmlich vor Wut, ihre Stimme bebt vor aufgestautem Zorn. Zoey scheint der Ausbruch genauso zu überraschen wie mich. »Ich … ich verstehe das nicht«, sagt sie. »Was ist denn nur passiert?« Kates wutverzerrtes Gesicht verfärbt sich knallrot. »Als ob dich das interessieren würde. Das Einzige, was dich interessiert, ist *er*.« Ihr Kopf zuckt in meine Richtung.

»Das stimmt nicht«, antwortet Zoey. Ihr Tonfall ist leise und ruhig, aber ich höre auch eine Spur Verärgerung heraus. »Und das weißt du auch.«

Kate wirft ihr einen letzten hasserfüllten Blick zu, dann stürmt sie an uns vorbei und die Treppe hinab in die Kabine. Zoey sieht ihr geschockt hinterher, dann dreht sie sich zu mir. Aber ich kann auch nur fassungslos mit den Schultern zucken. Ich habe nicht den blassesten Schimmer, was das gerade sollte. Kate war für mich immer schon ein Mysterium. Ob es vielleicht um die Katze geht?

Zoey folgt ihr, und Sekunden später höre ich in der Kajüte Stimmen laut werden.

»Geschafft!«, ruft Cole. Er saß die ganze Zeit über beim Mast an Deck und hat versucht, das ausgefranste Stück Seil, das ich ihm zum Üben gegeben habe, zu einem Palstek zu binden.

»Gut gemacht«, erwidere ich geistesabwesend, weil ich immer noch Kates Geschrei in der Kajüte lausche. Gerade brüllt sie, dass Zoey sie in Ruhe lassen soll.

»Bekomme ich jetzt mein Eis?«, fragt Cole und flitzt übers Deck zu mir.

»Klar. Wir gehen alle zusammen Eis essen.«

»Aber Zoey bekommt keins«, wirft Cole sachlich ein.

»Und warum nicht?«

Cole zuckt mit den Achseln. »Weil sie böse war. Deswegen hat sie kein Eis verdient.«

Ich lächle verwirrt. »Was meinst du damit, dass sie böse war?«

Cole sieht kurz zu mir rüber. »Sie ist eine Lügnerin. Lügnerinnen bekommen kein Eis.«

Betroffen starre ich ihn an. »Aber Zoey ist doch keine Lügnerin. Wie kommst du denn auf so was?«

Cole hockt sich hin und versucht, den Knoten zu lösen, den er gerade gemacht hat. Dabei murmelt er etwas, das ich über den Lärm des flatternden Segels hinweg nicht verstehen kann.

»Was hast du gesagt?«, frage ich, gerade als Zoey die Kajütentreppe hochkommt.

Cole blickt mit blitzenden Augen auf. »Zoey ist eine verlogene Schlampe.«

# ZOEY

»Cole«, sage ich. »Woher kennst du dieses Wort?«

»Aber das bist du doch!«, zischt Cole mich an. »Du bist eine verlogene Schlampe!«

Ich bin immer noch etwas durcheinander wegen des Streits mit
Kate und blinzle Cole einfach nur geschockt und mit hämmern-
dem Herzen an. Er klingt genauso wie unser Vater, und der Gedanke treibt mir die Tränen in die Augen.

»Entschuldige dich«, sagt Tristan mit fester Stimme zu Cole.

»Nein!«, brüllt Cole. Seine Augen funkeln vor Trotz, und weil
ich genau weiß, wohin das führen wird, lenke ich ein.

»Cole«, sage ich ganz ruhig und knie mich vor ihn, bemüht,
meine Gefühle im Zaum zu halten. »Kannst du mir erklären, warum du mich für eine Lügnerin hältst? Worüber habe ich dich angelogen?«

»Über alles eben«, murmelt er und weicht meinem Blick aus.

Ich verstehe den Vorwurf nicht. »Was soll das heißen, über alles?«

»Dad ist wegen *dir* im Gefängnis. Du hast mich angelogen!«

»Wer hat dir das erzählt?«, frage ich. Mein Herzschlag dröhnt
mir in den Ohren.

Cole zerrt wütend an dem Knoten im Seil herum.

»Cole?«, dränge ich weiter, doch er ignoriert mich. Ich blicke zu Tristan auf, fühle mich verloren. Cole weiß nicht im Detail, was zwischen unseren Eltern und mir vor Gericht passiert ist. Also woher weiß er von meiner Aussage? Auch Tristan starrt Cole fassungslos an.

»Deine Schwester ist keine Lügnerin«, sagt er, aber Cole ignoriert ihn ebenfalls.

»Cole«, wiederhole ich, »was du da sagst, stimmt nicht. Ich habe nicht gelogen. Ich habe dich nie angelogen. Und ich will wissen, wer etwas anderes behauptet hat.«

Er presst die Lippen noch fester zusammen, als wolle er seine Geheimnisse einsperren, damit er sie nicht versehentlich ausplaudert. Aber ich muss sie ihm entlocken, vor allem, weil mir ein grauenvoller Gedanke gekommen ist: Der einzige Mensch, der Cole so etwas einflößen würde, ist mein Vater.

Aber wie sollte mein Vater mit ihm kommunizieren? Cole besitzt weder ein Handy noch eine E-Mail-Adresse. Es bleibt nur eine Möglichkeit: persönlich.

»Cole«, sage ich und nehme ihn an den Schultern, als er sich weigert, mich anzusehen. Vor lauter Angst und Frustration werde ich lauter. »Cole!«, wiederhole ich und schüttle ihn, bis er endlich zu mir hochschaut. Wut blitzt in seinen Augen auf. »Hast du Dad gesehen?«, heische ich ihn an.

»Nein!« Er spuckt mir das Wort förmlich entgegen, windet sich los und flitzt zur Treppe. Dann verschwindet er in der Kabine, und ich bleibe allein mit Tristan auf dem Deck hocken. Die Wellen, die seitlich gegens Boot schlagen, fühlen sich an wie Faustschläge, und ich stürze fast, doch Tristan zieht mich wieder hoch und an seine starke, breite Brust.

»Glaubst du, er hat euren Vater gesehen?«, fragt er.

Meine Beine zittern, und das nicht nur wegen der ungewohnten Wellenbewegung. Ich kenne Cole, und ich weiß, dass er gelogen hat, als er Nein sagte. Die Antwort kam zu schnell, und er konnte mir dabei nicht in die Augen sehen.

»Zoey?«

Ich nicke. Ja, er hat unseren Vater gesehen.

# TRISTAN

Nach der Arbeit beeile ich mich, zu Zoey zu fahren. Gina sitzt mit Robert am Tisch. Als ich eintrete, schreckt sie auf und stößt dabei ihre Teetasse um.

»Tut mir leid«, sage ich, während Robert in die Küche huscht, um ein Tuch zu holen und die Pfütze aufzuwischen.

»Schon gut«, erwidert Gina. »Ich bin derzeit einfach ein bisschen nervös.«

Robert wischt den verschütteten Tee auf und tupft dann an einem kleinen Fleck auf Ginas Shirt herum. Sie lächelt und errötet ein wenig, genauso wie Robert. Verblüfft mustere ich die beiden. Ach, so ist das also? Ich schüttle den Kopf, frage mich, wie mir das bisher entgehen konnte, obwohl es so offensichtlich ist. Seit Gina hier wohnt, ist Robert fast jeden Tag vorbeigekommen, um irgendwelche kleinen Arbeiten zu verrichten: ein Stückchen Außenwand streichen, Schlösser an den Fenstern und den Schlafzimmertüren anbringen. Bisher hatte ich seinen Eifer darauf geschoben, dass er ein guter Vermieter sein will, aber jetzt begreife ich, dass mehr dahintersteckt. Bei mir schaut er schließlich auch nicht täglich vorbei, um irgendwas zu reparieren. Und wenn, dann bringt er mir ganz sicher keine Blumen mit, denke ich, als mein Blick auf den Sonnenblumenstrauß in der Tischmitte fällt. Der Typ hat's drauf!

Robert dankt Gina für den Tee und geht in seinem ordentlich gebügelten blauen Hemd zur Tür, wobei er mir bedeutet, ihm zu folgen.

Draußen drehe ich mich nach wie vor grinsend zu Robert um. »Nettes Hemd«, sage ich. »Für mich hast du dich noch nie so rausgeputzt.«

Er wird feuerrot, bis zu den Wurzeln seiner grauen Haare. »So ist das nicht«, murmelt er. »Gina ist wirklich eine ganz hinreißende Frau, und mir gefällt der Gedanke nicht, dass ihr Mann da draußen rumrennt und sie bedroht.«

»Mir doch auch nicht.«

Die Stimmung nimmt eine ernste Wendung, während wir beide über das beunruhigende Gefühl nachdenken, dass die Gefahr nach wie vor über Zoey und ihrer Familie hängt wie ein Damoklesschwert. Ich suche mit dem Blick den Parkplatz und die Straße ab, muss wieder an den Beinahe-Unfall mit dem Motorrad denken, als Zoey glaubte, ihren Vater im Schatten entdeckt zu haben. Damals dachte ich noch, sie redet sich das ein, aber inzwischen vermute ich, dass sie ihn wirklich gesehen hat. Die Vorstellung, dass er hier war und uns die ganze Zeit über beobachtet hat, ist beklemmend. Was mich am meisten beschäftigt, sind die Phasen, in denen ich nicht auf Zoey aufpassen kann, wenn sie – so wie jetzt – bei der Arbeit ist. Aber ich mache mir nicht nur Sorgen, ich bin auch wütend. Wütend, dass ihr Vater überhaupt die Möglichkeit hat, ihnen das anzutun. Sie so zu terrorisieren.

Seit dem Bootsausflug sind Coles Lippen versiegelt, und er weigert sich, auch nur einen Ton über seinen Dad von sich zu geben, egal, wie sehr Zoey bettelt. Wir haben versucht herauszufinden, wie die beiden überhaupt in Kontakt bleiben, und auch mit der Schule, dem Bewährungshelfer und dem Postboten gesprochen. Niemand wusste eine Antwort. Wir haben Zoeys Handy überprüft, das ihrer Mom und Kates, weil wir dachten, vielleicht hat Cole sie benutzt, um zu telefonieren oder zu texten, aber auch dort haben wir nichts Verdächtiges gefunden.

Ich habe die Cops angerufen und sie informiert, dass Zoeys Vater gegen die Bewährungsauflagen verstößt, aber man teilte mir mit, für eine solche Behauptung würde ich Beweise benötigen, die vor Gericht standhalten. Deswegen habe ich die Sicherheitskamera jetzt in einer Blumenampel über der Wohnungstür versteckt. Wenn wir ihn hier vor der Wohnung aufzeichnen können, haben wir einen Beweis, und er wandert wieder ins Gefängnis.

Robert seufzt und schüttelt den Kopf. »Ich weiß nicht, was ich sonst noch tun soll«, sagt er. Er wirkt ähnlich frustriert, wie ich mich fühle. »Was, wenn etwas passiert, während keiner von uns hier ist?«

Ich nicke, genau das bereitet auch mir Sorgen. Zoey nimmt weiter Selbstverteidigungsunterricht, aber keine unserer Sicherheitsmaßnahmen scheint mir ausreichend zu sein. Ich fühle mich, als ob wir hinter einem Damm aus Sandsäcken darauf warten, dass der Hurrikan die Küste erreicht, ohne zu wissen, ob wir auch nur ansatzweise angemessen vorbereitet sind. Will ruft immer wieder mal an und erkundigt sich nach der Lage, und jedes Mal versichere ich ihm, dass alles in Ordnung ist. Dass ich alles unter Kontrolle habe und nie zulassen würde, dass seiner Familie während seiner Abwesenheit etwas zustößt. Aber das ist ein riesiges Versprechen, und Wills Besorgnis färbt auf mich ab.

Ich sehe auf die Uhr. Zoey hat erst nach Mitternacht Feierabend. Wir haben das offizielle Ende meines Dreißig-Tage-Versprechens erreicht, das gleichzeitig unser Einmonatiges markiert. Zoey hat sich einen Spaß daraus gemacht zu versuchen, mich dazu zu bringen, früher schwach zu werden, aber ich habe durchgehalten. Es war schwer, hat sich aber gelohnt. Nicht nur, weil ich sie in dieser Zeit so genau kennengelernt habe wie noch niemanden zuvor, sondern auch, weil ich zusehen konnte, wie ihr Vertrauen von Tag zu Tag gewachsen ist. Nicht nur das in mich, sondern auch ihr Selbstvertrauen. Inzwischen sagt sie mir ganz genau, was sie mag und was nicht, ohne dass ich sie dazu auffordern muss.

Ich habe Zoey gegenüber so getan, als sei ich wegen heute Nacht total gelassen, aber in Wahrheit bin ich extrem aufgeregt. Auf einer Skala von eins bis zehn ungefähr fünfzehn, würde ich sagen.

So nervös war ich nicht mal, bevor ich meine Jungfräulichkeit verloren habe. Ich hab einfach Angst, dass es nicht schön werden könnte – für sie.

Bevor Zoey wiederkommt, muss ich noch einige Vorbereitungen treffen: die Wohnung aufräumen, das Bett frisch beziehen, mich rasieren, duschen und die passende Musik heraussuchen. Die Zeit fühlt sich viel zu knapp bemessen an, also verabschiede ich mich schnell von Robert und laufe nach Hause.

Einige Minuten vor Mitternacht ist die Wohnung tipptopp aufgeräumt und riecht dank einer Kerze, die mir Dahlia vor einer Weile geschenkt hat, nach Zedernholz und Salbei. Ich mache mich auf den Weg, um Zoey von der Arbeit abzuholen. Ich lasse sie nicht mehr allein hin- oder zurücklaufen, allerdings will sie sich bald ein Auto kaufen – sie bekommt gutes Trinkgeld und hat schon über tausend Dollar angespart. Aber auch wenn sie das Auto hat, werde ich sie weiter begleiten, weil ich einfach nicht friedlich schlafen kann, solange ich weiß, dass ihr Vater da draußen ist.

Nachdem sie die erste SMS von ihm bekommen hat, hat sie mir alles erzählt, was ihr Vater getan hat. All die Beschimpfungen, die sie sich anhören musste, und auch, womit er ihr vor Gericht gedroht hat. Damals dachte sie, seine Todesdrohung sei nur so dahingesagt gewesen, und so ganz glaubt sie immer noch nicht, dass er es ernst gemeint haben könnte. Aber in seinem Fall bin ich lieber nicht im Zweifel für den Angeklagten. Er hat drei Jahre dafür abgesessen, dass er seine Frau fast totgeschlagen hat, und wie es aussieht, hat er seine Haftstrafe nicht dazu genutzt, zu Gott zu finden. Offenbar hat er während dieser Zeit stattdessen seinen Hass auf die eine Person geschürt, wegen der er seiner Meinung nach einsaß: Zoey. Die Frage ist nur, wie weit er für seine Rache zu gehen bereit ist.

Er ist ein ehemaliger Polizist und nicht auf den Kopf gefallen. Er weiß, was er tut, und er ist vorsichtig – das verrät mir, dass er nicht im Affekt handelt. Er verfolgt einen Plan, und er ist bereit, auf den richtigen Moment zu warten. Was ich viel beängstigender finde.

Zoey hat vor zwei Wochen im Gericht angerufen und darum gebeten, dass ihr die Fallakte ihres Vaters zugeschickt wird. Ich habe ihre Aussage gelesen, die direkt nach der Tat erfolgt ist, und konnte kaum fassen, dass sie erst fünfzehn war, so reif hat sie sich verhalten. Abgesehen davon ist mir vor allem im Gedächtnis geblieben, dass die Staatsanwaltschaft Zoeys Vater als hochintelligenten Soziopathen bezeichnete, der sich deswegen zum Polizisten berufen fühlte, weil die Tätigkeit mit seiner Überzeugung harmonierte, anderen Menschen überlegen zu sein. Es wurde auch eine Expertin in den Zeugenstand berufen, um ihre Einschätzung beizusteuern. Ich habe ihre Aussage mehrfach gelesen, und mit jedem Mal wurde das flaue Gefühl in meinem Bauch schlimmer. Er leidet an einem Gottkomplex, sieht sich als finale Instanz der Gerechtigkeit und verfügt über keinerlei Empathiefähigkeit.

Deswegen lausche ich auch angespannt auf jedes Geräusch, als ich jetzt meine Wohnung verlasse. Ich bleibe stehen und sondiere die Umgebung, suche nach Schatten, die sonst nicht dort sind, verlasse mich auf den primitiven Instinkt, der immer dann in mir anspringt, wenn ich Gefahr wittere. Beim Militär haben sie uns beigebracht, diesen Instinkt zu schärfen und ihm zu vertrauen. Aber ich weiß, dass Zoeys Vater ähnliche Fähigkeiten besitzt, und außerdem hat er viele Jahre mehr an Lebenserfahrung als ich. Drei davon hat er im Gefängnis verbracht, wo er als ehemaliger Cop noch gnadenloser geworden sein muss, um die Anfeindungen seiner Mitgefangenen zu überleben.

Als ich nichts Ungewöhnliches bemerke, jogge ich zu meiner Maschine, setze den Helm auf und bemerke dabei einen langen, unregelmäßigen Kratzer auf der Karosserie, der vom Lenker bis zum Auspuff reicht. Ich kauere mich hin, um mir die Sache genauer anzusehen, und gebe eine ganze Reihe an Flüchen von mir. Verdammte Scheiße! Da muss jemand mit einem Schlüssel oder einem Schraubenzieher zu Werke gegangen sein, und dieser Jemand hat so viel Kraft eingesetzt, dass das Metall unter der Farbe durchschimmert. Die Reparatur wird mich ein Vermögen kosten.

Hastig richte ich mich auf, habe ein prickelndes Gefühl im Nacken. Als ob ich beobachtet werde. Langsam drehe ich mich um, suche die Straße nach Bewegungen ab. Ist da draußen jemand, oder hab ich mir das nur eingebildet? Als mir klar wird, dass ich vermutlich jetzt schon zu spät zu Zoey komme, steige ich auf und drehe den Schlüssel im Zündschloss. Der Motor gibt ein lautes Klappern von sich, dann ertönt eine Reihe von Knallen, die mich vom Sattel springen lassen. Der Motor stirbt stotternd ab. Was ist das denn für eine Scheiße? Ich hab die Maschine gerade erst warten lassen, mein Auto hängt auch seit Tagen in der Werkstatt. Das kann doch gar nicht sein!

Außer natürlich … Zoeys Vater steckt dahinter. Vielleicht hat er irgendwas in den Tank gefüllt, das dort nicht hingehört?

Ich zerre mir den Helm vom Kopf und muss mich zusammenreißen, um nicht gegen den Bordstein zu treten. Verdammt! Wieder schaue ich auf die Uhr. Ja, ich komme zu spät.

Und dann schießt mir ein Gedanke durch den Kopf: Was, wenn genau das seine Absicht war? Was, wenn …

Ich renne los, ehe ich den Gedanken zu Ende gedacht habe.

# ZOEY

Das Restaurant ist geschlossen. Nur der Tellerwäscher, die Managerin Tessa und ich sind noch da. Ich warte im Empfangsbereich, wo ich abwechselnd mein Handy checke und aus dem Fenster schaue. Wo steckt Tristan nur? Er kommt doch sonst nie zu spät! Ich versuche noch mal, ihn anzurufen, aber er nimmt nicht ab. Meine Haut prickelt – als ob überall Spinnen auf mir rumkrabbeln.

Als ich gerade wieder auf den Anruf-Button drücken will, klingelt mein Handy, und ich schrecke zusammen. Statt dass ich auf dem Display wie erwartet Tristans Namen sehe, steht dort »Unbekannte Rufnummer«.

Mein Herz hämmert so heftig, dass es mir halb aus der Brust birst, wie das Alien in dem Film, den sich Tristan neulich mit mir angesehen hat. Mein Finger schwebt über dem grünen Button, doch eine Stimme in meinem Kopf warnt mich, nicht abzuheben. Ich ignoriere sie und hebe das Handy an mein Ohr. »Hallo?«

Schweigen.

Dann Atemgeräusche.

Er ist es. Ich weiß, dass er es ist.

»Ich weiß, dass du es bist«, sage ich schließlich, meine Stimme kaum mehr als ein heiseres, abgehacktes Flüstern. Die Atemgeräusche klingen plötzlich erstickt, als würde er ein Lachen unterdrücken.

»Lass mich in Frieden!«, zische ich, dann lege ich auf.

Ich starre hinaus auf die dunkle Straße, bete, dass Tristan endlich kommt. Wo bleibt er nur? Da klingelt plötzlich das Festnetztelefon, das neben mir auf dem Empfangstisch steht, und ich mache einen riesigen Satz. Wie versteinert starre ich das Telefon an.

»Kannst du kurz rangehen?«, bittet mich Tessa, die am hinteren Ende der Bar sitzt.

Ich schüttle mein Entsetzen ab und greife nach dem Telefon, das von der Ladestation geradezu in meine Hand zu springen scheint.

»Riley's, guten Abend!«, sage ich und bemühe mich dabei um einen fröhlichen Tonfall. Stille. Mein Magen krampft sich zusammen, wird hart wie eine Faust.

»Guten Abend, Zoey.«

Ich öffne den Mund, um nach Luft zu schnappen, aber meine Kehle zieht sich zusammen, und meine Lungen versagen mir den Dienst. Ich kann nicht mehr atmen und suche an der Tischkante nach Halt. »Was willst du?«, höre ich mich meinen Vater fragen.

Es rumpelt in der Leitung, und es dauert einige Sekunden, bis ich begreife, dass er lacht – ein tiefes, kehliges Geräusch, bei dessen Klang mir der Mageninhalt wieder hochkommt.

»Warum siehst du denn so verängstigt aus, Zoey?«

Seine Worte treffen mich wie Gewehrschüsse. Mein Kopf fliegt hoch, und ich starre aus dem Fenster, kann aber nichts erkennen. Es ist zu dunkel.

Wieder dieses rumpelnde Lachen. Er ist da draußen. Beobachtet mich, genau jetzt, in diesem Moment.

»Was willst du?«, stoße ich erneut hervor und ringe dabei den Drang nieder, auf den Boden zu sinken und hinter dem Empfangstisch in Deckung zu gehen.

*Wo ist er?*

»Ich will die drei Jahre meines Lebens zurück, die du mir gestohlen hast«, sagt er, und seine Stimme trieft vor Verbitterung. Aber er klingt nicht nur verbittert, er lallt auch, vermengt die Worte zu einem undeutlichen Brei. Er ist betrunken. »Gibst du sie mir zurück?«, fragt er barsch.

Aber das war nicht meine Schuld, will ich sagen. Doch ich bringe keinen Ton heraus, die Worte stecken mir in der Kehle fest.

»Hab ich mir schon gedacht«, knurrt er.

Mein Blick zuckt über die Autos, die draußen auf der Straße parken. Sitzt er in einem davon? Oder versteckt er sich im Schatten eines der Geschäfte auf der anderen Straßenseite?

»Drei Jahre sind eine lange Zeit, Zo-Zo«, sagt er. Den Spitznamen habe ich als Kind getragen. »Lang genug, um mir auszudenken, wie ich dir heimzahle, dass du mich hinter Gitter gebracht hast.« Er schnaubt. »Meine Tochter. Meine eigene Tochter hat mich einsperren lassen. Kaum zu glauben. Wo ich herkomme, gibt es ein Wort für Leute wie dich: Ratten. Weißt du, was sie im Knast mit Ratten machen?«

Ich kann es mir vorstellen.

»Du bist noch schlimmer als deine Schlampe von Mutter«, spuckt er aus. Jetzt ist er richtig in Fahrt. So läuft das immer bei ihm. Wenn er erst mal losgelegt hat, kann ihn nichts mehr aufhalten. Ich sollte auflegen, aber dann wird er nur noch wütender. Und was, wenn er beschließt, ins Restaurant zu kommen?

Ich werfe einen Blick in Tessas Richtung. Sie sitzt immer noch in die Buchhaltung vertieft hinten an der Bar und bekommt nichts mit.

»Aber du kommst ja auch nach ihr, stimmt's? Wirst genauso eine Schlampe wie sie.«

Ich drehe mich um, sodass ich mit dem Rücken zum Fenster stehe und er mein Gesicht nicht sehen kann. Ich will auflegen. Will mir die Ohren zuhalten und mich irgendwohin verkriechen, wo ich in Sicherheit bin. Den Entsetzensschrei ausstoßen, der in mir feststeckt. Aber ich tue gar nichts. Ich stehe einfach nur da wie erstarrt und lausche stumm, während er weiterspricht.

»Ich hab dich mit diesem Kerl gesehen. Gehst ein und aus bei ihm, rund um die Uhr.«

Tristan. Er meint Tristan. Er hat uns zusammen gesehen, und das bedeutet, dass er mich ausspioniert. Auf einmal habe ich das Gefühl, dass Eiswasser durch meine Adern rinnt.

»Gehst du mit ihm ins Bett, ja?«

Ich kneife die Augen zusammen, versuche, das Grauen abzuschütteln, das seine Stimme in mir auslöst.

»Weiß er, was für ein Flittchen du bist?«, fragt er. Dann denkt er kurz nach, ehe er sich die Frage selbst beantwortet. »Natürlich weiß er das – darum rennt er dir ja auch hinterher wie ein Köter einer läufigen Hündin.«

In diesem Moment fliegt die Tür hinter mir auf. Mit einem kurzen Aufschrei fahre ich herum, den Hörer immer noch ans Ohr gedrückt, in der Erwartung, dass mein Vater vor mir steht.

Aber es ist Tristan, er ist ganz außer Atem und verschwitzt. Als er meinen Zustand bemerkt, hält er mitten in der Bewegung inne.

»Was ist los?«

Der Hörer gleitet mir aus der Hand und poltert zu Boden. Ich starre an Tristan vorbei durch die offene Tür, hinaus auf die Straße.

»Er beobachtet mich«, flüstere ich.

# TRISTAN

Der heutige Abend sollte etwas ganz Besonderes werden, aber Zoey und ich sind beide viel zu nervös, um etwas anderes zu tun, als nebeneinander auf dem Sofa zu sitzen und einen Film anzuschauen – *The Breakfast Club* –, von dem wir allerdings beide kaum was mitbekommen. Zoey zuckt bei jedem Geräusch, das aus den Lautsprechern dringt, zusammen, und ich finde einfach keine Ruhe, habe das ständige Bedürfnis, aufzuspringen und die Türschlösser und den Videofeed der Sicherheitskameras zu überprüfen.

Ich habe Zoey zwar erzählt, dass meine Maschine kaputt ist, nicht aber, dass meiner Meinung nach ihr Vater dafür verantwortlich ist. Sie ist auch so schon panisch genug, da brauche ich nicht noch Öl ins Feuer zu gießen.

Er hat sie im Restaurant beobachtet, hat irgendwo dort draußen in der Dunkelheit gelauert. Was für ein Psycho muss man sein? Bestimmt ist er uns hierher gefolgt. Wir haben die Polizei gerufen, aber sie meinten, solange es kein richtiges Verbrechen oder zumindest eine offene Drohung gibt, könnten sie nichts machen. Es ist zum Verrücktwerden.

Was hat er nur vor? Und wie hat er sie gefunden? Hat er eine

Möglichkeit gefunden, Kontakt zu Cole aufzunehmen? Hat Cole ihm Zoeys Nummer verraten, und auch, wo sie arbeitet? Ich starre auf den Fernseher, ohne etwas zu sehen, und grüble, wie ich Zoey schützen kann. Die simple, frustrierende Wahrheit lautet, dass ich nichts tun kann – bis er zuschlägt.

Als der Abspann läuft, starrt auch Zoey einfach nur reglos auf den Bildschirm. Ich bin mir nicht sicher, ob sie überhaupt mitbekommen hat, dass der Film vorbei ist. Ich beuge mich über sie, um mir die Fernbedienung zu angeln, und schalte den Fernseher ab.

»Komm, wir gehen ins Bett«, sage ich, stehe auf und strecke ihr die Hand hin.

# ZOEY

Ich lasse nicht zu, dass mein Vater gewinnt. Und ich lasse mir auch nicht von ihm den Abend kaputtmachen.

Ich rolle mich zu Tristan, der mit offenen Augen daliegt und die Decke anstarrt, und küsse ihn, versuche, alle Gedanken an meinen Vater im Keim zu ersticken. Ich muss die Augen schließen, damit ich nicht die ganze Zeit zur Tür schaue, weil ich Angst habe, dass sie jeden Moment auffliegen und mein Vater hereinstürmen könnte.

Tristan erwidert meine Küsse anfangs nur widerwillig, also ziehe ich ihn auf mich. Er stützt sich auf den Unterarmen ab, damit ich nicht sein ganzes Gewicht abbekomme, aber ich schlinge die Arme um seinen Hals und drücke ihn an mich. »Hilf mir, zu vergessen«, flüstere ich gegen seine Lippen.

Tristan erstarrt, dann rollt er sich stirnrunzelnd von mir. Er streichelt meine Wange, schiebt mir eine Haarsträhne aus den Augen. »Zo«, sagt er. »Ich will dir aber nicht helfen zu vergessen. Ich will, dass du hier bei mir bist. Ich meine ... wenn wir ... Das soll ein Augenblick sein, der dir für immer in Erinnerung bleibt. Der uns beiden ...« Er verstummt. »Ich will einfach, dass es etwas Besonderes ist.«

Ich atme tief durch, weil ich weiß, dass er recht hat, aber gleichzeitig frustriert bin, weil es meinem Dad doch gelungen ist, mir auch das kaputt zu machen. All die angestaute Wut strömt aus mir heraus, in Form von Tränen, die mir übers Gesicht rollen. »Schsch«, macht Tristan, zieht mich fest an seine Brust und wiegt mich hin und her. »Ist ja gut. Ich bin bei dir.«

Ich kneife die Augen zusammen und versuche, mit dem Weinen aufzuhören. Tristan wischt mir die Tränen weg, umschließt mein Gesicht und küsst meine Wangen. »Nicht weinen.«

BUMM!

Erschrocken fahre ich hoch, so wie auch Tristan. Jemand hämmert gegen die Wohnungstür. Ich erstarre, aber Tristan ist bereits auf den Beinen und auf dem Weg zum Eingang. »Bleib hier!«, warnt er mich. »Schließ die Schlafzimmertür zu!«

Ich taste mich aus dem Bett. Kommt nicht infrage, dass ich hierbleibe und ihn allein zur Tür lasse! Das Hämmern geht weiter, und jetzt höre ich auch jemanden meinen Namen rufen. »Zoey!«

Das ist Moms Stimme.

Ich komme gerade noch rechtzeitig im Wohnzimmer an, um zu sehen, wie Tristan die Wohnungstür aufreißt. Draußen steht meine Mom, sie ist der Hysterie nahe. »Kate«, schreit sie. »Kate ist weg!«

»Was?«, stoße ich hervor.

»Nachdem du mir vorhin Bescheid gegeben hast, dass dein Vater in der Stadt ist, hab ich kein Auge mehr zubekommen. Aber Kate muss es trotzdem irgendwie geschafft haben, sich an mir vorbei aus der Wohnung zu schleichen. Jedenfalls kann ich sie nirgends finden.«

»Moment.« Tristan zückt sein Handy. »Eine der Kameras hat eine Bewegung aufgezeichnet. Die Benachrichtigung ist eine halbe

Stunde alt.« Mir rutscht das Herz in die Hose. »Ich hab sie verpasst.«

Mom und ich drängen uns um Tristan, um uns das Video anzusehen. Es zeigt, wie sich Kate durch die Wohnungstür nach draußen schleicht. Laut Zeitanzeige am unteren Bildschirmrand war das um 2 Uhr 58.

»Aber wo will sie denn hin?«, frage ich, während wir ihr dabei zusehen, wie sie die Treppe hinunterhuscht.

»Sie hat eine Tasche dabei«, bemerkt Tristan.

Dann ist sie vom Bildschirm verschwunden. Tristan spielt das Video erneut ab, aber es gibt keine weiteren Informationen preis.

»Komm, wir gehen rüber in eure Wohnung«, sagt Tristan zu mir.

Ich nicke, schnappe mir meine Tasche und mein Handy, und dann folgen wir meiner Mom über den Innenhof und die Treppe hinauf in unser Apartment.

»Was glaubst du, wo sie hinwill?« Mom umklammert meine Hände. Sie flüstert, damit Cole nicht wach wird.

Ich fahre mir durchs Haar, ich muss fürchterlich aussehen, aber für Eitelkeiten haben wir im Augenblick keine Zeit. »Keine Ahnung«, antworte ich. »Hast du das Kinderzimmer nach Hinweisen abgesucht?«

»Ich wollte Cole nicht wecken, deswegen war ich nicht gründlich. Aber sie hat ihre Zahn- und Haarbürste mitgenommen. Außerdem glaube ich, dass sie meine Handtasche durchwühlt hat. Ich habe sie auf dem Esstisch gefunden.«

Als ich das höre, schießen meine Augenbrauen in die Höhe. »Deine Handtasche?«

»Hat sie Geld mitgenommen? Kreditkarten?«, fragt Tristan.

Mom schüttelt den Kopf. »Ich hatte nur einen Zwanziger, den hat sie mitgenommen. Die Karten sind alle noch da.«

Und da schwant es mir. »Oh nein«, flüstere ich und renne in das Schlafzimmer, das ich mir mit Mom teile.

Mom folgt mir. »Was ist los?«, fragt sie voller Sorge.

Vor dem Schrank lasse ich mich auf die Knie fallen und ziehe eine Schuhschachtel hervor, in der ich einige Dinge aufbewahre, die mir besonders wichtig sind – meine Unterlagen vom Community College, eine Handvoll Briefe von Will, Kinokarten von meinen Dates mit Tristan, außerdem die kleinen Zettel, die er mir jeden Morgen aufs Kissen legt. Ich krame in der Schachtel, bis ich das Mäppchen finde, das ganz unten versteckt ist. Schon als ich es hervorziehe, rutscht mir das Herz in die Hose, denn es knistert nicht.

Ich öffne es mit einer Mischung aus Wut und Enttäuschung. Als ich sehe, dass es leer ist, siegt die Enttäuschung.

»Was ist los?«, fragt Mom erneut.

»Da drin war ein Umschlag mit knapp tausend Dollar«, murmle ich. »Mein gesamtes Trinkgeld. Ich hatte es gespart, um mir davon ein Auto zu kaufen.«

»Oh nein«, sagt Mom und lässt sich auf den Bettrand fallen. »Warum sollte sie dich bestehlen?«

»Um weglaufen zu können.«

»Aber warum?«, fragt Mom verwirrt.

Ich stehe auf, sehe auf die Uhr. Es ist kurz vor vier. »Wo könnte sie hin sein?«, überlege ich laut.

»Ich rufe die Polizei«, sagt Mom.

»Und ich mache mich auf die Suche nach ihr«, bietet Tristan an, der hinter uns das Schlafzimmer betreten hat.

»Ich komme mit.« Ich kann ihm ansehen, dass er Einwände hat, doch er schweigt.

»Ich muss hier bei Cole bleiben«, stellt Mom fest.

Ich nehme ihre Hand, habe Angst, sie allein zu lassen, auch wenn ich ihr das unmöglich sagen kann. Sie lächelt mir aufmunternd zu.

»Ich schaff das schon«, versichert sie mir.

»Als Erstes suchen wir die Bus- und Bahnstationen ab«, erklärt Tristan.

»Und was, wenn sie ein Uber genommen hat?«

»Glaubst du, dass sie vielleicht zurück nach Vegas will?«, fragt er.

Ich schüttle den Kopf. »Keine Ahnung. Ich hatte eigentlich immer das Gefühl, dass sie die Stadt nicht ausstehen kann.«

»Was macht ihr da?«

Wir fahren alle drei herum. Cole steht in seiner Zimmertür und reibt sich gähnend die Augen.

»Nichts«, versuche ich ihn zu beruhigen. »Geh wieder ins Bett.«

»Wie spät ist es?«, fragt er und sieht verwirrt zwischen uns hin und her.

»Schon spät. Beziehungsweise früh.« Ich gehe auf ihn zu.

»Wo ist Kate?«, will er wissen.

Ich wechsle einen Blick mit Mom, und sie kniet sich vor Cole.

»Kate ist verschwunden«, sagt sie. »Hast du eine Ahnung, wo sie stecken könnte?«

Cole starrt sie an, und ich achte genau auf seine Reaktion. Und da kommt mir zum ersten Mal der Gedanke, dass womöglich Kate diejenige ist, die Kontakt zu unserem Vater hat, und nicht Cole. Ich erstarre, fühle mich wie vom Blitz getroffen. Was, wenn *sie* ihm gesagt hat, wo wir jetzt wohnen? Die ganze Zeit über habe ich mich nur auf Cole konzentriert. Aber es könnte genauso gut Kate gewesen sein. Was, wenn sie jetzt gerade auf dem Weg zu unserem Vater ist?

»Cole«, sage ich und gehe neben Mom vor ihm in die Knie. »Es gibt da etwas, das wir unbedingt wissen müssen: Hat einer von euch beiden mit Dad gesprochen? Es ist wirklich wichtig, dass du uns die Wahrheit sagst.«

Cole blickt zwischen uns hin und her. Rote Flecken bilden sich auf seinem Gesicht – sein persönlicher Pinocchio-Effekt. »Ich hab nicht mit ihm geredet! Und ich weiß auch nicht, wo Kate ist!«, ruft er.

Mom packt ihn am Arm. »Cole, nun sag schon!«

Er reißt den Arm zurück. »Lass mich los!«

Ich stehe auf, das Gespräch wird uns nur eins bringen: einen von Coles berüchtigten Wutanfällen. Doch da mischt sich Tristan ein. Er hat sich in die Küche zurückgezogen und steht neben dem Abfalleimer, in der Hand einen zerknüllten Zettel, den er auf der Suche nach Hinweisen offenbar aus dem Müll gezogen hat.

»Schau mal«, sagt er und reicht mir das Papier.

Es handelt sich um ein KATZE-GESUCHT-Plakat, auf dem ein Foto von Romeo und Kates Handynummer abgebildet sind.

»Glaubst du, sie ist auf der Suche nach Romeo?«, frage ich.

»Könnte jedenfalls sein, oder?« Er zuckt mit den Achseln. »Sie hat sich große Sorgen um ihn gemacht und befürchtet, dass ihm in Vegas etwas zugestoßen sein könnte.«

Er hat recht – glaube ich zumindest. Und die Aussicht, dass Kate unseren Kater retten will, gefällt mir tausendmal besser als der Gedanke, dass sie abgehauen ist, um unseren Vater zu sehen.

Tristan kniet sich neben Cole. »Du musst hierbleiben und auf deine Mom aufpassen, während Zoey und ich nach Kate suchen, okay?«

Cole verzieht das Gesicht und funkelt unsere Mom wütend an. »Warum muss *ich* auf *sie* aufpassen?«

Mom zuckt bei seinen Worten sichtlich zusammen, und ich frage mich, ob sie den Eindruck hat, dass gerade eine Miniaturversion von Dad vor ihr steht.

»Weil sich das für einen guten Menschen gehört«, erwidert Tristan ruhig. »Gute Menschen achten auf ihre Familie. Sie beschützen die Leute, die sie lieben. Und deine Mom braucht dich im Augenblick.«

Ich beobachte Tristan, während er spricht, und mein Herz schlägt ein wenig höher. Cole nickt ihm ernst zu, und ich frage mich, ob er sich ein Beispiel an Tristan nehmen oder doch eher nach unserem Vater kommen wird.

# TRISTAN

Es dämmert bereits, als wir Emma Rotherhams Haus erreichen, um Dahlias Auto abzuholen. Mein Wagen ist in der Werkstatt, und irgendwie müssen wir ja nach Vegas kommen. Dahlia öffnet uns in einem Morgenmantel aus Satin die Tür. Das Ding erregt zwar meine Neugierde, aber solange wir Kate nicht gefunden haben, müssen meine Fragen über den Beziehungsstatus zwischen Dahlia und Emma warten.

»Geht es dir halbwegs gut?«, fragt sie Zoey und umarmt sie.

Zoey nickt geistesabwesend. Sie will einfach nur los, und Dahlia schaltet sofort und kramt hastig den Autoschlüssel aus ihrer Tasche.

»Ist es wirklich okay, dass wir uns den Wagen leihen?«, versichere ich mich noch einmal, während ich den Schlüssel von Dahlia in Empfang nehme.

»Falls ich irgendwo hinmuss, kann ich eins von Emmas Autos haben. Außerdem ... wohne ich gerade hier ... sozusagen.« Als sie das sagt, streicht sie sich verlegen das Haar hinters Ohr. Ihr glühendes Gesicht und die roten Flecken, die jetzt auf ihrem Hals erscheinen, verraten mir, dass zwischen Emma und ihr inzwischen definitiv irgendwas läuft.

»Fahr vorsichtig.« Sie wendet sich an Zoey. »Ich hoffe, ihr findet sie.«

»Natürlich finden wir sie«, versichere ich Zoey, als wir eine Stunde später auf dem Weg Richtung Vegas sind, und drücke ihre Hand. Sie erwidert den Druck, sagt aber nichts. Ich hoffe, sie merkt nicht, wie beunruhigt ich bin.

Ich bezweifle, dass ihr Vater etwas damit zu tun hat, aber ein Mädchen in Kates Alter, ganz allein da draußen, ist für eine Menge Leute leichte Beute. Sie hatte nur zwei Möglichkeiten, von Oceanside nach Vegas zu gelangen: mit dem Bus oder per Anhalter, und keine der beiden Optionen ist sonderlich sicher. Aber ich behalte meine Gedanken für mich, um Zoey nicht noch mehr zu beunruhigen.

Alle paar Minuten versucht sie, Kate anzurufen, aber deren Handy ist ausgeschaltet, und es geht sofort die Mailbox dran.

»Und was ist mit ihrer Freundin Lis?«, frage ich.

»Ich habe ihre Nummer nicht. Aber ich versuche es über das Schulsekretariat, sobald sie öffnen.«

»Wie sieht es mit Instagram aus? Hier, du kannst ihr über meinen Account schreiben.« Ich nehme mein Handy aus der Mittelkonsole und lege es auf Zoeys Schoß.

»Ihr Account ist privat, ich kann ihre Posts nicht sehen.« Sie tippt etwas ins Suchfenster ein. »Aber Lis' Account habe ich gefunden. Ich schicke ihr einfach mal eine Nachricht.« Als sie fertig ist, scrollt sie durch Lis' Feed. »Da sind total viele Fotos von ihr und Kate, und …« Sie verstummt.

Als ich kurz zu ihr rübersehe, runzelt sie die Stirn. »Was ist?«, frage ich.

Sie schüttelt den Kopf. »Ich weiß nicht, da sind überall Fotos von ihnen zusammen.«

»Und?«, frage ich, während ich einen Sattelschlepper überhole, der die Mittelspur blockiert.

»Es sind nicht die Fotos selbst, sondern die Kommentare. Jemand hat geschrieben, dass sie perfekt zusammenpassen, und hier steht #LoveGoals.

Ich drehe mich zu Zoey, die mich ansieht. »Oh Gott.«

»Sie sind nicht einfach nur beste Freundinnen, sondern ein Paar.« Zoey scrollt weiter durch die Fotos. »Warum hat sie mir nichts davon gesagt? Warum sollte sie so was verheimlichen?«, fragt sie traurig.

»Vielen Leuten fällt es schwer, sich vor ihrer Familie zu outen«, sage ich. »Bei Dahlia war es auch so. Und meine Familie hängt zum CSD sogar eine Regenbogenfahne ans Haus. Mir hat sie nur davon erzählt, als ich sie auf einer Party beim Knutschen mit einem Mädchen erwischt habe, auf das ich stand. Und danach brauchte sie noch ein geschlagenes Jahr, bis sie es unseren Eltern gesagt hat.«

Zwischen Zoeys Augen entsteht eine tiefe Falte. »Aber sie weiß, dass es mir nichts ausmachen würde.«

»Sobald wir sie gefunden haben, kannst du sie selbst fragen, warum sie es dir verheimlicht hat«, sage ich und kraule ihr sanft den Nacken.

Zoey nickt zwar, aber sie sieht dabei zutiefst unglücklich aus.

# ZOEY

Ich blicke an der nackten Backsteinfassade hoch, die eher an ein Gefängnis als an eine Schule erinnert. Aber Kate war hier glücklich. Sie hatte Lis, die mehr als nur eine beste Freundin war. Ich habe die beiden auseinandergerissen. Kein Wunder, dass Kate so unglücklich war, seit wir nach Oceanside geflüchtet sind. Wie konnte ich nur so blind sein? Kate hatte recht mit dem Vorwurf, dass ich nur an mich selbst denke. Ich war so mit Tristan beschäftigt, dass mir völlig entgangen ist, wie todtraurig meine kleine Schwester ist.

Ich verdränge die Panik, die sich in mir breitzumachen droht, sobald ich daran denke, dass Kate jetzt ganz allein irgendwo da draußen ist. Und ich versuche auch, den Ärger zu unterdrücken, der in mir aufsteigt, wenn ich mir vorstelle, wie sie das ganze Geld ausgibt, das ich so mühsam angespart habe.

Die Schulglocke läutet, und Jugendliche strömen aus den Gebäuden – die meisten in Richtung Footballfeld und Tribüne. Lis entdeckt uns sofort und kommt angelaufen. Sie trägt bunte Leggings und ein bauchfreies Shirt. Sie hat mehrere Ohrlöcher und einen Nasenstecker, und ihre Augen sind mit dunkellila Kajal umrandet. Sie trägt einen Rucksack, der übersät ist mit Buttons, die meisten davon mit politischer Aussage. Mir fällt wieder ein, dass Kate mal erzählt hat, Lis würde sich für Kunst und Politik interessieren.

»Hey«, sagt sie, als sie bei uns ankommt. Ihr Blick ist wachsam. Ich stelle ihr Tristan vor, und sie reicht ihm die Hand. »Ich kann nur kurz«, fährt sie dann fort, während sie von einem Bein aufs andere tritt.

»Danke, dass du überhaupt Zeit gefunden hast«, erwidere ich. »Wir sind auf der Suche nach Kate und glauben, dass sie sich vielleicht in Vegas aufhalten könnte. Hast du was von ihr gehört?«

Sie nickt. »Wir haben uns heute Morgen gesehen.«

»Was?« Mir wird ganz schwummerig vor Erleichterung. »Und wo?«

»Sie war in der Pause hier.«

»Wie ist sie hergekommen?«

»Mit dem Bus aus San Diego. Der ist wohl so um halb fünf in der Früh losgefahren.«

»Und weißt du, wo sie jetzt ist?«

Lis' Blick senkt sich schlagartig auf unsere Füße. »Nee, keine Ahnung.« Sie schabt mit der Schuhspitze ihrer ausgelatschten Vans auf dem Asphalt herum. »Wir hatten Streit.« Sie wirft erst mir, dann Tristan einen nervösen Blick zu.

Auch ich sehe Tristan kurz an, und als könnte er meine Gedanken lesen, entfernt er sich ein paar Schritte, damit ich unter vier Augen mit Lis reden kann.

»Ich weiß, dass ihr ein Paar wart«, sage ich.

Lis hat gerade noch einen Blick auf ihre Uhr geworfen, doch nun sieht sie erschrocken auf. »Wie hast du das rausgefunden?«

Ich schüttle den Kopf, das ist jetzt nicht wichtig. »Bitte erzähl mir, was heute passiert ist.«

Tränen schwimmen in Lis' Augen. »Wir haben uns getrennt. Ich hab ihr gesagt, dass ich eine Fernbeziehung einfach nicht packe.«

»Und da ist sie hergekommen, um zu versuchen, die Sache wieder zu kitten?«

Lis nickt, ihre schmalen Schultern beben.

»Wie lang wart ihr schon zusammen?«, frage ich weiter.

Lis wischt sich die Augen trocken und schmiert sich dabei Wimperntusche über die Wangen. »Sechs Monate.« Sie zögert kurz. »Hat *sie* es dir erzählt?«

Wieder schüttle ich den Kopf, kann nicht glauben, dass Kate ihr Geheimnis ein halbes Jahr lang vor mir bewahrt hat. Kein Wunder, dass sie Las Vegas auf keinen Fall verlassen wollte. »Weißt du, warum sie nicht mit mir darüber sprechen wollte?«

»Sie hat mit niemandem drüber geredet, zumindest am Anfang nicht. Als ihr … Als ihr weggegangen seid, hatte sie sich gerade erst vor ein paar Leuten geoutet.«

Ich muss ein paarmal tief durchatmen. In Kates Leben ist so viel passiert, und ich habe nichts davon mitbekommen.

»Hast du eine Ahnung, wo sie jetzt sein könnte?«, frage ich.

»Sie meinte irgendwas von wegen, dass sie euren Kater finden will.«

Ich drücke Lis' Arm. »Danke.«

Sie versucht, mir zuzulächeln, aber das Ergebnis erinnert eher an eine Grimasse. »Es tut mir leid«, sagt sie. »Kannst du ihr das bitte von mir ausrichten?«

Ich nicke, und Lis dreht sich um und läuft zum Schuleingang zurück. Tristan kommt von hinten an und legt mir einen Arm um die Schulter. »Was hat sie gesagt?«, fragt er.

»Dass ich den Oscar in der Kategorie ›Schlechteste Schwester der Welt‹ verdient habe.«

Tristan klappt die Kinnlade herunter. »Das hat sie gesagt?«

»Nein«, gebe ich zu, »aber es kommt aufs selbe heraus. Die beiden waren zusammen, und ich habe nichts davon mitbekommen. Wie konnte mir etwas entgehen, das für meine Schwester so wichtig war? Und es *gab* Leute, denen sie davon erzählt hat. Nur eben mir nicht.«

»Aber das ist doch total normal«, erwidert Tristan. »Nimm das nicht persönlich. Bei Dahlia war es genauso.«

Wir gehen zum Auto, und Tristan hält mir die Tür auf.

»Und, wo fahren wir jetzt hin?«, fragt er. »Hatte Lis eine Ahnung, wo sie stecken könnte?«

»Du hattest recht. Sie ist auf der Suche nach Romeo.«

# TRISTAN

»Romeo, oh Romeo!«

Zoey mustert mich mit erhobener Braue, und ich murmle ein leises »Sorry.«

Nicht der richtige Zeitpunkt für so was. Und auch nicht der richtige Ort. Ich kann mir absolut nicht vorstellen, dass Zoey hier gewohnt hat. Nicht nur, weil die Fenster und Türen vernagelt sind, sondern auch, weil alles in Beige und Braun gehalten ist und ein bisschen verwahrlost wirkt: abblätternde Farbe, Vorgärten aus festgetretener Erde, verstaubte Autos, wo man hinschaut. Das einzige Anzeichen von Natur sind die paar tapferen Grashalme, die sich durch die Hitzerisse im Asphalt gekämpft haben.

Die Wohnungstür ist durch eine dicke Spanplatte ersetzt worden, die von jemandem befestigt wurde, der seine Nagelpistole offensichtlich inniglich liebt. Schätze, die Behörden wollten vermeiden, dass die Wohnung zur Crackhöhle wird. Die gesamte Hausfront ist schwarz verrußt, und in der Auffahrt prangt dort, wo Zoeys Auto gestanden haben muss, ein verkohlter Fleck auf dem Betonboden.

»Wir kommen nicht rein«, sagt Zoey, während sie die Tür untersucht. Dann geht sie weiter und rüttelt an den Spanplatten, die über die Fenster genagelt wurden.

Entmutigt schaut sie sich um und fragt sich vermutlich genauso wie ich, ob Kate wohl schon hier war, und falls ja, wo sie als Nächstes hin ist. »Komm, wir versuchen es auf der Hinterseite«, schlägt sie vor, und ich folge ihr ums Haus in einen verlassenen Innenhof. Es ist bereits Mittagszeit und gefühlte hundert Grad heiß, deswegen ist kein Mensch draußen. Nur in einem Haus auf der anderen Seite flattert ein Vorhang aus einem offenen Fenster. Auch die Rückseite von Zoeys Haus ist vernagelt, aber eine der Sperrholzplatten hängt nur noch lose an der Wand.

Zoey rennt hin, und zusammen reißen wir die Platte ab. Drinnen kann ich schemenhaft ein Schlafzimmer erkennen, aber es scheint durchwühlt worden zu sein. Auf dem Boden liegen Kleidung und rußgeschwärzte Bettlaken verstreut, und falls Zoeys Mom nicht erlaubt hat, dass Cole die Wände mit Graffiti besprüht, kann man davon ausgehen, dass wir nicht die Ersten sind, die sich Zugang verschafft haben.

Ich stemme mich übers Fensterbrett und springe in die Wohnung, wobei ich mit dem Fuß auf einer zerbrochenen Bierflasche lande. Wer auch immer die Sperrholzplatte gelockert hat, dürfte hier drinnen eine kleine Party veranstaltet haben. Ich drehe mich um und helfe Zoey durchs Fenster. Sie springt mir hinterher und erstarrt, sieht sich voller Entsetzen um, während ich mein Handy zücke und die Taschenlampenfunktion einschalte.

»Kate?«, rufe ich und schiebe Zoey hinter mich, ehe ich die Tür öffne, die in das Wohnzimmer führt. Hier sieht es noch schlimmer aus als im Schlafzimmer. Das Sofa hat grüne Schimmelflecken, und der Geruch erinnert mich an ein Urinal in einer Pilzfabrik. Ich halte mir die Nase zu und versuche, so flach zu atmen wie ich kann, ohne dabei umzukippen.

Bierdosen und verformte Löffel liegen herum, dazwischen zerrissene Pizzaschachteln. Zoey gibt ein Geräusch von sich – ein Atemzug, der wie ein Schluchzer klingt. Als ich mich zu ihr drehe, sehe ich, dass sie etwas in der Hand hält, und als ich den Lichtstrahl darauf richte, erkenne ich, dass es sich um eine zerbrochene Tasse handelt.

»Die hat Cole gemacht«, sagt sie.

Ich suche den Boden ab und finde den fehlenden Henkel in einem Aschehaufen. Zoey dreht den Becher um und leert die Zigaretten- und Jointstummel aus. »Schau mal«, ermutige ich sie, nehme ihr den Becher ab und halte den Henkel daran. »Das kann man reparieren.«

Im selben Moment beginnt die Haut in meinem Nacken zu prickeln, und ich bedeute Zoey mit einer Geste, sich ruhig zu verhalten. Jemand ist hier, das spüre ich genau.

In einem der anderen Zimmer ist ein unterdrücktes Rascheln zu hören, und Zoey will dem Geräusch folgen, aber wieder schiebe ich mich vor sie. Ich will derjenige sein, der die Tür öffnet. Vielleicht ist es nur ein Jugendlicher mit einer Spraydose, der die Wände taggt, oder eine Ratte, aber in jedem Fall ist es mir lieber, wenn *ich* mich darum kümmere.

Ich stelle die Tasse auf der Sofalehne ab und öffne die Tür. Sie führt in ein weiteres Schlafzimmer mit einem Stockbett an einer Wand. Ich richte den Lichtkegel auf das untere Bett. Die Bettwäsche ist voller Flecken – keine Ahnung, was das ist, aber dem Geruch nach zu folgen, nichts Gutes –, und in der Ecke scheint jemand ein Lagerfeuer entzündet und dann wieder erstickt zu haben.

Die Schranktür steht offen, der gesamte Inhalt wurde geplündert. Die Regale sind bis auf ein paar Spider-Man-Unterhosen und eine Kindersocke leer. Ich richte das Licht auf das obere Bett, und Zoey und ich machen entsetzt einen Satz rückwärts.

Dort oben kauert Kate, die Knie an die Brust gezogen und den Kopf auf die Arme gebettet.

»Kate?«, flüstert Zoey. Sie lässt meine Hand los und geht zu ihrer Schwester, klettert die Leiter hoch und krabbelt vorsichtig neben sie.

Dann legt sie einen Arm um Kates Schultern, und die beiden brechen in Tränen aus.

# ZOEY

»Alles wird gut«, versichere ich Kate, die schluchzend in meinen Armen liegt.

Aber sie schüttelt den Kopf, den sie gegen meine Schulter gelehnt hat. »Nein, wird es nicht«, entgegnet sie mit dumpfer Stimme.

»Ich weiß, dass es sich im Augenblick nicht so anfühlt, aber glaub mir, es ist so.« Tristan hat den Raum verlassen, und ich höre, wie er im Rest der Wohnung herumläuft, vermutlich auf der Suche nach Sachen, die noch zu retten sind. Ich würde meinen rechten Arm drauf verwetten, dass er nichts finden wird. »Warum hast du mir nichts von Lis erzählt?«, frage ich, als Kate sich ein wenig beruhigt hat.

Sie windet sich, schweigt, und als ich mich schon frage, ob sie alles abstreiten wird, erwidert sie: »Weiß nicht.«

»Aber dir ist klar, dass ich dich unterstützt hätte, oder?«

Sie lehnt sich zurück, um mich anzusehen. Ihr Gesicht ist ganz fleckig vom Weinen, und ihre Augen sind rot und geschwollen. »Du hast mir doch auch nichts von dir und Tristan erzählt.«

Okay, Punkt für sie.

Ich will zu einer Erklärung ansetzen, aber Kate schneidet mir das

Wort im Mund ab. »Du erzählst mir nie irgendwas. Nicht mal, dass Dad aus dem Gefängnis entlassen wurde.«

»Ich wollte dich doch nur schützen.«

Kate wirft mir einen gekränkten Blick zu. »Ich bin fünfzehn, ich bin doch kein Kind mehr! Du brauchst mich nicht zu beschützen.«

»Tut mir leid«, wiederhole ich. Sie hat recht. Plötzlich sehe ich sie mit anderen Augen. Weil ich sie immer als meine kleine Schwester betrachtet habe, als jemanden, auf den ich aufpassen muss, fällt mir das schwer, aber Tatsache ist: Ich war nur ein Jahr älter als sie, als unser Vater eingesperrt wurde. »Ich wollte einfach nicht, dass du dir grundlos Sorgen machst.«

Kate sieht mich scharf an. »Wäre es denn grundlos?«

Wieder setze ich zu einer Antwort an, aber diesmal schneide ich mir selbst das Wort ab. Hier bietet sich die perfekte Gelegenheit, ehrlich zu ihr zu sein. Aber ich kann nicht. Ich bringe es einfach nicht über mich. Und so erwidere ich schließlich: »Es gibt nichts, worüber du dir Gedanken machen müsstest.«

»Hör doch endlich auf, mir was vorzumachen!«, fährt sie mich wütend an. »Hältst du mich echt für so blöd? Wenn ich mir keine Sorgen zu machen brauche, warum hat Tristan dann die Kamera über unserer Wohnungstür angebracht? Warum weicht er dir nicht mehr von der Seite? Er hat Angst um dich. *Ich* habe Angst um dich.«

Bei den letzten Worten bricht ihr die Stimme, und ich nehme ihre Hand und drücke sie sanft.

»Ehrlich, mir geht's bestens«, versichere ich ihr, aber die Lüge bleibt mir beinahe im Hals stecken.

Wieder füllen sich Kates Augen mit Tränen. »Lüg mich nicht an«, faucht sie.

Einige Momente lang starre ich sie überrascht an, dann atme ich tief durch. »Okay. Dad hat mich ein paarmal angerufen und mir gedroht.«

Kates Gesicht wird unter den roten Flecken ganz bleich. »Womit?«

»Mit nichts Speziellem«, erwidere ich vage. »Er ist wütend auf mich, weil ich gegen ihn ausgesagt habe. Aber das sind nur leere Drohungen, er wird mir nichts tun.«

»Was soll das heißen? Überleg doch mal, was er Mom angetan hat! Er hätte sie fast umgebracht! Wenn du nicht …« Sie bricht in Tränen aus, dicke Tropfen rollen ihr über die Wangen. »Und wenn du ernsthaft glaubst, dass er dir nichts tun wird, warum dann all die Kameras? Warum hat Robert Pfefferspray für Mom besorgt?«

Es ist genau das eingetroffen, was ich vermeiden wollte: Kate hat Angst, und ich ertrage es kaum, sie so zu sehen. Es wäre besser gewesen, einfach weiterzulügen.

»Weiß die Polizei Bescheid?«, fragt Kate. »Können die denn gar nichts machen?«

Ich schüttle den Kopf. »Nein, wir haben keine Beweise. Deswegen hat Tristan die Kamera am Eingang installiert.«

»Dad war im Haus? In Oceanside?« Kate bebt jetzt vor Angst. »Aber wie konnte er uns finden?«

»Ich weiß es nicht.« Dass ich Cole im Verdacht habe, verschweige ich ihr lieber.

Kates Lippen zittern, und die Tränen fließen immer schneller. »Warum kann er uns denn nicht einfach in Ruhe lassen?«, schluchzt sie.

Was soll ich darauf schon antworten? Natürlich wünsche ich mir dasselbe wie Kate, aber ich fürchte, unsere einzige Chance, ihn loszuwerden, besteht darin, ihn mit der Kamera dabei zu erwischen, wie er gegen seine Bewährungsauflagen verstößt. Dann müssen ihn die Cops wieder festnehmen, und er kommt zurück ins Gefängnis. Nur dass er nicht ewig dort bleiben wird. Irgendwann lassen sie ihn wieder raus … Und dann? Manchmal fühlt es sich so an, als ob es einfach kein Entkommen gibt.

»Müssen wir jetzt wieder weg aus Oceanside?«, fragt Kate und wischt sich mit dem Handrücken die Tränen weg.

Ich sage nichts. Die Wahrheit lautet, dass ich schon länger darüber nachdenke. Aber jedes Mal habe ich plötzlich Tristan vor Augen und verwerfe die Idee wieder. Ist das egoistisch? Bringe ich alle in Gefahr, nur weil ich unbedingt bei ihm bleiben will? Bringe ich am Ende auch *Tristan* in Gefahr? Mein Vater hat ihn jetzt jedenfalls im Visier, und bei dem Gedanken wird mir ganz anders vor Angst.

»Ich weiß nicht«, sage ich zu Kate, weil ich merke, wie wichtig ihr meine Antwort ist.

»Mir gefällt es da«, sagt sie leise. »Ich will in Oceanside bleiben.«

»Aber du meintest doch, du hasst es?«, sage ich überrascht. »Ich dachte, du wolltest unbedingt zurück nach Las Vegas!«

Sie zuckt kaum merklich mit den Achseln. »Ich vermisse Lis und Romeo, das ist alles. Las Vegas und die Wohnung hier sind mir egal.« Sie sieht sich in dem Zimmer um, mustert die Trümmer unseres vergangenen Lebens, und als ich die verwüstete Matratze, die kaputten Spielsachen und die fleckigen Wände ansehe, kommt es mir vor, als wären das die Sachen von jemand anders. Als stammten sie aus einem anderen Leben, einem, das ich gern hinter mir lasse. Wir haben die Möglichkeit erhalten, noch mal ganz von vorn anzufangen. Und zu diesem Neuanfang gehört auch Tristan.

»Liebst du ihn?«, fragt Kate.

»Hm?« Ich starre sie an. »Wen? Dad?«

»Nein, Tristan.«

Ich öffne den Mund, schließe ihn wieder. Ich spreche grundsätzlich nicht über mich und meine Gefühle, mit niemandem. Aber ehe ich mich eines Besseren besinnen kann, ist das Wort »Ja« aus meinem Mund gepurzelt. Einen Moment lang möchte ich es einfangen und wieder herunterschlucken. Es ist angsteinflößend, meine Gefühle für Tristan laut zu benennen, wo ich sie doch noch nicht einmal mir selbst so richtig eingestanden habe.

Kate wirft mir ein Lächeln zu und lehnt den Kopf an meine Schulter. »Gut«, sagt sie. »Er ist nett.«

»Stimmt«, erwidere ich lächelnd, auch wenn »nett« es nicht ganz trifft. »Das ist er.«

Eine Weile schweigen wir, dann frage ich: »Und hast du Lis geliebt?«

Kate schnieft. »Weiß nicht. Aber ich glaub schon. Woran merkt man, dass man wen liebt?«

Ich lache auf. Es ist ja nicht so, dass ich irgendwelche nennenswerten Erfahrungen in Liebesdingen hätte, mal abgesehen von dem, was ich jetzt für Tristan empfinde und was ich immer schon für Mom und meine Geschwister gefühlt habe. Aber das ist eine andere Art Liebe. Meine Gefühle für Tristan erinnern eher an Feuer: fast zu strahlend, um genauer hinzusehen. Wärmend. Tröstlich. Aber auch angsteinflößend – als ob sie mich verschlingen, wenn ich es zulasse.

Kate scheint auf meine Antwort zu warten. Also sage ich: »Ich schätze, daran, dass man bereit ist, alles für diese Person zu riskieren. Alles zu opfern.«

Kate lässt meine Worte sacken, dann sieht sie mich durchdringend an. Sie wirkt unglücklich. »Das ist echt traurig.«

»Was?«, frage ich überrascht.

»Dass du glaubst, dass die Liebe ein Opfer ist.«

»Aber ist es denn nicht so?«

Kate sucht nach einer Antwort, rümpft die Nase. »Na ja, teilweise vermutlich schon«, räumt sie ein. »Aber das sollte doch nicht alles sein. Man sollte nicht das eigene Glück oder die eigenen Träume opfern, nur um andere Leute glücklich zu machen.«

»Aber ich …«, setze ich an, doch Kate unterbricht mich.

»Oh doch, genau das tust du. Zumindest für uns. Du bist nicht aufs College gegangen, du musst arbeiten, um die Miete und unsere Rechnungen zu bezahlen, und … das ist einfach nicht fair. Du bist die Schlauste von uns allen, du solltest studieren!«

Ich zucke mit den Achseln, starre Kate an, die auf einmal viel älter wirkt als fünfzehn. Doch es ist nun mal, wie es ist. Kein Mensch hat behauptet, dass das Leben gerecht ist. »Ich bin glücklich, so wie es ist«, versichere ich ihr.

»Ja«, sagt sie. »Jetzt. Wegen Tristan.«

Dagegen habe ich nichts vorzubringen.

Wieder lehnt sich Kate bei mir an. »Es tut mir leid«, sagt sie.

»Was denn?«

»Dass du so viel für uns opfern musstest.«

»Aber das macht mir nichts aus«, sage ich und drücke ihr einen Kuss auf die Stirn. »Ganz ehrlich.«

Kate umarmt mich fest. »Ich hab dich lieb.«

Mir schnürt sich die Kehle zusammen, ein dicker Knoten bildet sich in meiner Brust, drängt aufwärts. Ich kann mich nicht erinnern, wann wir einander zuletzt gesagt haben, dass wir uns liebhaben. Generell kann ich mich nicht erinnern, wann wir uns zuletzt so offen unterhalten haben. »Ich hab dich auch lieb«, erwidere ich.

»Und es tut mir leid, dass ich dein Geld geklaut hab«, fügt Kate kleinlaut hinzu. Sie setzt sich auf und kramt in ihrer Tasche herum, dann zieht sie den zerknitterten Umschlag heraus, in dem ich mein Trinkgeld gesammelt habe. »Hier«, sagt sie und hält ihn mir hin. »Ich hab nur sechzig Dollar ausgegeben. Und die zahl ich dir zurück, sobald ich kann, versprochen!«

»Schon okay«, sage ich.

Sie lehnt wieder den Kopf an meine Schulter. »Ich hab dir nichts von Lis erzählt, weil ich mich geschämt hab«, sagt sie nach einer Weile.

Überrascht sehe ich sie an. »Warum denn das?«

Kate holt tief Luft. »Das klingt jetzt vielleicht blöd, aber als ich klein war, hat Dad mal ein Paar in einem Restaurant gesehen. Die beiden haben Händchen gehalten, mehr nicht. Es waren zwei Männer, aber sie haben sich noch nicht mal geküsst oder so. Sie haben einfach nur Händchen gehalten. Und Dad hat sie blöd angeredet. Dass sie abartig wären. Und dann hat er sie beschimpft. Es war echt schrecklich. Ich wär am liebsten im Boden versunken.«

Die Geschichte überrascht mich kein bisschen. Ich weiß noch, dass er ständig homophobes, sexistisches Zeugs von sich gegeben hat. »Er hasst alles und jeden«, antworte ich.

»Ich weiß. Er ist ein totales Arschloch. Aber trotzdem hat es sich bei mir eingebrannt, weißt du?« Ich nicke, denke an das Wort »Hure«, das schon fast mein ganzes Leben lang an mir haftet. »Du darfst nicht zulassen, dass er solche Macht über dich hat«, sage ich zu Kate.

»Ich weiß«, erwiderte sie, »aber ich … ich hasse ihn einfach so wahnsinnig.«

Ich schüttle den Kopf, sehe sie an. »Nein. Das ist *seine* Taktik: Hass. Wenn du so wirst wie er, hat er gewonnen.«

»Du hasst ihn nicht? Ehrlich? Wie schaffst du das bloß?«, fragt Kate ungläubig.

Ich atme tief durch, stoße die Luft ganz langsam aus. Weil es hart ist und mir nicht immer gelingt, das muss ich zugeben. »Ihn zu hassen ändert nichts«, erwidere ich schließlich. »Alles bleibt so wie vorher, nur dass es mich wütend und traurig macht. Und ich will nicht wütend und traurig sein. Ich will glücklich sein! Und beides gleichzeitig geht nicht, fürchte ich.«

Kate runzelt die Stirn. Ich kann ihr ansehen, wie schwer es ihr fällt, sich einzugestehen, dass ich recht habe, weil sie irgendwo hin muss mit ihrer Wut auf unseren Vater. Es ist nicht leicht, nicht mehr wütend zu sein, nicht mehr zu hassen. Die Gefühle verpuffen ja nicht einfach, irgendwo muss man sie ablassen. Ich glaube, ich habe all meine Gefühle ganz tief in mir drin vergraben. Habe immer so viel zu tun gehabt, dass ich einfach keine Zeit mehr hatte, an ihn zu denken, und jetzt … jetzt ist in mir wohl einfach kein Platz mehr für all die unterdrückte, uralte Wut. Sie wurde nach und nach durch die ganzen guten Dinge ersetzt, die mir passiert sind.

»Lass ihn nicht gewinnen«, sage ich zu Kate und wiederhole damit die Worte, die der Staatsanwalt damals zu mir gesagt hat, direkt bevor ich in den Zeugenstand gerufen wurde. »Und wenn du dir von ihm vorschreiben lässt, wie du dein Leben führst und welche Entscheidungen zu triffst, *hat* er gewonnen.« Während ich die Worte ausspreche, merke ich, dass sie genauso an mich selbst gerichtet sind wie an Kate. Und da begreife ich: Ich werde nicht aus Oceanside fortgehen. Ich habe es satt, ständig davonzulaufen. Ich werde nicht zulassen, dass mein Vater solche Macht über mich hat.

Dass er mir mein Glück kaputt macht. Ich bleibe bei Tristan. Und mit diesem Wissen drehe ich mich zu Kate. »Was meinst du, fahren wir nach Hause?«

Sie blinzelt die letzten Tränen weg, dann nickt sie.

Als wir das Schlafzimmer verlassen, sehe ich keine Spur von Tristan, aber vermutlich wartet er einfach draußen auf uns.

Ich helfe Kate durchs Fenster, und als sie nach draußen klettert, höre ich sie aufkreischen.

»Was ist los?«, frage ich alarmiert und springe ihr schnell hinterher. Als ich mich aufrichte, sehe ich Tristan auf uns zukommen. Er hält etwas im Arm – ein schwarz-weißes, fauchendes, zappelndes Fellknäuel.

Kate rennt mit ausgestreckten Armen auf ihn zu. »Romeo!«

Ich laufe ihr hinterher und beobachte, wie sie Tristan den protestierenden Kater abnimmt, der versucht, ihr mit seinen Krallen das Gesicht zu zerfetzen, während sie ihn mit Küssen übersät. Romeo scheint auf wundersame Weise von Hauskatzengröße zum Luchsformat gewachsen zu sein, und ich frage mich, wovon er sich in den letzten Wochen ernährt hat.

»Wo war er?«, frage ich Tristan erstaunt, während Kate Romeos wilde Angriffe weiter ignoriert und ihn noch fester an sich drückt.

Tristan wirft mir ein Lächeln zu und deutet mit dem Kopf über seine Schulter, wo unser alter Nachbar Winston auf uns zukommt, der Mann, der uns in der Brandnacht geholfen hat. Er grinst von einem Ohr zum andern.

»Ich konnte sehen, wie ihr durchs Fenster rein seid«, sagt er und nickt in Richtung Haus. »Wollte schon die Polizei rufen, gab viele Einbrüche in letzter Zeit. Aber dann hab ich erkannt, dass ihr es seid.« Er grinst mich an, dann zeigt er auf Romeo. »Hab euren

Kater gefunden und mich in den letzten Wochen um ihn gekümmert.«

»Danke«, sage ich und beobachte, wie Kate den fauchenden Romeo endlich dazu bewegen kann, sich mit mürrischer Miene auf ihrem Arm niederzulassen.

»Ich hab euch gesucht«, fährt Winston fort, »aber im Internet war nicht rauszufinden, wo ihr steckt. Und von der Polizei hab ich auch keine Nummer bekommen. Na ja, und da hab ich dann einfach drauf gehofft, dass ihr eines Tages wieder hier auftaucht.«

»Danke«, sagt nun auch Kate. »Danke, danke, danke.«

»Zieht ihr wieder ein?«, fragt Winston mit einem Blick in Richtung unseres ehemaligen Hauses.

Kate sieht erst mich an, dann Winston. Sie strahlt übers ganze Gesicht.

»Nein«, sagen wir im Chor.

# TRISTAN

Ich habe seit zweiunddreißig Stunden nicht mehr geschlafen und bin kurz davor, doppelt zu sehen. Es wäre der reinste Wahnsinn, die ganze Strecke bis nach Hause zu fahren, also rufe ich Gina an, um ihr Bescheid zu geben, dass wir Kate gefunden haben und sie jetzt bei uns ist, und schlage dann vor, dass wir die Nacht über in Vegas bleiben und erst morgen früh wieder nach Oceanside fahren.

Zoey ist fast genauso erschöpft wie ich, und ehe sie auf die Idee kommt, sich wegen der Kosten zu sorgen, erzähle ich ihr, dass ich jemanden im MGM Grand kenne, der mir einen Gefallen schuldet und uns ein Zimmer spendiert.

Was auch immer im Haus passiert ist – offenbar hatten Zoey und Kate die Möglichkeit, sich auszusprechen. Und Kates Gesicht, als sie Romeo aka den Tasmanischen Teufel gesehen hat, war die Fahrt hierher fast schon wert. Aber es ist ihre und Zoeys Reaktion, als wir eine Stunde später unsere Suite im MGM betreten, die mich endgültig für die Fahrerei entschädigt.

Kate klappt die Kinnlade fast bis zu dem mit Spiralmusterteppich ausgelegten Boden runter, als sie den mannshohen Kristalllüster sieht, der von der Decke des zweigeschossigen Hauptraums hängt. Zoey geht langsam durch den Wohnbereich bis zu dem riesigen Fenster, hinter dem die Skyline der Stadt zu sehen ist. Ich stelle mich neben sie, und sie schiebt ihre Hand in meine.

»Das ist der Wahnsinn«, flüstert sie.

»Ich hatte beim Manager noch was gut.«

»Was hast du für ihn getan?«, will sie wissen.

»Ihm das Leben gerettet«, sage ich nicht unbedingt im bescheidensten Tonfall. »Und verhindert, dass sein Boot kentert.«

Zoey starrt mich staunend an.

»Oh, krass!«, hören wir Kate aus dem oberen Stockwerk quietschen. Als wir hochschauen, beugt sie sich übers Geländer. »Es gibt DREI Badezimmer. Drei!«, ruft sie. »Und Bademäntel!« Dann zeigt sie uns das Häufchen Minifläschchen mit Beautyartikeln, die sie mit sich herumschleppt. »Und kostenloses Shampoo!« Sie verschwindet in einem der Zimmer, und wir hören weiteres aufgeregtes Quietschen.

»Wollen wir uns auch umsehen?«, frage ich Zoey.

Sie nickt, und wir laufen in der Suite herum, öffnen Türen, erkunden das Esszimmer, ein Büro, zwei Schlafzimmer und die drei Badezimmer, über die Kate uns bereits aufgeklärt hat.

»Mein Bekannter meinte, dass wir beim Zimmerservice alles bestellen können, worauf wir Lust haben – geht aufs Haus.«

Als Kate das hört, werden ihre Augen noch größer und sie schmeißt sich aufs Bett, neben dem ein Tischchen mit der Karte steht. »Ich bin am Verhungern!«, ruft sie. »Wie viel dürfen wir bestellen?«

»Alles, was du willst«, sage ich. »Hab gehört, dass die Burger hier echt gut sein sollen.«

Zoey und ich lassen uns todmüde zu ihr aufs Bett fallen, und

Zoey bettet den Kopf auf meinen Bauch, während Kate das Kommando übernimmt und Essen für uns bestellt, unter anderem für jeden von uns einen Burger mit allem, einen Milchshake für sich, dazu Zwiebelringe, Pommes, einen Caesar Salad und einen Obstteller. Als sie fertig ist, legt sie auf und rollt sich vom Bett, öffnet einen Schrank und fördert einen riesigen Flachbildfernseher zutage. »Was wollen wir gucken?«, fragt sie und springt neben uns aufs Bett. »Oh Gott, schaut mal: Die haben echt alle Kanäle, die man sich vorstellen kann! Okay, den hier lieber nicht«, sie scrollt an einem Pornosender vorbei, »und ganz bestimmt keine romantische Komödie. Vielleicht *The Hangover*? Da spielt ein Tiger mit, das wird Romeo gefallen.«

Aber Zoey schüttelt den Kopf, und am Ende einigen wir uns auf *Ferris macht blau*, weil Zoey und ich beide den Eindruck haben, dass Kates Bildung in Sachen 80er-Jahre-Filme echt zu wünschen übriglässt. Außerdem wird ihr die Handlung gefallen, immerhin hat sie auch Schule geschwänzt, genauso wie die Hauptfigur.

Kate zieht Romeo auf ihren Schoß wie ein Kleinkind sein Lieblingskuscheltier – nur dass dieses Kuscheltier hier vom Teufel besessen ist. Romeo kratzt und beißt, bis sie ihn loslässt, und bezieht dann auf einem Thron aus Kissen Stellung.

Wir machen es uns bequem und schauen den Film, und als ich mich seufzend auf dem Bett ausstrecke, fühle ich mich zum ersten Mal seit Langem richtig entspannt, was sicherlich auch mit den unfassbar angenehmen Luxuslaken und dem Federkissen unter meinem Kopf zusammenhängt. Vor allem aber damit, dass ich mir diese eine Nacht lang keine Sorgen wegen Zoeys Vater zu machen brauche.

# ZOEY

Kates Zimmer ist übersät mit Tabletts vom Zimmerservice, es sieht aus, als sei eine Bombe explodiert. Kate liegt mit ausgestreckten Beinen im Zentrum der Explosion, hält sich den Bauch und stöhnt: »Ich bin so voll, ich fürchte, ich muss kotzen.« Dann seufzt sie tief.

Tristan nimmt den letzten Bissen von seinem Burger und stapelt den Teller auf die übrigen, die er schon leer gegessen hat.

Ich sehe auf die Uhr. Es ist erst sieben, aber so wenig, wie ich in den letzten Tagen geschlafen habe, stehe ich schon völlig neben mir vor Müdigkeit.

»Okay«, sagt Kate und wälzt sich mit der Eleganz eines gestrandeten Wals vom Bett. »Ich nehme jetzt ein Bad, und danach werde ich garantiert sofort ins Koma fallen.« Sie tapst zum Badezimmer, bleibt in der Tür aber noch einmal stehen und dreht sich zu Tristan und mir um. Wir zwei gammeln immer noch auf dem Bett herum.

Kate lächelt. »Ihr seid natürlich herzlich eingeladen, es euch bei mir gemütlich zu machen, aber falls ihr es vergessen habt«, sie weist auf die Tür, »wir wohnen in einem Palast mit hundert Stockwerken, und gleich nebenan wartet ein Kingsize-Bett auf euch.«

»Botschaft angekommen«, sage ich und rapple mich auf. Ich

drehe mich zu Tristan um, aber er ist schon aufgestanden und streckt mir die Hand hin. Es bringt mich zum Lächeln, dass Kate ihn nicht zweimal zu bitten braucht. Weil ich ganz genau weiß, woran er gerade denkt.

Und schon hat er mich durch die Tür in unser Zimmer geschoben – die Mastersuite. Die Aussicht ist genauso beeindruckend wie unten im Wohnzimmer, aber keiner von uns beiden interessiert sich weiter dafür. Tristan verpasst der Tür einen Tritt, und ich drehe den Schlüssel im Schloss. Als ich mich wieder umdrehe, zieht Tristan mich an sich. Er umfasst meine Oberarme, sieht zu mir herunter, und mein Herz macht einen heftigen Satz. Erwartungsvoll halte ich die Luft an, fühle mich wie vor dem ersten Kuss. Ich bin so nervös, dass ich Schmetterlinge im Bauch habe, ein ganzes Bataillon sogar. Ich hebe die Hand, streiche Tristan über die Wange, die mit dunklen Stoppeln bedeckt ist. Er hat sich seit zwei Tagen nicht mehr rasiert. »Das sieht gut aus«, sage ich.

Er sieht mich fragend an, ist nicht sicher, ob ich es ernst meine. Doch das tue ich. Er ist ungekämmt, müde, hat Ringe unter den Augen, und sein T-Shirt ist so zerknittert, als sei er gerade erst aufgestanden. Und trotzdem finde ich ihn umwerfend.

»Möchtest du duschen?«, fragt er, und ich nicke.

Grinsend zieht er mich ins Bad, wo ich mir die Zähne putze, während Tristan versucht, Sinn und Zweck der vielen Hähne und Schalter in der Dusche zu ermitteln. Irgendwann ist er so weit, und ich sehe ihm durch den Spiegel dabei zu, wie er sein Shirt auszieht.

Ein Klecks Zahnpastaschaum tropft mir aus dem Mund und landet auf dem Marmorboden. Oben ohne habe ich Tristan auch vorher schon gesehen, aber mehr auch nicht. Als er mit seiner Jeans weitermacht, sucht er meinen Blick im Spiegel und wirft mir ein

schiefes Lächeln zu, das mir fast den Boden unter den Füßen weg-
zieht. Ich muss mich gegen das Waschbecken lehnen, um nicht das
Gleichgewicht zu verlieren. Inzwischen könnte ich nicht mal mehr
aufhören zu starren, wenn ich es wollte. Als seine Finger den letzten Jeansknopf erreicht haben, stelle ich fest, dass ich schon so lange
die Luft anhalte, dass ich wahrscheinlich gleich in Ohnmacht falle
und dass ich außerdem immer noch den ganzen Mund voll Zahn-
pasta habe.

Hastig spucke ich sie aus und spüle nach.

Als ich mich wieder umdrehe, liegen Tristans Jeans und Boxer-
shorts auf dem Boden, und die Duschtür ist offen. Das Glas ist schon
ganz beschlagen.

Ich ziehe mich auch aus und folge ihm in die Dusche. Er steht mit
dem Rücken zu mir da und lässt heißes Wasser auf seine verhärtete
Muskulatur prasseln. Ich stelle mich hinter ihn, fahre mit den
Händen über seinen Rücken, dann nach vorn über seine Brust. Als
Tristan meine Hand nimmt und sie sich aufs Herz drückt, trete ich
zu ihm unter den heißen Wasserstrahl und drücke ihm einen Kuss
aufs Schulterblatt.

Tristan dreht sich um, umfasst mein Gesicht, neigt es nach hinten und beugt sich zu mir herab, um mir einen Kuss auf die Lippen
zu drücken. Das Wasser um uns herum rauscht, als würden wir
unter einem Wasserfall stehen.

Tristan stöhnt leise auf, packt mich an den Schultern, drückt
meinen Kopf zur Seite, um meinen Hals küssen zu können, schiebt
mein nasses Haar aus dem Weg. Seine Berührungen lösen ein bren-
nendes Verlangen in mir aus, das sich in meinem ganzen Körper
ausbreitet. Ich will keine Sekunde länger warten, und ich sehe Tristan an, dass es ihm genauso geht. Er atmet stoßweise, seine Küsse

sind gierig. Er beugt sich über meinen Hals, packt meine Arme, schiebt sie über meinen Kopf. Meine Beine geben unter mir nach, jetzt ist Tristans Gewicht, das mich gegen die Wand drückt, das Einzige, was mich noch aufrecht hält. Wasser läuft mir in die Augen, blendet mich, und dann sind da wieder Tristans Lippen auf meinen, und alles zusammen macht mich ganz benommen. Ich schließe die Augen, fühle mich, als würde ich gleichzeitig ertrinken und gerettet werden.

»Zo«, flüstert er mir ins Ohr und legt wieder seine Hände an meine Wangen.

Ich öffne die Augen, unsere Blicke verschränken sich. Und von da an sagt keiner von uns ein Wort. Weil Worte nicht mehr nötig sind. Wir bewegen uns einfach in vollkommener Harmonie, brauchen nicht darüber zu sprechen, was wir wollen, weil wir es intuitiv wissen. Ich kann Tristans Körper lesen und er meinen, jeden Seufzer, jede Berührung, jedes Keuchen.

Als er mich danach in seinen Armen hält, will ich lachen und singen und mein wild pochendes Herz vor lauter Glück zerbersten lassen. Tatsächlich aber passiert nur eins: Ich breche in Tränen aus.

# TRISTAN

»Warum weinst du?«, frage ich sie.

Ich drehe das Wasser ab und hebe panisch ihr Gesicht zu mir. Hab ich ihr etwa wehgetan? Verdammt!

Sie schüttelt den Kopf und vergräbt ihr Gesicht an meiner Schulter.

»Zo, was ist los?«, frage ich. Meine Besorgnis wird immer größer. »Es tut mir so leid.«

Bei meinen Worten blickt sie überrascht auf. »Was?«

»Na ja, du weinst«, sage ich. »Hab ich dir wehgetan?«

Verblüfft schüttelt sie den Kopf. »Nein. Gott, nein!« Sie bemerkt meine Besorgnis, lächelt, zieht mein Gesicht zu sich herab und küsst mich. Als sie sich wieder von mir löst, ist meine Stirn immer noch gerunzelt, weil ich nach wie vor nicht verstehe, was los ist.

»Es ist nur …«, sagt sie mit einem verlegenen Achselzucken. »Ach, ich weiß nicht. Es war einfach schön, das ist alles.«

»War es das?«, hake ich nach. So ganz kann ich ihr immer noch nicht glauben. »Es hat dir gefallen?«

Sie grinst, schlingt die Arme um meinen Hals und nickt. »Mehr als das.«

»Und warum weinst du dann?«

»Weil ich glücklich bin, du Idiot«, erwidert sie. »Und außerdem ist mir eiskalt. Reichst du mir ein Handtuch?«

Ich schnappe mir eins von dem Holm neben der Duschkabine und wickle sie hinein, dann schlinge ich mir selbst ein Handtuch um die Hüfte, und wir huschen eilig ins Schlafzimmer und zum Bett. Dort verkriechen wir uns unter der Decke, und es dauert keine zwei Minuten, bis die Handtücher auf wundersame Weise verschwunden sind und Zoeys immer noch feuchter Körper auf meinem liegt. Ich halte sie fest im Arm, würde sie am liebsten nie wieder loslassen.

»Hat es dir denn auch gefallen?«, flüstert sie mir ins Ohr, und ich höre leisen Zweifel in ihrer Stimme mitschwingen.

»Das soll ein Witz sein, oder?« Ich muss lachen. Offenbar ahnt sie nicht mal im Ansatz, wie irre das für mich gerade war. Jede Sekunde der über dreißig Tage Wartezeit hat sich gelohnt. Mir war ehrlich nicht klar, dass sich Sex so ... einzigartig anfühlen kann.

Ich rolle sie von mir runter, drehe sie auf den Rücken, lehne mich, das Gewicht auf die Arme gestützt, über sie und sehe sie an.

»Ich weiß, das sage ich ständig, aber du bist einfach wunderschön.«

Sie lächelt mich auf eine Weise an, die mein Herz so anschwellen lässt, dass es mir fast aus der Brust platzt, und ihr steigen die Tränen in die Augen.

Meine Hand gleitet über ihre Brüste, ihren Bauch, noch tiefer, und Zoey keucht auf, beißt sich auf die Unterlippe, streckt die Hand nach mir aus. Sie packt meinen Unterarm, ihre Haut ist jetzt nicht mehr kalt, sondern fieberheiß.

Zoey stöhnt leise, und ich werte das als Zeichen, dass ich weitermachen soll. Ich streichle sie, und es ist, als würde ich einer Blüte dabei zusehen, wie sie sich zum ersten Mal öffnet. Sie zeigt sich mir ohne jede Scham, ohne Wenn und Aber – und das macht mich mehr an, als sie sich jemals vorstellen könnte.

Sie zieht mich näher zu sich, schlingt die Beine um meine Taille. Aber ich lasse mir Zeit. Ich will das Gefühl auskosten, die Intimität. Das Gefühl, sie genau zu kennen, zu ihr zu gehören. Für mich ist das eine ganz neue Erfahrung, ein Band, das wir zwischen uns schmieden und das – ich weiß es einfach – unzerstörbar ist. Weil Zoey mir gehört, so wie ich ihr gehöre.

# ZOEY

Ich hebe eine Braue, als Tristan die Silberglocke von seinem sechsten Frühstücksteller nimmt und sich beim Anblick des siruptriefenden Pancake-Stapels mit Bacon darunter ein Grinsen auf seinem Gesicht ausbreitet. Kate und er haben ein Wettessen ausgerufen. »Ich brauche die Kalorien«, erklärt Tristan ernst, dann wirft er mir ein anzügliches Grinsen zu. Er isst mit Appetit, verschlingt den Bacon wie ein Verhungernder.

Alles tut mir weh, aber auf eine schöne Weise, es ist, als wäre ich in Watte gepackt. Ich bin so entspannt, dass es mich sogar Mühe kostet, den Löffel anzuheben, um meinen Kaffee umzurühren. Also sehe ich einfach Tristan beim Essen zu und lächle, als er aufblickt und mich dabei erwischt, wie ich ihn anstarre. Er schenkt mir ein Lächeln – eine neue Art von Lächeln, eines, das ich so noch nicht kannte und das die Nähe widerspiegelt, die zwischen uns entstanden ist. Als hätten wir ein Geheimnis, von dem sonst keiner weiß, etwas, das nur wir miteinander teilen.

Ich denke an die vergangene Nacht, und wieder flattern die Schmetterlinge in meinem Bauch herum wie verrückt. Was zwischen Tristan und mir passiert ist, hat sich auf ewig in mein Gedächtnis eingebrannt. Ich kann ihn noch immer spüren: die rauen Bartstoppeln an der Innenseite meiner Schenkel. Das brennende Gefühl auf meiner Haut, wo sich seine Lippen ihren Weg von meinem Schlüsselbein zu meiner Halsbeuge gesucht haben. Den süßen, dumpfen Schmerz in mir, wegen dem ich mich am liebsten unter der Decke verkriechen und die Wiederholtaste drücken würde.

Es gelingt mir, einen tiefen Seufzer zu unterdrücken, indem ich von einer Erdbeere abbeiße.

»Erde an Zoey!«

Ich schrecke zusammen, und mein Blick zuckt zu Kate.

»Willst du die Erdbeere da essen oder versuchen, sie zu verführen?«, fragt sie mich und mustert mich mit gehobenen Brauen.

Tristan prustet, während ich mir die restliche Erdbeere hastig in den Mund stopfe und murmle: »Essen natürlich.«

»Ich hab dich gerade gefragt, ob du gut geschlafen hast«, sagt Kate.

»Hm?«, frage ich und spüre, wie mir die Hitze in die Wangen schießt. Wahrscheinlich mache ich der Erdbeere Konkurrenz, die ich gerade gegessen habe. Ob Kate uns gehört hat? Ich habe versucht, leise zu sein, und mein Gesicht in den Kissen vergraben, wenn es nicht anders ging, aber vielleicht hat das nicht gereicht.

Kate sieht mich ganz unschuldig an, aber wenn ich mich nicht täusche, lauert da ein Anflug von süffisantem Grinsen hinter ihrer ausdruckslosen Miene.

»Ja«, murmle ich und schiebe ein Stück Melone hinterher, »echt super.« In Wahrheit haben wir so gut wie gar nicht geschlafen, und ich frage mich, wie viele Tage Schlafentzug mein Körper wohl mitmacht, ehe ich zusammenklappe. Ich bin bereit, es drauf ankommen zu lassen.

Kate legt den Kopf schief und mustert mich genau. »Komisch, du siehst aus, als ob du die ganze Nacht kein Auge zugetan hast.« Sie zeigt mit dem Finger auf mich. »Und was ist das da an deinem Hals?«

Panisch zerre ich am Kragen meines Bademantels und suche die Stelle, auf die sie gezeigt hat. Hat Tristan mir einen Knutschfleck gemacht?

»Reingelegt!«, lacht Kate und springt auf. »Also, ich mach mich dann mal auf die Suche nach Romeo und gebe ihm den Räucherlachs hier. Und dann hocke ich mich wieder in die Badewanne und stöbere weiter nach kostenlosen Toilettenartikeln, die ich mit nach Hause nehmen kann. Sagen wir in ... einer Stunde unten?«

Tristan sieht auf die Uhr und nickt. Wir müssen bis neun auschecken, das hat Tristan dem Manager versprochen, und später müssen wir beide arbeiten. Ich träume jetzt schon vom Danach und den sechs Stunden, die wir haben, bevor der Morgen dämmert.

Sobald die Tür hinter Kate ins Schloss gefallen ist, sehe ich Tristan an. Er hat seinen halb leer gegessenen Pancake-Teller beiseitegeschoben und ist schon auf den Beinen. Ich werfe ihm einen fragenden Blick zu.

»Wir haben eine Stunde«, sagt er grinsend. Dann packt er meine Hand und zieht mich in Richtung Treppe.

»Second Chance«, liest Tristan den Namen des Ladens vom Schild ab, während er den Wagen vor einem großen Backsteingebäude abstellt, neben dessen Eingang ein paar verrostete alte Kleiderständer und einige Lehnsessel stehen. »Die hab ich zum Glück ja schon bekommen«, fügt er hinzu und berührt mich kurz an der Hand.

Kate stößt ihre Tür auf und flitzt los zum Eingang des Secondhandladens. Ich blicke ihr lächelnd hinterher, freue mich, dass sie so glücklich ist.

»Danke, dass du den Umweg genommen hast«, sage ich zu Tristan.

Er nickt. »Na klar. Wer stöbert nicht gern in altem Krempel herum?«

Ich folge ihm und klammere mich dabei an meinem XXL-Kaffee fest, als sei er die Rettung für mich und meinen ausgelaugten Körper. Vor dem Eingang trinke ich die letzten Schlucke, dann werfe ich den Becher in den Mülleimer neben der Tür.

Tristan schlingt den Arm um mich, aber ich schüttle ihn ab. Er wirft mir einen verletzten Blick zu.

»Es ist ein Wettbewerb«, erkläre ich. »Von jetzt an bist du ganz auf dich allein gestellt.«

»Wow«, sagt er. »Ich dachte, das ist nur ein Witz.«

Ich werfe ihm einen strengen Blick zu. »Was dieses Thema betrifft, kennt meine Familie keinen Spaß.« Mit einem Auge sondiere ich schon die Lage, suche die Kleiderstange neben der Tür auf mögliche Kandidaten ab. Der Zweck des Wettbewerbs besteht darin, ein Geschenk für jeden Teilnehmer zu finden. Die Regeln: Es muss absolut grauenvoll sein und darf nicht mehr als fünf Dollar kosten.

Wir gehen rein und arbeiten uns durch die Gänge voller Kleiderspenden und ausgemusterter Haushaltswaren. Das hier ist mein Mekka. Ich bin die Secondhand-Königin, ein Profi im Schnellsortieren. Man setze mich in einem beliebigen Secondhandladen aus, und ich finde garantiert die einzige Designerjeans, das originalverpackte Xbox-Spiel, die nahezu makellose gebundene Ausgabe eines aktuellen Bestsellers. Alles Fähigkeiten, die ich mir aus der Notwendigkeit heraus angeeignet habe, nachdem wir pleite, ohne Möbel und einen einzigen Kochtopf in Vegas aufgeschlagen sind. In Läden wie diesem kaufe ich seit vier Jahren meine Kleidung, besorge ich alle Geburtstagsgeschenke. Und irgendwann habe ich kurz vor Weihnachten ein Spiel daraus gemacht, damit Kate und Cole mehr Spaß beim Stöbern hatten. Den beiden war anzumerken, wie sehr sie sich dafür schämten, dass wir nur »vorgeliebte« Sachen besaßen, wie meine Mom immer sagt. Und inzwischen ist das Spiel zur Familientradition geworden.

»Moment«, sagt Tristan und zieht mich zurück, als ich gerade in den Gang abbiegen will, über dem HERRENBEKLEIDUNG steht.

Ich sehe ihn ungeduldig an, weil Kate mir schon mehrere Gänge weit voraus ist und ich nicht zulassen kann, dass sie den ersten Preis absahnt und mich damit um meinen Titel bringt.

Tristan wirft mir einen seltsamen Blick zu. »Es ist dir echt wichtig zu gewinnen, oder?«, sagt er überrascht.

»Klar, Mann!« Ich muss lachen.

Er bringt mich mit einem Kuss zum Schweigen, den er ebenso abrupt wieder abbricht, sodass ich für einen Augenblick nicht weiß, wie mir geschieht. Als ich mich wieder gefangen habe, ist Tristan schon einen halben Gang weiter und durchforstet im Schnelltempo die Kleiderständer. Pffft, Anfängerfehler.

Ich renne den Gang mit den Männersachen entlang, vorbei an Beige, Braun, Schwarz und Grau, bis hin zu dem Ständer mit den leuchtenden Farben. Bingo: eine Auswahl scheußlicher Weihnachtspullis. Die funktionieren immer. Und siehe da, innerhalb von Sekunden ziehe ich einen roten Wollpullover mit einer weißen Katze vornedrauf hervor, unter der die Worte MIEZIGE MIAU-NACHTEN stehen.

Das perfekte Geschenk für Kate.

Als Nächstes ist Tristan an der Reihe. Ich kehre wieder in den Gang mit den Herrensachen zurück, aber der Ständer mit den Oberteilen ist so mager bestückt, dass mein Instinkt mir rät, es lieber mit den Krimskramsregalen zu probieren. Mein Blick bleibt an dem Wort SPECK hängen. Ich ziehe den entsprechenden Karton aus dem Regal und stelle fest, dass es sich um ein Puzzle handelt – und zwar das vermutlich absurdeste Puzzle, das die Welt je gesehen hat. Es hat fünfhundert Teile und zeigt ein Foto von einem Mann, der sich in einen Speckanzug gehüllt auf einem Sofa räkelt, neben ihm eine Frau in einem Ballkleid aus Seidentaft. Ich grinse und klemme es mir unter den Arm. Noch zwei Minuten, die ich damit verbringen werde, etwas für Cole zu suchen, damit er nicht sauer wird, weil er nicht dabei war.

Ich gehe direkt zu dem Regal mit den Xbox-Spielen. Es gibt Dutzende, und ich frage mich, warum überhaupt jemand die Dinger neu kauft, wo man sie gebraucht doch für einen Bruchteil des Originalpreises bekommt. Ich entscheide mich für ein Superhelden-Spiel mit Legofiguren, weil ich annehme, dass zumindest keine Schusswaffen und Soldaten darin vorkommen. Mit meiner Beute unterm Arm beschließe ich, die letzte Minute mit Stöbern zu verbringen. Vor ein paar eingestaubten alten Kisten gehe ich in die Hocke. In einer sind alte Schallplatten, in der daneben Krempel, der vermutlich von einer Haushaltsauflösung stammt. Ich finde eine kaputte Spieluhr, ein paar Ausgaben der Zeitschrift *Life* aus den Siebzigern, und darunter krame ich eine Blechbüchse hervor. Sie ist eingedellt und rostig, und so, wie sie riecht, hat sie früher als Tabakdose gedient.

Als ich sie öffne, finde ich darin eine Baseball-Sammelkarte. Ich lache laut auf und nehme die Büchse und meine anderen Einkäufe mit zur Kasse, wo Tristan und eine aufgeregte, aber strahlende Kate auf mich warten.

Kate reicht mir einen Stofffetzen, der an einem Bügel hängt, und ich weiche vor Entsetzen zwei Schritte zurück. »Was *ist* das?«, frage ich erfüllt von Grauen.

Es ist ein Badeanzug in einem absolut ekelhaften Neongrün, auf dem überall riesige, roten Lippen prangen.

»Damit auch du dich einen Tag lang wie ein Mitglied des Kardashian-Clans fühlen kannst«, sagt Kate.

Ich fasse den Bügel mit spitzen Fingern an, als würde der Badeanzug aus radioaktivem Material bestehen. Bei gebrauchter Unterwäsche wird mir echt anders. Gott, ist das Ding hässlich! Zähneknirschend muss ich mir eingestehen, dass Kate mich diesmal geschlagen hat.

»Und das«, sagt sie zu Tristan, »ist für dich.« Sie reicht ihm ein Hawaiihemd in Bananengelb und Mandarinenrot.

»Hm, schätze, das könnte ich zu Kits und Jessas Hochzeit tragen«, überlegt er und hält sich das Hemd testweise vor die Brust.

Kate scheint nicht ganz sicher zu sein, ob das ein Witz sein soll, und mir geht es ähnlich.

Jetzt ist Tristan dran. Er legt seine Sachen auf dem Tresen ab. »Für dich«, sagt er zu Kate und reicht ihr eine chinesische Winkekatze. Sie scheint sich richtig zu freuen. »Danke, die ist toll! Die bringen total viel Glück und angeblich auch Geld. Und das könnte ich echt gebrauchen, weil ich meine Schulden bei Zoey zurückzahlen muss.«

Tristan runzelt die Stirn, mit einer so positiven Reaktion hatte er wohl nicht gerechnet. »Und das hier ist für dich«, sagt er zu mir und reicht mir eine Medusa-Perücke aus grünem Kunsthaar mit eingeflochtenen Plastikschlangen. »Ich dachte, die könntest du zu Halloween tragen. Wo ich doch weiß, wie sehr du auf griechische Götter stehst.«

»Medusa war keine Göttin, sondern ein Ungeheuer.« Ich setze die Perücke auf.

»Unfassbar, aber nicht mal das Ding kann dich entstellen«, sagt Tristan und küsst mich.

»Widerlich«, brummt Kate. Ob sie damit unsere Zuneigungsbekundung oder die Perücke meint, weiß ich nicht.

»Und dann hab ich auch noch das hier für dich.« Er hebt eine Schachtel vom Boden auf und reicht sie mir. Es ist das Spiel des Lebens. Ich muss lachen, reiße es an mich. »Ich werd dich so was von fertigmachen!«, teile ich Tristan mit.

»Ist das ein Versprechen?« Er wirft mir ein Haifischgrinsen zu.

»Okay, jetzt bin ich dran«, sage ich augenrollend und reiche Kate den Katzenweihnachtspulli.

»Der ist ja gar nicht hässlich!« Kate hält ihn hoch. »Den würde ich auch so anziehen.«

»Ach, echt?«, frage ich. »Na, dann los.«

»Also, zu Weihnachten«, rettet sie sich aus der Affäre. »Gerade geht das das ja nicht, weil Sommer ist und die Leute mich total schief anschauen würden.«

»Ich glaub, die würden dich so oder so schief anschauen, vollkommen egal, wann du ihn trägst«, kontert Tristan.

Ich reiche ihm sein Speckanzug-Puzzle, und er mustert es zweifelnd. Kate späht ihm über die Schulter. »Das ist so was von … abartig«, flüstert sie fassungslos.

»Ich finde, der sieht ziemlich lecker aus«, bemerkt Tristan. »Ein Anzug, den man essen kann. Eigentlich echt clever.«

»Wer gewinnt?«, fragte Kate und sieht zwischen Tristan und mir hin und her.

»Hm, weiß nicht«, sage ich. »Wie wär's mit unentschieden?«

Kate seufzt. »Okay, schätze, du hast recht.« Dann weist sie auf die Sachen, die ich noch in der Hand habe. »Und was ist das?«

Ich zeige den beiden die Büchse, die ich entdeckt habe, und die Baseballkarte darin.

Tristan mustert die Karte stirnrunzelnd, dann nimmt er mir die Büchse so vorsichtig ab, als hätte ich ihm den goldenen Gral gereicht. Ehrfürchtig mustert er die Karte, und Kate muss lachen.

Tristan sieht mich an, sein Lächeln ist verschwunden, und er ist ganz blass um die Nase. »Ist dir bewusst, was du da gefunden hast?«, fragt er mit gedämpfter Stimme.

»Eine Baseball-Sammelkarte«, erwidere ich. »Ich dachte, vielleicht gefällt sie dir.«

»Nein«, sagt er und drückt mir die Büchse mit Nachdruck wieder in die Hand. »Du musst sie behalten.«

Verwirrt nehme ich die Dose wieder an mich, während Tristan verstohlen die Kassiererin mustert, die gerade damit beschäftigt ist, die Einkäufe eines anderen Kunden abzurechnen.

»Ich glaube, die könnte was wert sein«, fährt Tristan leise fort.

Kates Augen leuchten auf. Sie starrt erst mich, dann Tristan an. »Wie viel?«, fragt sie.

Tristan zuckt mit den Achseln. »Das ist eine signierte 1959er Willie Mays. Genau kann ich es nicht sagen, aber schon ein bisschen was.«

Der Kunde an der Kasse ist fertig, und ehe ich Tristan aufhalten kann, geht er schnell mit unseren gesamten Sachen zur Kassiererin. »Wie viel kostet die?«, fragt er und hält wie beiläufig die Büchse hoch.

Die Kassiererin schiebt sich die Brille vom Kopf zurück auf die Nase und untersucht die Dose konfus mit zusammengekniffenen Augen. Auch die Karte bemerkt sie, scheint sie aber für Müll zu halten. »Da war kein Preis dran?«, fragt sie.

»Nein«, mische ich mich ein. »Ich habe sie in einer der Kisten da drüben unter dem Regal gefunden.« Ich zeige ans andere Ende des Ladens, und sie folgt meiner Geste, mit dem Blick.

»Ach so, ja, das ist alles reduziert. Gib mir einen Dollar, und wir sind quitt.«

Kate rammt mir ihren Ellenbogen zwischen die Rippen und sieht so aus wie ein Heliumballon, der jede Sekunde zu platzen droht. Ich ignoriere sie und sehe zu, wie die Lady ihre Hand ausstreckt und Tristan seinen Geldbeutel zückt und nach einem Ein-Dollar-Schein stöbert. Ist das, was wir hier machen, fair? Betrügen wir das Sozialkaufhaus, indem wir verschweigen, dass wir etwas gefunden haben, das wertvoll sein könnte? Aber Tristan reicht der Kassiererin schon den Dollarschein, und dann noch einen Zehner für die Perücke und die Winkekatze.

Kates Ellenbogen bohrt sich noch tiefer in meine Seite, und ich drehe mich zu ihr. Sie hält mir ihr Handy unter die Nase und deutet wortlos auf die Webseite, die sie aufgerufen hat. Es ist ein Forum für Baseballkartensammler mit einem Foto, das genau die Karte aus der Büchse zeigt – und daneben eine Zahl, die mich zweimal hinsehen lässt, weil ich einfach nicht glauben kann, dass ich richtig gelesen habe.

»Bist du so weit?«, fragt mich die Kassiererin. Ich bin zu fassungslos, um zu antworten, also stapelt Kate all unsere Sachen auf den Tresen und reicht der Frau einen Zwanzig-Dollar-Schein, nimmt das Wechselgeld und die Tüte mit den Sachen entgegen und drängt mich nach draußen.

Als wir wieder im sicheren Auto sitzen, reicht mir Tristan die Dose.

»Aber die hab ich für dich ausgesucht«, sage ich und weigere mich, die Büchse entgegenzunehmen.

»Nein«, widerspricht er mir und wedelt mit dem Speckanzug-Puzzle vor meinem Gesicht herum, »du hast mir das hier geschenkt. Die gehört *dir*.« Und damit drückt er mir die Dose in die Hand.

»Aber …«, setze ich zu erneutem Protest an.

»Jetzt hör schon auf, mit ihm rumzustreiten!«, brüllt Kate vom Rücksitz. »Das Ding ist fast zehntausend Dollar wert!«

»Was?«, fragt Tristan und fährt zu ihr herum.

»Zehntausend Dollar«, wiederholt Kate und zeigt ihm ihr Handy. »Die Karte ist zehntausend Dollar wert.«

Er nimmt das Handy, betrachtet den Bildschirm genau, schüttelt verblüfft den Kopf. »Mir war ja klar, dass die Karte teuer gehandelt wird, aber so viel?!«

Ich atme tief durch und halte ihm die Büchse wieder hin. »Nun nimm schon«, sage ich.

Doch er schüttelt nur grinsend den Kopf. »Im Ernst jetzt, Zoey, hör endlich auf, mir das Ding anzubieten. Ich werde das nicht annehmen. Also spar dir die Mühe und überleg lieber, was du mit dem Geld alles anstellen willst.«

# TRISTAN

»Zahltag«, sage ich, als Zoey schon wieder auf einem grünen Feld landet.

Als ich ihr das Geld von der Bank überreiche, mustert sie mich streng. »Du lässt mich gewinnen.«

»Absolut nicht!«, antworte ich, und das ist die reine Wahrheit. »Ich hatte einen Skiunfall und eine dicke Steuernachzahlung.«

»Und du hast vier Kinder.« Sie lacht und deutet mit dem Kopf auf die vier kleinen Plastikstifte in meinem Plastikauto. »Kinder sind teuer.«

»Aber ich *will* vier Kinder«, bringe ich zu meiner Verteidigung vor.

»Na, dann hoffe ich mal, dass in naher Zukunft eine Möglichkeit gefunden wird, wie auch Männer gebären können, denn ich will auf keinen Fall mehr als zwei.« Sie schlägt sich die Hand vor den Mund, und ihr Gesicht nimmt die Farbe von Roter Bete an.

Die Würfel schon in der Hand, halte ich inne und beobachte, wie Zoey nervös ihr Spielgeld umsortiert und dann verlegen zu mir aufsieht.

»Ich wollte damit natürlich nicht sagen, dass …«, setzt sie an, aber ich unterbreche sie, indem ich ihre Hand nehme und sie über das Spielbrett zu mir ziehe. Geld, Plastikautos und meine vier winzigen rosafarbenen und blauen Babys kullern über den Wohnzimmerboden.

»Was machst du denn da?«, quietscht Zoey lachend, während ich sie auf meinen Schoß ziehe.

»Nichts«, sage ich und küsse sie.

»Aber wir waren mitten im Spiel, und ich war kurz davor zu gewinnen!«

»Ich gebe auf«, flüstere ich gegen ihren Mund. Die Wahrheit lautet, dass ich nicht genug von ihren Lippen und ihrem Körper bekommen kann, weswegen ich nur für einen begrenzten Zeitraum hier sitzen und ein Brettspiel mit ihr spielen kann, ohne dass ich unaufmerksam werde, weil ich die ganze Zeit daran denken muss, wie wir Strip-Poker spielen und dass ich hier nur meine Zeit verschwende.

Als meine Hände ihren Weg unter Zoeys Kleidung finden, seufzt sie auf. »Ich muss zur Arbeit.«

»Ich fahre dich, wenn wir fertig sind, okay?«, murmle ich, die Lippen an ihren Hals gedrückt.

»Nein, deswegen habe ich mir doch das Auto gekauft!«, protestiert sie atemlos.

Ich weiß, dass sie recht hat.Ihr silberner Toyota war gebraucht und hat fünftausend Dollar gekostet – für Zoey ein echter Luxus. Es ist ihr schwergefallen, das Geld aus dem Baseballkartenverkauf für sich selbst zu verwenden, aber ihre Mom, Kate und ich haben sie davon überzeugen können, dass es sich bei dem Auto um eine notwendige Anschaffung handelt und dass sie das gesamte restliche Geld auf ein Konto einzahlen soll, um später damit die College-Gebühren zu bezahlen.

»Mir passiert schon nichts«, versichert sie, als sie mein Zaudern bemerkt.

Ich möchte nichts sagen, weil ich Zoeys gute Stimmung nicht überschatten will. Aber Zoeys Vater lauert ständig in einem Winkel meiner Gedanken wie ein Monster unterm Bett. Wir haben zwar schon seit einer Woche nichts mehr von ihm gehört, aber das könnte auch einfach daran liegen, dass Zoey ihre Handynummer geändert hat. Der Bewährungshelfer meinte, dass ihr Vater an den Tagen, an denen er sich melden muss, stets in Scottsdale war und jetzt außerdem einen Job als Wachmann bei einem Bauunternehmen hat. Aber trotzdem will ich kein Risiko eingehen.

»Ich fahre dir hinterher«, sage ich. Es gefällt mir nicht, dass Zoey die kurze Strecke vom Auto zum Restaurant allein gehen muss.

»Mein ganz privater Bodyguard«, scherzt sie.

»So ist es.« Ich kitzle sie am Hals und grinse. »Wie hieß der Bodyguard von Bin Laden?«

Sie stöhnt auf, dieses Mal nicht vor Verlangen. »Ladenhüter.«

Das Stöhnen wird lauter, aber lachen muss sie trotzdem, und ihr Atem kitzelt mich dabei am Hals. »Deine Witze sind echt grauenhaft.« Sie seufzt.

»Aber du liebst mich trotzdem«, bemerke ich lächelnd.

Sie lehnt sich zurück und sieht mich an. Ganz plötzlich liegt ein ernster Ausdruck in ihren braunen Augen. »Das tue ich, und das weißt du auch«, sagt sie. »Ich liebe dich.«

Es ist das erste Mal, dass sie es ausspricht, und mein Herz setzt einen Schlag lang aus. Ich erstarre, bin aus der Fassung. Ich hatte nicht damit gerechnet, diese Worte zu hören, die noch nie jemand zu mir gesagt. Jedenfalls nicht so. Und auch ich habe sie noch nie zu jemandem gesagt.

In Zoeys Augen liegt ein verletzlicher Ausdruck, genau derselbe wie damals, bevor ich sie zum ersten Mal geküsst habe, und da begreife ich, dass sie darauf wartet, dass ich etwas sage. Ich lege ihr die Hand an die Wange.

»Ich liebe dich auch«, sage ich, und dann küsse ich sie. Die Erkenntnis trifft mich wie ein Faustschlag. Es stimmt. Ich liebe sie. Das Wissen füllt mich aus wie Helium, macht mich ganz benommen. Ich liebe sie. Und ich will nicht mehr ohne sie sein.

Nach ein paar Augenblicken befreit sie sich sanft aus meiner Umarmung, ehe die Dinge ausufern. Sie ist jetzt schon spät dran und lässt sich auch nicht von mir davon überzeugen, heute blauzumachen. Erstens, weil das nicht ihre Art ist, und zweitens, weil morgen Jessas Junggesellinnenabschied ist und Zoey dann irgendwie ihre wundersame Genesung erklären müsste.

Nachdem sie im Bad verschwunden ist, warte ich einige Sekunden, dann ziehe ich den Umschlag aus meiner Hosentasche, in die er fast ein Loch gebrannt hat, und drehe ihn in den Händen. Was soll ich nur damit machen? Die Zeit wird knapp. Mir ist klar, dass ich Zoey davon erzählen sollte, aber irgendwie kommt nie der richtige Zeitpunkt, und außerdem weiß ich einfach nicht, wie ich das Gespräch beginnen soll. Ich sollte einfach aufhören, so ein Feigling zu sein, und es durchziehen, aber ich weiß, wenn ich die Katze erst mal aus dem Sack gelassen habe, wird sich alles ändern. Und ich will nicht, dass sich etwas ändert. Das ist das Problem.

Als ich die Badezimmertür quietschen höre, schiebe ich den Umschlag hastig unter einen Zeitschriftenstapel.

# ZOEY

»Kate, in zwei Minuten müssen wir los, okay?«, rufe ich durch die Badezimmertür, hinter der sie sich seit einer Stunde verschanzt hat. Heute ist Jessas Brautparty, und wir sind spät dran.

Ich renne durch die Küche, wo Mom gerade Cole, der mit der Xbox spielt, sein Mittagessen zubereitet. »Ich geh kurz rüber zu Tristan«, sage ich und öffne die Wohnungstür. »Ich glaub, ich hab heute früh mein Handy bei ihm vergessen.«

Mom nickt, und schon bin ich zur Tür raus, die Treppe runter und durch den Innenhof. Ich klopfe bei Tristan, aber er macht nicht auf, was seltsam ist, weil sein Motorrad vor dem Haus steht. Also lasse ich mich mit dem Zweitschlüssel, den er mir gegeben hat, selbst rein.

Als ich eintrete, höre ich die Dusche rauschen. Auch wenn es bedeutet, dass ich mich verspäten werde – ich kann einfach nicht anders, als die Badezimmertür zu öffnen und mich grinsend gegen den Türrahmen zu lehnen, um Tristan beim Duschen zuzusehen. Er steht mit dem Rücken zu mir und seift sich eifrig ein, während er einen Song von Drake zum Besten gibt – krumm und schief. Tristan hat viele Talente, aber Singen zählt nicht dazu. Ich schaffe es ungefähr 3,2 Sekunden lang, mein Lachen zu unterdrücken, dann platzt es aus mir heraus.

Tristan fährt erschrocken herum, doch dann weicht sein panischer Gesichtsausdruck schnell etwas anderem. »Willst du einfach nur da rumstehen und die kostenlose Peepshow genießen, oder kommst du her und küsst mich?«

Ich äuge in das dampfige Badezimmer, das jetzt schon dabei ist, meine Frisur zu ruinieren, weil meine Haare durch die Feuchtigkeit ganz krisselig werden, aber es ist einfach zu viel verlangt, einem nackten Tristan den Rücken zuzukehren. Ich laufe über den feuchten Fliesenboden zu ihm, und er zieht die gläserne Duschtür auf. Ich küsse seine nassen Lippen und versuchte dann, schnell einen Rückzieher zu machen, damit ich keine Tropfen abbekomme, aber zu spät: Tristan hat schon die Arme um mich geschlungen.

Ich schreie und winde mich aus seinem Tintenfischgriff. »Nein!«, kreische ich, als er versucht, mich in die Duschkabine zu ziehen. »Du machst mich ganz nass!«

Er wirft mir ein vieldeutiges Grinsen zu und zuckt mit den Brauen.

»Du bist echt unverbesserlich.«

Immer noch grinsend zuckt er mit den Achseln. »Dann gib mir bitte das Handtuch«, sagt er.

Ich taste blind nach der Stange neben mir, weil ich den Blick einfach nicht von seinem Waschbrettbauch losreißen kann.

Tristan kommt aus der Dusche und schlingt sich ganz langsam das Handtuch um die Hüften. Er weiß genau, dass er mich damit quält, aber ich bin auch so schon spät genug dran, und meine Frisur sieht fürchterlich aus.

Tristan neigt den Kopf in Richtung Schlafzimmertür.

»Nein«, sage ich entschlossen und gebe mir dabei alle Mühe zu ignorieren, wie mein Körper auf seinen Anblick reagiert. Auf die feuchte, glatte Brust und die Wassertropfen, die ihm den Hals entlangrinnen und förmlich darum betteln, dass ich sie abwische. Ob wohl irgendwann der Tag kommen wird, an dem unser körperliches Verlangen ein wenig an Heftigkeit verliert? »Ich wollte bloß mein Handy holen«, sage ich und schiebe mich rückwärts aus dem Raum.

»Ich glaube, ich hab es im Wohnzimmer gesehen«, ruft er mir hinterher.

Ich suche auf dem Sofa und dem Couchtisch, hebe einen Zeitschriftenstapel hoch. Ein Brief rutscht zwischen den Magazinen heraus, und ich bücke mich, um ihn aufzuheben. Dann erstarre ich. Ich höre, wie Tristan mir etwas aus dem Bad zuruft, aber ich kann ihn nicht verstehen, weil meine Ohren erfüllt sind von einem schrillen Piepen.

»Zo?« Tristan kommt mir hinterher, und ich sehe wie betäubt zu ihm hoch. Er trägt Jeans und streift sich gerade ein Shirt über.

»Ich hab's gefunden«, sagt er und hält mein Handy hoch. »Es war doch im Schlafzimmer.« Dann bemerkt er meinen Gesichtsausdruck und hält inne. »Was ist los?«, fragt er, verstummt aber wieder, als er den Brief in meiner Hand entdeckt.

Er sieht mich an, sein Lächeln ist wie fortgewischt. »Ich wollte es dir noch erzählen«, sagt er.

»Wann?« Meine Stimme zittert.

Er holt tief Luft, beißt sich auf der Lippe herum. »Ich weiß nicht.« Er macht einen Schritt auf mich zu. »Vorher wollte ich mir sicher sein, dass ich überhaupt zusage.«

»Was soll das heißen?«, frage ich und wedle mit dem Brief vor ihm herum. »Es geht um die Pilotenausbildung! Davon träumst du schon dein ganzes Leben lang! Natürlich sagst du zu, du musst einfach!«

»Nein, muss ich nicht«, hält er schwach dagegen.

Ich blinzle verblüfft. »Tristan. Du hast mir doch selbst erzählt, dass es so gut wie nie freie Plätze gibt und man manchmal jahrelang warten muss. Da kannst du doch nicht einfach Nein sagen!«

»Aber es ist in Florida. Das ist am anderen Ende des Landes.«

Ich habe einen dicken Kloß im Hals und versuche verzweifelt, ihn zu schlucken. Tristan darf nicht merken, wie es mir wirklich geht. Er soll nur sehen, wie sehr ich mich für ihn freue. Dieser Brief ist die Erfüllung seiner Träume. »Du musst zusagen«, rede ich ihm ins Gewissen.

Er sinkt in sich zusammen und starrt mich an. Ein besorgter Ausdruck tritt in seine karamellfarbenen Augen. »Und was wird dann aus dir?«

Ich hole tief und stockend Luft und versuche, meine Tränen zurückzuhalten. Tristan hat nicht mal richtig versucht, mich umzustimmen. Ich weiß, dass ich das auch gar nicht wollte, aber seine Worte verraten mir, dass er sich schon längst entschieden hat, ohne überhaupt mit mir geredet zu haben. Und das tut weh. Ich werfe ihm ein zittriges Lächeln zu. »Ich komm schon zurecht.«

»Nein«, sagt er und geht auf mich zu. »Ich will dich hier nicht allein zurücklassen.«

»Wirklich, ich komm zurecht«, wiederhole ich, aber in die Augen sehen kann ich ihm dabei nicht.

Er tritt noch einen Schritt näher, und ich spüre seine Finger unter meinem Kinn. Er hebt sanft meinen Kopf und sucht meinen Blick. »Zo, ich kann dich hier nicht zurücklassen.«

Er kann nicht? Wegen des Versprechens, das er meinem Bruder gegeben hat? Oder weil er sich solche Sorgen wegen meines Vaters macht?

»Ich liebe dich«, sagt er, und seine Stimme bricht dabei.

Ein Stückchen von meinem Herzen zerbirst, weil ich Tristan anhören kann, wie gern er gehen will, und weil ich weiß, wie viel ihm die Zusage bedeutet und dass ihn die Entscheidung fast zerreißt. Dass er mir auf keinen Fall wehtun will. Der Kloß in meinem Hals ist inzwischen so dick, dass ich nicht mehr schlucken kann, aber ich zwinge mich zum Sprechen. »Ich liebe dich auch«, sage ich. »Und deswegen wirst du zusagen. Weil ich das Beste für dich will.«

Tristan zieht mich in seine Arme, meine Wange lehnt an seiner nackten Brust. Ich presse die Augen fest zu, aber die Tränen kommen trotzdem, rinnen mir aus den Augenwinkeln, rollen mir übers Gesicht. Ich verliere Tristan, kaum dass ich ihn gefunden habe. Von hier bis nach Florida sind es über viertausend Kilometer. Wir würden uns so gut wie nie sehen. Und ich weiß, wie Fernbeziehungen laufen. Da brauche ich nur Lis und Kate anzusehen, und Tristans Schwester Dahlia und ihre Ex Lou. Zeitmangel und Entfernung bedeuten selbst für die besten Beziehungen den Tod. Es wird einfach nicht funktionieren.

All diese Gedanken rasen mir innerhalb weniger Sekunden durch den Kopf, während ich, das Gesicht an Tristans Brust gepresst, gleichzeitig bereits versuche, mir genau einzuprägen, wie sich seine Arme um meine Taille und seine Lippen auf meiner Stirn anfühlen. Wie rau und gleichzeitig samtig seine Stimme klingt, wenn er meinen Namen sagt. Ich versuche, mich an all diesen Dingen festzuhalten, weil ich weiß, dass ich sie verlieren werde.

Deswegen ist es so gefährlich, mein Herz zu öffnen. Vor genau dieser Situation hatte ich Angst, und zwar aus guten Gründen. Ich hätte mich nie in Tristan verlieben dürfen.

Nein, widerspricht da eine Stimme in meinem Kopf voller Überzeugung. Das war es wert. Jede einzelne Sekunde war es das wert!

Ich darf Tristan nicht merken lassen, wie wahnsinnig weh mir das alles tut. Wenn er etwas ahnt, sagt er vielleicht doch ab.»Es sind doch nur ein paar Tausend Kilometer«, sage ich und zwinge mir ein Lächeln ab, um zu überspielen, wie unendlich traurig ich in Wahrheit bin.»Wir finden schon eine Möglichkeit.«

Tristan nimmt mich bei den Schultern und starrt mich kopfschüttelnd an.»Nein«, sagt er.»Ich will keine Fernbeziehung.«

Mir stockt der Atem. Er will nicht mal versuchen, mit mir zusammenzubleiben. Er will Schluss machen.

»Komm doch einfach mit«, flüstert Tristan und zieht mich fest an sich.

»Was?«, flüstere ich.

»Komm mit«, wiederholt er.

Ich starre ihn an, brauche einen Augenblick, um zu begreifen, dass er mich nicht sitzen lässt. Fast verschafft sich meine Erleichterung durch einen lauten Schluchzer Luft, aber dann begreife ich, was er mir da gerade vorgeschlagen hat. Wie sollte ich ihn begleiten können? Wie kommt er nur darauf, mich um so was zu bitten? Er weiß doch ganz genau, dass ich Mom und Kate und Cole nicht verlassen kann, vor allem nicht im Augenblick. Wobei ich lügen müsste, wenn ich behaupten würde, dass sein Angebot nicht verlockend ist.

Mit einem fast schon verzweifelten, flehentlichen Ausdruck in den Augen starrt er mich an, und für einen Moment erlaube ich mir, von dem Leben zu träumen, das wir haben könnten. Florida. Nur wir beide, zusammen in einem Haus, das wir ganz für uns haben. Ich sehe es klar und deutlich vor mir. Das gemütliche Bett mit den sauberen weißen Laken. Die Blumenvase auf dem Küchentisch. Die Jacken und Schuhe im Eingangsbereich. Tristan, der Morgen für Morgen aufsteht und in seiner Pilotenuniform zur Schule fährt. Ich mit dem Rucksack auf dem Rücken auf dem Weg zum College. Ich stelle mir vor, jeden Morgen in seinen Armen aufzuwachen, den Kopf auf seine Brust gebettet. Jeden Abend zusammen mit ihm einzuschlafen, eingerollt neben ihm, seinen Arm um mich geschlungen, sicher und geborgen. Aber das ist nur ein Märchen. Und als hätte eine böse Märchenhexe einen Zauber gewirkt, platzt der Traum vor meinen Augen.

»Bitte«, sagt Tristan. »Versprich mir, dass du wenigstens drüber nachdenkst.«

Traurig schüttle ich den Kopf. »Ich kann nicht gehen.«

Er mahlt mit den Kiefern, sein ganzer Körper verkrampft sich vor Frustration. Er lässt die Arme von meinen Schultern sinken, und es fühlt sich an, als hätte er unsichtbare Gewichte auf mir abgeladen, die mich jetzt niederdrücken.

Tristan weicht zurück, in seinen Augen liegt ein Ausdruck, der mir erneut das Herz bricht. Er wirkt unendlich verletzt, aber auch wütend. Als hätte ich ihn tief verwundet. So habe ich ihn noch nie gesehen, und der Anblick schockiert mich. Er kann doch nicht von mir erwarten, dass ich mich zwischen meiner Familie und ihm entscheide! Das ist unfair, und außerdem ist er doch derjenige, der von hier fortgehen will, nicht ich. Nicht, dass ich ihm daraus einen Vorwurf machen würde. Seine Karriere ist ihm wichtiger als ich, so wie mir meine Familie wichtiger ist als er. Und vielleicht sollte uns das was sagen. Vielleicht sollten wir mal darüber nachdenken, warum das so ist.

»Vielleicht«, sage ich achselzuckend, »ist es besser so.«

Tristan sieht mich stirnrunzelnd an, und noch während ich spreche, bereue ich meine Worte. Der Schmerz in seinem Blick verstärkt sich, und Tristan weicht noch einen Schritt zurück. Er sagt kein Wort, und dann hat er auch keine Gelegenheit mehr dazu, weil es an der Tür klopft und wir beide zusammenschrecken. Keiner von uns macht Anstalten zu öffnen. Wir bleiben einfach stehen und starren einander an, Worte über Worte, die gesagt werden wollen, aber nicht herauskommen. Vielleicht, weil wir beide zu große Angst haben, vielleicht, weil wir gerade beide nicht wissen, wie uns geschieht. Wie konnte unser Gespräch so schnell von seinem anfänglichen Kurs abweichen? Wie sind wir hier gelandet, in dieser Sackgasse?

»Zoey?«

Ich drehe mich um. Kate hat die Tür geöffnet und späht hindurch. »Wir sind spät dran«, sagt sie. »Meintest du nicht, in zwei Minuten wollen wir los?« Ihr Lächeln verblasst, als sie meinen Gesichtsausdruck bemerkt, dann wirft sie Tristan einen kurzen Blick zu, runzelt kaum merklich die Stirn und wendet sich wieder an mich. »Ich warte draußen auf dich.«

»Nein«, sage ich, als ich endlich meine Sprache wiedergefunden habe. »Ich komme schon.« Und ohne ein weiteres Wort laufe ich ihr hinterher, sehe mich nicht zu Tristan um, sage auch nicht Lebwohl.

# TRISTAN

Sie hat mit mir Schluss gemacht. Oder ich mit ihr? Scheiße, was ist da gerade überhaupt passiert? Ich hebe den Brief, den Zoey hat fallen lassen, vom Boden auf. Mein Problem ist, dass ich das eine genauso sehr will wie das andere. Ich will Zoey, aber ich will auch auf die Akademie. Schon seit meiner Kindheit möchte ich Pilot werden. Ein Jahr lang habe ich darauf gewartet, dass endlich ein Ausbildungsplatz frei wird. Die Chance ist einmalig, ich glaube nicht, dass sie mir noch mal einen Platz anbieten, wenn ich jetzt ablehne. Ich weiß, dass Zoey all das bewusst ist, und ich kapiere einfach nicht, warum sie nicht mitkommen möchte. Es wäre die perfekte Lösung. Sobald ich es laut ausgesprochen hatte, wusste ich, das ist die einzig sinnvolle Entscheidung. Aber wenn es sein muss, wäre ich auch zu einer Fernbeziehung bereit. Was ich will, ist etwas anderes, aber eine Fernbeziehung ist immer noch besser als eine Trennung. Ich habe nie gewollt, dass wir uns trennen.

Ich bin vollkommen verwirrt. Was meinte sie damit, dass es vielleicht besser so ist? War sie sich gar nicht mehr sicher, ob sie überhaupt mit mir zusammen sein will? War ich für sie nur Mittel zum

Zweck? Hat sie einfach nur jemanden gebraucht, der ihr ein Gefühl der Sicherheit gibt?

Mein Handy summt. Ich hoffe, dass es Zoey ist, aber dann sehe ich, dass Walker anruft. Er wartet draußen. Fuck, das hatte ich völlig vergessen. In zwanzig Minuten beginnt Kits Junggesellenabschied. Ich renne herum, ziehe mir irgendwas an, schnappe mir meinen Geldbeutel und die Schlüssel, bin so durcheinander, dass mir nicht einfällt, was ich sonst noch brauche. Kurz überlege ich sogar zu kneifen, weil ich nicht sicher bin, ob ich den ganzen Tag rumsitzen und so tun kann, als sei ich superglücklich, obwohl mir in Wahrheit gerade der Boden unter den Füßen weggerissen wurde. Aber das kann ich nicht bringen. Wir haben den heutigen Tag monatelang geplant, und ein guter Freund macht so was einfach nicht.

Als ich ein paar Minuten später nach draußen haste und Walker in seinem Jeep sehe, der vollgestopft ist mit Angeln und Kühltaschen, beschließe ich, mir nichts anmerken zu lassen. Ich darf Kit seinen Junggesellenabschied nicht versauen, also setze ich ein Lächeln auf und springe auf den Beifahrersitz.

»Auf geht's!«, rufe ich, während Walker den Motor anlässt.

# ZOEY

»Was ist passiert? Habt ihr zwei gestritten?«, fragt Kate, während ich fahre.

Ich schüttle den Kopf. »Nein.«

»Ist wirklich alles in Ordnung?«, drängt Kate weiter.

Ich atme tief durch, weiß nicht, ob ich ihr alles erzählen soll. Nicht, weil ich es ihr verheimlichen will, sondern weil ich Angst habe, dass ich dann in Tränen ausbreche, und ich kann es mir im Augenblick beim besten Willen nicht leisten zu weinen.

»Habt ihr euch getrennt?«, fragt Kate.

Ich antworte nicht.

»Oh Gott«, flüstert sie. »Ihr habt euch getrennt. Aber warum denn?«

»Ach, dies und das«, erwidere ich vage und blinzle die Tränen weg, damit ich mich wieder auf die Straße konzentrieren kann. Wie soll ich ihr denn auch die Wahrheit sagen? Dass ich nicht fortgehen und er nicht hierbleiben kann? Dass Cole und Mom und sie selbst der Grund sind?

»Aber ihr wirkt so glücklich miteinander«, murmelt sie geschockt. »Ihr seid so ein tolles Paar. Echt, ich kapier's einfach nicht.«

»Er zieht nach Florida«, schießt es aus mir heraus.

»Was? Wieso?«

»Er hat einen Platz auf der Pilotenschule bekommen, und die befindet sich nun mal in Florida.«

Kate mustert mich irritiert. »Na und?«, fragt sie. »Das ist ja wohl kein Weltuntergang. Weißt du, es gibt so Dinger, die sich Flugzeuge nennen. Dabei handelt es sich um lange Metallröhren, die durch den Himmel fliegen und dich von A nach B transportieren können, wobei es sich bei B in diesem Fall um Florida handelt.« Wenn sie so redet, erinnert sie mich an Tristan. Als ob sie durch eine wundersame Form von Osmose seinen Humor angenommen hat.

»Darum geht es nicht«, erkläre ich. »Ich will einfach keine Fernbeziehung, und er auch nicht.«

»Und warum nicht?«

»Weil Fernbeziehungen nicht funktionieren«, sage ich und werfe ihr dabei einen scharfen Blick zu.

Kate verstummt, gibt sich geschlagen. Gegen dieses Argument kommt sie nicht an.

»Außerdem ist es besser so«, fahre ich fort und wiederhole damit, was ich vorhin schon zu Tristan gesagt habe, obwohl die Worte sogar in meinen eigenen Ohren hohl und leer klingen.

»Was soll denn daran bitte besser sein?«, fragt Kate prompt.

Jetzt ist es an mir zu verstummen, weil ich keine Ahnung habe, was ich darauf antworten soll.

Den Rest der Fahrt verbringen wir schweigend. Kate wirkt beleidigt, hat die Arme vor der Brust verschränkt und die Lippen geschürzt. Ich klammere mich am Lenkrad fest wie an einem Rettungsring und gebe mir solche Mühe, nicht loszuheulen, dass jeder Atemzug schmerzt. Als wir durch das Tor vor Emmas Haus fahren, bin ich so weit, mich ernsthaft zu fragen, wie ich diesen Tag überleben soll.

Sobald ich die gebogene Auffahrt nehme und das Haus erscheint, bricht Kate schließlich ihr Schweigen. Sie schnappt nach Luft. »Oh, mein Gott …«

Ich blicke zu den rosa- und champagnerfarbenen Ballons auf, mit denen die Säulen umhüllt sind. Es sieht aus, als würde das Haus ein puffiges Tutu tragen.

»Das ist das krasseste Haus, das ich je gesehen hab«, murmelt Kate beeindruckt. Während ich parke, streicht sie bereits nervös ihr Kleid glatt. Es war ein Geschenk von mir und ist türkis, wodurch ihr kupferfarbenes Haar noch mehr strahlt als sowieso schon. Sie sieht umwerfend aus und ist vor Aufregung ganz aus dem Häuschen, und für einen kurzen Augenblick siegt die Freude, die ich bei ihrem Anblick empfinde, über meine Traurigkeit, und ich muss lächeln.

Als wir aussteigen und über die gekieste Auffahrt zum Haus gehen, fliegt die Eingangstür auf, und Dahlia und Didi stürmen heraus und werfen Händevoll Konfetti über uns, als seien wir Braut und Bräutigam. Dann schleifen sie uns nach drinnen, weiter durch die kühle Eingangshalle und dann zu der Flügeltür, die in den Garten hinterm Haus führt.

Kate lässt sich Zeit, sieht sich mit großen Augen um. Dahlia hakt sich bei ihr unter und bombardiert sie den gesamten Weg über mit Fragen. Die beiden sind sich vorher noch nie begegnet, aber sie gibt sich solche Mühe, dass Kate sich willkommen fühlt – Tristan muss ihr viel erzählt haben. Ich beobachte, wie Dahlia sie mit Emma bekannt macht und Kate rot wird und nur ein schüchternes »Hallo« rausbringt. Wieder durchflutet mich Freude für Kate. Vielleicht sind Vegas und Lis für sie schon bald nur noch ferne Erinnerungen. Ich frage mich, ob das auch mir irgendwann so gehen wird. Werde ich Tristan jemals vergessen können? Vorstellen kann ich es mir nicht. Es fühlt sich an, als ob ein wichtiger Teil von mir zerbrochen ist.

Die Hausrückseite ist ebenfalls mit Ballons dekoriert, und im Pool schwimmen so viele verschiedene aufblasbare Gummispielzeuge, dass ich dazwischen nur hier und da ein bisschen blaues Wasser hervorblitzen sehe. Ich entdecke ein Einhorn, einen riesigen, roten Kussmund und einen Flamingo. Um den Pool herum ist ein Dutzend Sonnenliegen aufgestellt, und auf jeder davon liegt ein ordentlich gefalteter rosafarbener Bademantel, jeweils bestickt mit unseren Namen in Gold.

Vasen voller riesiger rosa Lilien stehen auf Tischen, dazwischen Cupcakes mit Streuseln. Es gibt auch einen Schokoladenbrunnen und ein Tablett mit perlenden Champagnergläsern. Didi bietet mir eins davon an.

»Diesmal ohne Alkohol«, versichert sie mir, als sie mein Zögern bemerkt.

Ich nehme ein Glas und setze ein Lächeln auf, als ich merke, dass ich kurz vergessen habe, ein glückliches Gesicht zu machen.

»Was ist los?«, fragt Didi und mustert mich argwöhnisch.

»Nichts«, erwidere ich leichthin und wechsle hastig das Thema, indem ich auf die Sonnenliegen zeige. »Hast du das alles organisiert?«

»Zusammen mit Dahlia.« Sie grinst. »Warte nur, bis du siehst, was später noch kommt! Jessa wird ausflippen!«

Sie dreht sich zu mir, und ich lächle so breit, dass meine Gesichtsmuskulatur krampft. »Das ist echt toll.«

»Hast du geweint?«, fragt sie.

Verdammt! Ich hätte eine Sonnenbrille aufsetzen sollen. »Nein«, lüge ich mit zusammengebissenen Zähnen und spüre gleichzeitig die Tränen wieder in meinen Augen brennen.

»Aber dein Vater ist nicht das Problem, oder?«, hakt sie besorgt nach.

Ich schüttle den Kopf. »Nein, alles gut. Ich habe nichts mehr von ihm gehört. Schätze, er hat beschlossen, uns endlich in Ruhe zu lassen.« Ich weiß selbst nicht, ob ich mir das glaube, aber es fühlt sich gut an, es laut auszusprechen. Zum Glück erscheint Jessa auf der Terrasse, ehe Didi mich weiter löchern kann. Sie trägt ein hellrosa Sommerkleid, unter dem sich der erste Anflug eines Babybäuchleins abzeichnet. Sie strahlt so viel Leben aus, dass mir der Atem in der Brust stecken bleibt, die immer noch jedes Mal wehtut, wenn ich Luft hole. Als Jessa mit einem schüchternen Lächeln und leicht geröteten Wangen auf uns zukommt, kann ich die Tränen nicht länger unterdrücken. All ihre Freundinnen umringen sie, und ich nutze die Gelegenheit, um auf dem Absatz kehrtzumachen und wegzulaufen, weil ich nicht will, dass jemand bemerkt, wie ich weine.

Ich finde mich vor dem Poolhaus wieder, und da die Tür offen steht, gehe ich rein und mache hinter mir zu. Sobald ich auf das Sofa gesunken bin, brechen all der Schmerz und Kummer, die ich unterdrückt hatte, lawinenartig aus mir hervor, ohne dass ich die geringste Chance habe, sie aufzuhalten.

Es war Jessas Anblick, der mir den Rest gegeben hat. Der letzte Hammerschlag, unter dem der Riss in meinem Herzen schließlich geborsten ist. Der Damm ist gebrochen, und die Tränen wollen einfach nicht mehr aufhören zu fließen. Jessa und Kit lieben sich so sehr, und ich bin neidisch. Neidisch darauf, dass sie ihr Happy End bekommen. Und dann ist da auch die plötzliche Angst, ich könnte nicht nur Tristan verlieren, sondern auch seine Freunde. Inzwischen sind wir zwar enger miteinander als früher, aber trotzdem hätten sie mich heute nie eingeladen, wenn ich nicht mit Tristan zusammen gewesen wäre. Ich kenne sie noch nicht gut genug, als dass unsere Freundschaft die Trennung von Tristan überstehen würde.

Hinter mir fällt mit einem leisen Klicken die Tür ins Schloss, und ich fahre hoch und sehe mich um. Es sind Didi und Dahlia. »Da bist du ja«, sagt Didi.

»Tut mir leid«, murmle ich und vermeide es dabei, den beiden in die Augen zu sehen, in der Hoffnung, dass das Schummerlicht verbirgt, in was für einem Zustand sich mein Gesicht befindet. »Ich war auf der Suche nach dem Klo«, füge ich hinzu und tue so, als würde ich mich umsehen.

Didi kommt auf mich zu und verstellt mir den Weg. »Was ist los?«

Ich sehe zu ihr auf, meine Lippen zittern. Ich dachte, ich könnte mich zusammenreißen, aber es klappt einfach nicht. »Tristan«, sage ich, und mir bricht dabei die Stimme. »Wir haben uns getrennt.«

Dahlias Gesicht nimmt einen schockierten Ausdruck an. »Oh nein, das tut mir so leid.« Dann presst sie die Lippen zu einem schmalen Strich zusammen und knurrt: »Was hat mein Bruder angestellt?«

Ich schüttle den Kopf und lasse mich wieder aufs Sofa sinken. Die beiden setzen sich zu mir, eine links, eine rechts, und legen mir die Arme um die Schultern. »Er geht nach Florida. Auf die Pilotenakademie.«

»Oh«, sagt Didi.

»Was?!«, ruft Dahlia. »Davon hat er mir ja gar nichts erzählt!«

»Mir auch nicht. Ich hab es gerade erst rausgefunden. Aber er weiß es offenbar schon seit einem Monat.«

»Aber ...«, sagt Dahlia, »... was hat das mit eurer Trennung zu tun?« Sie klingt wie Kate vorhin im Auto.

Ich zucke mit den Achseln. »Weiß nicht«, gebe ich zu. Ich bekomme die Argumente, die wir beide im Streit vorgebracht haben, selbst nicht mehr ganz zusammen. »Es ist einfach zu weit weg, als dass es funktionieren könnte. Er wollte, dass ich ihn begleite.«

Didi und Dahlia wechseln einen Blick, aber ich mache schon Anstalten, aufzustehen, weil ich das Gespräch an diesem Punkt lieber beenden will. Wir müssen zurück auf die Party, ehe Jessa sich fragt, wo all ihre Gäste hin sind. »Mir geht's gut«, versichere ich ihnen. »Ich will nicht, dass Jessa ...«

Wieder geht die Tür auf. Diesmal ist es Jessa. »Da bist du ja!«, sagt sie. »Ich hab dich schon gesucht.« Doch ihr Lächeln versiegt, als sie bemerkt, dass Dahlia und Didi tröstend die Arme um mich gelegt haben.

»Was ist los?«, fragt sie besorgt und eilt zu mir, wie Dahlia es gerade getan hat. Langsam komme ich innerlich nicht mehr hinterher – eigentlich bin ich ja hierher geflüchtet, um allein zu sein, und jetzt sind plötzlich alle da und machen ein Riesen-Tamtam.

»Ach, nichts«, sage ich mit einem Lächeln, das vermutlich fast schon aggressiv wirkt, und versuche, die ganzen Hände abzuschütteln und irgendwie zur Tür zu gelangen. »Wirklich, mir geht's blendend. Also, wollen wir?«

Jessa bleibt mit in die Hüften gestemmten Händen vor mir stehen. Dafür, wie sanftmütig und weichherzig sie normalerweise ist, wirkt sie gerade ganz schön eisern.»Du siehst aber nicht so aus, als ob's dir blendend geht. Also, was ist los?«

»Tristan und Zoey haben sich getrennt«, erklärt Dahlia.

»Was?« Entgeistert sieht Jessa mich an.»Warum?«

»Er geht nach Florida, auf die Pilotenakademie.«

Jessa schüttelt den Kopf.»Aber warum trennt ihr euch?«, hakt sie verwirrt nach.

Ich öffne den Mund, schließe ihn wieder. Jedes Mal, wenn mir jemand diese Frage stellt, muss ich mir eingestehen, dass ich es selbst nicht mehr so richtig weiß. Falls ich es überhaupt je wusste. Also lautet meine lahme Antwort:»Ich glaube einfach nicht, dass es funktioniert.«

»Tss«, macht Jessa,»so ein Unsinn. Kit ist erst mal für Monate im Ausland stationiert gewesen, kurz nachdem wir ein Paar wurden.«

Ach Gott, stimmt ja! Wie konnte ich das nur vergessen? Tristan hat mir erzählt, dass Kit früher ein Marine war. Und wie mein Bruder war er immer wieder monatelang im Einsatz, das gehört nun mal zum Soldatenleben dazu.

»Wir haben uns entschieden, trotzdem zusammenzubleiben«, erzählt Jessa.»Na ja, wenn ich ehrlich bin, war es keine Entscheidung.« Sie spricht ganz sanft, aber ich kann nicht anders, als feuerrot zu werden. Ich komme mir blöd vor, weil ich das Thema überhaupt vor ihr angesprochen habe.

»Es ist schwierig«, fährt sie fort.»Da will ich dir gar nichts vormachen. Aber zumindest könntest du Tristan doch regelmäßig sehen. Schließlich ist es nur Florida!«

»Und warum begleitest du ihn nicht einfach?«, fragt Didi.

»Ich kann nicht weg hier. Da ist mein Job, und«, ich zucke verlegen mit den Achseln,»ich habe Freunde.« Zum ersten Mal in meinem Leben, würde ich gern hinzufügen, aber dann kommt es mir doch zu erbärmlich vor. Es gefällt mir hier in Oceanside. Ich habe das Gefühl, dass wir endlich ein Zuhause gefunden haben. Aber wie viel davon ist Tristans Anwesenheit zu verdanken?

»Freunde findest du überall«, sagt Didi.

»Besonders, wenn du aufs College gehst«, fügt Dahlia hinzu.

»Und du kannst doch jederzeit zurückkommen und uns besuchen«, ergreift Jessa wieder das Wort. »Außerdem ist es ja auch gar nicht für immer, sondern nur für ein Jahr oder so.«

»Und Florida unterscheidet sich eigentlich nicht großartig von Oceanside – alles voller Strände. Nur ein paar mehr Alligatoren.«

Ich knabbere auf meiner Lippe herum, denke darüber nach, was sie gesagt haben, schüttle dann den Kopf. »Ich kann Kate und Cole nicht mit unserer Mom allein lassen. Sie brauchen mich, und vor allem Mom kommt ohne mich womöglich überhaupt nicht zurecht. Es geht ja nicht nur darum, dass sie irgendwie die Rechnungen bezahlen muss. Sie muss sich auch um Kate und Cole kümmern. Ganz egal, was ich will, ich kann nicht einfach abhauen und sie alleinlassen.«

Noch während ich spreche, merke ich, dass es aber genau das ist, was ich will. Es ist das erste Mal, dass ich es konkret formuliert habe, vor mir selbst und anderen. Ich will Tristan begleiten. Auch wenn die Vorstellung beängstigend ist und sich anfühlt wie ein Sprung ins eiskalte Wasser, weiß ich, dass ich bei ihm sein will, egal wo er hingeht. Ich könnte reisen, mit ihm zusammen sein, einmal im Leben für niemanden außer mich Verantwortung tragen. Der Gedanke fühlt sich großartig an. Aber es ist unmöglich.

»Was?«

Ich fahre herum.

Kate steht in der Tür. »Was hast du da gerade gesagt?«, wiederholt sie. »Du hast dich wegen mir von Tristan getrennt?«

»Nein!«, versichere ich hastig. »Das ist nicht …«

»Ich hab alles ganz genau gehört«, unterbricht sie mich. »Du hast gesagt, dass du nicht weggehen kannst, weil du uns nicht alleinlassen willst. Aber das ist Blödsinn. Ich will nicht, dass du wegen mir bleibst. Du musst das nicht tun!«

Ich weiß nicht, ich sagen soll. Sehe Kate an, dann die anderen, die mich allesamt schweigend beobachten. Ich dachte, ich hätte keine Wahl. Aber vielleicht habe ich mich geirrt. Vielleicht habe ich doch eine.

# TRISTAN

Kit, Walker und ich sitzen mit ausgeworfenen Angeln im Bootsheck. Hinter uns diskutieren Kits und Jessas Dad über Politik, aber auf eine Weise, die mir verrät, dass sie sich seit Jahrzehnten kennen und es gewohnt sind, gegenseitig auszuteilen und einzustecken. Sie bereiten den Fisch vor, nehmen ihn aus wie Profis und machen ihn grillfertig. Als ich Jessas Dad dabei beobachte, wie er die Fischinnereien in einen Eimer neben seinen Füßen schmeißt, kann ich nicht anders, als mich mit dem Fisch zu identifizieren. Ungefähr so fühlt sich mein Inneres gerade nämlich auch an.

Ich starre auf die kabbeligen Wellen und den schmerzhaft blauen Himmel und überlege, welche Möglichkeiten ich habe. Meer oder Himmel. Beides geht nicht. Jedenfalls nicht, wenn ich auch Zoey haben will. Ich hab es kapiert, hab verstanden, warum sie mich nicht nach Florida begleiten kann. Aber es verletzt mich, dass sie deswegen gleich mit mir Schluss gemacht hat. Die Trennung fühlt sich völlig surreal an. Wie ein einziger riesiger Fehler. Als ob ich das Recht hätte, alles wieder rückgängig zu machen. Wenn ich noch eine Chance bekäme, würde ich die richtigen Worte wählen. Dann würde das Gespräch am Ende nicht auf eine Trennung hinauslaufen.

Ich muss mit ihr reden, aber hier draußen, meilenweit vom Land entfernt, habe ich natürlich kein Netz. Außerdem sollte ich an diesem Wochenende, an dem sich alles um Kit dreht, auch nicht die Stimmung verderben, indem ich am Telefon mit meiner Freundin herumstreite.

Bisher scheint Kit sich zu amüsieren – er hat die Füße auf der Reling und ein Bier in der Hand, und er grinst, als ob es ihn freut, dass dies die letzten Tage seines Single-Daseins sind. Ich weiß, dass es sich nicht gehört, eifersüchtig auf ihn zu sein, vor allem nicht, wo er doch so viel durchgemacht hat. Jessa und er haben eine Menge miteinander erlebt, aber sie haben allen Widrigkeiten getrotzt. Haben überlebt und sind dadurch stärker geworden. Und jetzt heiraten sie und bekommen ein Baby, verdammt noch mal!

Erst jetzt bin ich so weit, mir meine geheimen Träume einzugestehen. Sie sind nicht mehr als lose Gedanken, Momentaufnahmen dessen, was sein könnte: wie ich mit Zoey aufs Meer hinausfahre und mich vor ihr hinknie. Wie ich vor einem Altar stehe und mich zu ihr umdrehe, als sie in einem weißen Kleid auf mich zukommt. Wie sie unser Baby im Arm hält und mich anlächelt. Aber ich habe mir erlaubt, diese Dinge zu denken, habe sie mir viel genauer ausgemalt, als ich je irgendwem gegenüber zugeben würde. War das dumm? Übereilt? Zoey ist noch so jung. Wir *beide* sind noch so jung. Ich weiß, dass es sinnlos ist, in unserem Alter an Ehe und Kinder zu denken, unrealistisch sogar. Aber trotzdem habe ich es getan. Und ich habe nie über diese Gedanken gelacht, weil sie so natürlich, so naheliegend gewirkt haben. Natürlich würde ich Zoey eines Tages heiraten, das wusste ich eigentlich schon bei unserem ersten Kuss. Ich mache keine halben Sachen. Wenn ich mich auf etwas einlasse, dann richtig, und auf Zoey habe ich mich mit Herz und Seele eingelassen. Ich weiß nicht, wie ich das wieder rückgängig machen soll. Tatsächlich weiß ich eigentlich sogar, dass es unmöglich ist. Und dass ich es auch gar nicht will.

Ich starre so lange aufs Meer hinaus, bis ich das Gefühl habe, in einer Art Trance zu sein. Ich kann sie nicht verlassen. Wie soll ich sie verlassen, nachdem ich Will versprochen habe, auf sie aufzupassen? Nachdem ich mir genau das vor all den Jahren selbst versprochen habe? Und es geht nicht nur um das Versprechen, das ich ihm oder mir gegeben habe – es geht auch um das Versprechen, das ich *ihr* gegeben habe: dass ich niemals zulassen würde, dass ihr Dad ihr wehtut. Wenn ich gehe, kann ich dieses Versprechen nicht halten.

Das war nicht die letzte Möglichkeit, Pilot zu werden, sage ich mir, auch wenn mir diese eine Akademie vermutlich keine zweite Chance geben wird. Aber am Ende ist das verglichen mit Zoeys Sicherheit völlig unwichtig. Selbst wenn wir uns darauf einigen würden, es mit einer Fernbeziehung zu versuchen, hätte ich keine ruhige Sekunde, weil ich mir ständig Sorgen machen würde. Ach, selbst wenn wir wirklich getrennt bleiben würden, wäre ich in Gedanken ständig bei ihr. Eigentlich habe ich also keine Wahl, habe nie eine gehabt. Ich muss bleiben.

»Tristan«, sagt Walker, »hast du überhaupt einen Köder am Haken?«

»Hä?«, frage ich und blinzle ihn benommen an.

»Ich glaube, bei dir beißt keiner an, weil du keinen Köder an der Angel hast.«

Einige Sekunden lang starre ich ihn einfach nur an und versuche zu verstehen, wovon er da redet. »Oh«, sage ich dann.

»Alles okay?«, fragt er.

»Jupp, alles paletti.«

Walker mustert mich scharf. Er hat ein Gespür für so was, einen Sensor, der feinste Veränderungen in Tonfall und Mimik registriert, die anderen Leuten entgehen. Er merkt es immer, wenn jemand nicht die Wahrheit sagt. Obwohl er noch so jung ist, hat er eine Weisheit an sich, die ich ebenso schätze wie Wills stille Entschlossenheit oder Kits Humor und Loyalität den Menschen gegenüber, die er liebt. Ich kann mich glücklich schätzen, solche Freunde zu haben. Also beschließe ich, mit der Wahrheit herauszurücken.

»Zoey hat mit mir Schluss gemacht«, gestehe ich. »Sie hat rausgefunden, dass ich einen Platz auf der Pilotenschule in Florida bekommen habe.«

»Was?«, fragt Kit, fährt zu mir herum und stößt dabei fast die Kühltasche mit Bier um, die neben ihm steht.

»Du ziehst nach Florida?«, fragt Walker überrascht.

»Nein, ich gehe nicht«, erwidere ich kopfschüttelnd. »Ich kann nicht. Ich kann sie hier nicht allein lassen. Und sie kann nicht weg von ihrer Familie. Also … muss ich eine Entscheidung treffen.«

Die beiden lassen die Neuigkeiten auf sich wirken. Wechseln einen Blick. Sie wissen genau, wie wichtig mir der Ausbildungsplatz ist und wie lange ich schon auf diese Gelegenheit warte.

Ich zucke mit den Achseln. Gemessen an dem Gedanken, Zoey zu verlieren, fällt es mir leicht, diesen Traum aufzugeben.

Kit fischt im schmelzenden Eis herum und zieht ein Bier aus der Tasche, öffnet es und reicht es an mich weiter. »Jessa alleinzulassen war das Bescheuertste, was ich je gemacht habe«, sagt er. »Fast hätte ich sie deswegen ganz verloren.«

»Bei Didi und mir war es genauso«, merkt Walker an, legt die Füße auf die Reling und rückt sich das Cap zurecht. Sie haben sofort kapiert, worum es geht. Und ihr Verständnis lindert meinen

Schmerz darüber, einen Traum aufgeben zu müssen, den ich seit meiner Kindheit mit mir herumtrage, ein wenig. Schätze, das Leben ist nichts weiter als eine Reihe von Entscheidungen. Wir setzen uns Ziele, träumen unsere Träume, schmieden Pläne. Und manchmal passiert dann etwas vollkommen Unvorhergesehenes und katapultiert uns von einem Weg auf einen anderen. Aber auch wenn dieser neue Weg vielleicht gut ist, darf man trotzdem traurig sein um die Ziele, die man auf dem alten Weg erreicht hätte. In Oceanside zu bleiben bedeutet nicht, dass ich irgendetwas aufgebe.

Ich kann damit leben, kein Pilot zu werden.

Aber ich kann nicht ohne Zoey leben.

# ZOEY

Ich kann es nicht abwarten, Tristan zu erzählen, dass ich ihn begleite. Jetzt, wo ich die Entscheidung getroffen habe, kann ich an nichts anderes mehr denken. Es ist nicht für immer, und die Ängste um meine Freunde und meine Familie lassen sich in den Griff bekommen. Ich kann *alles* in den Griff bekommen, solange ich nur bei Tristan bin.

Außerdem bin ich in Florida noch weiter weg von meinem Vater, und da ich es bin, auf die er wütend ist, sind Mom und die anderen sicherer, wenn ich umziehe. Das jedenfalls versuche ich mir einzureden, auch wenn mir durchaus bewusst ist, dass ich mir womöglich etwas vormache.

Während sich die anderen Mädels massieren lassen, schleiche ich mich davon und versuche, Tristan anzurufen, aber er hat natürlich sein Handy ausgeschaltet. Er segelt ja auf dem offenen Meer und hat gar keinen Empfang. Kurz überlege ich, ihm eine Nachricht zu hinterlassen, aber ich will es ihm lieber persönlich sagen, von Angesicht zu Angesicht.

Nachdem ich aufgelegt habe, rufe ich Mom an und erzähle ihr, dass Tristan an der Pilotenakademie in Florida angenommen wurde.

»Liebst du ihn?«, fragt sie.

»Ja«, antworte ich, und ich spüre die Wahrheit hinter diesem Wort bis in mein tiefstes Innerstes widerhallen.

»Hat er dich gebeten mitzukommen?«

»Ja.«

»Dann solltest du gehen«, sagt Mom.

»Aber …«

»Nichts aber!«, schneidet sie mir das Wort im Mund ab. »Das ist mein Ernst, Zoey. Ich weiß, du bist noch jung, aber du musst deinem Herzen folgen.«

Das ist nicht die Reaktion, mit der ich gerechnet habe. Ich dachte, wenn ich ihr meine Entscheidung beichte, wird sie mich warnen, nichts zu übereilen und auf meine Vernunft zu hören, nicht auf mein Herz. Nicht denselben Fehler zu machen wie sie: einem Mann zu folgen, der ihr die Möglichkeit bot, ihrem Leben zu entfliehen. Aber sie tut es nicht. »Er macht dich glücklich«, sagt sie stattdessen. »Und du hast alles Glück der Welt verdient.«

»Und was ist mit dir?«, frage ich.

Sie lacht leise auf. »Nun hör schon auf, dir Sorgen um mich zu machen. Ich komme zurecht. Wir schaffen das, auch wenn wir dich natürlich furchtbar vermissen werden. Aber wir kriegen das hin.«

Ist das so? Oder sagt sie das nur, damit mir die Entscheidung leichter fällt? Ich weiß nicht, was ich glauben soll.

»Wir schaffen das«, wiederholt sie, als ob sie meine stillen Bedenken gehört hätte.

»Und was ist mit Dad?«, flüstere ich und spreche damit meine größte Angst aus. Das Thema, über das wir nie reden.

Am anderen Ende der Leitung herrscht Schweigen. »Lass uns gar nicht erst mit ihm anfangen, ja?«, sagt Mom schließlich. »Wir dürfen nicht länger zulassen, dass er über unser Leben bestimmt. Ich will, dass du mit Tristan nach Florida ziehst. Ich will, dass du dein Leben genießt und Abenteuer erlebst und dass du dir am Ende nicht vorwerfen musst, alles verpasst zu haben.«

»Ich könnte dort aufs College gehen.« Die Sehnsucht, die in meinen Worten mitklingt, ist nicht zu überhören. »Allerdings müsste ich mir einen neuen Job suchen.«

»Das schaffst du«, sagt Mom. »Alles wird gut, und wenn nicht, dann kommst du einfach wieder nach Hause.«

»Mom«, sage ich, und meine Stimme ist ganz rau wegen all der Gefühle, die in mir hochkommen, »ich hab dich lieb.«

»Und ich hab dich lieb«, erwidert sie, und ich kann ihr anhören, dass auch sie den Tränen nahe ist.

»Bis später«, verabschiede ich mich.

Dann lege ich auf und muss mir selbst die Tränen aus den Augenwinkeln wischen. Es wird mir schwerfallen fortzugehen, aber Mom hat recht. Ich darf nicht zulassen, dass mein Vater weiter über mein Leben bestimmt. Ich muss mich von ihm befreien. Und ich will meinem Herzen folgen. Meinem Herzen, das Tristan gehört.

# TRISTAN

Eine halbe Meile vor der Küste habe ich wieder einigermaßen Empfang und höre meine Mailbox ab. Aber Zoey hat mir keine Nachricht hinterlassen, und die Enttäuschung wetzt ihre scharfen Krallen an mir. Ich hatte gehofft, sie würde sich melden, und ihr Schweigen tut weh. Meine Schultern sacken nach unten, doch im selben Augenblick summt das Handy in meiner Hand.

Aber es ist nicht Zoey. Es ist eine Benachrichtigung, dass eine der Überwachungskameras eine Bewegung vor der Wohnungstür der Wards aufgezeichnet hat. Ich bekomme solche SMS bestimmt ein Dutzendmal am Tag. Meistens sind es Zoey oder ihre Mom, die die Wohnung verlassen oder betreten. Aber als ich diesmal auf den »Play«-Button drücke, erkenne ich eine schemenhafte Männergestalt. Mein Puls schnellt in die Höhe. Ist das Robert? Nein, dazu ist der Schemen zu groß und zu breit. Die Aufzeichnung ist körnig, und ich kann das Gesicht des Mannes nicht erkennen, weil er sich ein Trucker-Cap tief in die Stirn gezogen hat. Vielleicht ist es ein Paketbote, aber der Typ trägt keine Uniform.

Und was, wenn es Zoeys Vater ist? Mit zitternder Hand öffne ich die App und schalte den Livefeed ein. Leider braucht der Feed eine gefühlte Ewigkeit, um zu laden, und als sich das Bild endlich klärt, ist von dem Mann nichts mehr zu sehen. Ich drehe die Kamera, und auf einmal ist am Bildschirmrand ein Stückchen von einem Arm zu erkennen. Was macht der da? Ich sehe auf die Uhr. Kurz vor sieben. Ist Zoey schon zu Hause? Oder ihre Mom?

Ich wechsle zu einer anderen Kamera, die ich an einem Lampenpfahl direkt neben der Stelle installiert habe, an der ich immer meine Maschine abstelle. Ich habe mich darum gekümmert, nachdem ich das Motorrad habe reparieren lassen – gegen eine exorbitante Summe, weil der Typ mir Betonmischung in den Tank gekippt hat. Diese Kamera zeigt mir das untere Ende von Zoeys Wohnungstreppe und ein Stück Parkplatz. Kein Lieferwagen in Sicht.

Dann bemerke ich eine Bewegung am Bildschirmrand. Ein Auto – Zoeys silberner Toyota. Er hält neben meinem Bike, und einige Sekunden später sehe ich Zoey und Kate aussteigen. Scheiße. Was soll ich machen? Wohin ist der Typ verschwunden? Ich schalte wieder zurück zu der Kamera über der Tür und kann jetzt deutlich sein Gesicht sehen. Er steht direkt vor der Kamera in der Blumenampel.

Panik hämmert in meinen Ohren. Es ist Zoeys Vater. Ich würde den Mann überall erkennen, obwohl ihn die Jahre im Gefängnis massiger, härter gemacht haben. Mein Herz setzt einen Schlag lang aus. Er schaut runter zum Parkplatz – offenbar, weil er Zoey und Kate entdeckt hat – und duckt sich außer Sicht. Wo will er hin? An der Wohnung führt ein langer Balkon entlang. Ist er zum anderen Ende geflüchtet und hat dann die hintere Treppe nach unten genommen, oder wartet er nur auf eine Gelegenheit, Zoey und Kate anzugreifen? Ich muss Zoey unbedingt warnen. Panisch wende ich mich an Kit.»Wo ist dein Handy?«, rufe ich.

Erschrocken fährt er zu mir herum und hält mir kommentarlos sein Handy hin. Er war mal Soldat, dementsprechend kann er an meinem Tonfall erkennen, dass die Lage ernst ist, und reagiert schnell und ohne nachzufragen. »Ruf Zoey an!«, schreie ich ihn an. »Tu alles dafür, dass sie rangeht!«

»Was ist los?«, flüstert Jessas Dad, während Kit und Walker um mich herum zusammenrücken, um mit auf mein Handy schauen zu können.

»Ich habe ihren Vater gesehen«, sage ich und starre weiter auf den Feed, bete, dass Zoeys Vater wieder auftaucht. »Klingelt es schon?«, frage ich Kit.

Er schüttelt den Kopf und reicht mir sein Telefon. Ich drücke es mir mit der freien Hand ans Ohr. »Komm schon!«, sage ich, während es klingelt und klingelt. »Warum nimmt sie denn nicht ab?«

Auf meinem eigenen Handy schalte ich zurück auf den Kamerafeed, der durch den schlechten Empfang immer wieder stockt. Zoey und Kate stehen am Auto und reden, aber Zoey macht keinerlei Anstalten, auf ihr Handy zu sehen.

»Soll ich besser die Polizei rufen?«, fragt Walker.

»Ja, gib ihnen die Adresse. Sag ihnen, die beiden sind in Gefahr. Wegen häuslicher Gewalt. Und dass der Verdächtige vermutlich bewaffnet ist.«

»Ist er?«, fragt Kits Dad.

»Weiß nicht, aber so nehmen die Cops die Sache ernst.« Meine Nerven sind zum Zerreißen gespannt. Wer weiß, vielleicht ist er ja wirklich bewaffnet?

Auf einmal setzen sich Zoey und Kate in Bewegung. Warum geht Zoey nicht ans Handy? Hört sie es nicht? »Jetzt nimm schon ab!«, zische ich.

Ich beobachte die beiden die Treppe zu ihrer Wohnung hinaufgehen. Ich will sie packen und festhalten, will verhindern, dass sie ihrem lauernden Vater in die Arme laufen, aber ich kann nur hilflos und frustriert zusehen und lauschen, wie Walker hinter mir mit dem Polizeinotruf spricht. Er hat Verbindungsprobleme, und uns läuft die Zeit davon. Es ist, als müsste ich einen Horrorfilm in Slow Motion ansehen.

Irgendwas muss ich doch tun können! Aber als ich mich umsehe, ist da nichts als das Meer. Wir sind eine halbe Meile weit vom Ufer entfernt. Mein Blick zuckt zurück zum Bildschirm.

Zoey und Kate sind wieder verschwunden.

# ZOEY

»Ich kann nicht fassen, wie cool Emma ist. Sie hat gesagt, dass ich jederzeit vorbeikommen darf, und mir sogar ihre Nummer gegeben!« Kate hält mir ihr Handy unter die Nase, damit ich mich selbst vergewissern kann.

»Ich weiß«, erwidere ich lachend. »Schließlich hast du es mir schon ungefähr fünfzigmal erzählt.«

»Wenn die Leute in der Schule das Bild von Emma und mir sehen, werden die total durchdrehen!«, sagt Kate und zeigt mir ein Foto, das sie und Emma in identischen rosa Bademänteln zeigt und jetzt ihr Hintergrundbild ist.

Als wir zur Tür kommen, lässt Kate sich in einer dramatischen Geste mit dem Rücken dagegen fallen. »Das war der beste Tag meines Lebens!«

Plötzlich klingelt ihr Handy, und sie geht dran, während ich die Schlüssel aus meiner Tasche fische. Mom und Cole sind unterwegs, Pizza essen. Ich blicke zu der Kamera in der Blumenampel hoch, die uns mit ihrem dunklen Auge anstarrt, und frage mich, ob Tristan mich gerade beobachtet, weil er die Sicherheitsbenachrichtigungen ja ebenfalls erhält.

»Ja, sie ist hier«, sagt Kate. »Willst du mit ihr reden?« Sie hält mir das Handy hin. »Tristan«, sagt sie. »Ich glaube, er will mit dir reden, aber ich kann ihn nicht richtig verstehen, die Verbindung bricht dauernd ab.«

Verwirrt nehme ich das Telefon in Empfang. Warum ruft er Kate an? Dann fällt mir ein, dass ich mein Telefon im Auto gelassen habe.

»Hallo?«, sage ich, während Kate die Tür aufschließt.

»Haut sofort ab!«

»Was?«

»Euer Vater ist da, ich hab ihn durch die Kamera gesehen. Verschwindet von da, sofort!«

Ich packe Kate bei der Hand, als sie gerade die Tür aufziehen will, und zerre sie weg vom Eingang. Sie keucht überrascht auf und schnappt nach Luft, als ich sie hinter mir her zur Treppe schleife. »Was ist denn jetzt los?«, fragt sie, ihre Stimme irgendwo zwischen Angst und Belustigung.

»Los, schnell!«, zische ich und schiebe sie die Treppe runter, stolpere in meiner Eile über meine eigenen Füße.

»Was ist los?«, ruft Kate, als ich sie panisch die Treppe runterdränge.

»Dad«, keuche ich atemlos.

Einen Sekundenbruchteil lang erstarrt Kate, dann rennt sie, immer drei Stufen auf einmal nehmend, nach unten. Ich bin direkt hinter ihr, wage es nicht, mich umzublicken. Er war hier. Ist es immer noch.

Wir rennen zum Auto, und ich krame panisch nach meinem Schlüssel, während Kate schon am Türgriff zerrt. »Mach schnell!«, fleht sie.

Ich kann die verdammten Schlüssel nicht finden.

»Komm schon!«, brüllt Kate, dann senkt sie die Stimme zu einem Flüstern. »Oh Gott.« Ein erstickter Schluchzer.

Mir läuft es eiskalt den Rücken hinab. Eine Stimme in meinem Kopf sagt mir, dass ich mich auf keinen Fall umdrehen soll. Frenetisch wühle ich weiter in meiner Tasche, inzwischen zittere ich am ganzen Leib, bin ebenfalls kurz davor loszuschluchzen.

Lauf, denke ich. Schnapp dir Kate und lauf. Ich drehe mich um, aber ehe ich auch nur einen Schritt tun kann, fällt ein Schatten auf mich. Eine große Gestalt blockiert mir den Weg. Ich blicke auf.

»Hallo, Zoey«, sagt mein Vater.

Die Luft in meinen Lungen scheint sich zu komprimieren, und meine Beine verwandeln sich in Wackelpudding.

»Was willst du?«, frage ich. Kate umklammert meine Hand so fest, dass die Knochen knacken.

Dad lächelt mich an. Er sieht alt aus, als hätte jemand mit dem Skalpell Linien in seine Haut geritzt. Sein Haar ist länger, als ich es von ihm kenne, und von grauen Strähnen durchzogen. Er ist immer noch ein gut aussehender Mann, beeindruckend. Und größer, als ich ihn in Erinnerung hatte. Er wirkt einschüchternd, mehr noch als früher. Das Gefängnis hat ihn nicht schwächer gemacht, sondern härter.

»Wie hast du uns gefunden?«, frage ich.

Doch er lächelt einfach wortlos weiter, und ich bemerke, dass ein Stückchen seines Schneidezahns fehlt und er auf der Wange eine Narbe hat, die ich anfangs für eine Falte gehalten hatte. »Als würde dich das was angehen«, sagt er schließlich, und in seinen Augen blitzt so was wie Belustigung auf. Er nickt in Richtung Haus. »Nett hier.«

Kate wimmert hinter mir auf.

»Hey, Katie«, fährt er fort, »sieh mal an, du bist ja richtig erwachsen geworden! Willst du deinem Dad nicht Hallo sagen?«

Ich höre Kate ein Geräusch von sich geben, das irgendwo zwischen Winseln und Stöhnen liegt. Ihre Fingernägel graben sich in meinen Handrücken.

»Du schminkst dich jetzt also?«, fragt er scheinbar amüsiert, doch sein Blick wird hart, während er sie mustert.

Kate antwortet nicht, und ich erstarre, nutze meinen Körper, um sie vor ihm abzuschirmen. Auch nach all den Jahren noch versuche ich sie zu schützen, wie damals, als sie klein war.

Wie kann ich verhindern, dass er ausrastet? In seinem Blick liegt etwas Wildes, Unbeherrschtes. Etwas, das mich verstörend stark an Cole erinnert.

»Solltest du wirklich hier sein?« Ich formuliere es bewusst als Frage, versuche, einen lockeren, vorwurfsfreien Tonfall zu wahren, um ihn nicht in Rage zu bringen.

»Ist deine Mom daheim?«, fragt er und richtet den Blick aufs Haus.

Ich schüttle den Kopf, bete, dass sie und Cole nicht ausgerechnet jetzt zurückkehren.

»Ist sie mit diesem Mann ausgegangen?«, knurrt mein Vater. Seine Stimme trieft vor Abscheu.

»Mom ist nicht zu Hause«, sage ich leise. Ob er Robert meint? »Und du dürftest eigentlich gar nicht hier sein.«

»Ist das so?«, knurrt er mit einem bösartigen Grinsen. »Ich gehe, wohin ich will.« Ich mache einen Satz zurück und pralle gegen Kate, die leise schluchzt.

»Du verstößt mit deiner Anwesenheit gegen das Gesetz«, sage ich so fest und entschlossen ich kann. »Dafür könntest du ins Gefängnis wandern.« Ich versuche, den Eindruck zu erwecken, dass mir an seinem Wohlergehen gelegen ist. Egal, was ich tue, ich darf ihn nicht spüren lassen, dass ich Angst habe. Die Angst anderer ist seine Kraftquelle. Ich weiß noch, wie ihn Moms Panik angestachelt, noch grausamer gemacht hat. Irgendwie muss ich es schaffen, ihn so lange hinzuhalten, bis die Polizei eintrifft.

Tristan muss sie angerufen haben, garantiert sind sie längst auf dem Weg. Man wird meinen Vater festnehmen, und dann wandert er mindestens für den Rest seiner ursprünglichen Strafe wieder ins Gefängnis, wenn nicht sogar länger.

»Aber wer sollte mich melden?« Er mustert mich so bedrohlich, dass ich wieder am ganzen Körper zu zittern beginne. »Du etwa?«

Ich schlucke trocken, versuche, nicht in Richtung Straße zu blicken. Wie lang es wohl dauert, bis die Polizei hier ist? Als mein Vater Mom fast totgeschlagen hätte, waren sie ewig unterwegs, und jede einzelne Sekunde kam mir vor wie ein ganzes Leben.

»Dir würde doch sowieso kein Mensch glauben«, sagt er, und seine Lippen verziehen sich zu einem grausamen Lächeln, das seine Augen nicht erreicht. »Ich habe einen Freund, der für mich bürgt und aussagen wird, dass ich den ganzen Tag lang bei ihm war. Dann steht dein Wort gegen meins.«

»Letztes Mal haben sie mir auch geglaubt«, erwidere ich.

Ich weiß selbst nicht, weshalb ich die Worte laut ausgesprochen habe. Auf einmal waren sie da, erst in meinem Kopf, dann in meinem Mund. Bin ich völlig bescheuert, ihn so zu provozieren? Vielleicht will ein Teil von mir ja, dass er reagiert. Denn wenn ich ihn dazu bringen kann, mich zu schlagen, wird er wegen Körperverletzung angeklagt. Ich würde keine Sekunde zögern, mich von ihm verprügeln zu lassen, wenn das bedeutet, dass er länger weggesperrt wird.

»Wir haben dich auf Kamera.« Ich hebe das Kinn. »Du darfst hier nicht sein, du hast Kontaktverbot. Wir wollen dich hier nicht mehr. Wir hassen dich.«

Mein Vater hebt so schnell den Arm, dass ich es nur verschwommen sehe. Instinktiv imitiere ich die Bewegung, um den Schlag abzublocken. Das Training mit Tristan macht sich bezahlt, mein Muskelgedächtnis weiß, was zu tun ist. Aber die Faust trifft mich gar nicht. Mein Vater hält sie einige Sekunden lang vor meinem Gesicht, dann lässt er sie fallen.

Ich atme schwer, höre Kate hinter mir leise weinen, und mein Vater lächelt. Es freut ihn, dass er mir Angst machen konnte.

»Richte deiner Mom aus, dass ich hier war«, sagt er und will sich abwenden.

»Warum?«, frage ich ihn, ein schwacher Versuch, ihn vom Gehen abzuhalten, bis die Polizei hier ist. »Warum kannst du uns nicht einfach in Ruhe lassen?«

»Du hast dafür gesorgt, dass ich ins Gefängnis komme«, erwidert er und dreht mir den Rücken zu. »Mit deinen Lügen hast du mir drei Jahre meines Lebens gestohlen.«

So war es nicht, denke ich. Es waren seine Taten, die ihn ins Gefängnis gebracht habe, nicht ich.

»Du weißt, was sie im Knast mit Bullen machen, oder?«, fährt er fort, ehe ich dazu komme, meinen Gedanken laut auszusprechen.

Was auch immer sie ihm angetan haben mögen, war nur ein Bruchteil dessen, was er verdient hat. Jegliches Mitgefühl, das ich vielleicht hätte aufbringen können, verpufft, als ich daran denke, wie der Wangenknochen meiner Mom geknackt hat, als er ihn gebrochen hat. Das nasse Geräusch, mit dem ihr Kopf gegen das Treppengeländer geprallt ist. Das Grauen, das uns dieser Mann zugemutet hat.

»Lass uns in Ruhe.«

Es ist Kate, die das sagt. Ihre Stimme zittert, aber sie spuckt ihm die Worte förmlich vor die Füße.

Halb amüsiert, halb traurig sieht er sie an. »Oh, Katie, was haben deine Mutter und deine Schwester dir denn nur erzählt? Was es auch ist, es ist nicht die Wahrheit. Sie belügen dich. Vergiften deine und Coles Gedanken, hetzen euch gegen mich auf. Deine Mom hatte eine Affäre. Ich bin wütend geworden und habe dieses eine Mal die Beherrschung verloren. Aber das war einzig und allein die Schuld eurer Mutter. Sie hat mir gedroht, dass sie mir euch Kinder wegnimmt. Ich wollte ihr nicht wehtun, ich liebe sie doch! Und dich auch. Willst du dir nicht auch mal meine Version der Geschichte anhören, Kate? Hättest du nicht gern deinen Dad zurück?«

Kate öffnet den Mund, aber sie antwortet nicht. Oh Gott, glaubt sie ihm etwa?

»Wir wollen dich nicht mehr zurück«, sagt sie plötzlich, und ihre Augen blitzen nur so vor Zorn. »Du bist ein Lügner, und ich hasse dich und will dich nie wieder sehen.«

Das Gesicht meines Vaters verzerrt sich. Ich weiß, was jetzt kommt, und stelle mich wieder schützend vor Kate.

Sein Blick schießt zu mir. »Du … du kleine Nutte«, sagt er. »Du hast sie mit deinen Lügen alle gegen mich aufgehetzt.«

Auf einmal hat er mich am Handgelenk gepackt und zerrt mich zu sich, aber wieder reagiert mein Körper wie von selbst und spult das Programm aus Tristans Selbstverteidigungsunterricht ab: Ich verdrehe den Arm und befreie mich damit so schnell, dass ich meinen Vater damit überrumple. Er versucht, mich erneut zu packen, und ich schreie auf und brülle, dass er mich nicht anfassen soll. Dabei schaffe ich es, ihm meinen Handballen gegen die Nase zu rammen, und er stöhnt auf. Blut spritzt, und trotzdem gelingt es ihm irgendwie, mich am Handgelenk zu fassen und zu sich zu zerren. Ich verliere den Boden unter den Füßen, und er schleift mich weg von Kate, die an meinem anderen Arm zerrt und brüllt, dass er mich loslassen soll. Es fühlt sich an, als würde ich in zwei Hälfte gerissen. Da zerreißt eine Polizeisirene den Himmel. Mein Vater lässt mich los, Kate hört auf zu schreien und zieht mich an sich. Im nächsten Augenblick biegt der Streifenwagen mit quietschenden Reifen auf den Parkplatz. Blau-rotes Licht wirbelt durchs Dunkel, und mein Vater flüchtet hinter die Gebäude. Zwei Cops steigen aus und rennen ihm nach.

Zitternd kauern Kate und ich uns ans Auto und halten uns aneinander fest. »Alles wird gut«, flüstere ich ihr über ihr Schluchzen hinweg ins Ohr.

# TRISTAN

Panisch sprinte ich das Dock entlang, meine Tasche über der Schulter, das Handy am Ohr. Und dann, endlich, endlich, nimmt sie ab. »Zoey?«, rufe ich ins Telefon, als ich ihre Stimme höre. »Alles okay?«

»Ja«, flüstert sie.

Vor Erleichterung klappe ich halb zusammen. »Himmel, ich dachte …« Dann versagt mir die Stimme, und ich kämpfe mit den Tränen. »Ich hab dich durch die Kamera gesehen. Hab gesehen, wie er dich gepackt hat …« Vor meinem inneren Auge spielt sich alles noch mal ab. Wie ihr Vater die beiden Mädchen vor dem Auto anpöbelt, wie er Zoey bedroht, ohne sie anzurühren, und erneut durchlebe ich die entsetzliche Machtlosigkeit, das lähmende Gefühl, rein gar nichts tun zu können. Einfach mitansehen zu müssen, wie er die Hand gegen sie erhebt. Noch nie in meinem Leben habe ich mich so nutzlos gefühlt. »Ich wusste nicht, was passiert ist, der Empfang war so schlecht, dann ist das Bild eingefroren, und …«

»Die Polizei ist gekommen«, unterbricht mich Zoey. »Sie haben ihn geschnappt und festgenommen.«

Ich reibe mir heftig übers Gesicht, und aus meinem tiefsten Inneren steigt eine Flut an Gefühlen hoch, eine Welle, so heftig, dass ich nicht weiß, was passiert, wenn sie aus mir herausbricht. Eine gefühlte Ewigkeit lang wusste ich nicht, was mit Zoey passiert. Ich wusste nur, dass sie sich in akuter Lebensgefahr befindet. Ich konnte weder sie noch Kate erreichen, beide haben nicht abgehoben. Eine Hand packt mich an der Schulter, und ich fahre herum. Es ist Kit.

Hinter ihm stehen Walker und die anderen. Ich bedeute ihnen, dass es Zoey gut geht, und auf ihren Gesichtern breitet sich unisono ein Ausdruck der Erleichterung aus.

»Ich bin in zehn Minuten bei dir«, sage ich zu Zoey.

»Okay.« Ihre Stimme ist so leise, dass ich sie kaum hören kann. Dann legt sie auf.

Einige Sekunden lang starre ich das Handy an. Will sie mich überhaupt bei sich haben? Vor lauter Panik, Verwirrung und Angst habe ich völlig vergessen, dass wir vorhin gestritten haben und eigentlich getrennt sind. Aber am Ende spielt das auch überhaupt keine Rolle. Weil ich Zoey sehen *muss*.

»Was ist passiert?«, fragt Walker.

»Sie haben ihn festgenommen.«

»Gott sei Dank«, sagt Kits Vater und klopft mir auf die Schulter.

»Warum stehst du überhaupt noch hier rum?« Kit sieht mich an, als wäre ich von allen guten Geistern verlassen. Dann drückt er mir seine Autoschlüssel in die Hand. »Geh schon!«

Einen Moment lang mustere ich ihn wie benommen, dann mache ich auf dem Absatz kehrt und renne los.

# ZOEY

Meine Mom kommt im selben Moment mit Robert und Cole nach Hause, in dem Kate ihre Aussage beendet. Es ist keine zehn Minuten her, dass die Polizei meinen Vater mitgenommen hat. »Was ist hier los?«, fragt Mom mit zitternder Stimme und drückt Cole fest an ihre Seite.

Robert umrundet hastig das Auto und kommt zu uns, nachdem er den Polizeibeamten kurz zugenickt hat. »Was ist passiert?« Dann wendet er sich an Kate und mich. »Alles in Ordnung, Mädels?«

Wir nicken beide, und Mom zieht uns in ihre Arme. »Er war hier?«, fragt sie und sieht entsetzt zwischen den Polizisten und uns hin und her.

Diesmal nicke nur ich. »Tristan hat ihn durch die Überwachungskamera gesehen und die Polizei gerufen.«

»Wer war hier?« Mom und ich drehen uns zu Cole um, der ein paar Meter entfernt dasteht und uns anstarrt. »Dad?«

Ich löse mich aus Moms Umarmung und gehe zu ihm. »Ja.«

»Und wo ist er jetzt?«, fragt Cole und sieht sich um. Kurz leuchtet sein Gesicht hoffnungsvoll auf, dann registriert er das Polizeiauto und die Beamten, und die Freude weicht Verwirrung.

»Er wurde festgenommen, Cole«, erkläre ich ihm.

»Was?«, ruft er. »Warum?«

»Weil er nicht hier sein darf. Er hat das Gesetz gebrochen.«

»Warum?«, wiederholt Cole wütend. »Warum bricht er das Gesetz, wenn er uns einfach nur sehen will?«

Ich sehe ihn mit zusammengekniffenen Augen an. Warum glaubt er zu wissen, aus welchem Grund unser Vater hier war?

»Sie haben ihn nur wegen dir festgenommen!«, brüllt Cole und weicht mit wutverzerrtem Gesicht vor mir zurück. »Das ist alles deine Schuld. Er hat überhaupt nichts gemacht!«

»Cole«, sagt Mom matt.

»Ich hasse dich«, faucht Cole, und in seinen Augen flackert eine Wut auf, die ich so nur von Dad kenne.

Erschrocken zucke ich zurück. »Das ist nicht fair …«, setze ich an, aber Cole ist schon die halbe Treppe zur Wohnung rauf.

Ich sehe ihm nach. Auf der einen Seite hat er recht. Dad ist wegen mir festgenommen und zurück ins Gefängnis gesteckt worden. Aber ich werde mich nicht dafür entschuldigen. Ich wünschte einfach, Cole würde die Hintergründe verstehen.

Mom schiebt ihre Hand in meine. »Das meint er nicht so.«

Robert legt mir einen Arm um die Schultern. »Alles okay?«, fragt er.

Ich nicke, weiß nicht, was ich sagen soll.

»Die Polizisten meinten gerade zu mir, dass er über Nacht in Verwahrung bleibt und gleich morgen früh vor Gericht kommt.« Besorgt mustert er Mom. »Komm, wir gehen rein und machen Tee.«

Hand in Hand gehen die beiden nach oben in die Wohnung. Kate folgt ihnen. Ich sehe den dreien nach, beobachte, wie Robert

Mom und Kate nach drinnen führt, und empfinde eine seltsame Benommenheit. In mir schwillt ein Lachen heran, und ich brauche einen Augenblick, um zu verstehen, woher es rührt. Ist es der Schock? Nein.

Nein, begreife ich plötzlich, das ist kein Schock. Es ist Erleichterung. Ich bin frei. Mein Dad muss wieder ins Gefängnis. Ich brauche keine Angst mehr zu haben. Zumindest nicht in den nächsten Jahren. Und Mom hat offensichtlich jemanden gefunden, dem sie wirklich wichtig ist. Das heißt, sie wird nicht ganz auf sich gestellt sein, wenn ich gehe.

Das Lachen blubbert aus mir heraus.

»Zoey?«

Ich blicke auf und sehe Mom oben in der Wohnungstür stehen. Sie winkt mich die Treppe hoch. »Kommst du?«, fragt sie.

# TRISTAN

Mit Kits Jeep rase ich auf den Parkplatz, halte mit quietschenden Reifen in der einzigen Lücke, springe heraus und renne zu der Treppe, die zu Zoeys Wohnung führt. Als ich schon halb oben bin, höre ich sie nach mir rufen. Ich fahre herum, und da ist sie: Sie steht in meiner Wohnungstür. Ich fühle mich, als würde ich Land sehen, nachdem ich monatelang in einem Boot übers Meer getrieben bin. Da ist Erleichterung, Ungläubigkeit, alles auf einmal. Mit zwei großen Sätzen springe ich die Treppe runter, ohne Zoey auch nur eine Sekunde aus den Augen zu lassen.

Je näher ich komme, desto langsamer werde ich, weil ich nicht weiß, was ich sagen soll. Oder wie wir gerade zueinander stehen. Ich dachte, ich wüsste es, aber jetzt, wo ich sie vor mir sehe, so unsicher und ernst, bin ich verunsichert. Doch dann kommt sie einen Schritt auf mich zu, sagt meinen Namen und streckt die Arme nach mir aus. Und keine Sekunde später ziehe ich sie an mich, spüre, wie sich ihre Finger in meinen Rücken graben und sie sich so fest an mich drückt, als wolle sie in mir verschwinden.

Sie zittert in meinen Armen, und als sie ihr tränenüberströmtes

Gesicht hebt, küsse ich sie, ehe sie die Möglichkeit hat, auch nur ein einziges Wort zu sagen. Sie erwidert meinen Kuss, versucht, zwischen unseren Küssen zu sprechen, sagt meinen Namen, entschuldigt sich, stammelt Worte, die ich nicht verstehe, weil ich sie einfach nur an mich drücken und dafür sorgen will, dass sie aufhört zu zittern. Ihr klarmachen will, dass ich nie wieder irgendwohin gehe. Ich weiß nicht, was ich getan hätte, wenn ihr etwas zugestoßen wäre, und der bloße Gedanke weckt in mir den Wunsch, sie für immer festzuhalten.

Wir stolpern durch die Tür in meine Wohnung, verheddert in unserer Umarmung, und ich kicke die Tür zu. Dann drängt Zoey mich weiter aufs Sofa, streift sich im Laufen die Schuhe ab, zerrt an meinem Shirt, während ich ihr das Kleid über den Kopf ziehe, bis wir beide außer Atem und nackt und einander so nahe sind wie nie zuvor.

»Ich liebe dich«, flüstere ich und küsse sie, meine Sehnsucht nach ihr ist verzweifelt, außer Kontrolle. »Ich dachte, ich hätte dich verloren.«

Zoey schüttelt den Kopf, streichelt mein Gesicht.

»Ich darf dich nicht verlieren.«

Sie zieht mich noch dichter an sich, hält mich so fest, dass ich bewegungsunfähig bin. »Das wirst du auch nicht«, flüstert sie zurück.

»Ich gehe nirgendwohin«, verspreche ich und stütze mich über ihr ab, sodass ich sie ansehen kann. Sie zittert noch, Tränen schimmern in ihren Augen. »Ich bleibe hier, bei dir«, versichere ich.

»Nein«, sagt sie und schüttelt den Kopf.

Ich nicke. »Doch.«

»Nein«, widerspricht sie erneut. »Ich begleite dich. Wir ziehen gemeinsam nach Florida.«

Ich starre sie an. »Was?«

Zoey nickt, doch ehe ich reagieren kann, zieht sie mich wieder zu sich herunter, sodass ich mit meinem ganzen Gewicht auf ihr laste.

Nach ihren letzten Worten kann ich sowieso keine weiteren Informationen mehr aufnehmen. Wir ziehen nach Florida.

Aber dann verschwindet auch dieser Gedanke aus meinem Kopf, und es gibt nur noch das Hier und Jetzt.

# ZOEY

»Ja, ich will.«

Während der Zeremonie ist nicht ein Auge trocken geblieben, mit Ausnahme des Ringträgers – Jessas kleiner Neffe Riley Jr., der eine Grimasse zieht, als Kits Dad, der die Trauung vorgenommen hat, seinem Sohn erlaubt, die Braut zu küssen. Kit zieht Jessa in seine Arme, hebt ihren Schleier und küsst sie, was die gesamte Gästeschar Oh-en und Ah-en lässt, bis auf besagten Riley, der ein deutlich vernehmbares »Igitt!« von sich gibt.

Alle lachen und jubeln, und ich drehe mich zu Tristan, der mich an seine Seite zieht und mir einen Kuss auf die Lippen drückt. Aus irgendeinem Grund kann ich keine Sekunde mehr die Finger von ihm lassen, seit wir wieder zusammen sind. Dabei ist es mir vorher ja auch nicht gerade leichtgefallen! Wann immer ich bei ihm bin oder ihn auch nur in meiner Nähe weiß, spüre ich tief in mir ein schmerzhaftes Verlangen, eines, das auf der Stelle gestillt werden muss. Zum Glück kommt Tristan diesem Bedürfnis ausgesprochen bereitwillig nach. Nacht für Nacht schlafen wir eng umschlungen ein, nur um wenig später noch einmal aufzuwachen, uns erneut zu lieben und wieder einzuschlafen, bis die Dämmerung einbricht und wir wieder wach werden und alles von vorn anfängt.

Es ist kein Hunger, denn Hunger kann gestillt werden. Es ist eine Notwendigkeit. Vielleicht rührt sie daher, dass ich keine Angst mehr habe. Mein Vater ist wieder hinter Gittern, bis er erneut wegen tätlichen Angriffs angeklagt wird, und zum ersten Mal seit einer Ewigkeit fühle ich mich sicher. Die Fesseln sind von mir abgefallen, und ich hole nach, was ich in den vergangenen Jahren verpasst habe.

Die ganze Zeit laufe ich mit einem Lächeln im Gesicht herum, genauso wie Kate und Mom. Nur Cole ist wütend, sogar mehr noch als vorher. Aber mit Robert an ihrer Seite hat Mom ihn besser im Griff. Trotzdem gibt er immer noch mir die ganze Schuld. Bezeichnet mich als Lügnerin, weigert sich, mit mir zu sprechen, murmelt Beleidigungen in sich hinein, wenn ich versuche, mit ihm zu reden. Es tut weh, aber Tristan meint, dass Cole sich mit der Zeit schon wieder einkriegen wird. Wenn er etwas älter ist, wird er die ganze Wahrheit verstehen können.

Ich frage mich immer noch, wie Dad mit ihm kommunizieren und ihm all diese Lügen einflüstern konnte. Cole weigert sich, es zu verraten, aber ich hoffe, dass sie nun, wo unser Vater im Gefängnis sitzt, keinen Kontakt mehr haben. Außerdem bin ich mit Didi im Gespräch, damit Cole eine Therapie machen kann.

Endlich löst sich Kit von Jessa, und sie wenden sich den Gästen zu. Hinter ihnen glitzert der Pazifik, als hätte jemand Millionen Diamanten darübergestreut. Und doch überstrahlt Jessa den Ozean. Mit ihrem langen, welligen Haar, das offen über ihren Rücken fällt, und ihrem wunderschönen Kleid aus Spitze und Seide sieht sie aus wie ein Gemälde aus der Zeit der Romantik.

Kit widmet sich den Gästen, die Schlange stehen, um den beiden zu gratulieren, schüttelt einem nach dem anderen die Hand, hält mit der Linken dabei aber Jessa fest und lässt sie nicht eine Sekunde lang los. Er strahlt vor Stolz und mustert alle paar Sekunden verliebt seine Braut, als könne er kaum fassen, dass sie wirklich existiert.

Hinter ihnen stehen Didi und Jessas Schwägerin Jo in ihren altrosafarbenen Brautjungfernkleidern. Didi wischt sich eine Träne weg, und ich beobachte, wie Kits Trauzeuge Walker sie an sich drückt und ihr etwas ins Ohr flüstert, woraufhin sie nach Luft schnappt und sich die Hand aufs Herz presst.

Ob die beiden wohl die Nächsten sind? Ich sehe Tristan an. Obwohl wir noch zu jung sind, um von Ehe zu sprechen, und es noch so vieles gibt, das wir vorher erledigen sollten – für mich das College, für ihn die Pilotenakademie, und das sind nur die naheliegendsten Punkte –, weiß ich, dass eine reelle Chance besteht, dass eines Tages auch wir vor dem Altar stehen werden. Das mag albern klingen, aber ich kann es vor mir sehen. Ganz tief in mir drin weiß ich, dass wir zusammengehören. Dass wir einander für immer gefunden haben. Ständig wird von Seelenverwandten geredet, meistens in Büchern und Filmen, aber ich habe nie daran geglaubt, dass an der Sache was dran ist. Für mich war die Liebe riskant, gefährlich. Jetzt weiß ich, dass sie auch das genaue Gegenteil sein kann.

Wir nehmen an den mit weißen Leintüchern gedeckten Tischen unter einer langen, blumenverzierten Pergola Platz, an der kleine Lichterketten hängen. Während die Sonne im Meer verschwindet und die Band das erste Lied anstimmt, essen wir, bis wir fast platzen, und trinken, bis man unser Gelächter vermutlich noch in Malibu hören kann. Ich lehne mich in Tristans Arme zurück, sehe mich um, mustere all unsere Freunde, die hier an diesem Tisch vereint sind, und fühle mich wie der glücklichste Mensch auf Erden. »Habt ihr den Umzug eigentlich schon organisiert?«, fragt Dahlia, als wir dem glücklichen Paar zuprosten.

»Klar.« Schon seit Tagen. Inzwischen kann ich es gar nicht mehr abwarten, endlich hinter dem Horizont zu verschwinden. Dort, wo mich die Freiheit erwartet.

Nach Kits Rede, in der er Jessa seinen Abendstern nennt und mit seiner Liebeserklärung allen die Tränen in die Augen treibt, schneiden sie die Torte an und es kommt Partystimmung auf. Tristan zieht mich hoch auf die Füße und führt mich zur Tanzfläche. Anfangs fühle ich mich noch etwas befangen, aber schon bald tanzen überall um uns herum Leute. Die allgemeine gute Laune ist ansteckend, und ich schleudere meine Schuhe von den Füßen, werfe den Kopf in den Nacken und beschließe, einfach mal lockerzulassen. Tanzen ist ähnlich wie Sex, stelle ich fest: Je weniger gehemmt man ist, desto besser fühlt es sich an.

Tristan entpuppt sich als fantastischer Tänzer, was mich eigentlich nicht überraschen sollte, so gut, wie er im Bett ist. Er hat die Krawatte abgenommen und die obersten drei Hemdknöpfe geöffnet, und als schließlich ein langsames Lied kommt und er mich an sich zieht, sind wir beide ganz durchgeschwitzt. Kaum, dass ich seine Arme um mich spüre, überlege ich, wo wir allein sein können, ungestört. Und er denkt offenbar dasselbe, denn er beugt den Kopf zu mir herab, streift mit den Lippen über meinen Hals und flüstert mir ins Ohr: »Wollen wir hier verschwinden?«

Ich nicke, bemerke das Glitzern in seinen Augen. Sein Verlangen wirkt wie Brandbeschleuniger auf mein eigenes, und auf einmal will ich ihn unbedingt, sofort. Ich ziehe ihn hinter mir her von der

Tanzfläche. Mitternacht ist schon vorüber. Jessa und Kit haben sich heimlich davongemacht, sind jetzt auf dem Weg in die Flitterwochen. Walker und Didi tanzen eng umschlugen, Didi hält immer noch den Brautstrauß fest, den sie vorhin gefangen hat.

Dahlia und Emma sitzen mit aneinander gelehnten Köpfen unter einer Blumengirlande und machen ein Selfie. Ich lächle zu ihnen rüber, und Dahlia winkt und wirft uns eine Kusshand zu.

Tristan bringt mich zu seinem Auto, er legt ein ziemliches Tempo vor. Wir springen rein, und er lässt den Motor an, hält dann aber plötzlich inne. Die Fahrt nach Hause dauert eine halbe Stunde, und ich weiß, dass er sich gerade fragt, ob er es noch so lange aushält. Ich lasse mich gegen die Tür sinken und knabbere auf meiner Lippe herum. Sein Blick gleitet über meinen Körper, wird glasig vor Verlangen. »Oh Gott, ich will dich so sehr«, flüstert er.

»Fahr!«, erwidere ich.

Mit einem tiefen Seufzer legt er den Gang ein. Die Hochzeitslocation liegt an der Steilküste direkt über dem Meer, und sobald wir das Tor passiert und die Straße erreicht haben, ist meilenweit kein Auto in Sicht. Der Weg verläuft schnurgerade, und Tristan fährt über hundert – nicht zu schnell, aber zügig. Wir haben es beide eilig, nach Hause zu kommen.

»Scheiße«, murmelt er plötzlich.

»Was ist denn?«

»Hinter mir drängelt einer.« Stirnrunzelnd blickt er in den Rückspiegel.

Ich drehe mich um. Er hat recht: Direkt hinter uns fährt ein Truck, er klebt uns fast an der Stoßstange.

»Was kann der wollen?«, frage ich. Mein Herz rast, pumpt Adrenalin durch meinen Körper.

Die Straße ist leer. Wenn der Typ überholen wollte, bräuchte er nur kurz zu beschleunigen. »Mach ihm doch einfach Platz«, schlage ich vor.

Tristan geht vom Gas, hält sich ganz rechts auf der Spur, um den anderen Fahrer vorbeizulassen, und murmelt: »Der fährt echt wie der letzte Idiot.«

»Lass uns kurz anhalten«, sage ich. Langsam werde ich nervös. »Dann kann er vorbeifahren.«

Tristan will den Blinker setzen, aber ehe er den Hebel bedienen kann, macht unser Wagen einen Satz nach vorn, als uns der Truck von hinten rammt. Das Kreischen von Metall auf Metall und das Klirren von berstendem Glas durchschneiden die Luft.

»Oh Gott!«, schreie ich auf und greife über die Mittelkonsole nach Tristan.

»Scheiße!«, brüllt er und geht aufs Gas, versucht, Abstand zu unserem Verfolger zu gewinnen.

Ich drehe mich um. Der Truck ist immer noch direkt hinter uns, beschleunigt ebenfalls. Seine Stoßstange berührt unsere. »Was macht der denn nur?«, rufe ich panisch.

Wie zur Antwort rammt uns der Truck erneut. Wir schlingern über die Straße, und Tristan muss kämpfen, um nicht vollends die Kontrolle über den Wagen zu verlieren.

Mein Vater. Der Gedanke springt mich mit derselben Wucht an, mit der uns der Truck rammt. Er muss es sein. Wer sonst würde so was tun? Ich drehe mich auf meinem Sitz um und versuche, durch die Heckscheibe zu sehen, aber das grelle Scheinwerferlicht des Trucks blendet mich. »Er ist immer noch hinter uns her!«, schreie ich, als die Scheinwerfer plötzlich mein ganzes Sichtfeld ausfüllen.

Tristan drückt noch mehr aufs Gas und kann uns tatsächlich einen kleinen Vorsprung verschaffen. Tränen laufen meine Wangen hinab, als ich meine Tasche nach dem Handy durchwühle. Tristans Blick schießt zum Rückspiegel. »Fuck!«

Im Seitenspiegel sehe ich, wie der Truck mit röhrendem Motor aufholt. Mit zitternden Fingern wähle ich den Notruf, aber ehe ich auf das Anrufzeichen drücken kann, macht unser Wagen erneut einen Satz durch die Luft, und das Telefon fliegt mir aus der Hand. Wieder das Kreischen und Mahlen von Metall, vermengt mit meinen eigenen Schreien.

Panisch vor Angst kralle ich mich an Tür und Sitz fest, während wir über die Straße schlingern. Ich nehme nichts mehr wahr bis auf Tristan, der mir zubrüllt, dass ich mich weiter festhalten soll, während er versucht, den Wagen wieder in seine Gewalt zu bringen und auf der Straße zu bleiben. Doch als uns der Truck ein weiteres Mal rammt, werden wir über zwei Spuren hinweg in den Straßengraben geschleudert. Das Letzte, was ich sehe, ist Tristan, der das Lenkrad hart nach rechts reißt. Dann krachen wir in einen Baum.

Einen Augenblick lang nehme ich nichts anderes wahr als das Ticken des Motors. Dann spüre ich, dass ich schief daliege. Das Auto ist an einer Böschung gelandet. Die Windschutzscheibe ist eingeschlagen, und durch das gesprungene Glas kann ich erkennen, wie die Lichter des Trucks in der Ferne hinter dem Horizont verschwinden. Gott sei Dank.

Ich drehe mich zu Tristan. »Er ist weg«, sage ich und schluchze auf.

Tristan antwortet nicht. Als ich ihn berühren will, durchzuckt mich ein stechender Schmerz. Mein Hals ist ganz steif. Ich muss mir bei unserem Unfall einen Muskel gezerrt oder ein Schleudertrauma zugezogen haben, doch ich achte nicht weiter darauf, sondern beuge mich zu ihm und rüttle an seinem Arm. »Tristan?«

Er stöhnt. Seine Wagenseite hat das meiste vom Aufprall abbekommen. Er muss das Lenkrad bewusst herumgerissen haben, damit das Auto auf seiner Seite mit dem Baum kollidiert. Sein Fenster ist geborsten, die Fahrertür eingedrückt.

»Geht es dir gut?«, frage ich. Meine Stimme klingt panisch. Tristan ächzt, dann dreht er sich mit schmerzverzerrtem Gesicht zu mir. »Geht es *dir* gut?«, fragt er.

»Alles in Ordnung, ich hab kaum was abbekommen«, antworte ich. Dann: »Das muss mein Vater gewesen sein.«

»Ja«, erwidert Tristan leise. Der dünne Splitter Mondlicht, der durch die geborstene Windschutzscheibe fällt, taucht ihn in einen milchigen Schimmer, aber auf seiner Stirn kann ich dennoch eine tiefe Schnittwunde erkennen, aus der ihm Blut übers Gesicht läuft. Er wischt sich mit dem Ärmel darüber, mustert dann erstaunt das Blut, berührt sich mit den Fingern am Kopf und zuckt zusammen.

Da scheint er zu bemerken, dass mit seinem anderen Arm etwas nicht in Ordnung ist. Ich folge seinem Blick. Sein Hemd ist blutgetränkt, die ehemals blaue Baumwolle hat eine dunkellila Farbe angenommen und klebt feucht an seiner Haut.

»Oh Gott«, murmele ich und starre voller Entsetzen das Blut an. Ein Glassplitter oder ein Metallstück von der Tür muss seinen Arm aufgeschlitzt haben.

Tristan sieht ebenfalls hin, dann schluckt er. »Ach, das ist doch nichts«, sagt er wenig überzeugend.

Einen kurzen Augenblick lang mustere ich ihn wortlos, dann suche ich hektisch nach meinem Telefon. Als ich es endlich unter meinem Sitz finde, bin ich kurz vor der Hysterie. Ich versuche, den Notruf zu wählen, aber nichts passiert. »Ich hab keinen Empfang!«, rufe ich.

Tristan drückt mit mahlenden Kiefern den Kopf in die Kopfstütze und atmet schwer.

»Wir müssen in ein Krankenhaus«, sage ich. Aber wie? Die Straße ist menschenleer.

»Du musst mir helfen, die Blutung zu stoppen«, keucht Tristan. Ich richte meine Aufmerksamkeit auf seinen Arm und ignoriere dabei das Schwindelgefühl, das in mir aufkommt.

»Hast du einen Schal oder sonst etwas, das wir als Aderpresse verwenden können?«

Ich schüttle den Kopf.

»Dann nimm meinen Gürtel«, sagt Tristan.

Mit zitternden Händen nestle ich seinen Gürtel aus den Schlaufen. Während ich mich abmühe, fängt Tristan an zu reden. »Ein Mann gerät in einen Verkehrsunfall, bei dem er sich eine schwere Armverletzung zuzieht.«

Ich werfe ihm einen Blick zu und frage mich, ob er so viel Blut verloren hat, dass er fantasiert. Vor Schmerz beißt er die Zähne zusammen, und sein Gesicht unter den Blutflecken ist blass. Aber er wirkt hellwach. »Die Ärzte bringen ihn in den OP«, fährt er fort, »und versprechen seiner Frau, dass sie ihr Bestes tun werden.«

Ich begreife, dass er einen Witz erzählt, und kann mir ein Lachen nicht verkneifen, weil seine Situation so grauenvoll ist und er trotzdem versucht, sich von seinen Schmerzen abzulenken, indem er mich zum Lächeln bringt.

»Er kommt also wieder aus dem OP, und die Ärzte gehen zu seiner Frau und sagen: ›Die gute Neuigkeit lautet: Wir konnten seinen Arm retten.‹«

Endlich gelingt es mir, den Gürtel durch die letzte Schlaufe zu ziehen.

»›Die schlechte Neuigkeit lautet: Mit dem Rest von ihm hatten wir weniger Erfolg‹«, stößt Tristan mühsam hervor.

»Das ist echt nicht witzig«, sage ich und beuge mich über ihn, um den Gürtel um seinen Arm zu binden.

Er schneidet eine Grimasse. »Aber lachen musst du trotzdem.«

Eigentlich weine ich zwar, aber ich spare es mir, Tristan darauf aufmerksam zu machen. »Sag mir, was ich machen soll«, bitte ich ihn, während ich eine Schlaufe in den Gürtel mache und sie zuziehe, wobei ich versuche, nicht auf das viele Blut zu achten, das sein Hemd durchtränkt. Es sind Unmengen, und meine Hände sind ganz klebrig.

»Enger«, weist Tristan mich an. »So eng wie du kannst.«

»Ich will dir aber nicht wehtun«, antworte ich mit einem mühsam unterdrückten Schluchzen.

»Okay, dann solltest du dich besser nie wieder von mir trennen«, erwidert er.

»Hör auf mit den Witzen«, schelte ich ihn halb schluchzend, halb lachend und fixiere den Gürtel. Dann sehe ich mich um. Was jetzt? Wir können hier nicht bleiben. Tristan muss unbedingt ins Krankenhaus. »Glaubst du, das Auto springt an?«, frage ich.

Mit seiner unverletzten Hand dreht Tristan den Schlüssel im Schloss herum. Der Motor heult auf. »Jupp, mit dem Motor ist alles in Ordnung.«

»Du hast das Lenkrad herumgerissen, damit ich nicht so viel vom Aufprall abbekomme.«

Er nickt. »Es soll ja nicht heißen, ich sei kein Gentleman.« Er versucht zu lächeln, beißt dabei aber so fest die Zähne zusammen, dass das Ergebnis eher an eine Grimasse erinnert.

»Ich klettere jetzt über dich drüber, ja?« Ich klemme mich zwischen Tristan und die Fahrertür, während er sich mühsam über die Gangschaltung auf den Beifahrersitz hievt. Er schafft es kaum, obwohl ich ihm nach allen Kräften helfe.

Als ich anschließend den Rückwärtsgang einlege und aufs Gas gehe, wühlen die Räder Dreck auf, wir kommen aber keinen Millimeter voran.

»Versuch es noch mal«, stöhnt Tristan.

Ich nicke und wiederhole das Ganze, gebe diesmal aber Vollgas, und der Wagen schlingert rückwärts die Böschung hoch. Die Äste der umliegenden Bäume kratzen kreischend über das Metall.

Als wir es endlich zurück auf die Straße geschafft haben, drücke ich wieder aufs Gas. Eine Hand habe ich am Lenkrad, mit der anderen halte ich Tristans und versuche, ihn bei Bewusstsein zu halten. Doch er nickt immer wieder kurz weg, und als ich ihn bitte, mir noch einen Witz zu erzählen, kommt keine Antwort.

»Tristan!«, rufe ich, als seine Augenlider flattern. »Bleib wach!«

Er reißt die Augen auf, starrt mich aber nur mit glasigem Blick an, als würde er mich gar nicht erkennen.

»Du hast gesagt, dass du mich nie wieder allein lässt. Du hast es versprochen!«, schluchze ich, und diesmal scheint Tristan mich zu hören, weil er die Augen wieder öffnet und den Blick fest auf mich richtet. Er sieht mich. Konzentriert sich mit aller Kraft auf mich, obwohl seine Atemzüge ganz kurz und schnell werden. Die Straße verläuft schnurgerade, deswegen gelingt es mir, seinen Blick für

einen Moment zu halten und gleichzeitig seine Hand fest zu um-
klammern, damit er weiter gegen die Bewusstlosigkeit ankämpft.

Dann endlich kommt die Abfahrt zum nächsten Krankenhaus,
und ich halte mit quietschenden Reifen vor der Notaufnahme.

»Wir sind da«, sage ich. »Alles wird gut.«

Aber als ich ihn wieder ansehe, hat er die Augen schon geschlossen und das Bewusstsein verloren.

# TRISTAN

Dunkelheit umfängt mich von allen Seiten, es ist, als würde ich in schwarzem, kaltem Wasser versinken.

Dann spüre ich, wie Zoey meine Hand packt und mich wieder an die Oberfläche zerrt.

»Bleib wach«, sagt sie. »Bleib bei mir.«

Ich zwinge mich, die Augen zu öffnen, und lächle Zoey an. Sie ist so schön. Ich will ihr sagen, wie schön sie ist. Sie streichelt mein Gesicht, und ich versuche zu sprechen, aber mein Mund tut nicht, was ich will. Als sei meine Zunge betäubt. Meine Lider werden wieder schwer, und mir verschwimmt die Sicht.

»Tristan!«, sagt jemand scharf. Nicht Zoey. Ein Mann. Er ruft noch was anderes, aber ich verstehe die Worte nicht.

Kälte kriecht meinen Arm entlang, als hätte ihn jemand in Trockeneis getaucht. Sie fließt den Arm hoch, schlängelt sich in Richtung Kehle.

»Zo«, setze ich an.

Sie beugt sich über mich, in ihren Augenwinkeln glitzern Tränen.

Warum weint sie?

»Tristan!«, schluchzt sie.

Ich versuche, ihr zu versichern, dass alles gut wird, aber dann springt mich die Dunkelheit an wie ein brüllendes Ungeheuer und verschlingt mich in einem Stück.

# ZOEY

Tristan verschwindet hinter einer Wand aus weißen Kitteln, als ihn die Ärzte eilig auf einer Liege zum Eingang der Notaufnahme rollen.

Ich versuche, ihnen zu folgen, doch an einer Doppeltür werde ich nicht weiter gelassen, also mache ich wieder kehrt und gebe unsere Personalien bei der Krankenschwester am Empfang ab. Dann setze ich mich ins Wartezimmer und rufe Dahlia an, die sofort abnimmt. Sie sagt, dass sie ihre Eltern informieren wird und in spätestens einer Stunde im Krankenhaus ist.

Danach versuche ich es bei meiner Mom, die aber nicht rangeht, ebenso wenig wie Kate. Mich beschleicht das schreckliche Gefühl, dass ihnen etwas Schlimmes passiert sein könnte, und so schicke ich als Nächstes eine SMS an Robert. Danach rufe ich die Polizei an und berichte, was passiert ist, auch wenn ich nicht sonderlich zuversichtlich bin, dass es sie interessiert und sie eingreifen werden. Der Mitarbeiter in der Zentrale sagt, er werde jemanden ins Krankenhaus schicken, der meine Aussage aufnimmt.

Noch immer verstehe ich nicht, wie es sein kann, dass mein Vater nicht im Gefängnis ist. Er hat gegen die Bewährungsauflagen verstoßen. Die Polizei hat ihn direkt vor unserer Wohnung festgenommen. Haben sie ihn wieder freigelassen und uns nicht darüber informiert?

Ich weiß, dass er es war, der mein Auto in Brand gesetzt hat – anders kann es gar nicht sein –, und ich weiß außerdem, dass er es war, der uns von der Straße abgedrängt hat. Er ist der Grund dafür, dass Tristan jetzt im Krankenhaus liegt. Aber beweisen kann ich es nicht. Sie werden ihn nie wieder ins Gefängnis stecken. Er wird für den Rest seines Lebens auf freiem Fuß bleiben. Mich jagen, ganz gleich, wo ich hingehe.

Während ich darüber nachdenke, kommen ein Mann und eine Frau auf mich zu und bleiben vor mir stehen. »Zoey?«

Ich nicke und halte mich an den Armlehnen fest. Die Frau hält mir etwas vors Gesicht. Eine Polizeimarke. »Detective Roper«, sagt sie. »Und das hier ist mein Partner Detective Fredericks.«

Sie haben Detectives geschickt? Ich hatte eher mit Streifenbeamten in Uniform gerechnet.

»Sind Sie hier, um meine Aussage aufzunehmen?«, frage ich. »Ich glaube nämlich, dass es mein Vater war, der uns von der Straße gedrängt hat. Ist er auf freiem Fuß?«

Sie wechseln einen Blick, dann antwortet Detective Fredericks: »Ja. Sie haben seine Bewährungsauflagen verschärft, aber die Strafaussetzung wurde nicht widerrufen.«

Zum Glück sitze ich, denn meine Beine sind auf einmal weich wie Pudding. Er war es. Ich hatte zwar vorher schon geglaubt, mir sicher zu sein, aber erst jetzt, wo der Polizist es laut ausspricht, trifft mich die Erkenntnis mit voller Wucht.

»Wollen wir uns vielleicht eine ruhige Ecke suchen?«, fragt Detective Roper.

Ich deute auf den Eingang zur Notaufnahme. »Ich kann nicht weg. Ich muss hierbleiben, mein Freund wird gerade operiert.«

»Das wissen wir«, sagt Roper. Sie ist um die vierzig, hat dunkles Haar und freundliche Augen.

»Wir müssen dringend mit dir sprechen«, sagt ihr Partner, und etwas an seinem Tonfall und seinem Gesichtsausdruck lässt mir das Blut in den Adern gefrieren.

»Was ist los?«, frage ich und sehe zwischen den beiden hin und her.

»Komm«, sagt Roper, »wir suchen uns ein Plätzchen, wo wir uns in Ruhe unterhalten können.« Sie lächelt, aber es wirkt gekünstelt.

Ich folge den beiden durch endlose weiße Korridore, unsere Schuhsohlen quietschen über den Linoleumboden, und in meinem Kopf herrscht völlige Leere. Es muss irgendwas Schreckliches mit Mom passiert sein. Oder mit Kate oder Cole. Ich weiß es einfach, bin mir absolut sicher. Warum sonst sollten die beiden Detectives hier sein? Warum sonst sollten sie mit mir reden wollen? Ich muss mich zum Weiterlaufen zwingen, kämpfe gegen die Stimme in meinem Kopf, die mir befiehlt, kehrtzumachen und wegzulaufen, so schnell ich kann, damit ich nicht hören muss, was die beiden Beamten mir zu sagen haben.

Aber irgendwie gelingt es mir, ihnen weiter zu folgen, und kurze Zeit später finde ich mich in einem mit braunem Teppich ausgelegten Raum wieder. Es gibt ein durchgesessenes Sofa, einen Couchtisch und mehrere Sessel, und an der Wand hängt ein Aquarellbild mit Sonnenblumen darauf.

Plötzlich sitze ich auf dem Sofa, obwohl ich mich nicht erinnern kann, mich hingesetzt zu haben, und die Detectives nehmen mir gegenüber Platz. So wie sie mich ansehen, weiß ich genau, was gleich kommt.

»Hat er meiner Mom wehgetan?«, höre ich mich fragen.

Detective Roper holt Luft, dann hält sie kurz inne. Die kurze Pause fühlt sich an wie eine Ewigkeit.

»Er hat es versucht«, antwortet sie und streckt über den Couchtisch hinweg die Hand nach meiner aus.

»Was?«, keuche ich und sehe zwischen ihnen hin und her. Was soll das bedeuten? Ich bekomme keine Luft mehr, kann nicht klar denken. Die Wände rücken immer näher. Jemand drückt mir etwas in die Hand. Es ist ein Plastikbecher mit Wasser. Die beiden Beamten drängen mich, einen Schluck zu trinken. Die Flüssigkeit rinnt mir kalt die Kehle herunter und holt mich ins Hier und Jetzt zurück. Ich stecke den Kopf zwischen die Knie und atme ein paarmal tief durch, versuche, das Gehörte zu verarbeiten, aber in meinem Kopf herrscht ein einziges Durcheinander.

Detective Roper hat sich neben mich gesetzt und den Arm um meine Schultern gelegt, außerdem ist wie aus dem Nichts eine Krankenschwester aufgetaucht. Sie sitzt auf meiner anderen Seite und nimmt mir den Wasserbecher ab.

»Was hat er getan?«, bringe ich schließlich heraus.

»Wir vermuten, dass er den Boiler manipuliert hat. Deine Mutter und deine Schwester haben eine Kohlenstoffmonoxidvergiftung erlitten. Der Lebensgefährte deiner Mutter hat sie gefunden. Deine Mom war mit ihm verabredet, ist aber nicht aufgetaucht, also hat er bei euch zu Hause vorbeigeschaut. Sie hatten großes Glück, dass sie gerade noch rechtzeitig gefunden wurden.«

»Werden sie wieder gesund?«

»Ja, aber sie müssen die Nacht im Krankenhaus verbringen.«

Auch das muss ich erst einmal verarbeiten. Tristan. Meine Mom. Kate. Und dann fällt mir Cole ein. Besorgt blicke ich auf. »Und was ist mit Cole?«, frage ich. »Wo ist mein Bruder?«

Die Detectives wechseln erneut einen Blick. Offenbar haben sie mit dieser Frage gerechnet. »Er ist verschwunden.«

Ungläubig schaue ich zwischen ihnen hin und her. »Was?«, frage ich wie betäubt. »Wie meinen Sie das?«

»Er war nicht in der Wohnung, als Robert deine Mutter und deine Schwester gefunden hat. Das Zimmer deines Bruders war leer.«

»Aber wo ist er?« Ich springe auf, aber der Boden unter meinen Füßen wirkt instabil, wacklig.

»Wir suchen bereits nach ihm«, sagt Detective Fredericks. »Wir haben eine Sonderfahndung ausgerufen. Wir werden ihn finden.«

»Mein Vater«, keuche ich. »Er hat ihn.«

Sie sehen sich an, dann zückt der Mann ein kleines Notizbuch und einen Bleistiftstummel. »Wir würden dir gern ein paar Fragen stellen, Zoey. Ist das in Ordnung? Wir wollen uns ein Bild davon machen, was passiert ist.«

»Ein Truck hat uns von der Straße gedrängt. Ich glaube, dass mein Vater hinterm Steuer …«

Detective Roper unterbricht mich. »Kannst du das Fahrzeug beschreiben, die Farbe, die Marke? Erinnerst du dich an das Nummernschild?«

Ich schüttele den Kopf. »Nein, es war zu dunkel.«

»Die Fahrzeugfarbe sollten wir über die Lackreste an eurer Stoßstange ermitteln können. Mit etwas Glück sogar die Marke und das Modell.« Roper nickt ihrem Partner zu, der aufsteht und sein

Handy zückt. »Außerdem suchen wir nach einem Fahrzeug mit beschädigter Stoßstange und Unfallspuren an der Vorderseite.«

Aber was, wenn er das Fahrzeug schon längst wieder losgeworden ist? Was, wenn er sich bereits nach Mexiko abgesetzt hat? Was, wenn er auch Cole etwas angetan hat? Was, wenn ich nicht nur Tristan verliere, sondern auch meine ganze Familie?

»Wir müssen jetzt einige Anrufe erledigen«, sagt Roper. »Aber wir sind gleich wieder bei dir.«

Ich sehe ihnen hinterher und fühle mich dabei hilfloser und einsamer als je zuvor in meinem Leben. »Wie geht es Tristan?«, frage ich die Krankenschwester, die bei mir geblieben ist. »Wird er wieder gesund?«

Sie tätschelt meine Hand. »Er ist noch im OP. Aber man wird dir umgehend Bescheid geben, wenn die Operation beendet ist.«

Ich nicke, merke, wie mich die Verzweiflung zu überwältigen droht. Ich möchte in Tränen ausbrechen, aber ich darf nicht, muss stark bleiben. »Kann ich meine Mom und meine Schwester sehen?«, frage ich.

Die Krankenschwester nickt und führt mich zurück in das Labyrinth aus Krankenhauskorridoren, bis wir ein Zimmer erreichen, an dessen Tür ein ZUGANG-VERBOTEN-Schild hängt. In der Tür ist ein Fenster, durch das ich Mom und Kate in ihren Betten liegen sehen kann.

»Darf ich rein?«, frage ich.

»Nein, tut mir leid. Wir müssen hier draußen warten«, antwortet die Schwester.

»Wieso?«

»Bei dem Zimmer handelt es sich um eine Überdruckkammer. So werden Kohlenstoffmonoxidvergiftungen behandelt. Das zieht alle Gifte aus dem Körper. Deine Mutter und deine Schwester sind bald wieder gesund und munter, mach dir keine Sorgen. Und dann kannst du auch wieder mit ihnen sprechen.«

Ich spüre Tränen mein Gesicht herabrinnen. Das hier ist alles meine Schuld. Wenn ich damals nicht gegen meinen Vater ausgesagt hätte, wäre er nicht eingesperrt worden, und wenn er nicht eingesperrt worden wäre, würde er nicht mir die Schuld geben und hätte es nicht an den Menschen ausgelassen, die ich liebe.

»Es tut mir leid«, flüstere ich laut.

»Das ist doch nicht deine Schuld.«

Ich fahre herum. Hinter mir steht Robert mit einer dampfenden Kaffeetasse in der Hand. Die Krankenschwester lächelt und lässt uns allein. Hier im gnadenlosen Neonlicht wirkt Robert müde und ausgezehrt, die Sorge hat tiefe Furchen in sein Gesicht gezogen.

Er stellt die Kaffeetasse neben sich auf einem Tisch ab und öffnet die Arme. Ich lasse mich hineinfallen, und er hält mich fest, empfängt mich mit seinem tröstlichen Geruch nach Kaffee und altmodischem Aftershave. »Alles wird gut, Zoey«, versichert er mir. »Deine Mom ist eine Kämpfernatur. Sie mag vielleicht nicht so aussehen, aber so ist es. Von irgendjemandem musst du das ja haben.«

Mit zitternden Lippen sehe ich ihn an. »Tristan liegt nur wegen mir im Krankenhaus«, schluchze ich.

Doch Robert schüttelt entschieden den Kopf. »Nein, der Grund dafür, dass Tristan im Krankenhaus liegt, ist dein Vater. Du dagegen bist der Grund dafür, dass Tristan noch lebt.« Nach kurzem Schweigen fragt er: »Wird er wieder gesund?«

Ich zucke mit den Achseln, schlottere am ganzen Leib. »Er ist noch im OP.«

»Komm, am besten, du wartest in der Notaufnahme auf ihn. Bestimmt will er dich sofort sehen, wenn er aufwacht. Und ich bleibe hier bei deiner Mom und Kate. Der Arzt hat gesagt, dass es noch eine Weile dauern wird, bis sie aufwachen.«

Unentschlossen musterte ich die beiden durch die dicke Fensterscheibe in der Tür.

»Geh schon«, sagt Robert. »Ich passe auf die zwei auf und melde mich sofort bei dir, wenn sie aufwachen.«

»Danke«, murmle ich.

Er nickt nur und streicht mir mit dem Handrücken die Wange trocken.

# TRISTAN

Meine Augen brennen, als ich sie zu öffnen versuche, aber vor allem tut mir der Arm so weh, als hätte ihn jemand mit einer stumpfen Säge abtrennen wollen und dann auf halber Strecke aufgehört. Jemand drückt meine Hand, und ich weiß, das ist Zoey. Ich würde ihre Berührungen überall wiedererkennen, kann ihre Gegenwart auch spüren, ohne sie zu sehen.

Ich zwinge meine Lider nach oben.

Zoey hat sich über mich gebeugt und mustert mich voller Sorge.

Mein Mund ist zu ausgetrocknet zum Sprechen, also strecke ich meinen gesunden Arm aus, lege die Hand um Zoeys Hinterkopf und ziehe sie an mich, um sie stattdessen zu küssen. Als sie sich wieder von mir löst und mich ansieht, sind ihre Augen angstgeweitet und vom Weinen gerötet.

»Bitte jag mir nie wieder so einen Schrecken ein«, fleht sie.

Trotz aller Schmerzen muss ich grinsen. »Versprochen«, krächze ich, dann runzle ich die Stirn, weil Zoey so ernst wirkt. Da ist keinerlei Erleichterung, nur Angst.

»Was ist los?«

»Mom und Kate.« Sie schluckt schwer. »Sie liegen auch hier im

Krankenhaus. Mein Vater hat den Boiler manipuliert, und es ist Kohlenstoffmonoxid ausgetreten.«

Ich bemühe mich um eine aufrechte Sitzposition. »Werden sie wieder gesund?«

Sie nickt. »Das sagt zumindest die Krankenschwester.«

»Haben sie ihn erwischt?«

Diesmal schüttelt Zoey den Kopf. »Und er hat Cole mitgenommen.«

»Wohin?«, frage ich.

»Ich weiß es doch nicht.« Tränen schwimmen in ihren Augen.

Ich strecke die Arme nach ihr aus, und sie lässt sich gegen mich fallen. Als ich meinen bandagierten Arm bewege, muss ich einen Schmerzensschrei unterdrücken.

»Ich weiß nicht, wo er ist«, schluchzt sie. »Sie haben eine Sonderfahndung herausgegeben, es wird auf allen Kanälen nach ihm gesucht. Jetzt können wir nur noch abwarten.«

Ich drücke ihre Hand.

»Deine Eltern und Dahlia sind hier und reden draußen mit den Ärzten. Dein Dad ist sofort aus Scottsdale gekommen, als er gehört hat, was passiert ist.«

»Was, wenn Cole eine Nachricht hinterlassen hat?« Jedes Wort ist eine Qual, mein Kopf ist noch leicht benebelt von der Narkose, und meine Augenlider sind bleischwer.

»Glaubst du, das hätte er?«

»Keine Ahnung, aber wenigstens nachsehen solltest du. Wenn er wusste, dass er euren Dad begleiten wird, kann ich mir schon vorstellen, dass er sich in irgendeiner Form verabschieden wollte.«

»Aber die Polizei war in der Wohnung. Wenn er eine Nachricht hinterlassen hätte, wäre das doch aufgefallen!«

»Vielleicht. Vielleicht auch nicht.«

»Ich will hier bei dir im Krankenhaus bleiben«, sagt sie, aber ich merke ihr an, dass sie über meinen Vorschlag nachdenkt.

»Geh nur«, dränge ich sie. »Aber du musst mir versprechen, dass du nichts Dummes tust. Falls du eine Nachricht findest, rufst du die Polizei, ja?«

Sie nickt und verabschiedet sich, aber kaum ist sie durch die Tür, beginne ich mich zu sorgen. Was, wenn ihr Dad in der Wohnung auf sie wartet?

Nein, das ist sicher der letzte Ort, an dem er sich verstecken würde, weil es dort vor Polizisten nur so gewimmelt hat. Vermutlich hat er bereits den Bundesstaat verlassen.

Ich mustere den Schlauch an meinem Arm, der in eine Blutkonserve mündet. Verdammt! Frustriert lasse ich den Kopf aufs Kissen zurücksinken. Ich hätte sie nicht allein dort rausschicken sollen.

# ZOEY

Der Boiler neben dem Wohnungseingang ist mit Absperrband gesichert und ebenso wie die Tür mit Fingerabdruckpulver bedeckt. Drinnen sieht alles aus wie immer. Ich lasse die Tür auf und bemerke, dass die Polizei oder vielleicht auch Robert außerdem alle Fenster geöffnet hat, um die Wohnung zu lüften. Ich schalte das Licht an und gehe in Coles Zimmer, um mich auf die Suche nach einer Nachricht zu machen. Entdecken kann ich auf den ersten Blick zwar nichts, stelle dafür aber fest, dass Cole seine Schultasche und den Großteil seiner Kleidung mitgenommen hat. Danach durchsuche ich das andere Schlafzimmer, weil ich hoffe, dass er vielleicht zumindest Mom in irgendeiner Form auf Wiedersehen sagen wollte. Aber auch dort finde ich nichts.

Die Enttäuschung fühlt sich an wie ein Schlag in die Magengrube, und ich lasse mich aufs Sofa sinken, die Hände ineinander verschränkt wie zum Gebet. Ich habe gehört, dass bei Kindesentführungen die ersten paar Stunden alles entscheidend sind und die Chancen, das Kind jemals wiederzufinden, nach vierundzwanzig Stunden gegen null gehen. Ich bin mir sicher, dass Cole freiwillig mitgegangen ist, und glaube auch nicht, dass unser Vater vorhat, ihm etwas anzutun. Immerhin ist Cole der Einzige von uns, der an seine Unschuld glaubt. Trotzdem machen mir die Statistiken Angst.

Was, wenn die Polizei ihn nicht findet?

Nachdenken, Zoey! Wo könnte er hin sein? Aber mir will einfach nichts einfallen. Cole hat nie etwas gesagt, hat uns keinerlei Anhaltspunkte gegeben. Unser Vater und er müssen schon seit Vegas in irgendeiner Form miteinander kommuniziert haben. Ich hätte mehr Druck auf Cole ausüben sollen, um herauszufinden wie. Hätte ihn zwingen müssen, es mir zu sagen. Dann wäre all das hier nie passiert.

Worüber haben sie den Kontakt halten können? Cole besitzt weder Handy noch Tablet und auch keinen Computer. Mit der Schule habe ich bereits geredet, dort hatte er auch keinen Zugriff aufs Internet. Post bekommt er nie. Frustriert sehe ich mich im Wohnzimmer um. Es kann doch nicht sein, dass ich einfach nicht auf die Lösung komme! Bestimmt eine Minute lang schaue ich auf die Xbox, ehe ich begreife, dass mir die Antwort womöglich gerade ins Gesicht starrt.

Kann man nicht auch durch Xbox-Spiele Nachrichten verschicken? Ich schalte die Konsole und den Fernseher ein. Ich habe schon mit Cole gespielt, wenn auch nur ein paar Mal, deswegen brauche ich nicht lange, um den Posteingang zu finden. Es sind Hunderte Nachrichten darin, alle zwischen »daddysback« und »colestar«.

Ich will sie lesen, jede einzelne. Will ganz genau nachvollziehen, wie sich diese toxische Beziehung Schritt für Schritt entwickelt hat. Aber ich habe keine Zeit, also öffne ich die letzte Nachricht, die heute um 17:51 Uhr verschickt wurde. *Dann bis gleich, Buddy,* schreibt mein Vater.

Ich klicke auf die vorherige Nachricht. *Gehen wir angeln und mit dem großen Rad fahren, wie du es versprochen hast?* schreibt Cole. *Aber klar doch, Buddy,* antwortet mein Vater. Wovon reden sie da? Was für ein großes Rad? Ich klicke mich durch die übrigen Nachrichten, aber weder von Angeln noch von einem großen Rad ist jemals wieder die Rede. Ich springe auf und laufe im Wohnzimmer auf und ab, knabbere an meinen sowieso schon abgekauten Fingernägeln herum. Ich denke an meine Kindheit zurück, durchforste lang vergrabene Erinnerungen. Versuche, mir jedes noch so kleine Detail von damals ins Gedächtnis zu rufen.

Einmal haben wir einen Ausflug mit dem Auto gemacht. Mein Vater meinte, wir würden an den Strand fahren – nach Los Angeles –, aber wir sind nie so weit gekommen, weil wir in Las Vegas hängen geblieben sind, wo er unser gesamtes Geld verspielt hat. Daraufhin ist er wutentbrannt mit uns nach Scottsdale zurückgefahren. Cole dürfte damals vielleicht vier gewesen sein.

Aber Vegas liegt nicht am Wasser, und da sie angeln wollen, muss es wohl um etwas anderes gehen. Um einen Ort am Meer oder an einem See.

Was, wenn er Mexiko meint? Dann fällt mir wieder ein, dass wir am Ende unseres Ausflugs in einem Hotel in Los Angeles übernachten wollten, direkt am Strand beim Santa Monica Pier. Unser Vater hatte uns versprochen, dass wir alle zusammen Riesenrad fahren und dann Angeln gehen würden, wenn wir am Meer sind.

*… wie du es versprochen hast?,* hallt Coles Nachricht in meinen Gedanken wider. Cole war damals so aufgeregt, dass er die gesamte

Autofahrt über von nichts anderem redete. Er hatte noch nie das Meer gesehen. War noch nie mit einem Riesenrad gefahren, genauso wenig wie wir anderen.

Dort fahren sie hin, ich bin mir ganz sicher.

# TRISTAN

»Zoey«, sage ich. »Ich rufe jetzt die Polizei. Du kannst das nicht allein durchziehen.«

Ich höre ihren Autoschlüssel piepen, als sie auf den Türöffner drückt. Verdammt noch mal, wieso hört sie nicht auf mich? Aber andererseits weiß ich ja, wie wenig sie auf die Polizei gibt. Entsprechend wird es nicht viel helfen, weiter auf sie einzureden. Wieder starre ich auf den Schlauch, der in meiner Hand steckt. Wenn ich doch nur nicht an dieses verdammte Bett gefesselt wäre!

Meine Eltern sind draußen im Flur und sprechen mit jemandem von der Krankenhausverwaltung, und meine Schwester ist losgezogen, um mir etwas zum Essen zu organisieren. Aus irgendeinem Grund habe ich einen Bärenhunger, seit ich aus der Narkose aufgewacht bin.

»Zoey, du fährst da nicht allein hin!«

»Aber ich *muss*, Tristan.«

Ich umklammere das Telefon so fest, dass meine Knöchel weiß hervortreten. Zoey wird nicht auf mich hören, ich weiß, dass ich sie nicht aufhalten kann. »Dann sei bitte wenigstens vorsichtig.«

»Versprochen.« Und damit legt sie auf.

Ich rufe sofort bei den Detectives an, Zoey hat mir ihre Nummern dagelassen. Detective Fredericks geht beim ersten Läuten dran, und nachdem ich weitergegeben habe, was Zoey mir erzählt hat – die Nachrichten in der Xbox und ihr Verdacht bezüglich Santa Monica –, sagt er, dass er alle Informationen ans LAPD weitergeben wird und mich dann direkt zurückruft.

Als ich auflege, kommt Dahlia mit einer Pizzaschachtel ins Zimmer. »Extra-Peperoni«, sagt sie und legt die Pizza auf dem Bett ab. Dann hält sie inne und mustert mich fassungslos. »Was zum Henker soll das denn bitte werden?«

»Ich muss weg.« Ich kämpfe mich vom Bett hoch und zerre mir den Zugang aus der Hand.

»Wohin?«, fragt sie und macht einen Satz rückwärts, als Blut aus dem Schlauch spritzt und ihre High Heels und ihr goldenes Etuikleid bekleckert. Sie muss direkt von der Hochzeit gekommen sein – einer Hochzeit, die sich anfühlt, als sei sie schon Jahrzehnte her.

»Du gehst nirgendwo hin!« Sie versucht, mich wieder ins Bett zu verfrachten.

Mir ist schwindelig, weil ich zu schnell aufgestanden bin, und vor meinen Augen tanzen kleine Punkte. »Zoey will nach L. A., um Cole zu suchen.«

»Was?«, zischt Dahlia und schiebt mir ihre Schulter als Stütze unter die Achsel.

»Sie glaubt, sie weiß, wo er ist.«

»Aber ich dachte, sein Vater hat ihn entführt.«

Ich nicke und sehe mich nach meinen Klamotten um. Mein Hemd muss in den Müll gewandert sein, weil es so viel Blut abbekommen hat, dass es nicht mehr zu retten war. Was mit meiner

Jacke ist, weiß ich nicht, also bleibt mir nichts anderes übrig, als das blutbefleckte weiße T-Shirt anzuziehen, das ich unter meinem Hemd anhatte. Irgendwie wird es schon gehen. Ich bücke mich und krame in dem kleinen Schränkchen beim Bett nach Hose und Schuhen, verliere dabei vor Anstrengung aber beinahe das Bewusstsein.

»Tristan!«, weist Dahlia mich streng zurecht und versucht erneut, mich ins Bett zurückzubefördern. »Du musst hierbleiben, du bist gerade erst operiert worden!«

»Ach, die paar Stiche.«

»Du hast einen Haufen Blut verloren. Sei nicht bescheuert.«

»Aber ich kann sie doch nicht allein gehen lassen«, protestiere ich und setze mich aufs Bett, um mir die Hose überzustreifen, was sich einhändig als nahezu unmöglich erweist, zumal mir immer wieder der Schmerz den verletzten Arm hochschießt.

»Die Ärzte werden dich nie im Leben entlassen«, beharrt Dahlia und funkelt mich mit in die Hüften gestemmten Fäusten an. »Ab ins Bett mit dir!«

»Ich habe dich nicht um Erlaubnis gebeten«, brumme ich, während ich mich weiter mit der Hose abmühe.

Dahlia schaut zur Tür, hinter der unsere Eltern immer noch mit dem Krankenhausmitarbeiter sprechen. »Scheiße«, murmelt sie und wirft mir einen bitterbösen Blick zu.

»Keiner zwingt dich, mir zu helfen«, sage ich, dabei weiß ich genau, dass sie eigentlich keine Wahl hat. Wir sind Zwillinge. Mitgehangen, mitgefangen.

Dahlia verdreht die Augen. »Na gut«, faucht sie, packt meine Hose und zerrt sie an mir hoch. Dann hilft sie mir hastig mit den Schuhen. Wir brauchen uns nicht weiter über den Plan zu verständigen. Dahlia und ich decken einander, solange wir denken können, helfen einander aus der Klemme, lenken unsere Eltern ab, während der andere sein Gemüse in den Hundenapf füllt, Eis aus dem Gefrierfach mopst, sich die Regenrinne runterhangelt, um heimlich auf eine Party zu gehen. Sie steht auf, nickt mir immer noch finster zu und reißt die Tür auf.

»Mom, Dad«, sagt sie und rauscht mit dem Pizzakarton in der Hand aus meinem Zimmer, »Tristan ist eingeschlafen. Wollt ihr Pizza?« Sie klappt den Deckel hoch, der groß genug ist, um als Sichtschutz zu dienen, während ich mich hinter ihr aus dem Zimmer schleiche. Zum Glück nimmt sie mit ihrer Persönlichkeit so viel Raum ein, dass alle abgelenkt sind, während ich auf schwachen Beinen den Flur zum Ausgang entlanghopple.

Zwei Minuten später trifft mich eine heftig atmende Dahlia an der Tür zum Parkplatz. Ich lehne mich gegen die Wand, bin außer Atem und muss mich anstrengen, um nicht umzukippen. Mein Arm pocht, als hätte mir gerade jemand eine Kugel verpasst. Dahlias geschürzte Lippen verraten mir, dass sie immer noch wütend auf mich ist, aber sie sagt nichts, sondern nimmt mich einfach bei der Hand und schleift mich halb zu ihrem Auto.

»Du hast die Pizza vergessen«, sage ich, als sie aufschließt.

Dahlia funkelt mich an. »Keiner hält dich davon ab, noch mal reinzugehen und sie dir zu holen.«

Im Auto lege ich mit dem unverletzten Arm den Sicherheitsgurt an, auch wenn das Ding höllisch wehtut. Als Dahlia den Motor anlässt, klingelt ihr Handy. Es liegt in der Konsole zwischen unseren Sitzen, und ich werfe einen Blick darauf. Es ist Dad.

Dahlia wirft mir einen Dein-Problem-Blick zu, und ich drücke auf »Ablehnen«.

»Na ja, zumindest hast du eine verdammt gut aussehende Flucht-fahrerin«, bemerkt sie, mustert sich im Spiegel und wischt sich einen kleinen Lippenstiftklecks weg.

Dann tritt sie aufs Gas.

# ZOEY

Ich lasse mich von Google Maps zum Santa Monica Pier navigieren und komme kurz vor Sonnenaufgang an. Als ich auf den Parkplatz am Strand direkt neben dem Pier abbiege, erhalte ich einen Anruf von Detective Fredericks, der mich wissen lässt, dass die Mitarbeiter des LAPD auf der Suche nach meinem Dad und Cole nahezu jedes Hotel in Santa Monica abgeklappert haben. Die Sonderfahndung läuft weiter, und alle Einheiten sind in Alarmbereitschaft, aber gefunden wurden die beiden nicht.

Außerdem teilt er mir mit, dass ich umkehren, nach San Diego zurückfahren und die Polizei ihre Arbeit erledigen lassen soll.

»Aber sie haben ihn nicht gefunden«, protestiere ich.

Dem hat er nichts entgegenzusetzen, also lege ich auf und steige aus dem Auto. Der Strand ist um diese Uhrzeit menschenleer, und der breite Sandstreifen, der sich vom Parkplatz bis zum Meer erstreckt, wirkt karg und verlassen.

Ich blicke hoch zum Pier, zu dem Rummelplatz, der reglos im Dämmerlicht daliegt, als sei er aus der Zeit gefallen. Das Riesenrad ragt hoch in den blassen Himmel auf. Im Augenblick ist natürlich alles geschlossen, aber ich kann mir vorstellen, dass es hier tagsüber vor Touristen nur so wimmelt.

Es ist kalt, und ich reibe mir die nackten Arme. Ehe ich losgefahren bin, habe ich Jeans, ein T-Shirt und Turnschuhe angezogen, aber vergessen, einen Pulli mitzunehmen.

Hier zu stehen erinnert mich daran, wie ich zum ersten Mal in meinem Leben das Meer gesehen habe: als wir kurz nach unserer Ankunft in Oceanside mit Tristan an den Strand gegangen sind. Er wusste nicht, dass ich noch nie am Meer gewesen bin, und es war mir peinlich, also hab ich ihm nichts gesagt. Ich denke daran, wie er mir seinen Pulli gegeben hat, und die Erinnerung weckt in mir den Wunsch, ihn jetzt hier bei mir zu haben.

Ich lasse den Blick über die lange Reihe an Strandhotels gleiten. Offenbar hat die Polizei sie alle überprüft, nachdem ich angerufen, meinen Vater und Cole aber nicht gefunden habe. Was, wenn ich völlig falschliege? Was, wenn sie überhaupt nicht hier sind? Soll ich besser selbst noch einmal überall nachfragen? Ich zücke mein Handy und suche nach den nächstgelegenen Hotels. Direkt am Strand kosten die meisten über fünfhundert Dollar die Nacht. Im Leben nicht würde mein Vater so viel Geld für ein Hotelzimmer ausgeben. Er hat immer gespart, wo er nur konnte, damit er das Geld am Ende für Bier und seine Spielsucht ausgeben konnte. Ich vergrößere den Suchradius, und je weiter weg vom Strand die Hotels liegen, desto günstiger werden sie. Falls mein Vater Cole ein Hotel direkt am Pier versprochen hat, sind sie mit Sicherheit in dem billigsten untergekommen, das er finden konnte. Ein paar Häuserblöcke vom Meer entfernt liegt ein Motel mit dem Namen »Pierpoint Inn«.

Es ist einen Versuch wert. Falls ich sie dort nicht finde, kehre ich einfach zur Pier zurück und hoffe, dass sie mir später irgendwo über den Weg laufen. Sonderlich gut stehen meine Chancen natürlich nicht, und meine Hoffnung schrumpft mit jeder Sekunde, aber probieren geht über studieren. Und irgendetwas muss ich schließlich tun.

Ich steige wieder ins Auto und fahre die kurze Strecke zum Motel, parke aber ein Stückchen die Straße hinunter. Falls mein Vater tatsächlich hier sein sollte, ist er wachsam, so gut kenne ich ihn. Er hat gerade ein Kind entführt, und auch wenn er vermutlich nicht damit rechnet, dass irgendjemand hier nach ihm sucht, war er früher Polizist, und zwar keiner von der dummen Sorte. Wahrscheinlich hat er vor, eine Weile abzutauchen, bis die Luft wieder halbwegs rein ist und er ein geringeres Risiko eingeht, wenn er längere Strecken mit dem Auto zurückgelegt.

Ich gehe zum Empfang des Motels und scanne auf dem Weg die Trucks auf dem Parkplatz. Schon beim zweiten erstarre ich mitten in der Bewegung. Die vordere Stoßstange ist komplett gedellt, und einer der Scheinwerfer ist eingedrückt. Zwar konnte ich das Fahrzeug, das uns von der Straße gedrängt hat, nicht ganz genau erkennen, doch es müsste schon mit dem Teufel zugehen, wenn das hier ein Zufall wäre. Kann es wirklich sein, dass ich meinen Vater und Cole so schnell gefunden habe? Es kommt mir irgendwie zu leicht vor.

Ich sehe mich um, und es läuft mir kalt den Rücken hinab. Ob mein Vater hier irgendwo ist? Zusammen mit Cole? Vielleicht in dem Zimmer direkt hinter mir? Die Vorhänge sind zugezogen. Ich bilde mit den Händen einen Schirm über den Augen und spähe ins dunkle Wageninnere des Trucks. Fast-Food-Verpackungen und leere Cola-Dosen auf dem Rücksitz, eine Winkekatze auf dem Boden. Genauso eine hat Tristan Kate geschenkt. Ich frage mich, ob Cole sie vielleicht im letzten Moment eingepackt hat, als Erinnerung an uns.

Ich jogge an dem Auto vorbei zum Empfang. Es ist keiner da, also drücke ich auf die Klingel, und eine verschlafene Frau um die sechzig mit platinblondem Haar und Haut wie eine Schildkröte kommt aus dem Hinterzimmer geschlurft.

»Suchst du ein Zimmer, Schätzchen?«, fragt sie mich.

Ich schüttle den Kopf. »Nein. Ich bin auf der Suche nach meinem Dad«, antworte ich und zwinge mich zu lächeln. »Er ist mit meinem Bruder hier. Ich wollte die beiden gern überraschen.«

Sie erwidert mein Lächeln. »Das ist aber lieb von dir. Wo kommen sie denn her?«

»A...arizona«, stammle ich. »Ich gehe hier aufs College. Auf die UCLA. Die beiden sind übers Wochenende hier. Und da dachte ich, ich überrasche sie und hole sie zum Frühstücken ab.«

»Auf welchen Namen?«, fragt sie und sieht auf den Computerbildschirm. Ich zögere, weil ich nicht sicher bin, ob mein Vater seinen eigenen oder einen falschen Namen angegeben hat. Aber ich bin mir nahezu sicher, dass es ein falscher sein muss.

»Ach, da drüben ist ja sein Auto!« Ich tue überrascht und deute durchs Fenster, in der Hoffnung, ihre Frage damit zu beantworten. »Der dunkelbraune Truck.«

»Ah ja, die beiden sind erst vor ein paar Stunden angekommen«, antwortet sie mit einem Nicken und sieht auf den Bildschirm. »Sie haben Zimmernummer 134. Aber ich schätze, sie schlafen noch. Dein Bruder sah wirklich müde aus.«

Es dauert etwas, bis die Bedeutung ihrer Worte bei mir ankommt. Sie sind tatsächlich hier. Oh mein Gott. Ich habe sie gefunden. Einen Augenblick lang stehe ich einfach nur da, bin sprachlos. »Dann komme ich wohl besser später wieder«, stottere ich schließlich, bedanke mich und haste nach draußen und um die nächste Hausecke.

Sobald ich außer Hörweite bin, zücke ich mein Handy, um die Polizei zu rufen, doch ehe ich dazu komme, klingelt es: Tristan.

»Ich hab sie gefunden«, platze ich heraus.

»Was?«, fragt er.

»Ich hab sie gefunden! In einem Hotel.«

»Wo? Gib mir die Adresse.«

»Das Pierpoint in Santa Monica.«

»Rühr dich nicht von der Stelle«, weist Tristan mich an. Er klingt besorgt. Dann folgt eine kurze Pause, in der ich höre, wie er gedämpft mit jemandem spricht. Kurz darauf ist er wieder am Apparat. »Ich bin in knapp zehn Minuten da.«

»Was?«, frage ich überrascht. »Wer ist bei dir? Wo bist du?«

»Ich bin mit Dahlia unterwegs. Sie hat mir geholfen, aus dem Krankenhaus auszubrechen, u...«

»Tristan!«, unterbreche ich ihn wütend. Was denkt er sich denn nur?

»Du musst unbedingt auf mich warten. Versprich mir, dass du auf keinen Fall versuchst, deinen Vater auf eigene Faust zu stellen. Ruf die Polizei!«

»Das wollte ich gerade.«

»Okay.« Er klingt erleichtert. »Dann warte, bis sie da sind. Tu nichts Dummes, ja? Versprich es mir.«

»Versprochen«, erwidere ich.

»Ich liebe dich«, sagt er.

Mein Herz macht einen kleinen Satz, so wie jedes Mal, wenn ich Tristan diese Worte sagen höre. Tränen treten mir in die Augen.

Erst gestern Nacht dachte ich, dass ich ihn womöglich für immer verlieren werde. »Und ich liebe dich noch viel mehr«, antworte ich.

»Das geht gar nicht«, flüstert er.

Ich lege auf und rufe Detective Roper an. Als ich ihr erkläre, dass ich meinen Vater und Cole gefunden habe, versucht sie gar nicht erst, ihre Verärgerung darüber zu verbergen, dass ich ihre Anweisung missachtet habe und auf eigene Faust losgezogen bin. Sie schaltet mich für eine halbe Minute in die Warteschleife, dann ist sie wieder in der Leitung und teilt mir mit, dass einige Beamte des LAPD bereits auf dem Weg zu mir sind. »Bring dich in Sicherheit und warte ab. Ich rufe dich an, sobald wir die Situation im Griff haben.«

Zwar murmele ich irgendwas, das nach Zustimmung klingt, aber nachdem ich aufgelegt habe, bleibe ich trotzdem, wo ich bin. Ich gehe nicht weg. Nicht, solange Cole nicht in Sicherheit ist.

Ich verstecke mich in einer kleinen, schattigen Nische neben der Eismaschine, wippe auf den Zehenspitzen, sehe immer wieder auf die Uhr. Wieso nur braucht die Polizei so verdammt lang?

Metall klirrt, und ich spähe um die Ecke. Jemand hat die kleine Eisentür am Pool geöffnet, jetzt schwingt sie hinter der Person zu. Dann taucht ein kleiner, blonder Kopf auf der anderen Seite des Gitters auf, und mir stockt der Atem.

Cole.

Mein erster Impuls besteht darin, nach ihm zu rufen und ihm hinterherzulaufen, aber ich halte mich zurück. Was, wenn unser Vater bei ihm ist? Ich schiebe mich näher an das Tor heran, damit ich besser sehen kann. Cole läuft am Beckenrand entlang und blickt ins Wasser. Vielleicht hat unser Vater ihm versprochen, dass er morgens schwimmen gehen darf, und Cole ist beim ersten Strahl Morgensonne, der sich durch die Vorhänge gestohlen hat, gleich aus dem Bett gesprungen. In der einen Hand hält er ein Handtuch, das er hinter sich über den Boden schleifen lässt. Ob unser Vater wohl noch schläft? Soll ich vielleicht doch nach Cole rufen?

Aber ich bin mir nicht sicher, ob es eine gute Idee ist, mich ihm zu zeigen. Was, wenn er schreit? Ich weiß, dass Dad ihm Gift über mich ins Ohr geträufelt hat und es besser wäre, das Risiko nicht einzugehen. Cole hat sich entschieden: für unseren Vater und gegen uns. Und trotzdem treibt mich etwas vorwärts. Er ist mein Bruder, und er ist hier, nur wenige Schritte entfernt.

Ich trete aus den Schatten. »Cole«, sage ich leise.

Er fährt zusammen und sieht auf. Mein Anblick verblüfft ihn, und seine erste Reaktion ist Überraschung. Dann zuckt ein Ausdruck echter Freude über seine Züge, nimmt die Form eines strahlenden Lächelns an – und weicht innerhalb eines Sekundenbruchteils Wut und Bockigkeit.

»Was willst du hier?«, sagt er so laut, dass ich zusammenzucke und einen Blick nach hinten in Richtung Zimmer werfe. Fuck. Ich hätte den Mund halten sollen. Aber jetzt ist es zu spät. Ich haste auf Cole zu, öffne das Metalltor und schließe es leise hinter mir.

»Ich bin wegen dir hier«, stoße ich gepresst hervor.

Er bleibt am hinteren Beckenrand und macht keinerlei Anstalten näher zu kommen. Stattdessen steht er da wie festgefroren und starrt mich weiter wutentbrannt an.

»Cole!«, flehe ich leise und strecke ihm die Hand hin. »Bitte, du musst mitkommen.«

»Nein!«, stößt er trotzig aus.

Mein Puls schießt in die Höhe. Ich will mich wieder zum Zimmer umsehen, gleichzeitig möchte ich aber auch Cole nicht aus den Augen lassen. »Warum bist du weggelaufen?«, frage ich.

»Ich will bei Dad sein«, antwortet er. »Er fährt mit mir nach Disneyland. Und Angeln.« Nach kurzem Zögern fährt er fort: »Wie hast du uns überhaupt gefunden?«

»Das spielt doch keine Rolle«, sage ich und nähere mich langsam, als sei er ein wildes Tier, das ich nicht verschrecken will. »Aber Mom und Kate sind im Krankenhaus. Es geht ihnen sehr schlecht. Und Mom möchte dich gern sehen.«

Cole runzelt die Stirn. »Was machen sie denn im Krankenhaus?«

Ich atme tief durch. Die Wahrheit – nämlich dass Dad sie umbringen wollte – kann ich ihm nicht erzählen. Und er würde mir auch gar nicht glauben.

»Du lügst!«, brüllt Cole plötzlich. »Ich glaube dir nicht!«

»Ich lüge nicht«, erwidere ich leise in der Hoffnung, ihn zu beruhigen. »Sie liegen im Krankenhaus.«

Coles erschrockener Gesichtsausdruck weicht erneuter Wut. Er kneift die Augen zusammen. »Du bist eine Lügnerin.«

»Cole, ich bin keine Lügnerin. Und ich hab dich lieb. Nur deswegen bin ich hier. Und Mom und Kate haben dich auch lieb, und sie brauchen dich. Wir wünschen uns alle so sehr, dass du wieder nach Hause kommst.«

Ihm ist anzusehen, wie schwer es ihm fällt, das Gehörte zu verarbeiten und zu entscheiden, ob er es für Lüge oder Wahrheit hält.

»Dad braucht mich«, sagt er mit zitternder Unterlippe. »Ich bin das Einzige, was er noch hat. Wir wollen am Strand wohnen. Er kauft mir einen Hund, und wir gehen angeln. Und heute Mittag fahren wir mit dem Riesenrad.«

Ich lasse seine Worte kurz auf mich wirken, dann antworte ich: »Aber wenn du mit Dad gehst, wird er dir nie wieder erlauben, Mom, Kate oder mich zu sehen.«

Coles Lippen zittern noch heftiger, Tränen schwimmen in seinen Augen.

»Ich weiß, dass du das nicht willst«, fahre ich fort und behalte dabei aus dem Augenwinkel die Zimmertür im Blick. Ich muss meinen Vorteil ausbauen, solange ich die Zeit habe. Ein Schritt noch, und ich bin Cole so nah, dass ich nur die Hand auszustrecken brauche, um ihn zu berühren. »Ich weiß, dass du Dad lieb hast«, versichere ich ihm, »aber Cole, er will uns für immer voneinander trennen.«

»Weil ihr mir verbietet, ihn zu sehen!«, ruft Cole so laut, dass ich zusammenfahre.

»Nein«, antworte ich fest, obwohl ich innerlich zittere vor Angst, dass er mit seinem Geschrei Dad geweckt haben könnte. Wieder zuckt mein Blick in Richtung Zimmertür. Wo zum Teufel bleibt die Polizei? »Es war der Richter, der es verboten hat. Dad darf nicht mehr in unsere Nähe kommen. Weil er Mom wehgetan hat, und weil er versucht hat, auch mir wehzutun.«

Cole starrt mich an, er ist sichtlich hin- und hergerissen. Er weiß, dass ich recht habe, und will es doch nicht wahrhaben. »Geht es Mom gut?«, murmelt er schließlich.

»Das weiß ich nicht«, erwidere ich erleichtert, dass er mir überhaupt glaubt. »Aber eins weiß ich: Wenn du bei ihr bist, wird sie viel schneller wieder gesund. Und Kate auch. Komm mit mir. Lass uns gehen.«

Cole starrt mich an, seine Augen füllen sich mit Tränen. Ich halte ihm die Hand hin, und nach kurzem Zögern ergreift er sie. Am liebsten würde ich ihn an mich ziehen und fest umarmen, aber dafür bleibt uns keine Zeit, und ich habe auch viel zu viel Angst. Ich ziehe ihn durchs Tor, das laut hinter uns ins Schloss fällt.

Hektisch schlage ich den Weg zur Straße ein, aber auf einmal versucht Cole, seine Hand aus meiner zu ziehen.

»Nein«, sagt er und stemmt die Fersen in den Boden. »Ich muss Dad noch Auf Wiedersehen sagen.«

Ich bleibe stehen und sehe ihn an. »Aber das geht nicht, Cole. Wir müssen los. *Sofort.*«

»Warum?«

»Weil …«, fange ich an, komme aber nicht weiter, weil Cole sich im selben Augenblick losreißt und in Richtung Zimmertür flitzt.

»Cole!«, zische ich.

Vor der Tür bleibt er stehen. »Ich brauche meine Tasche«, flüsterte er, öffnet die Tür und schlüpft nach drinnen.

Oh Gott. Auf Zehenspitzen schleiche ich ihm hinterher und warte vor der Tür. Vor Aufregung hämmert mir das Herz in der Brust. Was zum Teufel dauert da so lange? Wo steckt er? Ich schiebe mich ein paar Schritt vorwärts und spähe in das düstere Zimmer. Im selben Augenblick stürzt eine große Gestalt aus dem Schatten, packt mich am Arm und zerrt mich nach drinnen. Ich stolpere, stoße gegen eine Bettkante und stürze mit einem Aufschrei nach vorn.

Und dann ist mein Vater auch schon über mir und zieht mich an den Haaren wieder hoch. »Na, sieh mal einer an, wen haben wir denn da?« Sein hassverzerrtes Gesicht ist nur Zentimeter von meinem entfernt. »Hast du die Polizei gerufen?«, knurrt er.

Ich bin panisch vor Angst, bin wie erstarrt, anstatt zu kämpfen, wie Tristan es mir beigebracht hat. Stumm schüttle ich den Kopf. Wenn ich ihm sage, dass ich die Polizei bereits informiert habe, wird er mich bewusstlos schlagen, sich Cole schnappen und weglaufen. Ich muss Zeit schinden, so lang wie möglich.

»Bist du allein hier?«, fragt er, als sei das hier ein Polizeiverhör. Ich nicke, und er mustert mich scharf. »Wie hast du uns gefunden?« Dann wendet er sich an Cole und schreit ihn an: »Hast du ihr etwa gesagt, wo wir sind?«

Cole schüttelt erschrocken den Kopf. »Nein.« Vor lauter Angst hat er einen Schluckauf bekommen. »Ich habe nichts gesagt, ich schwör's!«

»Ich hab eure Nachrichten auf der Xbox gefunden«, stoße ich hervor.

Die Miene meines Vaters verfinstert sich. Er hat einen Fehler gemacht und damit seinen gesamten Plan aufs Spiel gesetzt. Dann schubst er mich rückwärts aufs Bett.

»Cole«, sagt er, ohne mich aus dem Blick zu lassen. »Los, hol deine Tasche. Wir gehen. Jetzt.«

Cole schluchzt. »Aber wohin denn? Ich will zu Mom.«

»Jetzt hol schon deine verdammte Tasche!«, brüllt unser Vater ihn an.

Cole springt erschrocken auf, nimmt seine Tasche vom Fußende des Bettes und sieht mich an. Tränen und Angst schimmern in seinen Augen, und eine unbändige Wut steigt in mir auf.

»Geh schon, du kannst beim Auto auf mich warten«, sagt unser Vater zu Cole und bemüht sich dabei, einen sanfteren Ton anzuschlagen. »Ich bin gleich bei dir.«

Coles Blick wandert zwischen Dad und mir hin und her. Ich liege immer noch auf dem Bett, sehe, wie er den Mund öffnet, um zu protestieren, und schüttle stumm den Kopf, um ihm zu bedeuten, dass er nichts sagen soll. Was auch immer hier gleich passieren wird, ich will nicht, dass er es sieht. Rückwärts schiebt sich Cole in Richtung Tür.

»Das ist mein Junge«, lobt ihn unser Vater.»Los, geh schon und warte beim Auto.«

»Ja, geh schon«, sage auch ich und bemühe mich um ein beruhigendes Lächeln. »Alles wird gut. Tu, was Dad dir gesagt hat. Wir unterhalten uns hier noch ein bisschen.«

Obwohl Cole anzusehen ist, dass ihn unsere Versicherungen nur mäßig beruhigen, geht er und schließt die Tür hinter sich.

Ich frage mich, ob er Hilfe holen wird. Das ist im Moment meine einzige Hoffnung. Das oder das Eintreffen der Polizei.

Als Cole fort ist, suche ich meinen Vater mit dem Blick nach der verräterischen Wölbung einer Waffe ab. Als ich klein war, hatte er immer eine am Körper, entweder am Knöchel oder, wenn er eine Jacke trug, in einem Schulterhalfter. Doch im Augenblick trägt er nur Jeans und ein T-Shirt, und ich frage mich, ob er vielleicht ein Halfter am Fußgelenk hat.

So oder so – ich werde mich nicht kampflos geschlagen geben.

»Hilfe!«, brülle ich, als mir wieder einfällt, was Tristan mir beim Selbstverteidigungsunterricht als Erstes beigebracht hat: meine Stimme zu benutzen.

Doch als ich den Mund zum zweiten Mal öffne, stürzt sich mein Vater auf mich und packt mich an der Kehle, um mein Geschrei zu ersticken. »Du hättest nicht kommen dürfen«, zischt er.

»Und du hättest ihn niemals entführen dürfen«, stoße ich hervor.

»Er ist freiwillig mitgekommen.«

»Er ist noch ein Kind«, krächze ich und ringe nach Luft. »Er kennt die Wahrheit nicht.«

Einen Moment lang runzelt mein Vater die Stirn, doch dann nimmt sein Gesicht einen spöttischen Ausdruck an. »Du hast ihn mir weggenommen. Und eure Mutter hat mir euch alle weggenommen. Hat euch gegen mich aufgehetzt.« Seine Finger schließen sich fester um meine Kehle.

Ich packe ihn an den Handgelenken, zerrte an ihm, versuche, seinen Griff zu lockern. Ich bekomme keine Luft mehr, mir verschwimmt die Sicht. »Oh nein, das hast du alles ganz allein geschafft«, flüstere ich. Wo bleibt nur die Polizei? Es ist gefühlte Stunden her, dass ich sie angerufen habe, auch wenn es sich in Wahrheit vermutlich nur um wenige Minuten handelt.

Ich frage mich, ob das hier der Augenblick ist, in dem ich sterbe. Ringe nach Luft, versuche, meinen Vater wegzudrücken. Aber alle Bemühungen sind vergebens. Seine Hände haben sich um meine Kehle gelegt wie eiserne Schraubstöcke. Ich fühle meine Kraft schwinden und schließe die Augen, weil ich die Wut, die Dunkelheit, den Hass in seinen Augen nicht sehen will. Stattdessen beschwöre ich vor meinem inneren Auge Tristans Gesicht herauf.

Und dann ist da plötzlich ein grelles Licht. Mein Vater schleudert mich zur Seite, ich lande hart auf dem Boden. Alles dreht sich, während ich keuchend nach Luft schnappe. Als ich aufblicke, muss ich blinzeln, so gleißend ist das harte weiße Licht, das den Raum erfüllt. Die Tür ist weit geöffnet, die Morgensonne strömt herein.

In dem hellen Viereck steht Tristan, blass und mit blutbeflecktem Hemd, unter den Augen dunkle Halbmonde und den bandagierten Arm an die Brust gepresst. »Lass sie in Ruhe!«, brüllt er und kommt mit langen Schritten auf uns zu.

Mein Vater versperrt ihm den Weg, und plötzlich hält er eine Waffe in der Hand. Tristan erstarrt.

Mein Vater sieht mich an, obwohl er die Waffe auf Tristan gerichtet hat. »Meintest du nicht, du wärst allein gekommen? Na ja, ich wusste ja immer schon, was für ein verlogenes Miststück du bist.«

»Bitte, tu ihm nicht weh«, flehe ich und werfe Tristan einen panischen Blick zu, während ich mich aufrapple. »Lass ihn einfach gehen.«

»Oh, aber das geht nicht«, knurrt mein Vater und knallt wutschnaubend die Tür zu. Dunkelheit senkt sich über uns. Tristan sieht mich an. In was habe ich ihn da nur reingezogen? Mein Vater bedeutet ihm mit einer Geste, sich neben mich zu stellen. Wie von selbst finden sich unsere Hände, verschränken sich unsere Finger, während mein Vater die Waffe auf uns richtet. Schützend schiebt sich Tristan vor mich.

»Dad«, sage ich und komme hinter Tristans breitem Rücken hervor. »Ich bin doch deine Tochter und hab dich lieb.« Die Lüge bleibt mir fast im Hals stecken. »Wir können das doch alles wieder in Ordnung bringen. Wir bekommen das hin! Bitte, tu das nicht.«

Ich kann ihm ansehen, wie er die Entscheidung trifft. Wie ein Ausdruck der Entschlossenheit in seine Augen tritt. Dann drückt er den Abzug, und ohne nachzudenken, werfe ich mich schützend vor Tristan. Ein ohrenbetäubender Knall zerreißt die Luft, dicht gefolgt von einem zweiten.

Tristan stößt mich aus der Schusslinie, und ich pralle hart auf den Boden auf.

Dann fällt auch er.

Schmerzen schießen durch meinen Körper wie Kometen, die über einen schwarzen Himmel regnen. Dunkle Flecken tanzen vor meinen Augen.

Ich blicke auf und sehe den gewaltigen Schemen meines Vaters über uns aufragen. Er blinzelt, scheint selbst erstaunt über seine Tat. Vielleicht sogar schockiert? Ich weiß es nicht. Und dann, ganz plötzlich, ist überall Licht, ein Licht, fast so grell wie meine Schmerzen.

Erst jetzt begreife ich es wirklich: Er hat auf mich geschossen. Aber was ist mit Tristan? Geht es ihm gut? Meine Gedanken sind so schnell und glitschig wie Fische, ich kann nicht an ihnen festhalten. Das Einzige, was mir Halt gibt, fest und unverrückbar wie ein Fels in der Brandung, ist meine Sorge um Tristan. Bitte, mach, dass es ihm gut geht. Es ist mir egal, wenn ich sterbe. Hauptsache, Tristan lebt.

Mein Vater geht vor mir in die Knie wie ein düsterer Racheengel. Einen Augenblick lang bilde ich mir ernsthaft ein, dass er mich um Vergebung für seine Taten bitten will. Um mich herum sammelt sich Blut, durchtränkt mein Shirt. Ich sehe meinem Vater ins Gesicht, doch es zeigt keine Reue, keine Spur von Trauer. Stattdessen fletscht er plötzlich die Zähne wie ein Raubtier, das gleich auf seine Beute losgehen, sie zerfetzen wird.

Das Pfeifen in meinen Ohren ist so laut, dass ich alle anderen Geräusche nur gedämpft wahrnehme. Es fühlt sich an, als würde die Zeit stillstehen. Genauso wie mein Herz.

Als das Licht um mich herum langsam verblasst, kann ich nur an eins denken: Tristan. Daran, dass er einzig und allein wegen mir hier ist. Dass all das meine Schuld ist. Wo ist er nur? Ich muss ihn sehen! Ich spüre etwas hinter mir, etwas Schweres, Regloses. Ist das ein Körper? *Sein* Körper? Ich will mich umdrehen, ihn festhalten, aber ich bin wie gelähmt.

Ich *muss* wissen, dass es ihm gutgeht!

Aber was, wenn nicht?

Was, wenn er tot ist?

Was, wenn auch ich im Sterben liege?

Ich bin so betäubt, dass nichts einen Sinn ergibt.

Dann stürzt mein Vater, den Blick nach wie vor fest mit meinem verschränkt, zur Seite weg, und sein Kopf knallt neben mir auf den Boden. Er blinzelt überrascht, dann hilft mir jemand hoch und zieht mich weg.

Voller Staunen erkenne ich, dass es Tristan ist, der mir hilft. Ich möchte aufschluchzen vor Erleichterung, aber die Schmerzen sind einfach zu heftig.

Er wirkt unverletzt, und das ist das Einzige, was zählt. Er umfasst mein Gesicht, ruft etwas, aber ich kann die Worte nicht verstehen. Er lebt! Er lebt! Etwas anderes interessiert mich nicht.

Dann, ganz plötzlich, als hätte jemand am Tuner gedreht und endlich die richtige Frequenz gefunden, kann ich wieder hören. »Zoey! Geht es dir gut?« Tristan hat mich bei den Oberarmen gepackt und schüttelt mich.

Ich atme tief durch, meine Brust schmerzt, aber es könnte schlimmer sein. Vermutlich habe ich mir beim Sturz eine Prellung zugezogen, mir vielleicht sogar eine Rippe gebrochen. Aber ansonsten scheine ich unverletzt zu sein. Ich nicke zur Antwort, bin immer noch verwirrt, verstehe nicht, was gerade passiert ist.

Ich sehe zu meinem Vater, der auf dem Boden liegt und sich den Bauch hält. Er keucht auf, dann verdreht er die Augen, bis nur noch das Weiße zu erkennen ist. Fassungslos musterte ich den roten Fleck auf seinem T-Shirt und die Blutlache unter ihm, die schnell größer wird.

Es war sein Blut, nicht meins. *Er* wurde angeschossen. Die Kugel, die er auf mich abgefeuert hat, ist hinter mir in die Wand eingeschlagen. Während ich versucht habe, Tristan abzuschirmen, hat Tristan mich mit sich zu Boden gezogen. Wir haben uns gegenseitig gerettet.

Jetzt entdecke ich auch die uniformierten Polizisten, die mit gezückten Waffen hinter Tristan stehen. Als sie die Waffen senken, schiebe ich mich an ihnen vorbei und renne nach draußen, ohne auf das Geschrei der Beamten zu achten, denn durch den Türspalt habe ich Cole entdeckt, der direkt hinter ihnen steht.

Er hat alles mit angesehen.

»Cole!«, schluchze ich, falle vor ihm auf die Knie und schlinge die Arme um ihn. Dann drehe ich ihn von unserem Vater weg, der inzwischen umgeben ist von Sanitätern.

Cole vergräbt das Gesicht an meiner Schulter.

»Alles wird gut«, wiederhole ich immer wieder, während ich ihn sanft hin- und herwiege. »Alles wird gut.« Aber wie soll das möglich sein?, frage ich mich, während mich die Polizisten wieder auf die Beine zwingen und uns vom Tatort wegführen. Cole fest an mich gedrückt, werde ich von Person zu Person weitergereicht, bis ich Tristan und auch Dahlia wiederfinde, die einen schützenden Kreis um uns bilden und uns umarmen, während um uns herum das Chaos tobt.

Cole bricht in Schluchzen aus, klammert sich an mich. Überall ist Lärm, Sirenen, Geschrei, zuschlagende Autotüren. Doch Tristan und Dahlia schirmen uns von alldem ab, sodass ich auf dem betonierten Parkplatz erneut auf die Knie sinken und meinen kleinen Bruder in meinen Armen halten kann, während er weint.

# EPILOG

## DREI WOCHEN SPÄTER

»Alles okay?«, fragt Tristan besorgt.

Ich nicke, obwohl ich mir ziemlich sicher bin, dass das gelogen ist. Ich habe einen Kloß im Hals, und mir ist ganz schwer ums Herz. Wie soll ich mich nur verabschieden?

»Noch kannst du es dir anders überlegen«, sagt Tristan und wirft mir einen nervösen Blick zu.

Ich schlinge die Arme um seinen Hals und drücke ihm einen Kuss auf den Mund. »Das würde mir nie im Leben einfallen.«

»Gut«, murmelt er und erwidert mein Kuss, und ich verliere mich in seiner Nähe. Seit jenem Tag vor drei Wochen lebe ich jeden Augenblick, als sei es mein letzter, auch wenn das vielleicht ein bisschen abgedroschen klingt. Ich lebe in der Gegenwart, anstatt mit der Vergangenheit zu hadern oder mir Sorgen um die Zukunft zu machen.

Jeder Kuss, jede Berührung ist durchtränkt von einer ganz neuen Magie – von Dankbarkeit und Hoffnung. Von Ehrfurcht und Staunen. Weil wir hier sind, am Leben.

Genauso wie mein Vater. Im Augenblick sitzt er im Gefängnis, wo er auf sein Verfahren wegen versuchten Mordes wartet. Dazu kommt eine ganze Litanei an anderen Verbrechen, darunter Kindesentführung. Die Anwälte haben gesagt, diesmal bestünde keinerlei Risiko, dass er wieder auf Bewährung entlassen wird. Er wird im Gefängnis sitzen, bis er ein alter Mann ist. Der Staatsanwalt ist derselben Meinung. Trotzdem hat es eine ganze Weile gedauert, bis ich es wirklich glauben konnte. Ich werde wieder gegen ihn aussagen müssen, aber diesmal habe ich keine Angst davor. Ich werde ihm in die Augen sehen und ihm zeigen, dass er nicht gewonnen hat. Dass *ich* gewonnen habe.

Cole geht jetzt regelmäßig zu einem Kinder- und Jugendtherapeuten, und ihm war schon nach der ersten Sitzung anzumerken, wie gut ihm das tut. Der Abschied fällt mir dadurch etwas leichter, obwohl es mich natürlich traurig macht, meine neuen Freunde und meine Familie zurückzulassen. Zu Thanksgiving fliegen wir wieder nach Kalifornien, auch, weil Jessa und Kit dann ihr Baby haben. Didi und Walker wollen uns bald besuchen, weil Walkers Bruder in Miami lebt. Will kommt bei uns vorbei, sobald sein Auslandseinsatz vorüber ist, und ich freue mich schon auf ihn, auch wenn mich die Vorstellung gleichzeitig nervös macht. Als er gehört hat, was mit unserem Vater passiert ist, wollte er sofort nach Oceanside kommen, doch die Army hat ihn nicht gehen lassen. Aber wenn er diesmal wiederkehrt, dann für immer.

»Ich bin so weit«, sage ich zu Tristan und drehe mich zu dem riesigen Reisekoffer mit unseren Sachen. Ich hatte nicht viel zum Inhalt beizutragen, das meiste gehört Tristan: Klamotten, eine Schachtel mit 80er-Jahre-DVDs, ohne die er nach eigener Aussage nicht leben kann. Auch das Spiel des Lebens und das Speckmann-

Puzzle haben wir mitgenommen. Tristans Motorrad und ein paar andere Dinge wie sein Surfboard lassen wir uns nachschicken.

»Was ist eigentlich mit deinen Sammelkarten?«, frage ich und suche den Koffer nach der alten Schuhschachtel ab, in der er sie aufbewahrt hat.

Als ich mich zu ihm drehe, schüttelt er den Kopf. »Ich hab sie nicht mehr.«

»Was?«

»Ich hab sie verkauft.«

»Was?!«, wiederhole ich fassungslos. »Aber warum denn das?«

Er holt etwas aus seiner Hosentasche. Es handelt sich um einen schmalen weißen Briefumschlag, den er mir hinhält.

Zögerlich greife ich danach. »Was ist da drin?«

»Mach auf.«

Im Inneren befinden sich mehrere Blatt Papier. »Ich kapier's nicht«, sage ich, während ich sie durchsehe.

»Ich hab die Karten verkauft«, erklärt er mir. »Sie lagen ja doch nur in einer Schuhschachtel im Schrank rum. Na ja, und da dachte ich, damit lässt sich auch was Besseres anstellen.«

Ich halte die Unterlagen hoch. »Aber was ist das hier?«

»Ein Reiseplan.« Er lächelt und zwinkert mir zu. »Wir fliegen nach Griechenland.«

Jetzt bin ich komplett verwirrt. »Was? Wir fliegen nach Florida!«

»Wir reisen zusammen auf die Insel, die du immer schon sehen wolltest«, sagt Tristan. »Wir besichtigen Ruinen und essen Moussaka und philosophieren wie die alten Griechen.«

Entgeistert starrte ich ihn an. »Aber ich hab doch nicht mal einen Reisepass«, ist alles, was mir dazu einfällt.

Er reicht mir einen weiteren Umschlag. Ich reiße ihn auf, und ein blauer Reisepass fällt mir in die Hand. »Aber … wie …«, stammle ich, während ich den Pass aufklappe, aus dem mir mein eigenes Foto entgegenstarrt.

»Erinnerst du dich noch an das Bewerbungsformular für die Wohnung, für das ich angeblich deine Unterschrift gebraucht habe?«

»Das war gelogen?«

Er zuckt mit den Achseln und verzieht das Gesicht. »Du hast es dir ja nicht mal durchgelesen, sondern einfach nur unterzeichnet. War echt ein Kinderspiel. Und deine Mom hat mir dabei geholfen, die übrigen Unterlagen zusammenzusuchen.«

Ich starre erst den Reisepass, dann Tristan an, verblüfft und völlig aus dem Häuschen vor Aufregung. »Wir fliegen nach Griechenland?« Ich fange gerade erst an, es richtig zu begreifen.

»Ja«, sagt er und grinst mich dabei an, freut sich, dass ich mich so freue. »Wir bleiben drei Wochen und umsegeln die Inseln. Kreta und dann diese andere Insel, die du so gern sehen wolltest. Die, auf der die Götter rumhängen. Milos.«

Ich werfe ihm die Arme um den Hals und drücke ihn so fest an mich, dass er aufstöhnt und mir klar wird, dass ich ihm wehgetan habe. Sein Arm ist noch immer nicht ganz abgeheilt.

Tristan erzählt mir, dass der Beginn seiner Pilotenausbildung wegen seiner Verletzung nach hinten verschoben wurde, was für uns Glück im Unglück bedeutet. Denn dadurch haben wir fast einen Monat lang frei.

Lautes Gelächter reißt mich aus meinen Gedanken. Als ich aufblicke, sehe ich Mom, Kate, Cole und Robert auf dem Balkon neben unserer Eingangstür stehen. Kate filmt mich mit dem Handy, und da kapiere ich, dass sie allesamt unter einer Decke stecken.

Als die vier die Treppe herunterkommen, stelle ich fest, dass sie alle Reisetaschen bei sich haben. »Wo wollt ihr denn hin?«, frage ich verwirrt.

Tristan reicht Robert meine Autoschlüssel.

»Wir machen einen Roadtrip«, erklärt mir Robert und legt den Arm um meine Mom.

»Wir fahren dein Auto nach Florida«, fügt Mom hinzu.

»Und dann fahren wir nach Disney World!«, ruft Cole.

»Ach so?«, erwidere ich belämmert. Langsam komme ich echt nicht mehr hinterher.

»Genau«, sagt Kate.

»Wir dachten, uns würde ein kleiner Urlaub auch guttun«, erklärt Mom und strahlt zu Robert hoch, der ihr einen sanften Kuss auf die Lippen drückt. Als ich die Freude in ihren Augen aufleuchten sehe, zerspringt mir fast das Herz vor Glück, so viel Liebe ist da zwischen den beiden.

»Wir bringen deine Sachen in eure neue Wohnung, damit bei eurer Rückkehr alles für euch bereit ist«, fügt Mom hinzu.

Ich sehe zwischen ihnen allen hin und her, bin so gerührt, dass ich kaum ein Wort herausbringe. »Ich weiß nicht, was ich sagen soll.«

»Versuchs doch mal mit ›Auf Wiedersehen‹«, schlägt Tristan vor. »Wir müssen nämlich langsam zum Flughafen.«

Oh Gott. Ich hab noch nie zuvor in einem Flugzeug gesessen.

Als ich meine Familie ansehe, muss ich an mich halten, um nicht in Tränen auszubrechen.

»Auf Wiedersehen«, sage ich.

Und da schließen sie mich in ihre Arme, bilden einen Kreis und ziehen mich in die Mitte, und ich hole tief Luft, würde sie am liebsten nie wieder loslassen.

»Hier«, sagt Cole und löst sich als Erster aus dem Kreis. »Ich hab dir was gebastelt.« Er zieht ein Blatt Papier aus seiner Tasche. Ich entfalte es und sehe, dass es sich um eine Zeichnung handelt. Aber diesmal sind weder Blut noch Pistolen darauf. Cole hat ein Boot auf dem Meer gemalt, darüber ein gelber Kreis am Himmel. Auf dem Schiffsdeck erkenne ich Tristan und mich. Wir winken und lächeln vier Gestalten am Strand zu, die sich an den Händen halten: meine Mom, Cole und Kate, und dann ist da noch jemand. »Wer ist denn das?«, frage ich.

»Das ist Robert«, antwortet Cole und wird dabei ein kleines bisschen rot.

Erneut muss ich mit den Tränen kämpfen, aber es gelingt mir, sie wegzublinzeln. »Danke«, sage ich. »Das hänge ich mir in einem Rahmen an die Wand.«

Cole grinst. »Bringst du mir ein Geschenk mit, wenn du wiederkommst?«

Ich umarme ihn noch mal. Die Auswertung des Chatverlaufs auf der Xbox hat ergeben, dass er nichts mit dem Brand zu tun hatte. Unser Vater hat ihn einen Tag vorher aber gewarnt, dass er sich »bereithalten« solle. Ich bin unendlich dankbar und erleichtert, dass Cole diese Schuld nicht auf sich geladen hat, und würde ihn am liebsten gar nicht mehr loslassen.

»Ihr verpasst noch euren Flug«, sagt Mom, der so viele Tränen die Wangen hinablaufen, dass es für uns beide reicht. Sie drückt meine Hand und gibt mir einen Kuss auf die Wange. »Amüsier dich schön, ja?«, flüstert sie und lächelt mir zu. »Bring lauter schöne Erinnerungen mit.«

»Mach ich, versprochen«, erwidere ich und strecke meinen Arm aus dem Kreis, um Tristan bei der Hand zu nehmen.

Er verschränkt seine Finger mit meinen und drückt sie, zieht mich in Richtung Horizont.

»Komm«, sagt er. »Lass uns gehen.«

# DANKSAGUNG

Ich danke von ganzem Herzen Nicole von Simon & Schuster für ihre wunderbaren Ratschläge, die diesen Roman erst zu dem gemacht haben, was er ist.

Außerdem gilt mein Dank meiner Agentin Amanda, deren Ehrlichkeit, harte Arbeit und Unterstützung mich nun schon seit einem Jahrzehnt begleiten. Ohne dich wäre ich nicht da, wo ich heute bin.

Und schließlich danke ich John und Alula, die mir jeden Tag aufs Neue zeigen, was wahre Liebe ist.

# True Love Never Ends

Sarah Alderson

## Lass mich nicht los

Immer wieder zieht es Em zurück zu dem Baumhaus, das sie und Jake als
Kinder gemeinsam gebaut haben. Jake, der erste Junge, den sie geküsst hat,
und ihr bester Freund – bis er eines Tages ohne Abschied von Bainbridge
Island verschwand. Gerade als Em die Vergangenheit endgültig hinter sich
lassen will, taucht Jake plötzlich wieder auf. Und obwohl sie gegen ihre
Gefühle ankämpft, kann Em seiner Nähe nur schwer widerstehen.

ISBN 978-3-473-**58541**-0

**Ravensburger**
www.ravensburger.de

HCRTB_18_127

# LESEPROBE

»Lass mich nicht los«
von Sarah Alderson
ISBN 978-3-473-58541

Wenn ich die Augen schließe und mein Gesicht in die Sonne halte, kann ich so tun, als wäre ich woanders, zum Beispiel auf einer Insel in der Karibik und nicht auf einer vor der Nordwestküste Amerikas. Allerdings ist es mindestens zwanzig Grad zu kalt, um diese Illusion noch länger aufrechtzuerhalten.

Ich stehe da, lausche dem Wasser, wie es ans Ufer plätschert, und versuche, mir mein anderes Leben vorzustellen – meinen Alternativentwurf sozusagen. Das Leben, von dem ich seit Jahren träume. Ein Leben, in dem ich es schaffe, von hier abzuhauen – von dieser Insel, die sich in meine persönliche Version von Alcatraz verwandelt hat, nur mit höheren Mauern und nicht der geringsten Chance, jemals zu entkommen.

Doch als es mir nicht gelingt, mich von hier wegzuträumen, gebe ich auf und öffne die Augen. Wie ein gestrandeter Wal liegt das rote Kajak immer noch vor mir im Sand. Seufzend greife ich danach. Und in diesem Moment ertönt eine Stimme hinter mir.

»Brauchst du vielleicht Hilfe?«

Erschrocken lasse ich das Kajak los und fahre herum.

Mein Gehirn braucht ein paar Sekunden, um zu realisieren, dass er es wirklich ist. Dass tatsächlich Jake McCallister vor mir steht und keine Fata Morgana. Mein Herz macht einen kräftigen

Satz und prallt dann von meinen Rippen ab, als wäre es unsanft aus dem Winterschlaf gerissen worden. Ich atme so tief ein, dass es sich anfühlt, als würden meine Lungen gleich explodieren. Als würde dort ein Vakuum die ganze Luft aufsaugen und ich könnte sie nie wieder ausstoßen.

Ich hasse dieses Gefühl. Hasse es, wie mir das Adrenalin ins Blut und die Tränen in die Augen schießen. Hasse es, wie mein Körper völlig widersprüchlich auf seinen Anblick reagiert, als hätte mich jemand in die falsche Steckdose eingestöpselt und all meine Synapsen gegrillt.

Ich unterdrücke den Impuls, mich auf ihn zu stürzen, denn ich weiß nicht, ob ich ihn umarmen oder ihm eine runterhauen will. Instinktiv balle ich die Hände zu Fäusten.

Das Lächeln auf seinem Gesicht verblasst, als er meine versteinerte Miene bemerkt. Zuerst wirkt es lediglich, als wäre er auf der Hut, doch dann schluckt er und presst die Lippen fest zusammen. Das macht er immer, wenn er nervös ist.

Während ich das registriere, fallen mir gleichzeitig ein Dutzend andere winzige, unbedeutende, überwältigende Einzelheiten an diesem neuen alten Jake auf. Ich sehe die verblasste weiße Narbe an seinem Kinn – die ich ihm verpasst habe – und eine neue Narbe, die quer durch seine Augenbraue verläuft. Dann ist da seine Größe – wir waren immer gleich groß, aber in den letzten Jahren ist er in die Höhe geschossen und überragt mich ein ganzes Stück. Nur seine dunkelbraunen Haare haben sich nicht verändert – sie fallen ihm immer noch widerspenstig und ungebändigt ins Gesicht. Er sieht mich mit demselben verunsicherten Gesichtsausdruck an wie beim allerletzten Mal, als wir uns getroffen haben.

Ich wende den Blick ab und starre in den Sand. Ich zittere am ganzen Körper und kann einfach nicht damit aufhören.

»Em?«, sagt er leise.

Mein Kopf fliegt hoch, bevor ich etwas dagegen tun kann. So nennt mich niemand mehr. Seine Stimme klingt tiefer, weicher als früher. Aber der Tonfall, mit dem er meinen Namen ausspricht, ist immer noch derselbe ... und augenblicklich löst sich etwas in meinem Inneren. Denn Jake hat meinen Namen immer ausgesprochen, als würde er nur ihm gehören, ihm ganz allein.

Ich beiße die Zähne zusammen, versuche, meine Gefühle wieder unter Kontrolle zu kriegen, und greife nach Kajak und Paddel. Erst jetzt wird mir bewusst, dass ich nur meinen Bikini und den Neoprenanzug trage, den ich bis zur Taille ausgezogen habe. Die Ärmel schlenkern locker um meine Beine, und mein Bikinioberteil ist voller Sand und Schweiß. Meine Haare kleben am Kopf und schmiegen sich in feuchten Strähnen an meinen Hals. Toll. Echt toll. Wie oft habe ich mir ausgemalt, wie ich aussehen, was ich sagen, was ich tun würde, sollte ich Jake McCallister jemals wieder begegnen, und jetzt spielt das Universum mir diesen üblen Streich.

Ohne Jake weiter zu beachten, ziehe ich das Kajak den Strand hinauf, wobei mir das Blut so laut in den Ohren rauscht, dass ich sein erneutes Hilfsangebot fast überhört hätte.

Als ich mich an ihm vorbeidränge, versetze ich ihm mit der flachen Seite des Paddels einen harten Stoß in den Magen. Er stößt einen unterdrückten Schmerzenslaut aus und taumelt mit auf den Bauch gepressten Händen ein paar Schritte zurück. Ich stapfe den Strand hinauf und versuche, ein Lächeln zu unterdrücken, während ich gleichzeitig seinen Blick in meinem Rücken spüre.

Ich schiebe das Kajak in das Gestell und zerre die Kette durch die Lasche, um es zu sichern. Dabei ist mir überdeutlich bewusst, dass Jake mich beobachtet. Er mustert mich auf dieselbe eindringliche Art und Weise, auf die er früher seine Gegner auf dem Eis beobachtet hat, um herauszufinden, wie sie wohl spielen würden. Na, dann viel Glück, denke ich. Bei mir kannst du deine Spielchen vergessen.

Ich weiß nicht, was Jake nach all diesen Jahren hier in Bainbridge will, aber ich werde bestimmt nicht zulassen, dass er mein Leben ein zweites Mal ruiniert.

# Jake

Shit. Das war wohl nichts.

Ich sehe zu, wie Em mit Nachdruck das Vorhängeschloss am Gestell für die Kajaks zudrückt und dann mit der Schulter die Tür zum Laden aufstößt. Sie fällt mit solcher Wucht hinter ihr ins Schloss, dass das Glas im Rahmen klirrt. Ich zucke zusammen und reibe mir den Bauch, wo Em mich mit dem Paddel getroffen hat. Ob sie das mit Absicht gemacht hat? Wohl eher nicht. Sonst hätte sie es mir bestimmt über den Kopf gezogen.

Alles in mir drängt danach, ihr zu folgen, ihr nachzulaufen. Aber ich tue es nicht. Stattdessen gehe ich runter ans Wasser und schaue über die Bucht. Was habe ich mir nur dabei gedacht? Hierherzukommen. Aus heiterem Himmel aufzutauchen. Was habe ich erwartet? Dass sie sich freuen würde, mich zu sehen? Klar.

Ich stoße ein raues Lachen aus. Wahrscheinlich habe ich es in meinem tiefsten Inneren sogar gehofft, aber ernsthaft damit gerechnet habe ich nicht. Ich habe immer gewusst, dass es nicht so einfach werden würde.

Verdammt. Langsam hebe ich ein Paddel auf, das sie am Strand zurückgelassen hat. Dabei spüre ich wieder ein leichtes Ziehen an der Stelle, an der Em mich vorhin erwischt hat.

Ich habe so viel Zeit damit zugebracht, mir auszumalen, wie

sie auf mich reagieren würde, und bin nie auf die Idee gekommen, mich zu fragen, wie ich auf sie reagieren würde.

Jetzt weiß ich es. All die Zeit, die vergangen ist, seit ich Em das letzte Mal gesehen habe, fühlt sich an wie eine tiefe Schlucht, die wir möglicherweise nicht mehr überbrücken können. Und der dahinter in die Höhe ragende Berg aus Lügen, Schmerz und Leid ist womöglich unüberwindbar. Doch das ändert nichts an der Tatsache, dass Emerson Lowe das einzige Mädchen ist, das mir jemals den Atem geraubt hat.

# Em

Ich zittere so stark, dass ich es nicht schaffe, meinen Neoprenanzug auszuziehen. Nach einigen vergeblichen Versuchen beuge ich mich über das Waschbecken und hole ein paarmal tief Luft. Warum ist er hier? Was hat er vor?

Als es an der Tür klopft, zucke ich zusammen.

»Alles in Ordnung da drinnen?«, ruft Toby.

»Alles bestens. Mir geht's gut«, antworte ich, während ich mich aufrichte. Dabei fällt mein Blick in den Spiegel. Das ist gelogen. Mir geht es alles andere als gut. Ich sehe aus, als wäre ich einem Geist begegnet. Was ja auch irgendwie zutrifft.

»Okay«, sagt Toby mit skeptischem Unterton. »Hat es vielleicht irgendwas mit diesem heißen Typen zu tun, mit dem du dich eben am Strand unterhalten hast?«

»Nein«, erwidere ich zu schnell, zu laut.

Ich höre Toby glucksen. »Wollte er eine Tour buchen, um die Seehunde zu beobachten? Ich würde mit Freude für dich einspringen, wenn du zu beschäftigt bist.«

Ich verdrehe die Augen und starte einen neuen Versuch, mich aus meinem Neoprenanzug zu schälen. »Nein!«, rufe ich durch die Tür. »Er hat sich nur verlaufen und brauchte eine Wegbeschreibung.«

Ich werde Toby auf keinen Fall mehr erzählen. Er ist so ziemlich der einzige Mensch auf der ganzen Insel, der nichts über meine Vergangenheit weiß, und das soll auch so bleiben.

»Ich dusche jetzt erst mal«, sage ich, während ich mich aus meinem Neoprenanzug quäle.

# Jake

Der Laden sieht fast genauso aus, wie ich ihn in Erinnerung habe. Als ich über die Schwelle trete, fühlt es sich ein bisschen so an, als wäre ich mit einer Zeitmaschine in die Vergangenheit gereist. Der Laden hat bereits vor Ems Geburt ihrer Familie gehört. Damals waren mein Onkel und ihre Eltern noch Geschäftspartner, aber jetzt führen sie ihn alleine. Em und ich haben uns hier als Kinder viel herumgetrieben. Ich werfe einen Blick auf den Tresen zu dem Ständer mit den Chupa Chups, der aussieht wie ein Stachelschwein mit Hang zur Glatze. Ems Vater hat immer ein Auge zugedrückt, wenn wir uns bei unseren Besuchen im Laden einen Lolli geklaut haben.

Gegen meinen Willen muss ich lächeln, und als ich mich weiter umsehe, überfällt mich eine heftige Sehnsucht nach der Vergangenheit, gefolgt von einer Welle der Traurigkeit. Es ist, als würde ich hier drinnen den Geist meines zehnjährigen Ichs spüren, das Em, mit einer Handvoll Seetang wedelnd, in den Lagerraum jagt. Es ist, als könnte ich das Echo ihrer spitzen Schreie hören, unser Lachen …

An der gegenüberliegenden Wand lehnen Kajaks, und mir fällt auf, dass der Laden inzwischen auch SUP-Boards, Skateboards und sogar Inlineskates vermietet und verkauft. Als ich zum Ständer mit den Inlinern hinübergehe, muss ich wieder lächeln. Ob sie immer noch Eishockey spielt? Emerson Lowe war die härteste Spielerin im Team der Bainbridge Eagles. Sie hätte es ohne Probleme in eine höhere Liga schaffen können. Das ist nur eine der vielen Fragen, die ich ihr stellen möchte. Zusammen mit *Kannst du mir jemals verzeihen?*. Selbst der Geruch hier drinnen ist mir sofort vertraut – eine Mischung aus Surfwachs und muffigen, feuchten Neoprenanzügen. Für einen Augenblick schließe ich die Augen und atme tief ein. Noch mehr Erinnerungen schießen mir durch den Kopf, Dinge, an die ich seit Jahren nicht gedacht habe: Ems Mutter, die uns anschreit, nachdem wir mit einem Kajak in die Bucht hinausgepaddelt sind und von der Strömung beinahe aufs offene Meer hinausgezogen worden wären, unser Streit um den letzten Chupa Chup mit Colageschmack, von dem ich meine Narbe am Kinn habe …

»Kann ich dir helfen?«

Ich drehe mich um. Vor mir steht ein Typ in einem T-Shirt mit der Aufschrift LOWE KAJAK & CO. Er ist ungefähr so alt wie ich, vielleicht ein bisschen älter. Höchstens dreiundzwanzig. Groß, blond, athletische Figur. Ich versuche vergeblich, ihn irgendwo einzuordnen. Auf seinem Namensschild steht Toby, aber ich kann mich nicht an irgendwelche Tobys erinnern, die mit uns zur Schule gegangen sind. Vielleicht ist er nicht von hier. Immerhin war ich sechs Jahre weg; wer weiß, wer in der Zeit alles hergezogen ist.

»Möchtest du sie mal anprobieren?«, fragt er.

Verwirrt runzle ich die Stirn und merke jetzt erst, dass ich mit der Hand über ein Paar Inliner streiche. »Nein«, erwidere ich. »Nicht nötig. Ich suche bloß nach Em.« Kaum habe ich es ausgesprochen, bedaure ich es auch schon. Was mache ich hier eigentlich? Ich sollte mich besser verziehen und mir in Ruhe überlegen, wie ich mich Em etwas geschickter nähern kann.

Als Toby erstaunt die Augenbrauen hochzieht, durchzuckt mich ein Gedanke. Was, wenn die beiden zusammen sind? Ich habe mich oft gefragt, ob Emerson einen Freund hat. Vor ein paar Jahren gab es entsprechende Gerüchte, aber die habe ich sofort ausgeblendet, weil ich nicht darüber nachdenken wollte. Danach habe ich aufgehört, die Leute nach Neuigkeiten von ihr zu fragen, weil die Antworten darauf zu schmerzhaft waren.

Der Typ verschränkt die Arme vor der Brust und deutet mit dem Kopf in Richtung Lagerraum. »Sie ist in einer Minute wieder da«, sagt er.

Ich nicke und schaue halbherzig einen Stapel T-Shirts durch, während ich über die Schulter einen verstohlenen Blick zum Lagerraum werfe. Sollte ich nicht doch lieber gehen? Warum war ich überhaupt noch hier?

»Machst du in der Gegend Ferien?«, fragt Toby.

»Ja, so was Ähnliches« murmle ich. »Genau genommen habe ich früher mal hier gelebt.«

»Dann kennst du Emerson also?«, fragt er.

»Ja«, gebe ich zu und nicke. »Seit ihrer Geburt.«

Er taxiert mich mit zusammengekniffenen Augen, und für einen winzigen Moment meine ich, Verständnis in seinen Augen aufblitzen zu sehen. Als er den Mund öffnet, um mir eine weitere Frage zu stellen, gehe ich rasch um ihn herum und steuere auf den Lagerraum zu. Ich werde einfach anklopfen, zu ihr reingehen und alles aufklären.

»Warte, ich glaube nicht …«, ruft Toby mir hinterher.

# Em

Die Tür fliegt genau in dem Augenblick auf, als ich die Bikini-hose abstreifen und in die Dusche treten will. Ich stoße einen lauten Schrei aus. Reflexartig wickle ich mir ein Handtuch um und kreische:»Raus hier!«

»Shit. Sorry. Entschuldige.« Verlegen dreht Jake sich um.»Ich dachte, das wäre der Lagerraum. Jedenfalls war es früher der La-gerraum«, stottert er. Hinter Jake erkenne ich einen völlig ver-datterten Toby.

»Raus hier!«, brülle ich noch einmal und knalle die Tür mit einem festen Tritt zu.

Ich stelle das Wasser ab und lasse mich, den Rücken an die Wand gepresst, neben der Dusche zu Boden sinken. Aus dem Verkaufsraum ist kein Laut zu hören. Wartet Jake etwa darauf, dass ich rauskomme? Da kann er lange warten. Ich verlasse das Bad erst, wenn er verschwunden ist. Und wenn ich bis nächsten Dienstag hier drinbleiben muss!

Ich lege den Kopf in den Nacken und schließe die Augen. Är-gerlicherweise sehe ich ihn sofort vor mir. Nicht den neuen Jake. Sondern den Jake von damals. Den Jake, der früher einmal mein bester Freund war.

Nach einer Weile – Gott weiß, wie lange ich hier schon sitze – klopft es schüchtern an der Tür. Erschrocken reiße ich die Augen auf. Ich hocke immer noch eingewickelt in dem Handtuch auf dem Boden des Badezimmers.

»Emerson?«

Es ist Toby. Erleichtert lasse ich mich zurücksinken. Jedenfalls glaube ich, dass das, was ich fühle, Erleichterung ist. »Ja?«, antworte ich zögernd.

»Du kannst jetzt rauskommen. Er ist weg.«

Ich lasse das einen Moment lang sacken und lache dann bitter auf. Klar ist er weg. Was sonst? Das ist typisch für ihn. Erst sorgt er für die Überraschung deines Lebens, stellt deine ganze Welt auf den Kopf, und dann verschwindet er ohne Erklärung.

# Em

**Damals**

*Ich schlüpfe aus der Mädchenumkleide und schleife meine schwere Sporttasche hinter mir her. Sie ist vollgestopft mit meiner Spielkleidung, dem Helm und den verschiedenen Schützern, aber am liebsten hätte ich Reid Walshs großen, fetten Körper und seinen noch größeren, fetteren, hässlicheren Kopf reingestopft. Ich koche immer noch vor Wut wegen dem, was er eben gesagt hat, und wünschte, ich hätte härter zugeschlagen ... mit der Kufe meines Schlittschuhs. Das hätte sein Aussehen definitiv verbessert.*

*»Hey.«*

*Ich erstarre. Jake. Was macht er denn noch hier? Ich war mir sicher, alle, er eingeschlossen, wären inzwischen weg. Ich hatte mich bewusst in der Mädchenumkleide versteckt und gewartet, bis die Jungs lachend und Witze reißend aus dem Gebäude geströmt waren, wobei sie sich gegenseitig anrempelten und gegen die Spinde schubsten. Nachdem die Tür zum letzten Mal zugefallen war und endlich Stille herrschte, wartete ich eine weitere Minute ab und zählte dabei die Sekunden im Kopf mit, bevor ich so leise wie möglich auf den Gang hinausschlich.*

*Ich hätte eindeutig länger warten sollen. Notfalls sogar bis nächsten Dienstag.*

*Als ich mich zu ihm umdrehe, schaut Jake nervös auf seine Füße.*

*Er scharrt mit den Sneakern übers Linoleum und bringt es zum Quietschen, dann blickt er auf, streicht sich die Haare aus den Augen und lächelt mich unsicher an.* »Ich dachte, ich warte auf dich«, *sagt er.*

*Er trägt noch immer sein Eishockeytrikot, die Schlittschuhe hat er über die Schulter geworfen, seine Sporttasche steht neben ihm auf dem Boden. Ich konzentriere mich auf die Sommersprossen, die seine Nase sprenkeln, weil ich ihm nicht in die Augen sehen kann. Auf einmal muss ich an die von Menschen geschaffenen Korallenriffe denken, die wir in Naturwissenschaft durchgenommen haben. Sie werden aus Draht zusammengebaut und dann unter schwachen elektrischen Strom gesetzt, um das Wachstum neuer Korallen anzuregen. Als unser Lehrer uns das Vorgehen erklärte, musste ich daran denken, dass es mir in Gegenwart von Jake genauso geht: als würde elektrischer Strom durch mich hindurchfließen.*

*Als ich dieses Gefühl zum ersten Mal spürte, war ich so erschrocken, dass ich vor ihm weggelaufen bin. Dann habe ich versucht, ihm aus dem Weg zu gehen. Aber das ist unmöglich. Ich meine, wir wohnen in derselben Straße, gehen auf dieselbe Schule und spielen im selben Eishockeyteam. Und wenn wir gerade mal nicht auf dem Eis sind, treiben wir uns mit unseren Freunden draußen im Wald rum oder fahren mit den Rädern über die Insel, klettern auf Bäume, springen in Shays Garten Trampolin, schwimmen an der Küste entlang, fahren Kajak oder tun so, als würden wir Stunts für Kinofilme drehen. Es ist eigentlich völlig egal, was wir machen, Tatsache ist, dass wir praktisch alles zusammen machen.*

*Da es unmöglich war, Jake aus dem Weg zu gehen, blieb mir nichts anderes übrig, als die Korallenriff-Stromschläge, die mir durch die Glieder fuhren, zu ignorieren und ganz normal weiter-*

*zumachen, in der Hoffnung, dass es irgendwann von alleine wieder aufhören würde – wie bei einer Magen-Darm-Grippe, die ihren natürlichen Verlauf nimmt. Aber das hat es nicht. Und jetzt ist alles vorbei. Jetzt weiß Jake, was ich für ihn empfinde.*

*Ich bin so ein Idiot! Ich starre zu Boden und bombardiere Reid Walsh insgeheim mit jedem Schimpfwort, das mir einfällt, während ich mir gleichzeitig wünsche, dass sich der Boden vor mir auftut und mich verschluckt.*

*»Alles okay mit dir?«, fragt Jake, während wir uns auf die Tür zubewegen.*

*»Mir würde es besser gehen, wenn Reid Walsh nie geboren worden wäre«, murmle ich, immer noch nicht in der Lage, ihn anzusehen. Was, wenn Jake jetzt nicht länger mit mir befreundet sein will?*

*Jake brummt zustimmend. Keiner mag Reid oder seinen Bruder Rob, aber die meisten Leute sind so klug, es nicht in ihrer Nähe zu erwähnen. Meine Mom sagt, dass die Walsh-Brüder ganz hinten in der Schlange gestanden haben, als Gott das Gehirn verteilt hat. Aber dass sie sich nach vorne durchgedrängelt haben, als von Steroiden aufgepumpte Muskeln dran waren.*

*Schweigend schleppen Jake und ich unsere Sporttaschen in Richtung Ausgang. Mein Gesicht brennt heißer als die Oberfläche der Sonne. Was muss er jetzt von mir denken? Hätte Reid doch bloß nichts gesagt. Hätte ich nur nicht darauf reagiert. Das war dumm. Es ist schließlich nicht so, als hätte ich solche Sprüche noch nie zuvor gehört. Jake und ich werden seit der dritten Klasse damit aufgezogen, dass wir angeblich ineinander verliebt sind. Warum hatte ich es diesmal nicht ignoriert? Warum musste ich so ausflippen?*

*Wie in Endlosschleife dröhnt Reids Stimme in meinem Kopf:*

*»Du liebst Jake!« Sein fettes Gesicht war von einem hämischen Grinsen verzerrt. Das Kichern des gesamten Teams ist der neue Soundtrack meines Lebens.*

*Ich habe mich wie ein Tornado auf ihn gestürzt. Er hatte nicht mal Zeit, die Arme hochzureißen, um mich abzuwehren. Das Einzige, was ich bedaure, ist, dass der Trainer mich von ihm weggezerrt hat, bevor ich einen zweiten Schlag landen konnte.*

*Es nervt, das einzige Mädchen in der Mannschaft zu sein. Aber heute war es noch nerviger als sonst. Ich blinzle die Tränen weg, bevor Jake sie bemerkt. Er muss mich ja nicht für noch peinlicher halten, als er es wahrscheinlich sowieso schon tut.*

*Wir haben die erste Doppeltür erreicht. Jake hält sie für mich auf. Als ich beim Hindurchgehen aus Versehen gegen ihn stoße, spüre ich sofort wieder diese blöden Schmetterlinge im Bauch. Ich knalle sie gedanklich mit einer Kugelsalve ab. Warum muss ich bei all den vielen Menschen, die es gibt, ausgerechnet für Jake so empfinden? Als ich die Tür für ihn aufhalte, damit er seine Tasche hindurchschleifen kann, und sie dann hinter uns zufallen lasse, greift Jake überraschend nach meiner Hand.*

*Ich bin vor Schreck wie erstarrt. Jake und ich halten nicht Händchen. Wir berühren uns nicht. Niemals. Es sei denn, wir stoßen auf dem Eis zusammen oder spielen Daumenwrestling.*

*Was läuft hier gerade?*

*»Em«, setzt er an und bricht gleich wieder ab. Er schluckt und presst die Lippen fest zusammen. Für einen Moment sehe ich einen Schimmer puren Entsetzens in seinen Augen aufglimmen. Ich habe diesen Blick erst einmal gesehen, als er sich auf seinem BMX-Rad die Toe Jam Hill Road hinuntergestürzt hat, und dann feststellte, dass seine Bremsen nicht funktionieren.*

*Ohne Vorwarnung schießt sein Gesicht auf mich zu, und bevor ich reagieren kann, presst er seine Lippen auf meine. Ich bin so erschrocken, dass ich erst mal gar nichts tue. Nicht mal die Augen schließen. Ich starre ihn nur an, betrachte seine Sommersprossen, die ein interessantes Muster bilden. Nach einigen Sekunden völliger Reglosigkeit meinerseits öffnet Jake ruckartig die Augen, und wir starren uns alarmiert an, seine Lippen immer noch auf meinen.*

*Mein Herz, das sich mit meiner Lunge solidarisiert hat und scheinbar in den Streik getreten ist, weigert sich zu schlagen. Doch dann setzt es mit einem heftigen Ruck wieder ein und explodiert in meiner Brust, wie ein Pferd, das aus dem Stand losgaloppiert.*

*Ich spüre, dass Jake kurz davor ist, sich zurückzuziehen, und mir wird endlich klar, dass ich irgendetwas tun sollte. Hastig schließe ich die Augen und öffne die Lippen, ohne zu wissen, ob es das Richtige ist, aber in der Hoffnung, dass es fürs Erste ausreicht. Jake zögert einen qualvollen Moment lang, und dann küssen wir uns plötzlich. Küssen uns richtig. Unerfahren, unbeholfen, zaghaft und doch irgendwie ... perfekt.*

*Es ist mein erster Kuss. Und ich bin ziemlich sicher Jakes auch. Als wir uns schließlich voneinander lösen und nach Luft schnappen wie zwei Taucher, die gerade die Wasseroberfläche durchbrochen haben, sind wir so verlegen, dass wir ein paar Sekunden in atemlosem, dramatischem Schweigen verharren, während uns beiden klar wird, welche Linie wir da gerade überschritten haben. Sie ist breiter und tiefer als der Grand Canyon und der Marianengraben zusammen.*

*Wie hypnotisiert starre ich auf unsere miteinander verflochtenen Finger, beide mit blutigen Kratzern auf den Knöcheln. Es ist ein seltsamer Anblick – Jakes Hand, die meine hält. Jakes Hand, die mir so vertraut ist wie meine eigene und die etwas so Ungewohntes tut. Unsicher, wie es jetzt weitergeht, sehe ich ihn an. Ich spüre, wie mir die Röte ins Gesicht steigt, als hätte jemand ein Eis-Pack daraufgelegt. Jake grinst mich dämlich an, und ich muss gegen den Drang ankämpfen, ihm einen Schubs gegen die Brust zu versetzen und ihm zu sagen, dass er damit aufhören soll.*

*In diesem Moment bemerke ich die Schlittschuhe, die von seiner Schulter baumeln, und mir fällt siedend heiß ein, dass ich meine eigenen im Umkleideraum vergessen habe. Sie liegen immer noch dort, wo ich sie nach dem Zwischenfall mit Reid Walsh hingeschleudert habe.*

*»Oh, nein«, stoße ich hervor. »Ich habe meine Schlittschuhe vergessen.« Und ja, das ist das Einzige, was mir einfällt, nachdem mein bester Freund mich zum ersten Mal geküsst und meine ganze Welt auf den Kopf gestellt hat.*

*Jake lässt – widerstrebend wie mir scheint – meine Hand los, und ich sprinte zurück zum Umkleideraum.*

*»Soll ich auf dich warten?«, ruft er mir hinterher.*

*»Nein, lass mal«, erwidere ich und drehe mich im Laufen zu ihm um. »Wir sehen uns morgen.«*

*Er steht immer noch da, wo ich ihn zurückgelassen habe. »Selber Ort?«, fragt er mit einem Hauch von Verunsicherung in der Stimme, die ich noch nie bei ihm gehört habe. Jake ist normalerweise so selbstbewusst, dass mich dieses Zeichen von Unsicherheit umhaut.*

*Ich nicke und fange an zu grinsen. Wahrscheinlich sehe ich völlig bescheuert aus, aber ich kann einfach nicht aufhören zu nicken und zu lächeln. Ich stemme meine Schulter gegen die Tür der Mädchenumkleide und werfe einen letzten Blick zurück auf Jake, der gerade triumphierend die Faust in die Luft reckt.*

# Jake

Ich knalle die Autotür mit voller Wucht zu, und als das nichts bringt, schlage ich mit der Faust fest auf den Beifahrersitz. Verdammt! Okay, reg dich ab, es hätte schlimmer kommen können, sage ich mir. Ich versuche, mir eine noch peinlichere Situation vorzustellen, aber mir fällt keine ein. Ich lehne meine Stirn gegen das Lenkrad und schließe die Augen.

Ich muss ständig an Ems Gesichtsausdruck denken, als ich die Tür zum Lagerraum aufgerissen habe (der offensichtlich kein Lagerraum mehr ist – übrigens vielen Dank für die Warnung, Toby!). Und es ist nicht nur ihr Gesichtsausdruck, den ich nicht mehr aus dem Kopf bekomme. Es war zwar nur ein kurzer Blick, aber oh Mann …

Seit sechs Jahren spukt Emerson Lowe in meinem Kopf herum, und ich weiß genau, dass es mindestens noch einmal sechs Jahre dauern wird, dieses eine Bild wieder aus meinem Gedächtnis zu löschen. Vielleicht auch länger, denn ich fürchte, mein Gehirn wird es mit dem Löschen nicht besonders eilig haben.

Einen Moment lang schäme ich mich für meine Gedanken, aber Widerstand ist zwecklos. Das Bild von Em, wie sie gerade dabei ist, ihren Bikini auszuziehen, ist in mein Gedächtnis eingraviert. Nicht mal ein Volltreffer mit dem Puck gegen den Kopf könnte es vertreiben.

Als ich Em das letzte Mal gesehen habe, war sie dreizehn und ich vierzehn. Ihr braunes Haar war kinnlang abgeschnitten – wobei »abgesäbelt« es wahrscheinlich eher getroffen hätte, denn sie hatte mit der Küchenschere selbst Hand angelegt, weil der Friseur ihr angeblich immer eine Frisur verpasste, mit der sie wie ein Mädchen aussah. Sie trug ein rotes Eishockeytrikot, das ihr bis zu den Knien reichte, und ihre Fingerknöchel waren ebenso mit Kratzern übersät wie ihr Wangenknochen, der bei einem Zusammenstoß mit Reid etwas abbekommen hatte. Sie war damals der Inbegriff eines burschikosen Mädchens, das verbissen versuchte, tougher und besser zu sein als jeder von uns Jungs. Was sie auch war. Sie war auf dem Eis die schnellste Läuferin des gesamten Teams, und sie erzielte in dieser ersten Saison mehr Tore als jeder andere in der Liga.

Und jetzt ... wow ... Em hat nichts mehr von dem jungenhaften Mädchen aus meiner Erinnerung an sich. Viel gewachsen ist sie zwar nicht, aber ihre Haare sind länger geworden – sie reichen ihr jetzt bis zur Schulter. Ihr Gesicht hat die kindlichen Züge verloren, es ist schmaler geworden, mit deutlich hervortretenden Wangenknochen, und ihre Lippen sind voller. Und dann diese Beine ... Himmel, dieser Körper! Früher hätte sie einen Bikini nicht mal ansatzweise ausgefüllt, ehrlich gesagt kann ich mich nicht daran erinnern, dass sie überhaupt jemals einen getragen hat. Sie hatte immer Boardshorts und ausgeleierte T-Shirts an – aber jetzt nicht mehr.

Mist. Ich schüttle den Kopf und kneife mir in den Nasenrücken. Emerson Lowe ist erwachsen geworden.